# 동우골

## 김영진 자전소설

어느덧 들녘엔 볏단들이 쌓여있고 단풍잎은 검붉은 색깔로

변해가고 햇살은 옅어져 멀어지고 있었다.

질척한 논두렁길을 미끄러지고 넘어지면서 엉금엉금 기어가며 집으로 왔다.

반쪽짜리 집 방문이 휑하니 열려있어 섬뜩하지만 그대로 쓰러졌다.

살기는 살았는지, 정말 살았는지 지옥을 헤매다 돌아왔다.

청어

# 동우골

김영진 지음

**발행처**·도서출판 **청어**
**발행인**·이영철
**영 업**·이동호
**홍 보**·최윤영
**기 획**·천성래 | 이용희
**편 집**·방세화 | 원신연
**디자인**·김바라 | 서경아
**제작부장**·공병한
**인 쇄**·두리터

**등 록**·1999년 5월 3일
(제321-3210000251001999000063호)

**1판 1쇄 인쇄**·2017년 3월 1일
**1판 1쇄 발행**·2017년 3월 10일

**주소**·서울특별시 서초구 효령로55길 45-8
**대표전화**·586-0477
**팩시밀리**·586-0478

**홈페이지**·www.chungeobook.com
**E-mail**·ppi20@hanmail.net
**ISBN**·979-11-5860-462-2(03810)

이 도서의 국립중앙도서관 출판시도서목록(CIP)은 서지정보유통지원시스템 홈페이지
(http://seoji.nl.go.kr)와 국가자료공동목록시스템(http://www.nl.go.kr/kolisnet)에서
이용하실 수 있습니다.(CIP제어번호: CIP2017000054)

동앗골

# 머리말

산과 들이 아름다운 그림으로 펼쳐지고
실개천 냇물이 휘감아 돌아가는 저 평온한 땅에
6·25란 전쟁의 괴물이 쳐들어오던 날!
빨간 사상의 그늘 속으로…….

붉은 군대가 쫓겨 가던 날!
부역자란 이름으로 친구가 친구를 무참히 살해하는
동족상쟁의 한가운데 하필 내 아버지가 있었다니…….

동우골 골짝에 죽임을 당하고
한의 세월은 얼마나 흘렀을까?

'연좌제'란 굴레에 얽혀버린 인생은
출세라는 말은 저 멀리 체념하고
슬픔의 노래를 불렀습니다.

굶어도 얼어도 살았습니다.

저 하늘

한 점, 부끄럽지 않게 살았습니다.


나는 오늘도 머리카락을 한 올 한 올 정성껏 자르면서, 삶의 의미에 더 충실해

보렵니다.

이 책을 끝까지 읽어주신다면 저한테는 영광이고 보람입니다. 감사합니다.


저자 이용사 김영진


**도움말**

1편 동우골의 비극: 아버지 인민위원장 김윤범, 어머니 노씨, 할머니 장씨의 이야기

2편 슬픈 계절: 어머니 노씨, 누나 옥진, 나 김영진의 이야기

3편 희망의 노래: 나 김영진의 이야기

# 차례

# 2부. 슬픈 계절

# 3부. 희망의 노래

부록. 자서전

## 어린이 축구교실 · 376

## 시민단체 창립 · 399

## 백범 김구 선생 비석정비 · 401

## 《양구신문》 대표 · 412

## 전쟁은 싫습니다 · 413

# 1부

# 동우골의 비극

들녘은 어느덧 노랗게 익어가는 벼이삭이 고개를 숙이고 산골짝 여기저기 나뭇잎이 붉게 물들어가며, 따갑던 햇살도 옅어지고 메뚜기 떼는 한껏 날갯짓을 하며 가을을 만끽한다. 풍요와 아름다움이 펼쳐지는 동우골로 향하는 위원장 김윤범은 만감이 교차했다.

# 인민위원장 김윤범

## 붉은 줄과 뿔테 안경

검은 양복에 레닌 모자와 뿔테 안경의 중년 사내, 파란 카키복에 붉은 줄이 유난히 돋보이는 권총 찬 군관, 헐렁한 군복을 걸치고 가방을 둘러맨 앳된 소녀티가 나는 여군, 따발총을 맨 인민군 병사, 때 묻은 한복바지에 양복 윗저고리를 걸치고 도리우찌 쓴 남자. 그들이 동창마을 어귀에 나타났다. 주변을 살피는 그들의 눈빛이 유난히 번뜩인다.

"이제 다 왔습니다! 군관 동무!"

도리우찌가 붉은 줄에게 깍듯이 보고했다.

"이곳 동창 사정은 제가 나름대로 잘 알고 있습니다."

도리우찌는 홍천 내촌면당 서기장 최응칠이다. 면당업무와 행정업무를 총괄하는 실질적 관리자다. 내촌 면 일대에서는 마당발로 통하며 학식도 뛰어났지만, 면당위원장은 강필남이가 되었다.

"알았소! 서기장 동무만 믿겠소!"

붉은 줄이 상관처럼 대답했다. 그들 앞에 면당서기 최응칠은 주눅 든 얼

굴이었다. 동창출장소 앞에 인민군 병사 두 명이 급하게 경례를 붙였다. 붉은 줄이

"동무들 수고가 많소!"

마중 나온 사내의 안내를 받으며 침침한 출장소로 들어서고 있었다.

뿔테 안경은 조선노동당 중앙위원이고 붉은 줄 군관은 당정치보위부 정치군관이다. 앳된 여군은 간호장교이며 따발총은 인민군 병사다. 사무실에는 십여 명의 사람들이 어두운 얼굴로 엉거주춤 서있었다.

"너무 놀라지 마시라우요!"

억센 평안도 사투리의 붉은 줄 군관 목소리가 크게 울렸다.

"처음 만나게 되어 반갑수다! 우리는 제국주의 미국 놈들과 이승만 도당을 몰아내고 위대한 통일과업을 완수하러 왔습니다! 당의 명령으로 이곳 동창을 접수하겠소! 동창 동무들은 모두 집합하시오!"

누구 한 사람 시원한 대답도 없이 듣는 시늉만 하는 게 못마땅했는지,

"이 남조선 에미나이들은 귀때기가 꽉 처먹은 게요!"

억세고 투박한 불호령에 깜짝 놀란 그들은 예 하고 기어들어가는 모기 소리로 대답했다. 그들은 이장과 반장 몇 사람들이었다.

그들은 마을로 달음질치면서 속삭였다.

"어떻게 해야 하지? 꽤나 무서운 놈들이라 동네도 가족도 무사하지 못할 텐데 ……."

반장 한 사람이 그들이 어떻다는 걸 알고 있다는 듯,

"인민군이 국군을 남쪽으로 밀어붙여 며칠 안으로 우리나라는 저놈들 빨갱이 세상이 되고 말거다. 후환이 두려우니 마을 사람들을 불러 모으자!"고 하면서 잽싸게 흩어졌다.

얼마 후, 동창사무실 앞으로 사람들이 하나둘씩 모여들었다. 새로 판 우물에 물이 고이듯……. 이곳저곳에서 스멀스멀 칠팔십 명이나 모였으며, 대

부분 남자들이였고 여자는 너덧 명 쌀밥에 뉘 섞이듯 했다.

"야! 너 참 오랜만이구나!"

반가운 표정보다 걱정스런 눈빛이다. 면당 서기장 최 응칠이 양미간을 잔뜩 찌푸리며,

"다들 오셨습니까? 여성 동무들은 몇 명 안보이니 어떻게 된 거요? 다음부터는 한 동무도 빠짐없이 참석시키시오! 소개해 올리겠습니다! 남조선 해방과 혁명과업 완수를 위해 특별히 이곳으로 오신 당 중앙위원 김현섭 동지를 소개합니다!"

하얀 얼굴의 뿔테 안경이 활짝 웃었다.

"바쁘신데도 많이들 오셔서 매우 기쁩니다! 동창 인민 여러분을 만나서 매우 반갑습니다!"

억양이 센 북한 사투리를 절제하며 나긋나긋 말을 꺼냈지만, 곧 우렁찬 목소리로 연설을 시작했다.

"미제의 앞잡이 이승만 괴뢰역적 패당 밑에서 얼마나 많은 고통을 받고 살았습니까? 백전백승의 위대한 김일성 장군께서는 미제와 이승만 도당을 몰아내고 내일모레면 남조선을 해방시키는 영광의 날을 맞이할 것입니다!"

그는 손에 종이쪽지 하나 안 보고도 누에가 명주실 토하듯 침 한 번도 안 삼키며 연설을 늘어놓더니, 갑자기 말을 멈췄다.

"아니? 이곳 남조선 동무들은 왜 박수를 안 치는 게요?"

멀쑥한 표정의 화난 얼굴도 잠시,

"아참! 이곳 남조선 동무들은 이승만 도당이 박수치는 훈련을 안 시킨 모양이구먼!"

자기 혼자 치지 않는 박수를 합리화하며 얼버무리더니…….

"우리 박수치는 연습 좀 해봅시다! 내가 먼저 박수를 쳐 보일 테니까니 잘 보시오! 양손바닥을 벌려 이렇게 짝짝 부딪치면 소리가 나는 게요! 잘 보셨

시오? 내가 힘주어 외치면 박수를 치는 게요! 우리의 위대한 스탈린 동지 만세! 아니 내가 큰 소리로 외쳤는데 왜 박수를 안 치는 기오!"

화난 목소리가 섬뜩했다.

"자, 다시 한 번 쳐봅시다! 백전백승 위대한 김일성 장군 만세!"

여기저기 가늘게 박수 소리가 터져 나왔다.

"남조선 동무들은 논에 피도 없어 피죽 한 그릇도 제대로 못 먹어 박수 칠 힘이 없는 게요!" 그는 높은 목소리로 험상궂은 얼굴을 하고 명령했다.

"이번이 세 번째요! 힘차게 박수를 쳐봅시다!" 그는 갑자기 어린아이 달래듯 부드럽게 말했다.

"위대한 스탈린 동지 만세!" 박수소리가 힘차게 터져 나왔다.

"백전백승의 위대한 영웅 김일성 장군 만세!" 박수 소리가 요란하게 울리자 꽤나 흡족한 미소를 지으며,

"이곳 동창 인민들과 위대한 혁명 사업을 함께하게 되어 매우 기쁘오!"

그는 장황하게 연설을 늘어놓으며 '김일성 장군 만세! 스탈린 동지 만세!'를 연호하며 힘찬 박수를 받았다. 그는 야생동물을 길들이는 노련한 조련사처럼 사람들을 제 맘대로 길들이고 있었다. 연설을 마치나 했더니,

"위대한 혁명과업을 완수하려면 동창에도 당성과 능력 있는 책임자 동무를 뽑아야 하오!"

동무라는 말이 새삼스레 낯설게 다가왔지만 그의 뛰어난 언변술에 동무라는 말이 금세 자리 잡는 것이 신기했다. '동무'라는 말은 어릴 때 소꿉놀이하며 불렀던 우리민족의 고유명사인데 어느덧 '평등'이란 의미로 교묘히 써먹는 상투적 수식어가 되었다. 남한 사람들은 동무라는 말 대신 '친구'라 불렀고, 무심코 동무라고 부르다가는 빨갱이로 오해받기 때문에 동무는 누가 시키지 않아도 스스로 금기어가 되어있었다. 그랬던 동무가 이상하게도 귓속에 자리 잡았다.

달변가 뿔테 안경은 헛기침을 한번 하더니 예리한 눈매로 모두를 둘러보면서,

"동창 동무들이 위원장 동지를 선출해주시기우!" 은근 슬쩍 떠넘겼다.


# 김윤범 인민위원장 선출되다

사람들이 옹기종기 모여 걱정스런 얼굴로 의견을 나눈다.

"저놈들 말을 안 들을 수도 없고……. 저네들 세상이 되었는데 뒷생각해서라도 어쩔 수 없잖아! 누구를 뽑긴 뽑아야 하는데…… 누구를 뽑아야 하지?"

"누가 책임자 하려고 하겠어! 그렇다고 안 뽑을 수도 없고!"

"저 사람 어때? 김윤범이 두촌 장남에서 이사 온 사람!"

"누구?" 누군가 또 물었다.

"비석거리서 막국수 장사하는……."

"아! 그 사람 만만치 않지! 말 잘하고 경우 바르고 성깔도 있지! 그곳에서 빨갱이로 몰렸대나? 그래서 이곳으로 피해서 왔다고 하던데……."

"빨갱이 세상이 되었으니 윤범이가 무조건 책임자가 되어야겠네! 우리는 꺼림칙한 책임자를 윤범이에게 덮어씌우고 겉으로만 하는 척하는 거야!"

토박이들은 수군수군 이구동성으로 김윤범을 인민위원장으로 추천하기로 했다. 아니, 계략을 꾸미고 있었다. 여차하면 김윤범을 희생양으로 삼겠다는…….


김윤범, 그는 태 버린 고향이 동창이다. 아버지는 고종황제 때 별감과 대전부사 벼슬의 관리였으며, 어머니는 안동 장 씨로 친정이 동창이다. 어머

니 장씨는 황제의 셋째 비 엄비(영친왕 생모)와 가까웠다. 어머니가 형 윤홍을 낳았을 때 영친왕에게 젖을 먹이시고, 보모 역할을 하여 엄비의 신임이 두터웠으며 궁중 의상을 총괄했다. 아버지 영기는 풍류를 잘해 황제의 부름을 자주 받았다.

한일합방이 되면서 동창 처가 동네로 이사했는데, 홍천 두촌 부잣집 며느리가 된 딸이 장남으로 이사시켜드렸다. 아들 하나에 딸 넷을 낳고 막내 윤범이를 친정 부모가 계시는 동창에서 낳았으니, 윤범이의 태 버린 고향은 동창이었다. 아버지는 별감과 대전부사 벼슬을 하였기에 '김 부사'로 불렸으며 두촌 면에서는 제일 양반가로 불렸다. 윤범이는 말끔한 용모에 언변이 좋고 경우 바르고 주먹과 완력이 뛰어났다.


윤범이에 대한 일화도 많지만…… '똑똑이 김 서방', '어거지 김 서방', '엉터리 김 서방' 등 별명이 몇 개나 되었다. 그때는 면 대항 체육대회, 군 대항 체육대회에서 청년들은 지역 주민들의 자존심과 명예를 걸고 온 힘을 다해 열심히 싸웠다. 면 대항에서 100~200m는 윤범이가 우승권으로 빨랐지만, 마라톤은 한 번도 출전해본 적이 없었다. 그랬던 윤범이가 마라톤에 도전했다. 반환점을 돌았을까? 앞서 달리는 선수가 몇 명쯤 되었고, 지쳐버린 윤범이는 그들을 도저히 따라잡을 수가 없었다. 마침 자전거를 타고 지나가는 사람에게 소리쳤다.

"여보시오! 잠깐 봅시다!" 자전거를 타고 가는 사람이 영문도 모르고 멈췄다. 윤범이는 다짜고짜,

"나 다리가 아파 달릴 수가 없으니 자전거를 잠깐만 빌립시다!"

자전거를 타고 달려 1등보다 훨씬 앞서간 다음 자전거를 버리고 운동장으로 들어왔다. 운동장에서 기다리는 사람들은 자기네 선수가 1등으로 들어오기를 기대하며 기다리는데 생각지도 않은 엉뚱한 선수가 들어오니 어안

이 벙벙할 수밖에……. 늘 1~2등 하던 이름난 선수들은 한참 후에나 운동장에 나타났다. 더 기막힌 건 선수들이었다. 분명 자기들 앞으로 자전거를 타고 달아난 사람이 1등이라니? 너무 어이가 없었다. 1등으로 들어온 선수를 반칙이며 무효라고 항의해야 하는데 윤범이의 절친한 친구나 다른 선수들은 매섭게 째려보는 윤범이 눈매에 아무 소리 못 했다. 윤범이는 당당히 1등상을 탔다. 운동 경기가 끝나고 윤범이는 마라톤 선수들한테 술을 샀다. 고마움과 미안함으로…….

한 친구가 "네 녀석은 엉터리야!"라고 한 후 윤범이 별명은 '엉터리 김 서방'으로 불렸다.

또 자기 생각이 옳다고 생각하면 어떻게 해서든 상대를 설득하고, 안되면 우격다짐을 해서라도 자기주장을 관철했다. 그래서 붙은 별명이 '어거지 김 서방'이었다. 하지만 마음은 소녀처럼 여려, 남의 일이라도 슬픈 일에는 눈물 흘리는 자상하고 인정스런 사람이었다.

그때는 마을마다 투전판이 많이 벌어져 도박으로 가산을 탕진하고 가정이 파탄 나는 집이 허다했다. 윤범이는 이 동네 저 마을로 도박판을 찾아다니며 투전을 말렸다. 맞서는 사람들은 윤범이 주먹에 혼쭐나고 도망쳤다. 억울한 일을 당한 사람들은 윤범이를 찾아왔다. 윤범이와 같이 상대를 찾아가면, 상대는 윤범이를 보자마자 기가 죽었다. 윤범이는 두 사람 이야기를 다 듣고 나서 잘잘못을 가려 잘못한 쪽은 사과하고 배상도 했다. 윤범이는 마을 재판관이자 해결사인 셈이었다. 그런 연유로 '똑똑이 김 서방'으로 불리기도 했다. 돌이켜보면 불법 도박을 막아보겠다는 남다른 사명감의 공익적 행위는 윤범이가 미움을 받고, 좌익의 굴레가 씌워져 손가락질 당하며, 보복으로 애매한 누명을 쓰고 천수를 못다 한 원인도 되었다.

윤범이는 눈치가 빠르고 예리했다. 주막거리에 웬 사내가 황소 한 마리를 끌고 오고 있었다. 윤범이는 그의 앞을 막아서서 다짜고짜 쇠고삐를 잡아챘다.

"당신 소 아니지!" 사내는 당황한 얼굴로,

"아니 내 소인데 당신이 뭔데 이런 무례한 짓을 하는 거요!"

"당신 소가 아니니 끌고 갈 수 없소! 지서에 연락할 테니 당신 소가 맞으면 끌고 가시오!"

윤범이는 쇠고삐를 나무 밑동에 강제로 매어놓았다. 서슬 퍼렇던 소 주인은 어디론가 사라졌다. 얼마 후 웬 사내가 헐레벌떡 달려와서는 소를 보고 털썩 주저앉았다. 윤범이는 소도둑을 잡았다고 상으로 광목 한 통을 받았다.

윤범이는 노래 잘하고 춤도 잘 췄으며 퉁소도 잘 불었다.

'열아홉 살 과부가 스물아홉 살 딸을 업고 문경새재 뼈뚤이길을 비뚤비뚤 걸어가며 아이고, 내 팔자야! 아이고 내 팔자야~.'

퉁소 가락 사연인즉 열세 살 처녀가 가정 형편이 어려워 쉰 살 홀아비한테 시집을 갔는데, 시집 간 스물세 살 딸이 병들어 소박맞고 친정으로 쫓겨 와 육 년을 같이 살다가, 남편이 병들어 삼 년을 앓다 죽어버리니 열아홉 살 청상과부는 하늘을 원망했다. 열아홉 살 과부가 스물아홉 살 먹은 병든 딸을 업고 문경새재 넘어 의원 집으로 가면서 신세 한탄하는 애절한 사연…….

윤범이 직업은 이동 방앗간, 광산관리직(덕대) 등이었으며 농사일은 안 했다. 수완과 수단이 좋아 돈은 잘 벌어도 친구들과 어울리며 밖에서 다 쓰니 집에서 살림하는 아내는 늘 힘들었다.

일본 순사들이 광산으로 도피한 흉악범을 잡으려면 윤범이를 꼬드겨 광산 막장으로 들여보내 범죄자들을 잡아왔다. 윤범이가 짱구가 아닌 다음 어찌 그렇게 무모한 짓을 할 수가 있겠는가? 윤범이도 폭력이란 약점으로 경찰이 주시하는 리스트에 올려 있으니까…… 경찰에 협조해서 잘 좀 해보려 했고, 경찰도 그런 윤범이 약점을 이용하고 있었다.

1945년 해방 후 남과 북은 삼팔선으로 분단되었고, 6·25전쟁이 발발하기 전까지 오 년은 분단 정부 수립과 권력을 둘러싼 뭇 정파의 대립으로 혼란한 시기였다. 1947년 여름은 특히 격렬해 7월 한 달간 128건의 테러가 발생하여 36명이 숨지고 385명이 부상당했다. 테러는 좌·우익 모두 자행했지만 우익테러가 압도적으로 많았다. 그들 배후에 경찰조직이 있어서였다. 더 배후에는 친일파와 우익정치인이 있었고 그 핵심에는 이승만이 있었다.

서북청년회(약칭 '서청')는 가장 막강한 우익테러집단이었다. 서청은 북한에서 월남한 청년들의 지역별 조직을 통합해 1946년 11월에 발족했다. 그들은 반공 행동대로 좌익단체 사무실과 행사장을 습격하는 등 폭력을 일삼았다. 그 조직의 활동자금을 김구, 이승만 등 독립운동 지도자들과 장택상, 조병옥 등 한민당 정치인들이 댔다. 돈과 세력을 더 차지하기 위한 우익단체끼리의 테러도 적지 않았다. 대동청년단은 그 끝에 1947년 9월 21일 창설됐다. 서청의 세가 이승만 쪽으로 기울자 김구가 갓 귀국한 광복군 총사령관 지청천을 내세워 우익대동단결을 기치로 결성한 단체였다. 서청은 대동청년단 합류파와 잔류파(일명 재건파)로 나뉘었고 재건파는 이승만의 친위대 노릇을 했다. 재건파 리더 문봉재는 서청의 정신적 배후로 이승만을 꼽았다.

이승만은 서청 잔류파와 별도로 구국청년총연맹을 결성했다. 대동청년단은 1948년 단독 정부 수립을 둘러싼 갈등 속에 분열하면서 미군정을 등에 업은 이승만에게로 기울었고, 1948년 정부 수립 후 역시 이승만이 조직한 대한청년단으로 흡수됐다. 서청의 생명력은 더 끈질겨 1948년 제주 4·3학살과 그 후까지 악행이 이어졌다. 1949년 6월 김구를 시해한 안두희 역시 서청 재건파 출신이다.*

해방 후 하지의 군정은 몽양 여운형의 건준(건국준비위원회)로 해방정국의

---

*최윤필, "대동청년단", 《한국일보》, 2016.09.21, 30면.

기틀을 세우려 했으나 민족의식이 강한 여운형보다 이승만을 대안 세력으로…….

우익은 이승만, 김성수로 대표되는 우파진영의 집산인 한민당(한국민주당), 지청천, 이범석 장군의 대동청년단. 좌익은 박헌영, 이광국, 이승엽 등의 남로당(남조선노동당)이고, 여운형이 이끄는 중도좌파의 조선인민당(후에 근로인민당), 김구 선생 등 상해임시정부계열에는 한독당(한국독립당).

민족진영 거두 김구는 암살당했고, 여운형, 장덕수 등도 암살당했다. 하지의 미군정청은 남한의 정치 활동을 보장했는데 박헌영의 남로당도 정치 활동을 허용했었다.


윤범이도 친구들과 좌우 이념도 모르면서 휩쓸려갔다. 처음에는 대동청년단에 가입하여 활동 중 어떤 연유로 남로당에 가담하게 되었는데, 쉽게 생각한 이념이 그렇게 무서운 덫일 줄은 몰랐다. 목숨까지 앗아가는…….

순경들이 남로당 가입자들을 검거하러 온다는 첩보를 미리 입수하고 모두 산속으로 피신했다. 며칠 동안의 산 생활은 견디기 힘들었고 식량마저 떨어졌는데, '자수하면 죄를 묻지 않겠다'고 회유했다. 모두들 하산했는데 윤범이만 산속에 홀로 남았다. 주모자는 윤범이라고 덮어씌울 수밖에…….
다른 사람들은 훈방 되었다. 한 달여 만에 윤범이는 지서에 자수했다.

"빨갱이 놈, 배후를 대라!"

몸뚱이가 퉁퉁 붓도록 매를 맞았다. 매를 견디지 못한 윤범이는 동네유지들 이름을 모두 불렀다. 애초부터 배후 같은 건 없었으니까……. 그들 모두 죄 없는 사람들이니 자기도 그들처럼 죄가 없다는 결백의 의미였지만, 소용없이 며칠 동안 매만 죽도록 맞고 풀려 나와 똥물까지 마시며 요양했는데, 툭 하면 지서에 불려가 정 순경한테 매를 맞곤 했다.

일본에 유학 간 동갑내기 조카(큰누님의 아들)가 방학 때 외가에 오면 윤범이와 잘 어울렸다. 조카는 일본에서 대학 다니는 깨어있는 '먹물'이었다. 조카가 주고 간 몇 권의 책을 밤새워가면서 읽었는데……. 마르크스, 엥겔 등 일반인들은 접하기 힘든 책을 읽으며 지주 계급과 악덕 자본가들로부터 해방되어 모두가 다 함께 잘사는 인민의 나라 이상 사회를 꿈꾸고 있었다.

하지만 혼자만의 생각일 뿐이었지 누구한테도 공산주의가 좋다고 말한 적도 없었는데, 그때 산속으로 피신한 후부터 빨갱이 소리를 들으며 지서에 단골로 불려가 억울하게 매 맞고 감시를 받았다.

## 동창으로

두촌 장남은 윤범이가 살 곳은 아니었다. 본인과 상관없이 빨갱이 취급을 당하고 살아야 하니까……. 어머니가

"떠나자! 장남을……. 가자꾸나! 인심 좋고 살기 좋은 내 친정 동네 동창 으로……."

어머니 장씨는 하루건너로 지서에 불려가 매 맞는 아들 때문에 하루도 맘 편할 날 없고, 가슴은 쓰리고 아팠다. 윤범이는 이삿짐을 꾸려 동창 어귀 비 석거리에 집 한 채를 마련하여 어머니, 아내, 딸, 아들 다섯 식구가 살게 되 었다. 생계 수단으로 아내가 생전 처음 해보는 막국수 장사를 시작하고, 남 편 윤범이는 동네 한량들과 어울렸다. 사람들은 대부분 농사일도 하지만, 마땅한 직업 없이 빈둥거리는 사람들도 많았다.

윤범이는 깔끔한 용모에 경우 바르고 언변도 좋다 보니 시기하는 사람들 도 많아졌다. 동창 바닥에서 내로라하며 꺼떡거리는 사람들도 윤범이한테 는 처지니…… '언젠가는 두고 보자!' 하고 다들 벼르고 있었다. 두촌 지서에

24

서 '김윤범은 요시찰인물(빨갱이)이니 잘 감시하라'고 공문을 보냈고, 소문도 퍼졌다. 뭐 잘못한 것도 없어 꼬투리 잡을 것도 없으니, 그저 빨갱이라고 수군거리며 초등학교 다니는 딸까지도 빨갱이 딸이라 했다.

　마을 구장은 막강했다. 토호에다 재력과 인맥까지 구축한 구장의 영향력은 대단했다. 동창으로 이사 온 지 얼마 안 되는 윤범이가 구장의 부당한 일 처리에 대해 해명을 요구했고 '모른다', '아니다'라고 변명하는 구장한테 언성을 높이자, 곁에서 지켜보던 박준화가 윤범이 뺨을 후려갈겼다.
　"객지서 굴러 온 새끼가 감히 누구한테 대들어!"
　피가 거꾸로 솟았다. 순경한테는 많이 두들겨 맞았어도 어느 누구에게도 매 한 대 맞아본 적 없는 윤범이는 주먹으로 땅을 쳤다.
　"네놈이 내 귀싸대기를 쳐!"
　울분을 삼키며 객지의 텃세를 아프게 당할 수밖에……. 그 사건 이후 자기들끼리는 으레 이 윤범이를 빨갱이 새끼라고 불렀다.

　도리우찌 최응칠이 외쳤다.
　"다들 집합하시오! 당 지도원 동지께서 인민위원장 적임자를 추천하라고 말씀했는데, 후보자가 결정되었으면 추천해주기 바랍니다!" 잠시 침묵이 흐르고…… 누군가가 손을 들었다.
　"김윤범 씨를 위원장에 추천합니다!" 또 한 사람이 큰소리로,
　"저도 김윤범씨를 위원장으로 추천합니다!"
　푸른색 바지에 모시적삼 차림으로 밀짚모자를 눌러 쓴 윤범이가 사람들 뒤에서 팔짱 끼고 서있었다. 자기들끼리 의견 일치를 보고 입을 맞춰놓았기에…….
　"다른 후보자는 없습니까!?" 최응칠이 마지막으로,

"김윤범 씨밖에 없습니까?"

"예! 김윤범 씨밖에 없습니다!!"

김윤범 이름이 여기저기 터져 나왔다. 심각한 척하던 최응칠이 환하게 웃으며,

"정말 김윤범 씨 말고 다른 후보자는 정말 없으시지요?"

그는 형식적으로 물었다. 뿔테 안경과 붉은 줄 얼굴에도 흡족한 미소가 번졌다. 최응칠이,

"후보자가 김윤범 씨로 단독 추천되었어도 투표를 해야 합니다!"

어느새 낡은 트럭에서 상자 두 개를 갖다 놓았다. 검정색과 흰색 통의 가로 세로 높이는 40cm로 네모진 상자였다.

"잘 들으세요! 지금부터 투표 종이 한 장씩 줄 테니 김윤범 후보가 위원장이 되는 게 좋으면 하얀 통에 종이를 넣어주고 싫으면 검은 통 투표함에 넣으시면 됩니다!"

아이들 손바닥만 한 종이 한 장씩 나눠주자, 맨 먼저 사람이 하얀 통에 종이쪽지를 접어 넣는다. 다음 사람들 모두 줄지어 하얀 통에 한 사람도 빠짐없이 투표를 했다. 만장일치로 김윤범 후보가 동창 인민위원장에 당선되었다. 뿔테 안경이,

"동창 인민위원장에 김윤범 후보가 당선되었음을 선포합니다!"

박수 소리가 요란하게 터져 나왔다. 바뀐 세상! 서슬 퍼런 그들 앞에 위원장직을 거절하면 골로 가는데……. 어떻게 위원장직을 안 맡겠다고 거절할 수가 있겠는가?

김윤범도 막연하게나마 마르크스의 인민의 나라를 동경하고 꿈꾼 적은 있지만 자기가 마르크스 혁명의 중심에 설 것이라고는 꿈에도 생각을 못했는데, 동창 인민위원장이라는 직책이 윤범이에게 운명처럼 현실로 주어졌다.

최응칠이 정중한 목소리로,

"김윤범 당선자 동지 나오십시오!"

맨 뒤에서 말없이 지켜보던 당선자 김윤범이 밀짚모자를 벗고 나타났다. 하얀 얼굴에 귀티 나는 용모였다. 뿔테 안경이 자리에서 일어나 김윤범의 손을 덥석 잡으며,

"김윤범 위원장 동지의 당선을 진심으로 축하하오!" 붉은 줄도 두 손을 내밀었다, 최응칠도 손을 잡았다.

"김윤범 위원장 후보가 동창 인민위원장에 당선되었음을 선포합니다!" 뿔테 안경이 큰소리로 외쳤다. 모두들 기립박수를 쳤다.

"김윤범 위원장 동지, 당선 인사를 하시 기우!"

어딘가 미덥지 못한 표정으로 뿔테 안경이 재촉했다. 김윤범이 단상 한가운데 섰다.

"위대한 남조선 해방을 위하여 이곳 동창까지 와주신 당 중앙정치위원이신 김현섭 동지와 보위부 군관 동지, 최응칠 내촌면당 서기장, 인민군 여러분들을 열렬히 환영합니다!"

여기저기서 터져 나오는 박수 소리가 장내가 떠나가도록 요란하게 퍼져 나갔다.

"여러모로 부족한 저를 동창 인민위원장으로 선출해주신 동창 인민 여러분들께 감사의 말씀을 올립니다! 위대한 우리의 영도자 김일성 장군은 항일 빨치산 전투를 백전백승하며 일본 놈들을 이 땅에서 쫓아냈지만, 미제의 루즈벨트가 승리를 가로채고 얄타회담, 포츠담선언, 모스크바삼상회의에서 우리 조선을 삼팔선을 경계로 남북으로 분단시키는 천인공노할 짓을 했습니다! 미제는 이승만 허수아비 꼭두각시 정권을 내세워 독립운동가 애국자를 암살하고 인민들을 도탄 속에 빠뜨려 인민들은 기아에 허덕이고 있습니다!

북 조선은 위대한 김일성 장군님의 영도로 프롤레타리아 혁명을 성공하여 '조선민주주의인민공화국'을 건설하였습니다! 위대한 영도자 김일성 장군이 영도하는 우리 인민군은 백전백승으로 미제 침략자들을 쳐부수며 며칠 안으로 남조선을 해방시킬 영광의 날을 맞을 것입니다.

저는 당선의 영광보다 동창을 혁명의 고장으로 탈바꿈시켜 모두가 잘사는, 인민이 참주인이 되는, 인민의, 인민을 위한 동창이 되도록 미력하나마 몸과 마음을 다 바쳐 혼신의 힘을 다하겠습니다! 하지만 제 힘으로는 부족합니다! 아니, 아무것도 할 수 없습니다! 동창 인민 여러분께서 내 일처럼 혁명과업에 동참하셔야 합니다! 아니, 꼭하셔야 됩니다! 미제와 이승만 도당을 몰아내고 조선 반도가 통일되면, 가진 자의 압제에서 벗어나 노동자와 농민이 주인이 되는 위대한 혁명과업이 완수될 것이라고 확신합니다."

논리 정연한 윤범이 연설 속으로 모두가 빠져들었다.

"와! 소문대로 윤범이가 진짜 빨갱이네! 저렇게 유식하게 빨갛다니……."

"가진 자, 없는 자 누구나 사람대접받으며 사람답게 사는 세상이 정말 오기는 올까?"

반신반의하는 사람들, 왠지 미덥지 않다는 사람들이 수군대고 있었다. 뿔테 안경이 꽤나 흡족한지 활짝 웃음 띤 얼굴로 위원장 김윤범과 포옹을 했다.

"위원장 동지 참으로 위대하오! 남조선 동창에도 위대한 혁명 동지가 있다는 게 든든하고 놀랍소! 당에 보고하겠소!"

윤범이 눈에는 진정 인민의 나라가 현실로 다가오고 있었다. 레닌이 볼셰비키혁명으로 봉건자본주의를 몰아내고 프롤레타리아혁명을 성공한 것처럼 이 땅에도 프롤레타리아혁명을 완수하는 것이 시대적 사명이고 의무라고…….

사람들이 썰물처럼 밀려가고 썰렁한 사무실에는 그들만이 탁자 앞에 빙둘러 앉아있었다. 뿔테 안경이,

"김윤범 위원장 동지! 앞으로 혁명과업 완수가 만만치 않을 게요! 남조선 인민들은 자본가 지주 계급에 눌리고 시달리며 살다 보니 으레 그저 그러려니 하면서 반항하거나 저항할 줄을 모르오! 한마디로 말하면 숙맥이랄까? 그런 남조선 동창 인민들을 혁명 전사로 길들인다는 것이 만만치 않을 게요! 아까 모인 사람들을 유심히 살펴보아도 정신상태가 똑바로 박힌 사람은 한 명도 찾지 못했소!

위원장 동지! 혁명이라는 것이 열정 당성 마르크스 이념 무장으로만 되는 것이 아니오! 사람들의 마음을 꿰뚫는 눈으로 우리의 혁명과업에 열성적으로 참여하는 능력 있는 사람을 찾아 꽁꽁 묶어 혁명 사상으로 무장시켜, 반당 분자를 회유하고 말살하여 조선민주주의인민공화국의 기틀을 튼튼히 다져야 하오!"

뿔테 안경은 꽤나 해박하고 유식한 공산주의 이론가로 느껴졌다. 김윤범 위원장은 뿔테 안경을 처음 만났을 때부터 억양이 거슬리고 왠지 그가 불편했지만, 대꾸할 직위나 반박할 논리조차 없었다. "네! 알겠습니다!"라고 무조건 숙여야 했다. 붉은 줄이,

"무엇보다 이곳 동창의 치안 유지가 급선무요! 반동들이 언제 어떻게 준동할 줄 모르오! 우리의 용맹한 인민군들이 파죽지세로 적들을 쳐부수고 있지만, 후방 지역은 치안이 전무한 상태요! 인민보위부에서는 보안을 강화하고 반동들을 경계하며 분쇄하고 있지만 아직도 많이 미흡합니다.

이곳 동창도 하루빨리 자위대를 모집하여 반동들이 얼씬도 못하게 철통같이 방비하고, 불순세력들을 깨부수어 남조선 해방과 혁명과업을 차질 없이 성공시켜야 하오!"

붉은 줄은 청년 티가 가시지 않았지만, 평안도 사투리로 또박또박 논리 있게 말했다. 도리우찌 최웅칠이 헛기침을 두어 번 하고,

"동창 인민회의도 서기장을 임명해야 합니다. 우리 내촌면당은 이미 인민

위원장, 자위대장, 서기장까지 편제가 완료되었습니다. 물론 서기장은 제가 맡고요. 저도 처음에는 당 서기장이라는 직책이 내가 면사무소에 근무할 때 했던 행정 업무 정도로만 알았습니다만……. 막상 서기장을 맡고 보니 이곳 행정과는 영 딴판입니다. 서기장은 위원장을 보필하고 주어진 업무만 하면 된다고 알았는데……. 업무가 광범위하고 복잡해서 여기저기 관여 안 하는 곳이 없습니다. 당원 가입, 조직, 재정 등은 물론 모든 살림살이를 도맡아 해야 하는 어렵고도 힘든 자리입니다. 세포위원장이 임명될 때까지 세포위원장도 한시적으로 맡고 있고, 당원 성향, 인민들 여론까지 문서로 군당에 보고해야 합니다. 당 서기장이 중심인 셈이지요!"

서기장이 된 지 사흘밖에 안 되는 그가 삼 년 넘게 서기장 직에 통달한 사람처럼 해박했다. 뿔테 안경이,

"동창 세포위원장도 임명될 때까지 김윤범 위원장이 겸직해주시오! 세포위원장은 우리 당 사업에 가장 핵심이 되는 중책이오!"

세포위원장이 어떤 역할인지도 잘 모르면서, 김윤범은 세포위원장 자리도 승낙했다.

"저녁식사 하시러 가시지요! 전쟁 중이라 뭐하나 제대로 된 변변한 음식점도 없습니다. 저희 집에서 국수 장사를 하니 저희 집으로 모시겠습니다." 김윤범이 앞장을 섰다.

막국수라 해도 어렵사리 남겨놓은 메밀가루를 익반죽으로 치대 분틀에 눌러 면발은 그런대로 괜찮지만, 양념이라고는 마늘 한쪽이나 파 한 뿌리, 고춧가루 같은 건 아예 없었다. 간장물을 거무스름하게 풀어 그 물에다가 국수를 만 것이 고작이었다.

"우리 마누라 솜씬데 변변치 않습니다!"

그들은 게걸스레 먹고 하얀 배춧잎사귀까지 다 먹어치웠다.

"아, 위원장님 마나님! 아니 사모님! 음식 솜씨가 참으로 일등이요! 내래

피양서 이름난 냉면집이라는 집은 죄다 다녔드랬는데, 지금 먹은 막국수 맛에 비교하면 아예 등수도 못 들겠수다!"

너스레 떠는 뿔테 안경은 전쟁마당에서 허기져 맨날 굶주리다가, 재료도 없는 형편에 간장물에나마 말아 만든 막국수 대접을 받은 것이 너무 고마워 과찬이라는 걸 모두가 뻔히 알고 있지만 박수를 치며 좋아했다. 뿔테 안경이 부엌 쪽으로 머리를 내밀며,

"사모님 받으시라요!"

빨간 종이 뭉치를 한 움큼 쥐어 줬다. 처음 보는 종이 뭉치가 돈이라는 걸 직감으로 알았지만, 아내 노씨는 남편의 얼굴을 힐끗 쳐다봤다. 남편이 얼른 다른 곳으로 눈길을 돌리며 받으라고 눈으로 말했다. 노씨는 돈이라는 것이 실감나지 않았다. 이런 김윤범 위원장 아내 노씨에게 파란만장한 시련이 기다리고 있을 줄이야······.

# 자위대장 함용호, 서기장 민영진

사무실 앞뜰······. 먼 곳을 바라보는 위원장 김윤범 얼굴에는 그늘이 드리웠다.

'어떻게 하나?'

양어깨를 짓누르는 중압감에 가슴 답답했다. 노동자와 농민이 주인이 되고 모두가 평등하게 살아가는 이상 사회를 꿈꾸지만, 현실은 어떻게 해야 할지 난감하기만 하다. 누군가 곁으로 다가왔다. 함용호다. 용호는 후리후리한 키에 히죽 웃으며,

"윤범이 너 참 대단하더라! 평소에도 네 말솜씨가 보통 아닌 걸 알았지만,

미국과 소련에 의한 국토 분단과 해방정국, 특히 마르크스 이론을 어떻게 통달했냐? 나는 그런 세상이 있다는 걸 조금은 알고 나 혼자만의 막연한 생각은 해봤지만, 네 말을 듣고 많은 걸 깨달았어!"

"고맙다 용호야!" 윤범이는 용호의 손을 꽉 잡았다.

"너 혼자 너무 애쓰지 마! 내가 큰 힘은 못 돼도 너를 도와줄 테니 네 말대로 동창을 좋은 고장으로 바꿔보자!"

"고맙다 용호야!"

윤범이와 용호는 힘껏 포옹했다. 윤범이가 처음 동창에 왔을 때부터 친구가 되었지만, 오늘의 용호는 천군만마를 얻은 것보다 더 큰 동지로 만났다.

함용호는 동창이 선대부터 고향이다. 토호 집안이었고, 아버지 함춘선 옹은 한학자로 기미만세 때 장두 김덕원과 거사를 준비하고 조직을 맡아 만세운동에 큰 역할을 한 부장두 급으로, 동창에 삼천 명이 운집한 가운데 앞장서서 만세를 부르다 일본헌병 총탄에 대퇴골을 관통되는 중상을 입고 쓰러졌다. 여덟 명의 열사는 순국하고 함용은 가까스로 목숨을 건졌다.

용호는 동창의 땅 많은 부잣집 외아들이었지만, 어릴 때부터 유교식의 엄한 가정교육을 받으며 자랐다. 동창보통학교를 졸업하고 서당에 삼 년쯤 다니다가 스무 살에 혼인하여 아들 하나를 두었다. 큰 키에 호방한 성격으로 웃을 때는 히죽히죽 웃는 모습이 좀 싱겁게도 보이지만, 악의가 없고 사람이 좋아 동창은 물론 서석, 내촌, 홍천읍까지도 친구가 많았다.

"용호야! 자위대장은 네가 맡아줘야겠어!"

"내가 자위대장을? 나는 자위대장이 뭔지 솔직히 잘 모르는데 내가 맡아도 되겠어? 윤범이 자네가 맡으라면 어쩔 수 없지만······."

"나도 자위대장이 뭔지 잘 모르지만 지역을 방위하는 '청방'과 치안을 담당하는 경찰을 짬뽕한 거지! 동창을 반대세력으로부터 지키는 거야!"

"부족하고 능력은 없지만 열심히 해볼게!"

"고맙다 용호야!"

윤범이와 용호는 두 손을 맞잡고 가슴으로 다짐했다. 다음 날 윤범이는 용호에게,

"서기장감이 어디 없을까? 서기는 중책이야! 너와 나보다 똑똑하고 유식해야지! 한마디로 가방끈이 긴 먹물이어야 해! 아무리 노동자와 농민의 세상이 된다 하지만, 업무와 사무는 박식하고 능력이 있어야 하니까……."

둘 사이에는 뜸 들이는 시간이 흘렀다.

"이곳 사람들은 용호 자네가 잘 아니까 추천 좀 해봐!"

"글쎄 한 사람 있기는 하지만, 그 친구가 승낙할지 모르겠어! 그 사람은 우리들과 격이 다른 사람이랄까? 타고난 품성도 좋고 학식도 뛰어나지! 아무튼 내가 말해 보겠어. 이름은 '민영진'이야!"


민영진은 동창에서 태어났다. 조부 때 동창에 정착했는데 살림은 넉넉한 편이었고 춘천농업학교까지 다닌, 동창에서는 먹물급 엘리트였다. 온화하면서도 합리적 성격이었다. 면 서기나 학교 선생으로 갈 수도 있었지만 공직에 나가지 않고 농사일을 돌보면서 집에서 지내는 시간이 많았으며, 가끔 홍천이나 춘천에 다녀오기도 했다. 그는 늦은 나이에 아들 하나를 두고 있었다.

"동창에 이만한 인물이 없는 것 같네!"

윤범이가 탐을 냈다. 이때 면당에서 사람이 왔다. 면당에서 보낸 공문이라면서 착착 접은 두루마리 한 뭉치를 전해주며, 수령증에 확인 도장을 받더니 휭하니 뒤돌아갔다.

위원장과 자위대장은 처음 보는 문서였는데, 한글과 한자로 섞어 썼다. 함용호 대장이 한자는 잘 알아 읽기는 하지만 내용은 이해하기가 어려웠다.

발신: 홍천 군당 인민위원회

수신: 내촌 동창 인민위원장

참조:

제목: 동창 서기장 임명 독촉 및 농맹·민청·여맹위원장 임명 독려

  1. 서기장을 하루속히 임명하고, 이력을 군당에 보고할 것

  2. 농맹(농민연맹)·민청(민청 위원회)·여맹(여성동맹)위원장을 속히 임명할 것

  참조사항

  1. 혁명 사업에 반대세력, 불순분자 명단을 작성·관리하고 감시할 것

  2. 혁명 사업에 동창인민들이 열렬히 동참하도록 지속적 독려와 계도를 할 것


  위원장 김윤범과 자위대장 함용호는 난감했다. 아직 자리도 못 잡고 뭐가 뭔지도 모르는데 공문을 보내 채근하고 있으니……. 한숨이 저절로 나왔다. 위원장 김윤범이,

  "자위대장! 민영진 씨를 어떻게 하든 꼭 데려와야겠어! 안 되면 삼고초려해서라도……."

  "알겠어!"

  오후 늦은 시간에 용호가 민영진과 같이 왔다. 초조하게 기다리던 위원장 김윤범은 반갑고 고마워 어쩔 줄 몰랐다.

  "바쁘실 텐데 어려운 걸음 해주셔서 감사합니다."

  "용호 이 친구가 어찌나 졸라대는지……. 그냥 와 본겁니다." 민영진이 담담하게 말했다.

  "영진이는 어릴 때부터 내 부랄 친구야! 내 부탁 거절 못 하고 따라온 거지!"

  용호는 민영진을 데려온 것이 엄청나게 큰일이나 한 것처럼 으쓱댔다. 용

호는 정말 대단히 큰일을 했다. 하지만 민영진과 세 사람의 동지적 만남이 비극적 운명의 길로 같이 갈 줄이야…….

동창 인민위원회 문서 연락자는 두 명이다. 동창에서 내촌까지 울퉁불퉁 자갈길 삼십 리 길을 아침 일찍 출발해야지, 좀 늦게 출발하면 깜깜한 밤중이나 돌아온다. 너무 늦게 도착한 연락자 최명종이 이튿날 아침 사무실로 공문을 전달했다. 위원장은 "먼 길 다녀오시느라 고생 많이 하셨어요!"라는 인사를 빼놓지 않았다. 공문은 서기장이 맡아 처리했다. 공문을 받아볼 때마다 늘 심각한 얼굴이었다.*

발신: 홍천군 인민위원회
수신: 동창 인민위원회
제목: 지주 명단, 자본가 혁명과업 독려, 벼농사 작황
1. 지주 명단
지주: 답(논) 1만 평 이상, 전(밭) 1만 평 이상, 소작인에 임대한 자
2. 자본가 사채업자 명단
자본가: 공장, 도매상, 운수업, 목상 등 자본가 사업자
3. 벼농사 작황 및 예상 수확량
신속히 작성 · 보고 바람

문서를 수령할 때마다 낡은 원탁에 앉아 회의를 했다. 위원장 김윤범이,
"당 사업이 생각보다 만만치 않네! 우리가 듣지도 보지도 못한 생소한 내용들이고, 당 사업을 추진해도 인민들이 잘 따라주거나 호응도 잘 안 되는

---

*공문서 심부름하던 최명종 씨의 증언.

형편에 쌀 한 톨 고무신 한 켤레도 보급이라곤 없는데 쓸 데는 많고……. 어떻게 하면 좋을까?"

더욱 더 곤란하게 만든 것은 지주 명단이다. 동창에서 제일 땅 많은 지주는 자위대장 함용호다.

서기장 민영진은 머슴 한 사람 두고 있지만 소작인에게 땅을 임대하지는 않았다. 위원장 김윤범은 처음부터 땅 같은 건 없었다.

"자위대장네는 몇 사람에게 땅을 줬어?"

난감한 표정의 위원장은 탁자 모서리로 눈길을 주면서 조심스레 물었다.

"원래는 네 집이었는데 지금은 세 집을 주고 있지만 다 집안 친척들이야! 내 외사촌에다 한 사람은 칠촌 아저씨고 또 한 명은 어릴 때부터 우리 집에서 머슴 살던 형인데, 장가를 들자 아버지가 장수원 앞뜰 좋은 논 삼천 평과 밭 이천 평을 도지 몇 가마에 주었어!"

지주 땅을 소작인에게 무상 분배한다는데, 자위대장 네가 지주의 대상이니……. 위원장 얼굴이 일그러진다,

"공산주의 혁명은 모든 인민이 공평하고 평등하게 살아가자는 거 아니야! 지금까지 우리 집은 남들보다 잘 먹고 잘 살았잖아! 혁명과 당과 인민을 위해 당연히 감수해야 하는 것이 아니겠어. 너무 걱정하지 마!"

함용호는 특유의 히죽 웃는 얼굴로 느긋하게 말하면서,

"지주는 내 아버지 이름으로 하고 소작인도 사실대로 명단에 올려!"

두 사람의 대화를 양미간을 찌뿌리며 심각하게 듣고 있던 민영진이,

"우리들더러 백지에 연필 한 자루도 안 주고 위대한 공산주의 초상화를 화려하게 그리려는 거야……! 당은 우리의 어려운 현실을 전혀 모르는지……? 지주들의 저항도 만만치 않을 거야! 제 땅을 강제로 뺏기는데 가만히 있으면 바보지! 내 친구들도 그래. 조문필, 전기팔, 채영훈, 박일남. 그들은 겉으로는 협조 한다지만 삐딱해!" 자위대장이,

"내가 어제 기팔이더러 새로운 조선민주주의인민공화국 자위대에서 일 해보자고 했더니 요즘 몸이 안 좋다나? 아주 멀쩡한 놈이! 기팔이만 그러는 것이 아니고, 이 동네 친구들 눈치가 그래. 만나면 반가운 척하면서 열심히 협조하겠다지만 말뿐이야! 자위대원 지원자도 홍수길, 박기영 두 사람 뿐 이야! 최소한 여덟 명은 돼야 하는데……." 위원장이,

"의용군 보내라 독촉하고 앞으로 공출도 걷어야 하고, 헤쳐나갈 일이 만 만치 않아! 우선 인민위원회 출근하는 사람과 자위대원 밥은 먹여야 하 고……." 위원장의 실토에,

"먹을 건 내가 책임져야지! 우리 집에는 쌀도 사오십 석은 있으니까 우선 두 가마니만 가져오고, 돼지 몇 마리에 소도 댓 마리 있어!"

자위대장 특유의 웃는 낯으로 그들을 안심시키고 있었다.


점심때가 조금 안 되어 인민복 차림의 권총 찬 사내와 따발총을 둘러멘 인 민군 한 사람이 나타났다.

"우리는 내촌면 분주소에서 왔소!"

"예, 그러십니까? 저는 동창 인민위원장 김윤범입니다. 먼 길 오시느라 수고 많으셨습니다."

"자위대장 함용훕니다."

"서기장 민영진입니다!" 서로 통성명을 했다.

"동창 인민회가 당 사업을 아주 성공적으로 잘하고 있다고 평가하고 있습 니다만 동창 치안 문제가 많이 미흡하다고 합니다. 분주소 대신 인민자위대 에 치안을 담당토록 했지만 자위대원 숫자도 채우지 못했고, 지금은 전쟁 중인데 적들이 언제 준동할지도 몰라 불안합니다. 하루바삐 자위대원도 모 집하고 인민들의 사상도 개조해야 합니다. 책무를 맡으신 동지들께 분발해 달라고 당부드립니다!" 김윤범 위원장이,

"칭찬과 고언을 잘 들었습니다. 저희도 열심히 분발해나가겠습니다. 치안 문제는 자위대장과 협의해주시고 우선 점심식사부터 하시지요!"

식사라는 말에 귀가 번쩍 띄나 보다. 인민복은 실눈이 안 보이도록 눈웃음치며,

"일본 놈들을 장백산 전투에서 쳐부술 때는 며칠 굶어도 힘이 펄펄 났는데, 요즘은 한 끼만 걸러도 시장기가 오니 몸이 예전만 못한 건지?" 넌지시 둘러대며 은근히 점심을 채근했다. 자위대장 함용호 집으로 향했다.

함용호의 집은 행랑채에 달린 대문을 지나 넓은 안마당 건너, 대뜰 위에 넓은 마루와 안방을 건너, 방을 경계로 사랑채가 딸린 아홉 칸짜리 큰 집이다. 여러 사람들이 우르르 몰려들어가니 먼저 놀란 건 용호 아내였다. 따발총을 멘 인민군과 권총 찬 사내까지…….

"내가 모시고 온 손님들이오!"

"실례하겠습니다."

위원장 김윤범이 자위대장 함용호 아내에게 정중히 인사를 했다. 용호 아내는 민영진은 남편 친구라 잘 아는 사이고, 위원장 김윤범은 장마당에서 얼핏 봤어도 처음 보는 얼굴이라 기억하고 있었다. 용호 아내가 부엌으로 향하고, 인민군은 따발총을 메고 문밖으로 사라졌다.

용호가 사랑채 아버지 방문 앞에 조심스레 섰다.

"아버지! 방에 계십니까?" 대답이 없으시다. 다시 한 번 목소리를 높이자 인기척이 났다.

"들어가도 되겠습니까?" 대답 없는 방문을 열고 들어가, 잠시 후 아버지를 부축하고 나오자 모두들 동시에 일어섰다. 용호 아버지가 형형한 눈빛으로 한 사람씩 예리하게 훑어본다.

"이렇게 불쑥 방문하게 되어 결례가 많습니다!" 위원장 김윤범이 예의를 다해 정중하게 인사를 올렸다.

"앉읍시다." 함 옹이 자리에 앉자 모두 한 번에 큰절을 했다. 아무 말 없으신 함 옹이 더 어렵게 느껴졌다.

"어르신 너무 염려 마십시오! 저희들은 더 좋은 나라를 만들어보겠다고 뜻을 같이한 동지들입니다. 동창을 더 살기 좋은 고장으로 가꾸며 새로운 나라의 일꾼으로 동창을 아무 탈 없이 잘 지켜나가겠습니다."

위원장 김윤범의 말에도 함 옹은 여전히 말씀 한마디 없이 한 사람씩 살피시더니 긴 수염을 쓸어내리며 헛기침 두어 번 하시고 자리에서 일어났다. 내심 편찮아 보이셨다. 인민복 실눈이,

"동창 출장소 문서와 지서에 있던 비밀 문건들을 회수해야 하오! 그 문건들은 이승만 반동정부 비밀들이 기록된 중요한 문건들이오! 무슨 수를 쓰더라도 꼭 회수해야 하오!"

말하는 도중 점심상이 차려졌다. 난리 중인데도 하얀 이밥이 주발 위로 봉긋하고 겉절이 김치와 파란 나물이 들기름 내음을 물씬 풍기는 풍요로운 밥상이었다. 된장나물국에 밥 말아 게걸스레 퍼 넣으며……. 얼마 만의 포식인가? 배가 부르니 졸음이 한꺼번에 밀려왔다. 7월의 햇살은 살갗을 까맣게 태워버릴 만큼 뜨거웠다.

"좀 쉬시지요!"

집주인이자 자위대장인 함용호 말을 기다렸다는 듯, 모두들 대청마루에 쓰러지더니 이내 코들을 골기 시작했다. 저녁 해거름 무렵 그들은 부스스 자리에서 일어났다. 집주인 용호가,

"좀 더 쉬시지요! 벌써들 일어나시었소!"

계면쩍은 얼굴의 실눈 인민복이,

"잘 먹고 잘 쉬어갑니다!" 그의 얼굴엔 정말 고마운 표정이 역력했다. "자! 떠납시다!"라며 자리를 털자,

"저녁을 들고 가시지요!"

말이 끝나기 전에 밥상이 들어오고 두어 마리 쯤의 닭고기가 소반 넘치게 쌓이고, 하얀 이밥에 뿌듯한 닭고기가 대접 넘치게 담겨있다. 점심 먹고 금방 잠을 잤기에 밥맛이 없으련만 오랜만에 구경하는 닭고기라 누가 많이 먹을세라 씹지도 않고 국물까지 몽땅 비워버렸다. 배가 터지도록 부르니 만사가 흐뭇하고, 근심도 걱정도 한순간 사라졌다.

"잘 먹고 잘 쉬어갑니다! 오늘 이 은혜 평생 잊지 않겠습니다."

그들은 이구동성으로 인사를 하고 땅거미가 깔릴 때쯤 흩어졌다.

## 아버지와 아들의 생각

부자간 모처럼 아침 겸상이 차려졌다. 용호가 동창 자위대장이 되고부터 자위대다 인민위원회다 눈코 뜰 새 없이 바쁘다 보니 몇 달 만에 부자가 밥상에 마주앉았다.

"아범은 요즘 무슨 볼일이 그리도 많아 통 볼 수가 없네."

함 옹은 아들 용호가 장가든 다음 하대가 아닌 반 존댓말을 쓴다. '하시게나', '오시게나'…….

"밖에 책임을 좀 맡고 있습니다."

"무슨 책임을 맡고 있는 게요?" 아버지의 걱정 섞인 목소리다.

"자위대장이란 직책을 맡고 있습니다."

"자위대 임무는 뭐요?"

"지역 방위와 치안 유지입니다. 남한 정부가 쫓겨 가고 북한 정권이 통치하려니까 치안이 우선이고 필수입니다." 그간의 일들을 아버지께 대략 말씀드렸다.

"아범이 어떻게 북한 정권에서 일하게 되었는지는 모르겠으나, 나는 애비로서 걱정이 크오. 지금 북한 김일성이 일으킨 전쟁을 승리한다고 생각하오? 또 임자들이 하고 있는 공산주의 혁명이 성공할 수 있다고 생각하오?" 함 옹은 아들한테 심문 조로 다그쳐 물었다.

"성공이랄 게 뭐 있습니까? 인민군은 파죽지세로 쳐내려와 낙동강 전투를 승리로 대구 팔공산까지 진격하여 며칠 안으로 부산까지 쫓겨 간 이승만을 바다에 수장시켜 끝장을 볼 것입니다. 김일성이 미국과 남한의 이승만을 몰아내면 통일은 다 된 거나 마찬가지 아니겠습니까? 공산주의 혁명도 완수되리라 믿습니다." 용호는 자신 있게 대답했다.

"미국이 쉽사리 남한을 포기하고 김일성의 나라가 되도록 내버려둘 것이라고 생각하오?"

함 옹은 말을 이어나갔다.


"대동아 전쟁에서 일본이 항복하고 조선 땅에서 쫓겨 간 것이 항일투쟁이라기보다, 양코배기(미국) 원자탄과 로스케(소련)의 참전 때문이 아니겠소?! 일본이 쫓겨 가고 지정학적으로 중요한 조선 땅을 순수히 돌려줄 리 없지요! 얄타회담, 포츠담선언, 모스크바삼상회의에서 조선 반도를 둘로 나누어 북쪽은 로스케가, 남한은 양코배기가 지배하기로 미리 정하지 않았소! 그냥 반으로 쪼개서 가지면 명분이 없으니까 남한은 양코배기 정치제도 민주주의, 북한은 로스케의 공산주의 체제를 강요하게 되었지요.

처음 미군이 남한에 진주하여 나라의 기틀을 빨리 만들기 위해 몽양 여운형을 대표로 건준을 창립시켜 어느 정도 치안 유지와 남한 정부의 기틀을 세우고 박헌영의 남로당이 정치 활동을 할 수 있게 보장하지 않았소? 그러다 보니 일본에서 공부한 유학파나 소련 중국에서 공산주의 활동을 하던 자들이 박헌영을 당수로 창당하여 그 세력이 대단했는데, 웬만한 젊은이들은 공산주의 달콤한 이론에 깊이 빠져들어 남로당에 가입했지요. 미국은 애당초 공산당을 인정하거나 허용할 생각은 없었으면서 사상의 자유라는 명분의 제스처를 쓴 것이 생각보다 커지자 당황한 미 군정청은 공산당을 불법화하고, 이승만의 한민당을 앞세워 자유민주주의, 반공을 명분으로 남로당을 탄압하고 애국자(신탁통치 반대세력)들을 암살하는 용서 못할 폭압 정치가 되고 말았지요!

그중에도 가장 가슴 아프고 목이 메는 사건은 백범 김구 선생 시해가 아니겠소! 일본 놈 손에 돌아가신 것도 아니고 내 나라 내 동포의 천인공노할 만행은 삼천만 동포 모두를 죄인으로 만들지 않았소! 원통하고 비통한 시해 배후가 누구겠소? 안두희란 포병소위가 백주에 대담하게 경교장에 들어가 백범을 권총으로 시해하는 패륜을 저질렀는데, 제 놈이 뭐길래 그런 짓을 했겠소! 그 배후에는 이승만이와 양코배기가 결탁하고 음모하여 하수인을 시켜 그 짓을 했다고 볼 수밖에 없지요!

권력욕으로 권좌를 차지한 이승만은 교묘한 방법으로 정적을 제거하는 야비한 사람이오! 일본이 패망하고 쫓겨 가자 일본 놈 앞에서 사냥개 노릇하던 친일파들을 고위관리로 중용하여 미국과 손잡고 독립운동가와 민족주의자를 암살하거나 탄압을 서슴지 않았지요! '백의사'란 암살단의 단장은 '임동진'이라는 한국 사람이고 안두희도 백의사 단원이니 뻔한 그림이 그려졌잖소! 신탁통치를 찬성하는 분단세력들은 암살이라는 비열한 수단으로 애국자들을 제거했으니, 대표적 인물이 백범 김구, 몽양 여운형, 설산 장덕수 등 우리민족의 거두들이잖소! 백범 선생이 뭐라고 말씀하시었소? '삼팔선이 그어지고 나라가 두 쪽 나면 우리민족끼리 반드시 피를 볼 것'이라고……. 백범의 예언이 한 치도 안 틀리고, 민족끼리 피 흘려가며 싸우고 있지 않소! 아직도 또 얼마나 많은 피를 흘려야 할지……."

용호는 너무 놀라고 부끄러웠다. 아버지는 사랑채에서 수염만 기르시고 낡은 한서나 읽으시나 했는데 얄타회담, 포츠담선언, 모스크바삼상회의 같은 국제정세나 국내 정치사정을 훤히 꿰뚫고 해박한 정치적 식견과 폭넓은 안목을 가지고 계셨다니…….

　"미국이 어떤 나라라고 생각하시오?"

　용호는 당황했다. 솔직히 미국이 어떤 나라인지 잘 모른다. 용호 얼굴이 목덜미까지 붉어졌다. 용호는 말했다.

　"대동아 전쟁에서 원자탄 두 방으로 일본을 항복시키고, 일본이 쫓겨 간 조선 땅을 소련과 작당하여 남과 북으로 분단시키고, 남쪽은 민주주의라는 제도를 강요하며 남쪽 정부를 틀어쥐어 이승만을 내세워 예전 일본 놈들보다 더한 식민지를 만들어 백성들을 기아로 내몰면서 탄압하고 있습니다."

　"그 말도 일리는 있소! 강대국들이 패권을 잡아 약소국을 지배하는 경쟁이 어제오늘의 일만이 아니라 인류역사가 진행하는 한 그네들의 야욕의 본성은 유전자로 이어져나갈 테니까……. 그런 맥락에서 미국이 지금 힘없이 물러간 것 같지만 미국은 세계 최강의 나라가 아니오? 전 세계가 미국에 몽땅 덤벼도 미국을 절대로 못 이길 거요! 미국은 원자탄이라는 핵무기가 있을 뿐더러 몇 년간은 농사를 안 지어도 먹고 남을 만큼 식량도 넉넉하고 물자도 풍부한 경제력에, 국민들의 강한 결속력은 어느 나라도 능가하지 못하오! 그런 나라가 일시 후퇴했다고 남한을 포기 했다 생각한다면 착각이지요! 대동아전쟁 때 일본의 진주만 기습 공격도 가미가제 특공대 투혼도 미국한테는 계란으로 바위 치기 격이었지요!

　미국이 조선을 왜 갈라놓았소? 미국의 국익 때문이지요! 한반도는 대양세력이 대륙으로 진출하려는 교두보이자 대륙세력이 대양으로 진출하려면 꼭 거쳐 가야 할 중요한 발판이기 때문에 역사적으로 주변국들의 침략에 시달림을 받고 살아왔던 것이지요! 그런 시각으로 본다면 미국은 곧 반

격할 것이오! 미국이 북한쯤 상대하는 건 어른과 아이 싸움도 안 되는 식은
죽 먹기지요! 그렇게 되면 김일성 군대는 잡혀 죽거나 북으로 도망치고, 북
한 김일성에게 협조하거나 책임졌던 사람들도 똑같이 도망치거나 잡혀죽
을 게 뻔한 게 아니오?"

아버지는 눈에 훤히 보시는 것처럼 말씀하셨다. 용호는 할 말이 궁색하고
난감했다. 아버지 말이 십중팔구 맞는 것 같다. 아니, 다 맞는 말씀이다. 그
렇다고 그냥 물러설 수는 없다.


"절대로 그런 일은 없을 것입니다. 미국과 일본과의 전쟁과는 사정이 다
릅니다. 인민군이 부산을 점령하는 건 시간문제입니다. 대동아 전쟁 때는
일본과의 동맹국은 세 나라 밖에 없었고 그들 나라들도 일본을 지원할 여
력이 없었지만, 지금은 소련과 중국이 북조선의 뒤를 든든히 받쳐주고 있
고 만약 미국이 공격해온다면 3차 대전이 일어날 텐데 미국이 확전을 할 리
가 없지요!

소련도 주변 나라들을 통합하여 소비에트 연방국을 세우고 원자폭탄을
가진 핵보유국이라고 합니다! 김일성의 남조선 해방 전쟁이 성공하도록 뒤
를 받쳐주는 나라가 소련이라고 누구나 다 잘 알고 있는 사실입니다. 비행
기와 탱크는 물론 총과 전쟁 물자를 지원해주니까 며칠 만에 낙동강까지
밀고 나갔지, 북한 자력으로는 어림없다는 걸 삼척동자도 잘 알고 있습니
다. 소련도 원자탄을 보유한 세계 최강의 미국이 남한을 신탁통치할 때 북
조선이 전쟁을 일으키면 자기네들도 전쟁에 휘말리는 3차 세계대전을 염려
했지만, 미국이 쉽게 확전하지 못할 거라고 판단한 스탈린은 북조선에 비
행기는 물론 조종사까지도 보내주었습니다. 뒷배 든든한 남조선 해방전쟁
을 하고 있습니다!"

함 옹은 아들 용호가 시골에 살면서 정치적 식견과 국제정세, 특히 북한

과 소련과의 관계를 정확히 판단하는 데 의아하고 놀랐다.

동창의 전 씨 형제가 서울에 유학을 했다. 당시 서울 유학생은 시골 젊은 이들한테 선망의 대상이자 부러움의 대상이었다. 그들 형제는 방학 때 동창 집으로 내려와 용호와 친하게 지냈는데, 특히 한 살 위 형뻘이 남로당 가입을 적극적으로 꼬드기며 국제정세를 이야기하며 미국과 소련, 남한과 북한 사회에 대해 많은 걸 깨우쳐주었다. '백성이, 즉 노동자와 농민 같은 하층계급의 사람들이 사람대접받고 너 나 공평하게 함께 잘사는 나라를 만들어 보자!'고 하면서 남로당의 필연성을 고취하여 용호도 의식화되어가고 있었다.

용호도 아버지에 질세라,

"중국도 모택동이 장개석을 몰아내고 국공내전을 승리하여 중화인민공화국을 건설하는 위대한 혁명과업을 완수했습니다. 지주와 자본가가 지배하는 부르주아봉건주의를 타파하고 진정 인민의 나라로 만들었습니다. 모택동의 대장정과 혁명이 성공 못 했다면 8억 인민들이 봉건 지주들의 압제에서 벗어나지 못하고 태반은 굶어 죽었을 것입니다. 강제를 써서라도 부자들 식량을 나눠줘 기아에서 벗어나고 토지개혁으로 농민 누구나 경작권을 가지게 되었습니다."

용호는 아버지를 의식하지 않고, 자기 말을 눈치 없이 쏟아내고 있었다.

"북 조선은 조중동맹을 맺어 중국의 강력한 동맹국이 되었습니다. 미국이 제 아무리 세계 최강이라지만, 전쟁은 김일성의 승리로 끝날 것입니다."

용호가 자신 있게 말했다.

"내가 말했지만 미국은 그렇게 호락호락한 나라가 아니오! 낙관하기는 이르오! 아범이 말한 대로 김일성의 승리로 통일이 되었다고 합시다. 우리 집은 어떻게 될 거라고 생각은 안 해보았소? 땅은 다 몰수되고 지주라는 신분으로 온갖 불이익이 돌아오고, 길거리로 쫓겨날 거라는 걸 생각은 해본 거요?

또한 김일성의 인민정권이 행정이나 치안이 제대로 자리를 잡는다면? 기회주의자들이 지금처럼 관망하며, 숨죽이며 있겠소? '집을 잘 지어놓은 사람 그 집에서 못 살고, 다리를 놓으면 미친년이 먼저 건너간다'라는 옛말이 있지 않소! 한나라를 통일한 1등 공신 한신도 팽(烹)당하지 않았소? 임자들이 애써 평등한 공산주의 국가를 만들겠다고 열성적으로 동분서주하지만……. 주변의 방관자들이 어떻게 돌변할지를 모르오! 지금은 그쪽 사람들이 득세하니까 억지로 따라가는 시늉이지만, 언제 어떻게 돌변하여 임자들 등에 칼 꽂을 줄 모르오. 김일성에게 온갖 아첨을 다해 임자들을 모함해서 내쫓을 게 뻔하오. 그것도 잔인하고 비열하게……. 임자들은 너무 순진하오! 이쪽저쪽 이용만 당하는 꼴이니……."

용호는 할 말을 잃고 잠시 멍해졌다. '나는 이용만 당하는 순진한 바보인가?' 아버지는,

"내가 한마디 더 한다면 공산주의는 모두가 공평하고 평등하게 잘 살아가는 제도라지만, 인간들의 이상일 뿐이오! 신선처럼 사는 것이 인간들의 꿈이지만, 실제로 신선의 세상이 있을 리가 없지요! 현실에 적응 못하는 젊은이들이 동경하던 세상이 손에 잡힐 듯 가까이 왔으니 정신 빼앗길 만도 하지요! 사람은 생각이 다르고 특성과 소질, 능력이 다른 개체인데 한 틀에 눌러서 규격품을 만든다면? 가능하겠소? 그 고통은 견딜 수 없을 거요! 인간은 배곯고 추워도 제 마음대로 살아가는 자유의 가치를 넘지 못하오!"

아버지는 아들한테 해방 전부터 알고 있었던 공산주의 장점과 단점을 명쾌하고 분명하게 설파했다.

심각한 얼굴의 아들 용호가,

"배곯아본 설움 안 당해본 사람은 그 심정 모릅니다. 앞집은 고래 등 기와 집에 비단옷 입고 고기반찬으로 배를 채우는데 뒷집은 쌀독이 바닥나고 장리쌀 한 톨도 못 얻어, 부황기로 온몸이 퉁퉁 붓고 어린 새끼들은 식탈로, 쥐덫을 놓아 쥐 고기를 먹이는 형편이 비일비재합니다. 조선시대 양반들과 관리, 지주들은 소작인이나 하인 같은 하층민들을 수탈하며 짐승보다 못한 취급을 했습니다. 다행히 종의 신분은 없어졌지만 돈도 땅도 없이 살아가는 사람들이 종이나 다를 게 뭐 있습니까!"

정의감이 충만한 아들 용호는 아버지에 질세라 말대답을 꼬박꼬박했다. 용호가 먼저 자리를 떴다.

"먼저 일어나겠습니다."

아버지와 지금까지 겸상을 해오면서 용호가 먼저 일어선 것도 처음이지만, 오늘 아침식사가 마지막 부자지간의 밥상이 될 줄이야……


## 자위대원 홍수길과 박기영

반나절이나 되어 자위대사무실로 대장 용호가 나타났다.

"대장님! 나오셨습니까?" 한 살 위의 홍수길이 깍듯이 경례를 붙이며 어색하게 웃었다.

"수길 동무 수고 많소! 내 집안사정으로 좀 늦었소. 아! 아침식사들은 어떻게들 하시었소?"

"어제 대장님 집에서 배가 터지도록 잘 먹어 아직은 밥 생각이 없습니다. 세상에 태어나 어제처럼 잘 먹어보기는 처음입니다. 닭다리가 어찌나 맛있었던지……"

어제 먹은 음식이 오늘까지 흐뭇하다.

"자위대에 지원할 친구들을 만나보러 다녀오겠습니다!"

홍수길은 물 건너 장수원으로 가고 박기영도 복골로 떠났다. 그들은 어깨에 딱콩총 한 정씩을 메고 나갔다. 용호는 아버지와의 대화가 머리를 혼란스럽게 했다.

"지주집안 출신 성분의 내가 가는 길이 어디란 말이냐? 내가 바라는 이상 사회와 지주라는 현실의 멍에를 다 함께 걸머쥐고 갈 수는 있을까? 땅을 다 빼앗기고 하루아침에 길거리로 쫓겨나는 신세로 전락한다면……? 아버지께 무슨 할 말이나 변명도 못하는 불효가 될 게 뻔한데……."

위원장 김윤범과 서기장 민영진이 심각한 얼굴로 마주하고 있다. 두 사람을 곤혹스럽게 하는 것은 지주 문제다. 지주 땅을 강제수용해서 소작인들에게 분배하는 토지개혁 정책은 공산주의 혁명의 근간이다. 자위대장 함용호네는 몇 대째 땅 많은 토호이며 소작인 수도 제일 많다. 서기장 민영진은 별 문제가 없고, 김윤범 위원장은 오히려 토지분배 수혜자인 셈이다. 용호가 자기 땅 경지 면적과 소작인 명단을 솔직히 작성해서 군당에 보내라 했지만 용호 아버지 뜻과는 상반될 테고, 용호도 자기 땅 빼앗기는 걸 좋다고 할 리가 만무하다고 생각하고 있었다.

"어떻게 하면 좋을까? 무슨 방법이 없을까?"

서기장 민영진이 위원장 김윤범에게 물었다. 잠시 무거운 침묵이 흐르고…….

"용호도 원칙적으로 동의했잖아! 우리도 한배를 타고 생사를 같이하지만, 조선민주주의인민공화국 법령이자 당의 명령에 대해 개인사정에 얽매여 형평성을 잃는다면 우리는 이 자리에 존재해서는 안 되는 거야!"

위원장 김윤범은 비정하리만큼 냉정하게 말했다.

"위원장 말에 이견이나 반대하지 않아. 우리가 덮어주고 모르는 체한다고 그냥 넘어갈 수는 없겠지만 용호가 마음을 정리할 때까지 시간을 주고 지켜봤으면 하는데……."

"나도 용호의 결단을 믿네!"


이때 사무실 밖이 시끄럽다.

"홍수길이 놈 어디 있어!" 흥분한 목소리로 소리치며 거칠게 문을 밀고 들어온 사람은 물 건너 마을 장수원에 사는 김용식이었다. 위원장 김윤범과는 구면이지만 아직은 통성명도 안 한 사이이고, 서기장 민영진한테는 동창학교 1년 선배다.

"내 마누라 애 떨어뜨린 것 어느 놈이 책임질 거야!" 눈알을 부라리며 책상을 주먹으로 내려쳤다.

"선배! 왜 이러시오? 뭣 때문에 화가 많이 나시었소? 자, 이리 좀 앉으세요!" 민영진이 억지로 김용식을 자기 옆자리에 앉힌다.

"수길이 놈이 내 마누라를 죽이겠다고 총부리로 겁박하는 바람에 애 떨어졌다고 아우성치다가 실신했는데, 어떤 놈이 그런 놈에게 총을 쥐여줘서 선량한 양민을 죽이겠다고 설쳐대니 겁나서 어디 살겠어!"

"경위가 사실이라면 잘못했습니다. 홍수길 대원한테 사실을 확인하여 엄중히 문책하고, 낙태를 하셨다면 보상도 해드리겠습니다."

위원장이 정중히 고개를 숙였다. 민영진이,

"화가 많이 나실 만합니다. 선배님 말씀대로라면, 정말 잘못되었습니다. 죄송합니다. 저도 어쩌다 서기장 자리를 맡고 있지만, 뭐 하나 제대로 하는 것도 없이 불상사만 일으키는 것 같습니다. 미안합니다."

김용식은 위원장의 사과와 민영진의 간곡한 달램에 마음이 좀 풀렸는지,

"당신들 무슨 일 있으면 책임져야 될 거야!"

한마디 내뱉고 휭 하니 나갔다. 위원장이,

"자위대장 오라 하시오!"

최명종이 자위대로 떠난 지 얼마 후 자위대장과 대원 홍수길이 나타났다. 홍수길이 장수원에서 있었던 일로 오라는 걸 자위대장 함용호는 알고 있는 눈치였다. 위원장이 매서운 눈매로,

"장수원에 갔었소?"

"예." 홍수길이 기어들어가는 목소리로 대답한다.

"김용식이라는 사람이 찾아와 난리법석을 치고 갔는데 자초지정을 숨김 없이 말해보시오!" 잠시 뜸들이던 홍수길은 똥그런 눈을 껌뻑하더니 닭똥 같은 눈물을 뚝뚝 떨어트린다.

"우리 자위대원도 열 명은 넘어야 되는데 두 명 뿐이라서 턱없이 모자라는 대원을 증원하려고 지원자를 찾아다녀도 반응이 신통치 않았습니다. 장수원 용식이와는 동창학교 동창이라서 혹시나 해서 용식이네 집을 찾아갔었습니다." 그는 침 한번 꿀꺽 삼키고 한숨을 토하더니,

"용식이네 집에는 몇 번인가 갔었는데 오늘은 용식이가 없고 처만 집에 있어서 용식이를 만나려고 왔는데 어디 갔느냐고 물었더니 갑자기 낯빛이 달라지면서, '내 남편 댁들과 볼일 없으니 돌아가세요' 라고 하기에……. 나도 친구를 만나보려고 왔으니 친구를 만나야 한다고 했더니, '당신네 같은 빨갱이들하고는 말도 하고 싶지 않고, 내 남편은 빨갱이 곁에는 얼씬도 못하게 할 터이니 빨리 가!'라고 해서 갑자기 당황스럽고 창피하기도 하고……. 빨갱이라 하더라도 나쁘고 몹쓸 짓거리한 것도 아닌데 모욕적인 말을 마구 지껄이며 째려보기에 '아주머니 내가 왜 빨갱이요? 내 얼굴이 빨개요? 내가 빨간 옷을 입었소? 말 하는 것 듣기 거북하오!'라고 했더니, '미친놈 저 미친 거 모른다더니, 지가 빨갱이면서 빨갱이가 뭔지도 모르면 숙맥 중 숙맥

이지!'라면서 '빨갱이는 재수 없으니 빨리 꺼지라고'……!

　모욕적인 말을 들으며 문밖으로 나오는데 욱 하고 화가 치밀어, '아주머니 말 다 했소? 말이면 다 말이요?' 나도 모르게 목소리가 높았지요! '참, 빨갱이 놈 뻔뻔하네! 빨갱이 짓거리 창피한 줄 알아야지! 하늘 높은 줄 모르고 날뛰는데……. 사람들은 빨갱이들한테 뭐라 하는지 알기는 알아? 저것들이 꼴값 떨고 있네! 머슴살이 하고 남의 땅이나 부쳐먹던 것들이 빨간 완장 채워주니까 제정신이 아니라고, 저렇게 날뛰다가 귀신도 모르게 뒈질 텐데……. 빨갱이들은 인간취급이나 하는 줄 알아!' 하는데, 머리 위로 피가 거꾸로 치솟아 올라 내정신이 아니었어요! 나도 모르게 뭐 이런 년이 있어! 했더니, '빨갱이 새끼가 누구한테 이런 년이라고 해! 뒈지려고……!' 나도 모르게 총부리를 용식이 마누라 가슴팍에 겨누며 '이년 쏴! 죽여버려!'라고 얼떨결에 입에서 튀어나왔어요. '빨갱이가 사람 죽이네! 빨갱이가~!' 하면서 땅바닥에 나뒹굴며 '아이고 배야, 아이고 배야! 나 애 떨어졌어! 애 떨어졌어!' 소리소리 치며 애 떨어졌다고 난리치는데 어이없고 창피해서 용식이 찾아갔던 일을 후회하면서 돌아왔습니다.

　자위대장님! 위원장님! 제 잘못을 처벌해주십시오! 이유야 어떻게 되었든지 제 불찰입니다! 인민을 위한, 인민의 세상을 만들어보겠다는 좋은 생각으로 자위대원에 몸담은 제가 인민에게 몹쓸 짓이나 했습니다!"

　홍수길은 어느덧 자아비판을 하고 있었다.


　잠시 침묵이 흐르고……. 위원장도 자위대장도 서기장까지 가슴이 먹먹하고 자기들이 당하고 겪은 것만큼이나 당혹스러웠다. 동창 사람들도 김일성 인민정권이 시키는 대로 억지로나마 따라가는 척하고……. 언젠가 세상이 뒤바뀌면 가차 없이 돌변하여 자기들의 목숨을 앗아갈 거라고 짐작은 하고 있었지만, 용식이 마누라 말이 그들의 속마음을 드러낸 것이라 생각했

다. 머쓱해진 위원장이,

"어떻게 되었건 오늘 홍수길 대원이 저지른 행동은 불미스런 일이오! 혁명과업을 완수하려면 별의별 일과 장애물이 있을 것이오! 우리들 등 뒤에서 비겁하게 칼을 겨누는 자들이 있지만, 겁먹거나 위축될 건 없소! 최후의 승리는 김일성 장군이 영도하는 당과 인민이오! 조금만 더 참아나갑시다!"

위원장 김윤범은 대원 홍수길을 달래며 위로하고 있었다.

"홍수길 대원 식사는 했나요?" 홍수길은 고개를 가로저었다.

"자! 우리들 식사하러 갑시다! 어제는 함 대장 집에서 포식을 했으니 오늘은 막국수로 속풀이나 하자고요!"

위원장은 호탕하게 웃었다. 그들은 썩어도 준치라고, 통이 큰 건지 허세인지 위원장이 아무튼 든든했다.


## 기밀서류 찾기

해거름 무렵, 인민위원회 사무실에 네 사람이 왔다.

"홍천 군당 인민위원회 지도위원이오!"

"나는 홍천 내무서원이오!"

"어제 왔던 내촌 분주소원이오! 출장소에 있는 서류와 지서에 비치되어있는 기밀서류들을 회수하러 왔소! 특히 지서에 은닉되었을지 모르는 지서 기밀서류를 찾아야 되니까 자위대와 공조하여 꼭 찾아주시오!"

위원장 김윤범이,

"시장들 하실 테니 우선 저녁식사나 하시러 가십시다."

장마당에 있는 선술집은 오십대 내외가 지금도 영업하는 동창의 유일한 음식점이다. 전쟁 전부터 허물없이 출입하던 집이지만, 요즘은 형편이 좀 어정쩡하다. 돈을 주자니 조선민주주의인민공화국의 붉은 지폐다. 얼마 전까지도 대한민국 푸른 돈을 사용했는데 지금은 형편이 다르다. 붉은 돈을 줘도 미덥지 않고, 푸른 지폐 대한민국 돈은 망한 나라 돈이니 쓸모가 없고……. 식당주인 내외는 시큰둥한 얼굴이다. 외상 밥값이 꽤나 밀려 있었다. 자위대장 집에서 쌀 다섯 가마니를 갖다주고 셈했는데도 밀린 외상값이 쌀 다섯 가마니치다. 식탁 앞에는 인민복 따발총까지 네 명이 나란히 앉고 반대편에 위원장, 자위대장, 서기장, 자위대원 두 명이 빙 둘러앉았다. 위원장 김윤범이,

"동창까지 오시느라 수고 많이 하셨습니다." 자위대장과 서기장이 각자 자기소개를 했다.

식사대접 받는 게 미안했는지 군당에서 온 사람이 계면쩍은 얼굴로 겉치레 인사를 했다.

"이곳 동창도 위대한 남조선 해방전쟁과 혁명과업에 밤낮으로 수고들 많이 하고 계시다고 들었습니다."

그의 말씨는 북쪽 사투리가 아닌 강원도 본토 말씨다.

"조선민주주의인민공화국의 위대한 수령 김일성 장군님께서는 미제와 그 꼭두각시 이승만을 몰아내고 통일 조선의 영광을 맞이할 날이 눈앞으로 다가왔습니다!"

그들만의 의례적 수식어가 되어버린 해방, 위대한 수령, 혁명, 미제의 꼭두각시 등을 빠뜨리지 않고…….

"이곳 동창 인민위원회도 혁명과업에 좀 더 열심히 노력해주시기를 당부드립니다. 남조선 인민들은 고삐 풀린 망아지라서 부리기가 어렵지만, 길들여놓으면 야생마가 훨씬 더 빠르고 영리하지요!"

군당 인민복은 꽤나 높은 사람처럼 위엄있게 말하고 푸시시 웃었다. 저

녁밥상은 온통 푸성귀나물이다. 무치고 끓이고……. 저녁식사가 끝나자 내촌 분주소 인민복이,

"지서에 비치된 기밀서류를 경찰 놈들이 나중 생각을 해서라도 어디다 은 닉했다고 생각하오! 무슨 방법을 써서라도 인민위원회와 자위대가 책임지고 기밀문서를 꼭 찾아내야 하오!"

그는 인민위원회와 자위대에 책임을 전가하고 남포등 들고 어디 비밀스런 곳에 숨기지나 않았을까 자위대 사무실을 이곳저곳 뒤져보지만 종이쪽지 한 장 없다. 인민복이,

"내일 다시 올 테니까 꼭 찾아보시오! 혹시 지서에서 심부름 같은 걸 했거나 지서와 가깝게 지내던 사람이 누구인가를……. 내일 또다시 오겠소! 우리는 내촌면당에서 숙박할 거요."

하고는 낡은 트럭에 올랐다.


인민위원장과 자위대장, 서기장이 지서 서류 회수 건에 대해서 협의를 하고 있다. 자위대장이,

"국군이 후퇴하고 경찰이 쫓겨 갔는데, 서류 같은 것이 뭐 그리 중요한지 모르겠어!" 서기장 민영진도 웃으며,

"글쎄 말이야! 이제 다 쓸모없는 휴지 조각인데 뒷간에 볼일 볼 때 쓰려나?" 위원장 김윤범이,

"그들 내무서는 남한 정부 문건을 중요하게 취급하지. 문건의 서류를 보면 남한정부 말단 행정까지 무슨 일을 어떻게 하고 있었는지를 소상히 알고, 동네일까지도 자세히 알 수가 있지. 내가 장남에서 빨갱이로 몰려 동창으로 쫓겨 왔는데 그곳 두촌 지서에서 이곳 동창 지서로 내가 장남에 있을 때 있었던 일들을 사사건건 기록했던 신상기록부를 보냈다고 들었어! 잘 아는 순경이 술이 잔뜩 취해 '윤범이 너 몸조심하고 행동 조심해! 요시찰인물

로 맨 꼭대기에 올라있어! 그것도 빨갱이 특별 감시대상이야! 여차하면 잡혀가서 처단자 영순위야라고 했지. 그들은 사람들 일거수일투족을 감시하고 문서로 기록하고 보관했던 거지. 생각해보면 상황이 워낙 급박해서 나를 어찌하지 못하고 튄 것이지 조금만 여유가 있었더라면 나는 벌써 골로 가 이 세상 사람이 아니겠지!

그 치가 말하기를 박헌영의 남로당이 불법화되면서 남로당에 가입한 당원들이 갑자기 사상범이 되어버렸는데, 보도연맹이라는 우익 단체가 삼십만의 당원을 전향하도록 회유하고 '보도연맹에 가입하면 신분을 보장해주겠다'고 했다는 거야. 그래서 그들은 보도연맹에 가입하고 안심하고 있는데, 사실은 여차하면 즉각 처치하라는 지시를 비밀로 받고 있다고 하면서 당원이 내촌에 세 명에다 동창에도 있다고, 나를 쳐다보는 눈빛이 무언가를 말하더라고…….

남한의 이승만 정부가 만약의 사태를 철저히 대비한 것 같아! 그러다 보니 조선민주주의인민공화국에서도 지서에 비치된 기밀 문건이 지역민들의 사상과 성향을 파악할 수 있는 정보를 주는 중요한 자료지!"

"저 사람들이 내일 다시 올 텐데 어떻게 하지? 집착이 대단하던데……. 지서 옆에 사는 사람들 쪽으로 알아보자고."

자위대장의 말에 서기장이,

"지서에 급사로 있던 장영희는 모르는 걸로 하자고. 자위대장 처남이기도 하지만 어린아이까지 어른들 일에 끌어들일 것까지는 없잖아!"

위원장도 함용호 자위대장 처남이기도 하지만, 자기네 집에 국수 심부름도 자주 다니면서 아들딸과 같이 놀아주던 영희는 모르는 채 덮어두기로 했다.

"그렇게 해! 두 사람 다 만만치 않아 보여 까칠한 성격에 무슨 수를 쓰더라도 회수하려고 들 거야! 어쨌든 그 사람들이 오면 그때 가서 잘 대처해나가자고……. 영희는 비밀로 말이야!"


다음날 인민복 차림의 세 사람과 어깨의 붉은 줄이 돋보이는 군관, 인민군 병사와 운전병 여섯 명까지 자위대 사무실에 나타났다. 붉은 줄 군관은 정치보위부 군관으로 동창에 두 번째 왔다. 어제 왔던 내촌 분주소원이,

"서류는 찾았나요?" 자위대장 함용호가,

"아직 못 찾고 있습니다. 지서 주변에 사는 사람들을 중심으로 탐문도 해보고 평소에 지서 순경들과 가깝게 지내던 사람들을 찾아서 알아보는 중입니다."

홍천 내무서 인민복이 뭔가 생각하더니,

"지서 옆에 살고 있는 사람 두 명만 데려오시오!"

내무서 인민복은 자위대가 알고 있으면서 뭔가 숨기고 있다는 낌새를 눈치챘나 보다……. 잠시 후 지서 옆집 강 씨 아주머니가 불려왔다. 홍천 인민복은 눈알을 부라리며,

"내가 묻는 말에 똑바로 대답하시오! 숨기거나 거짓말하면 경칠 테니까! 지서에서 심부름하던 사람이나 지서에 잘 들락거리던 사람들을 말해보시오!"

"급사로 심부름하던 아이가 있기는 있었어요." 강 씨 아주머니 목소리가 떨리고 있었다.

"지서에 있던 아이 이름이 뭐요?"

"장영희입니다."

"장영희 그 아이는 지금 어디에 있소?"

"집에 있을 겁니다."

"집이 어딘데요?"

"장수원입니다."

"빨리 가서 그 아이를 데려오시오!" 자위대원 박기영에게 큰 소리로 명령했다.

"잘 숨겨놓은 기밀문서 같은 것을 찾으려면 보잘 것 없고 놓치기 쉬운 것도 세밀히 살펴보고 의심해야 하며 꼭 찾고야 말겠다는 집착과 지혜가 필요하오! 지금 저 동무가 데리러 간 아이가 어리다 해도 지서에 급사로 있었다면 밖에 있는 사람 누구보다 안에 있었던 일들을 잘 알 것 아니겠소! 작아 보이고 잘 안 보이는 곳에서 실마리를 찾아야 합니다!"

홍천 인민복은 노련하고 경험 많은 자기 나름의 수사기법의 노하우를 말하면서 기밀서류를 찾은 거나 마찬가지라는 듯이 목소리에 힘을 주면서, 앞에 있는 세 사람(위원장 자위대장 서기장)에게 힐난하듯 말하고 있었다. 그러다 자기 말이 좀 심하다고 생각했는지 말꼬리를 슬쩍 돌리며,

"어제 같이 왔던 동지들은 아실 테고 이곳 동창에 처음 오신 군관 동지를 소개하겠습니다!" 갑자기 공손해지며 예의를 갖추고 붉은 줄 군관을 소개했다.

"아! 나는 홍천보위부 군관 김영관입네다. 이곳 동창이 처음 아니고 두 번째라서 나를 알고 있을 겁네다. 소개하신 동지께서 착각하신 모양입네다."

평안도 사투리, 굵은 목소리의 20대 후반이나 30대 초반쯤으로 보이는 그는 하얀 피부에 유난히 새까만 수염을 가진 영화배우만큼이나 잘생긴 얼굴이었다.

"산 좋고 물 맑고 인심 좋은 강원도 동창에서 여러 동무들을 또 만나게 되어 매우 반갑고 기쁘오! 백전백승의 위대한 영웅이신 김일성 장군님의 남조선 해방전쟁과 혁명과업에 동창 인민들이 적극적으로 열렬히 협력하고 계시는데, 존경과 감사의 말씀을 조선민주주의인민공화국 보위부의 이름으로 전달합네다!"

붉은 줄 군관의 인사말이 끝나자 군당지도원 인민복이 상투적 수식어로

연설을 시작했다.

"위대한 영도자 김일성 장군이 영도하는 용맹스런 인민군에게 저항하는 적들은 추풍낙엽처럼 나가떨어져, 아침 해장거리도 안 되지요! 하지만 승리가 우리의 것이라고 자만이나 태만해서는 안 됩니다. 후방에 있는 우리 인민들도 혁명과업에 열중할 책무가 그만큼 큽니다! 동창 인민위원회와 자위대도 당과 동창 인민들을 위해 불철주야 수고가 많은 줄 알지만, 아직은 당의 요구에는 미흡합니다. 농민연맹, 여성동맹, 민주청년연맹 조직을 보완하고 당원 가입도 배가해야 합니다! 인민들도 혁명사업에 열성적으로 참여하도록 독려해주기를 바랍니다!

위대한 영도자 김일성 장군께서 왜 남조선 해방전쟁을 해야 하는지를 위원장 동지와 여러 동무들도 잘 알고 있겠지만 당위성을 다시 한 번 말한다면……. 위대한 영도자 김일성 장군께서 항일 빨치산 전투 승리로 일본 놈을 이 땅에서 쫓아냈지만, 남조선은 미제가 신탁통치로 이승만 허수아비를 내세워 남조선 인민들을 억압하고 굶주림의 도탄에 빠뜨렸습니다. 원인이 어디에 있었습니까? 미제와 이승만이 결탁하여 독립운동가 애국자들을 암살하거나 빨갱이 누명을 씌워 숙청했지요! 제헌국회에서 반민족처벌특별위원회를 구성하고 친일파를 처벌하려니까, 이승만의 친일파 헌병들이 불법으로 반민특위 소속의원들을 빨갱이라고 잡아간 것이 그 유명한 국회 프락치 사건이지요! 조소앙 등 제적의원 삼분의 일을 체포해갔으니 적반하장도 이만저만 아니었지요! 한마디로 남조선은 법도 없고 주먹만 있는 깡패집단이라고나 할까? 더욱더 심각한 것은 '하지'라는 군정청 책임자 놈들과 이승만은 잘 먹고 잘 살 때 남조선 인민들은 어떻게 살았습니까? 나물죽 한 그릇도 배불리 먹어보지 못하고 일본 놈이 주던 콩깻묵도 없어 인민들은 기아에 허덕이는데 학교는 무슨 학교입니까?

북조선은 위대한 영도자 김일성 장군께서 먹을 것 입을 것도 풍족하게 주시고, 중학교까지 무상 교육을 실시하여 문맹자 없는 똑똑한 인민이 되었으며, 집 없는 셋방살이 인민은 없으며 몸이 아프면 누구나 인민병원에서 무료로 치료받는 인민들의 낙원입니다.

미제와 이승만은 북조선이 잘살고 남조선은 못사는 것이 배가 아팠는지 북조선으로 쳐들어왔습니다. 겁도 없이 잠자는 호랑이 코털을 건드린 격이라 할까? 백전백승의 영웅이신 김일성 장군님이 지휘하는 용감무쌍한 우리의 인민해방군은 일사천리로 적들을 까부수고 남진하여 미제와 이승만 도당을 부산 앞바다로 몰아내고 남조선 해방의 날이 다가왔습니다! 남조선 인민 여러분! 아니 동창 인민 여러분! 힘내시고 조선민주주의인민공화국의 위대한 수령 김일성 장군님 품에서 행복의 그날을 맞이합시다!"

군당지도원의 연설 같은 열변이 끝나고……

## 보천보 전투와 봉오동 전투

정치 보위부 김영관 군관이 입을 열었다.

"나는 위대한 지도자 김일성 장군이 영도하는 조선혁명군 유격대 하급전사로 장백산 전투와 보천보 전투에서 이 한 몸 다 바쳐 싸웠소! 위대한 불세출의 영웅 김일성 장군이 지휘하는 장백산 전투를 백전백승하며 일본군을 쳐부시었소! 장군님의 용병술은 귀신도 못 따라오지요!

한두 명이 산 능선 여기저기 불을 지펴 연기를 피우면 일본군은 저~ 연기피우는 곳은 적이 없으면서 있는 척하고 있다고 판단하고 연기가 피어오르는 능선 쪽으로 방심하고 기어오르지요. 양쪽에 매복한 조선혁명군 유격대가 적들이 가까이 올 때까지 기다렸다가 뒤를 차단하고 사방에서 공격하면 놈들은 갈팡질팡하면서 총에 맞아 죽고 자기들끼리 우왕좌왕하다가 몰살당하고…… 몇 놈만 살아 도망쳐봤자 혁명군 유격대에 붉은 피를 뿌리며 무주고혼이 되지요!

장군님께서는 동에 번쩍 서에 번쩍 하시면서 어찌나 신출귀몰하셨던지 유격대원들은 장군님께서 축지법을 한다고 했시오! 그러니 일본군 제 놈들이 어찌 우리 혁명유격대를 당할 수가 있겠시오! 나는 항일 유격대원이 되어 일본군과 숱한 전쟁을 했지만, 목숨이 아깝다고 생각해본 적은 단 한 번도 없고, 장군님과 조국을 위해 이 목숨 바치는 걸 자랑스럽고 영광이라 생각했시오!

나도 한때는 꿈 많은 청소년으로, 고당 조만식 선생님이 교장으로 계시던 오산학교를 다녔시오! 고당 선생님이 누구신지 웬만한 사람들은 선생님의 고명을 알고 있을 게요! 나는 진남포보통학교를 졸업하고 수재들만 다니는 오산고급중학교로 진학했는데, 오산중학교는 그냥 공부 잘하는 학교인 줄만 알았시오. 중학교 1학년 중간쯤에 생각이 바뀌어갔시오!

고당 선생님은 자그마한 외모에 늘 한복을 입으시고 소탈하시면서도 위엄이 있었고, 말씀은 조용조용 하시면서도 눈빛은 뭔가를 꾸짖고 계셨시오. 선생님은 조회시간이면 교단에 오르셔서 '대한제국이 왜 멸망했으며 왜 일본의 식민지로 살게 되었느냐?'를 반문하시면서 국력이 쇠약해서 강제로 을사보호조약을 맺어야 했다면서…… 울분을 토하며 말씀하셨시오! '이씨조선 오백 년 동안 우리의 백성들이 나라를 지키겠다고 목숨 바쳐 싸웠으나, 중국의 속국으로 조공까지 바치며 연명하며 살아왔다'고 하시면서 '국익보다 당쟁으로 온 나라 백성을 갈라놓고 이순신 장군 같은 위대한 영웅도 모함에 빠뜨리는…… 자기 이익이나 집단의 이익을 위해서라면 어제의 적도 오늘은 한패가 되고, 형제 같은 동지도 적이 되는 국민성을 가졌다'고……. '조국의 청년들이여! 새로 깨어나 똘똘 뭉쳐 삼천리금수강산을 찾아야 한다'고 목메어 말씀하셨시오! 나는 나이는 어리지만 가슴 뭉클하며 눈물이 났시오!

3학년 선배가 '영관아! 너 영특하고 공부 잘하는데, 우리 학교 동아리 모임이 있는데 가입할 생각이 있나 해서'……. 내가 어떤 동아린데요 묻자, '어떤 모임의 성격체인지는 차차 말해주기로 하고, 내가 너에게 가입을 추천하는 건 내가 사람을 볼 줄 알기 때문이야! 우리들은 일주일에 두세 번씩 수업이 끝나면 기숙사에 모여 인생의 좌표도 설정하면서 우리가 살아가는 의미를 진지하게 고민해보지. 국가란 무엇인가, 민족이란? 나는 무엇이며 어떻게 살아가야 하는지를'……. 회장은 3학년 대표 오진우(훗날 인민무력부장) 선배였시오! 오진우 선배는 비밀독립단체 결사조직을 만들어 투쟁하고 있었시오! 왜놈 순사나 헌병이 낌새를 채거나 냄새를 맡을까봐 치밀하고 비밀스레 행동했시오! 나는 2학년이 되어 열심히 투쟁했시오! 밤이면 일본 놈 주재소도 습격하고 일본 헌병 놈을 괭이로 찍었는데, 우리들 정체가 일본 헌병 놈들에게 포착된 걸 눈치챘시오! 오진우 선배랑 우리 결사대 스무 명은 일경과 헌병의 검문을 용케도 피해 만주까지 갈 수 있었시오. 출발할 때는 독립군이 되어 일본 놈을 무찌르고 내 땅을 찾겠다는 결기로 만주 땅에 내렸지만 여기저기 일본 놈 형사와 헌병들 눈빛이 번뜩거렸시오! 돈도 한 푼 없고, 숨어서 밤낮으로 걸어 장백산 어귀에서 조선혁명군 유격대원을 기적처럼 만났시오! 천우신조랄까? 김일성 장군님을 향한 우리들의 마음에 하늘도 감복한 것이지요!

장백산은 평안도와 함경도, 중국의 길림성까지 높고 거대한 산맥이 끝없이 뻗어나갔시오. 나는 조선혁명군 유격대 말단전사가 되어 겨울이면 영하 50도의 추위를 정신력으로 버텨갔시오! 눈비를 막아줄 가림 막 하나 없이 다 떨어진 고무신짝을 칡넝쿨로 동여매고, 가파른 절벽을 하루에도 몇 번씩이나 오르내리며 일본군과 싸웠시오! 사흘 굶는 건 보통이고 불을 지피면 일본군의 눈에 띌까봐 생쌀을 씹으며 눈 위에 그냥 잤시오.

어느 날인가 일본 놈들이 매복해있는 곳을 피해 가파른 절벽을 오르다가 발을 삐끗하여 그냥 주저앉고 말았는데 눈물이 핑 돌았시오! 엄마도 보고 싶고 동생 옥란이도…… 따뜻한 아랫목에서 하얀 이밥을 배 불리 실컷 먹고 싶고…… 그냥 울고 있을 때 누군가 조용히 다가왔시오. 낮고 부드러운 목소리로, '전사 동무 많이 다치셨소?' 내가 고개를 가로로 저으니, '전사 동무 몇 살이오?' 나는 가늘게 기어들어가는 목소리로 '열여섯 살입니다' 하고 대답했시오!

'열여섯 살의 항일유격대 전사가 있다니 참으로 감격하오! 나는 조선혁명군 유격대장 김일성이오!'

나는 정신이 번쩍 났시오! 그 위대한 김일성 장군님이 바로 내 곁에 계시다니……

'배고프고 많이 춥지요' 하시면서 입고 계시는 외투를 나한테 입혀주시고 주머니에서 엿 한 덩어리를 꺼내주시면서 '의무병! 어디 있소? 여기 전사 동무가 발을 다쳤으니 잘 치료해주시오!'

의무전사는 노란 옥도정기를 바르고 헝겊으로 내 발목을 꽁꽁 묶었시오! 나는 그날 너무 감격하고 내 한 목숨 김일성 장군님께 몽땅 다 바치리라 결심했시오!

홍범도 장군과 김좌진 장군이 봉오동 전투와 청산리 대첩에서 일본군 일개 사단을 괴멸시키는 혁혁한 전공을 세웠다면서 남조선 인민들에게 청산리 대첩이라고 선전하지요. 하지만 장백산 전투나 보천보 전투와는 비교도 안 되지요. 백전백승 위대한 김일성 장군님이 지휘하는 조선혁명군 유격대는 치열한 장백산 전투에서 일본군을 몇 번이나 몰살시키는 승리를 했지만, 우리 유격대의 희생도 무척 컸으시오! 오산중학교 선배 몇 명과 내 동무 한철이도 장백산 하얀 눈 위에 붉은 피를 흘리며 조국과 인민을 위해 장렬히 산화했시오!"

자위대 사무실은 많은 사람들로 꽉 채워져 있었다.

"보천보 전투에 대해 알고 있는 동무 있으시오? 누군가 조금이라도 알고 있으면 말해보기오!"

아무도 대답이 없다. 붉은 줄은 실망한 얼굴로,

"아니! 남조선 인민들은 그 유명한 보천보 전투를 모른다는 게 말이나 되오! 김일성 장군님이 지휘하여 일본군을 전멸시키고 보천보를 탈환한 그 유명한 보천보 전투를……."

어이가 없다는 듯,

"이승만은 보천보 전투를 남조선 인민들이 알면 위대한 김일성 장군님을 흠모라도 할까봐 철저히 비밀로 한 게요! 비겁하게 시리……. 보천보 전투를 이야기 하겠시오! 1937년 6월의 밤은 추위를 느낄 만큼 싸늘했는데, 김일성 장군님의 지휘로 두 개 습격조, 두 개 차단조, 한 개 정치공작조로 나뉘어 경찰주재소와 면사무소, 소방서, 우체국, 농사시험장, 산림보호구를 습격하여 일본군과 경찰들을 전멸시키고 건물들을 불태워버린 작전으로 용의주도한 김일성 장군님의 위대한 승리였시오!

보천보 공격은 보천보 쪽으로 집결해있는 일본군 주력부대를 분산시키는 작전을 전개한 것인데, 최현 대장이 무산 방향으로 진출하고, 다른 부대는 임강과 장백산으로 진출해 일본군을 공격했시오. 쫓기던 일본군이 다급해지자 보천보에 집결한 일본군 주력부대가 최현 대장 쪽으로 몰려가 최현 대장의 조선혁명군이 포위될 위기에 처했시오. 그러나 일본군 주력부대를 보천보로 유인하기 위해 천재적 작전으로 보천보를 기습 공격하여 최현 부대를 위기에서 벗어나게 한, 영웅적 승리의 보천보 전투를 모르고 있다니……?

앞으로 당 사업도 열심히 해야 하지만 장백산 전투와 보천보 전투를 당의 중점 학습과목으로 교양하게 하시오! 일본 놈을 내 땅에서 몰아내고 삼천 리 금수강산을 되찾겠다는 일념 하나로 위대한 수령 김일성 장군님을 받들고 싸우면서 죽음의 문턱을 넘나들던 날들이 꿈결처럼 느껴지오! 조국 해방과 인민의 해방을 위해 싸우다 먼저 가신 선배와 동무님들께 삼가 명복을 비오!

장백산 줄기줄기 피 어린 자욱

압록강 굽이굽이 피 어린 자욱~.”

붉은 줄의 눈 밑은 젖어있었다.

미국의 원자폭탄 두 방으로 일본은 두 손 번쩍 들고 항복했는데 ‘김일성의 항일 빨치산 전투의 승리로 일본이 쫓겨 갔다’라는 보위부 군관 말이 공허한 메아리로 귓등을 스쳐갔다.


곧 자위대원 박기영이 지서 급사 장영희를 앞세우고 사무실로 들어섰다. 영희는 겁먹은 얼굴로 두리번거리다 김윤범 위원장과 눈이 마주치자 안심이 되는지 고개를 꾸벅하고 웃었다. 위원장은 영희를 데려온 것이 영 못마땅한 얼굴이다.

“저 아이가 지서에 있던 아이오?” 인민복이 영희의 얼굴을 예리한 눈매로 훑어보며 묻는다.

“예.” 박기영이 대답했다.

“네 이름이 뭐라고?”

“장영희입니다.” 목소리가 가늘게 떨리고 있었다.

“몇 살이냐?”

"열여섯 살입니다."

"겁날 것 없다! 네가 본 대로 솔직히 말하면 된다." 까까머리 영희가 더 가냘파 보인다.

"지서에 있던 서류를 어디로 옮겼는지 알지?"

힘이 실린 나지막한 목소리가 섬뜩하게 영희의 귓속을 파고들었다. 영희는 고개를 숙이고 아무 말 없다. 지서 순경들이 떠나면서 '지서 기밀 서류를 어디에 숨겨두었는지 누구에게도 말하면 안 된다! 서류가 없어지면 네 책임이고 너는 무사하지 못할 거야! 말하지 마라!' 하고 몇 번이나 다짐을 받고 떠나간 것이다. 꽝 하고 탁자를 주먹으로 치는 소리가 사무실 적막을 깨뜨렸다.

"너 내가 다 알고 왔어! 네가 어리다고 좋게 말하니까 내가 얼마나 무서운 줄 모르지! 너 홍천 내무서에 잡혀가 경을 쳐야 똑바로 말하겠어!"

호통치고 째려보는 눈이 매의 눈 같다.

"빨리 말 못해!"

허리춤에 차고 있는 권총을 뽑아 들어 영희의 얼굴을 겨누자…… 새파랗게 질려버린 영희가 바들바들 떨면서 다급한 목소리로,

"말하겠어요! 저기 우물 안에 있어요!"

"네가 앞장서!"

인민복 두 명과 따발총 병사, 자위대원 두 명이 영희의 뒤를 따랐다. 후미진 골목길을 돌아 열 길쯤이나 깊은 두레우물 속에 끈으로 동여매놓은 서류 뭉치를 몇 사람이 억지로 힘을 다해 끌어올렸다. 서류 뭉치가 반쯤은 물속에 잠겨있었다. 인민복과 붉은 줄은 꽤나 흡족한 미소를 지으며 전쟁터 노획물을 회수해갔다. 위원장과 자위대장, 서기장은 아무소리도 하지 못했다. 서슬 퍼런 그들에게 말할 수도 없고……. 자위대장 용호는 예감이 좋지 않다. 처남 영희에게 불길한 예감이…….

# 마르크스 딜레마

인민위원장 김윤범, 자위대장 함용호, 서기장 민영진 세 사람이 어두운 얼굴로 탁자 앞에 앉았다. 위원장이,

"위에서 하달되는 요구 사항들은 많은데……. 열심히 한다고 하지만 신통치도 않고 영 답답해! 자위대원 증원도 그렇고 농맹·여맹·민청 조직도 잘 안 되고……." 자위대장이 동조하며,

"어제 보통학교 동창생 몇 명을 만나 악수를 청했더니 시큰둥하면서, 나를 영 못마땅해 하는 친구들에게 말 붙이기도 그렇고……. 내가 끗발 잡아 행세깨나 해보겠다는 짓인가 하고 스스로 자문도 해보고……. 우리들은 아무 사심 없이 사람이 사람대접받고 사는 참세상을 이 땅에 실현해보려고 동분서주 밤낮이 없지만, 우리를 바라보는 사람들의 시선이 영 곱지를 않아! 예측할 수 없는 전쟁마당에 책임을 맡는 어리석은 사람이 누가 있겠어? 그들은 우리에게 모든 책임을 덮어씌우고 나중 뒷생각을 해서 약은 꾀로 납작 엎드려 숨죽이고 있는 꼴이지. 하지만 자의 반, 타의 반으로 맡은 자리긴 해도 국가와 인민, 작게는 우리의 동창을 위해 이 한 몸 다 바치겠다고 내 스스로 다짐했지!"

그동안 자기가 선택한 일에 대해 갈등하던 속마음을 자위대장 함용호는 털어놓고 있었다. 서기장 민영진도,

"나도 처음엔 뭐가 뭔지도 모르면서 용호 따라 인민회의에 참여하게 되어 서기장이란 직책을 맡고 있지만, 이해하기도 어렵고 현실적으로 불가능한 당의 요구와 지침이 내려오는데 우리의 여건과 형편에 동떨어진 것이 많아. 당원 배가 운동도 그렇고 모든 일에 사람들의 협조가 필수적인데 이리저리 핑계대면서 비협조적이니……. 무슨 뾰족한 방법이 없을까?"

위원장 김윤범이,

"참 어려운 난제지! 어렵다고 손 놓고 있을 수도 없고……. 실마리를 찾아보자고. 동창 주민들이 잘 모이는 곳이 어디지?"

자위대장이,

"한 곳 있지! 박준화네 집 앞 느티나무 아래……. 점심때가 지나 오후가 되면 이삼십 명쯤 모이고 많을 때는 칠팔십 명도 더 될 때가 있어!"

"그곳에 모여 뭘 하며 어떤 말들을 하지?"

"자기들끼리 쑥덕거리기는 하는데 정확히는 모르고, 저들끼리 뭔가 있기는 있는 것 같아!"

"모이는 사람들 중에 판세를 주도하고 휘어잡는 사람은 누구누구야?"

"이영필, 김남석, 전필남, 채재석, 장건희, 임명철 등이지!"

"동창을 좌지우지하며 꺼떡거리는 사람들은 죄다 모이는군……!" 서기장 민영진이 중얼거렸다. 위원장이,

"지금쯤 느티나무 아래에 많이들 모여있겠어?"

"와있을 거야! 새벽에 일터로 나갔다가 9시쯤 집으로 오면 밥 먹고 휴식한 다음 점심 먹으면 으레 느티나무 아래로 집합이지." 자위대장이 대답했다.

느티나무 아래는 여느 때처럼 박준화, 이영필, 채재석, 장건희, 김남석 등과 동창 사람 오십여 명이 모여들었다. 가마니나 거적때기 멍석을 깔고 눕기도 하고 나무 판때기에 기대어 앉기도 하며……. 이영필이,

"지금 우리가 어쩔 수 없이 숨죽이고 엎드려있는 건 위원장이나 자위대장, 서기장 놈들이 무섭고 겁나서가 아니라 저놈들 세상으로 바뀌었으니 어쩔 수 없이 그런 거지! 하지만 제 놈들의 위세가 며칠이나 가겠어! 화무십일홍인데……."

"저놈들이 땅을 몰수할 거라는데……."

"땅뿐이야? 좁쌀까지 세어서 뺏어간다는데…….” 장건희가,

“그럼 우리는 다 굶어 죽잖아!"

“배급을 준다나.”

“아니, 우리가 비렁뱅이도 아니고 내 땅에 내가 농사지어 먹는데 제 놈들이 뭔데 땅 뺏고 피땀 흘려 지어놓은 곡식까지 다 뺏어! 일본 놈이 망해서 쫓겨 갔나 했더니……. 빨갱이 새끼들은 일본 놈보다 더 악질 놈들 아니야! 늑대를 피하니 호랑이를 만난다더니 더 지독한 날강도 놈들을 만날 줄이야!”

누군가가 동의하였다.

“동창 빨갱이 놈들이 농맹·여맹·민청을 만든다고 돌아치는데 누구 하나 협조해야 말이지! 용호란 놈도 친구란 친구는 다 쫓아다니며 귀찮게 굴지만 누구 한 사람도 상대를 안 하는데 제깟 놈이라고 별수가 있겠어? 의용군을 모집한다고 하지만 지원자가 한 명도 없는데 제 놈들이라고 용빼는 재주를 가진 것도 아니고……. 지 놈들끼리 북 치고 장구 치고 굿거리장단에 지랄 춤이나 추라지!”

김남석이,

“인민위원회나 자위대나 몇 명도 안 되는 놈들이 무엇 하나 제대로 할 수가 있겠어! 용호 말이야, 같이 자란 부랄 친구잖아! 순하고 착한 친구였지. 용호네 집에 놀러갈 때면 언제나 어머니가 반겨주셨고, 호박을 파랗게 채 썰어 끓인 칼국수 맛 지금까지 잊지 못하지! 화롯불에 노랗게 구운 고등어를 하얀 이밥에 배불리도 먹었는데…… 어쩌다 저놈들에 휩쓸려 빨간 물이 들었는지…….”

“빨갱이 윤범이 놈 꾐에 넘어간 거지!"

“꼬신다고 넘어가겠어! 용호도 다 생각이 있으니까 자위대장 맡은 것 아니겠어?"

“다른 사람은 몰라도 용호네 집은 동창 제일 부잣집이잖아! 그런 용호가

뭐가 아쉬워 빨갱이 감투를 쓴단 말이야? 지주 땅을 모조리 빼앗아 소작인들에게 노나준다는데, 제 놈 땅 다 빼앗겨 꼴좋게 됐으니 제 발등 제가 찍은 거지."

"빨갱이 짓 안 한다고 땅 안 빼앗기겠어? 자위대장씩이나 하니까 제 땅 안 뺏기고 버틸 수 있는지도 모르잖아! 용호가 미리 선수 쳐 자위대장을 차지를 했는지도……?"

"그놈들에게 빽이 통하겠어? 빨갱이 놈들은 피도 눈물도 없는 놈들이야! 어린애 같은 순진한 얘기는 집어치우고……."

"민영진이 말이야, 동창에서 제일 아까운 놈이야! 어릴 때부터 친구들과 다툼 한 번 없었고, 우리 학년 일등은 늘 영진이 차지였지. 춘천농업학교로 진학할 때 서울 고등학교로 가라고 교장과 담임이 적극 추천했는데 춘천농고로 갈 수밖에 없었던 것은 가정 형편 때문이라고 들었어. 아버지 사업이 어려워지니까 제 깐에는 춘천농고를 선택한 거지!"

"아무튼 동창에 영진이 인품만 한 사람도 별로 없는데……. 동창의 지식층 먹물이 왜 빨갱이 쪽으로 붙었을까?"

"용호가 같이 일하자고 졸라댔다고 들었어!"

"영진이가 아무리 용호와 친하다 해도 용호 말을 듣겠어? 열 길 물속은 알아도 한 길 사람 속은 모른 다고……. 먹물들은 그쪽 사상에 빨리 빠지나 봐! 배웠다는 놈들이 모두 왜 그러지?"

"서울 가서 대학물 먹은 명준이, 호준이 두 형제가 남로당 간부라나? 방학 때 동창에 내려오면 대학생인 그들 형제가 부러웠고 우리들의 선망의 대상이었으니까……. 그들 형제가 영진이와 용호랑 잘 어울려 다녔지. 아마 그때 남로당인가를 어설프게나마 알게 되어 공산주의를 동경했는데, 김일성이 쳐내려와 그들 세상이 되었으니 그쪽으로 합세한 거 아니겠어?"

"배웠다는 놈들은 그렇다 치고 용호란 놈은 먹물도 아닌 얼치기가 왜 엉뚱한 길로 가는지……."

영진이와 용호랑 친했던 친구들이 일탈한 친구를 연민의 정으로 걱정하고 있었다.


"홍수길, 박기영 그 자식들은 똥인지 된장인지도 모르고 빨간 완장 채워주고 총 한 자루씩 메어주니까 큰 벼슬이나 한 것처럼 물인지 불인지 보이는 게 없나 봐! 며칠 전 수길이란 놈이 장수원의 용식이 처를 총으로 죽인다고 겁을 줬다나? 용식이 처가 놀라서 애 떨어졌다는 말도 있고, 애는 안 떨어졌다고도 하고……."

"아무튼 그 미친놈들이 사고를 쳤구먼!" 조남석이,

"얼마 전에도 그놈들이 최진구 영감네 돼지 한 마리를 외상으로 가져갔다나? 말이 외상이지 빼앗아간 것이나 마찬가지지! 수길이 놈하고 기영이 놈이 진구 영감에게 돼지 한 마리 팔라고 해서 팔 돼지가 없다고 하니까, 돼지 한 마리가 꼭 필요하니 팔라고 팔라고 사정사정해서, 암돼지 한 마리를 가져가라 했더니 돈이라면서 붉은 종이 한 움큼을 주기에 그런 돈은 필요 없다 했더니 '앞으로는 조선민주주의인민공화국 화폐를 모든 인민이 사용해야 한다'면서 바득바득 우기면서 붉은 지폐를 줬다잖아? 안 받고 쌀로 가져오라 했더니 '지금은 쌀이 없어 못 주고 가을 추수 때나 갚아주겠다'면서 가져갔다나! 쌀도 없는 놈들이 남의 돼지는 왜 가져가?"

"군당이나 면당이나 내무서에서 하루도 거르지 않고 맨날 찾아오니 지 놈들이 뭘로 당하겠어! 용호네 집은 쌀이고 돼지고 닭 한 마리 안 남고 드렁장이 났다*더군. 쌀 한 됫박 안 갖고 입만 가지고 오니 치다꺼리에 뽕빠지지. 민폐 안 끼친다면서 저들끼리는 민폐 아닌 민심인가? 아무튼 인민의 낙원

---

*거덜이 나다.

을 잠꼬대처럼 외치지만 세상사 어디 마음대로 된다더냐?"

전필남이 주위를 빙 둘러보고,

"인민군이 낙동강 전투를 승리하고 부산까지 밀고 내려가 이승만을 수장시키고 남조선 해방전쟁을 승리할 거라고 큰소리치지만, 미국이 주축이 된 연합군과 국군이 반격하고 있다는 소문을 전해 들었습니다! 김일성이 북쪽으로 쫓겨 갈 만약의 경우를 대비해야지……. 북쪽 인민정권의 협조자라고 손가락질당한다면 어떤 일을 당할 지는 아무도 모릅니다. 대동청년단 결성 때처럼 반공 청년단 같은 조직을 결성할 준비를 해야 합니다! 우리 모두 생사가 걸린 일이니 인민위원회가 눈치채거나 저들 귀에 들어가면 절대 안 됩니다!" 그들은 모두 묵시적으로 동의했다.


박준화네 앞마당에 서있는 느티나무는 이백 년도 더 나이 먹은 고목으로, 사람들의 쉼터로 자리한 지도 백 년도 더 될 거라고들 했다. 노인들도 어린 시절 놀이터였다고 얘기하는 준화네 집 마당은 웬만한 시골 학교 운동장만큼이나 넓었으며, 느티나무는 오늘도 그늘을 드리우며 의연히 버티고 있었다.

인민위원장 김윤범, 자위대장 함용호, 대원 홍수길과 박기영까지 네 사람이 느티나무 아래 쉼터에 나타났다. 멍석 펴고 누운 사람, 가마니나 나무 판때기를 깔고 앉은 사람, 앉지도 않고 서성거리는 사람, 누군가 지껄이는 걸 열심히 듣고 있는 사람, 한쪽에는 옳거니 그르거니 목소리가 높다. 갑자기 네 사람이 나타나자 조용해졌다. 위원장 김윤범이 맨 앞자리 사람에게 다가서며 목례를 하고 손을 내밀자, 그 사람은 난처한 얼굴이 되어 주변을 둘러보며 악수하기를 꺼리는……. 이곳 분위기와 그들의 마음을 이미 꿰뚫은 위원장도 계면쩍지만 내색은 안 했다. 이곳을 찾을 때는 마음을 터놓고 어려움을 호소하며 협조를 구해보리라 했는데 분위기가 영 딴판이고, 어떻게 저들과 부딪쳐야 하나 난감했다. 사람들 시선이 모두 위원장에게 쏠렸다.

"안녕하십니까? 자주 찾아뵙고 인사드리고 말씀도 듣고 해야 하는 줄 알면서도 시간이 여의치 않아 우선 이곳을 찾았습니다. 저도 위원장이라는 자리를 처음 맡고 보니 제대로 하는 것도 없이 마음만 바쁩니다!"

자위대장 함용호와 대원 홍수길, 박기영도 머리 숙였다. 사람들은 대부분 함용호와 동창학교 동문 선후배이고 한마을에서 같이 자란 친구들이다. 위원장 김윤범이,

"저는 새로운 인민 공화국에서 인민위원장이라는 자리가 뭣 하는 자리인지도 잘 모르면서 직무를 수행하다 보니 어려움이 이만저만 아닙니다. 여기 계신 선배, 친구, 후배님들의 적극적인 협조가 절실합니다. 몇 명 안 되는 인원으로는 행정이나 치안업무 등도 제대로 하기가 버겁습니다. 농맹·여맹·민청위원장도 임명해야 하고 자위대원 증원도 절실합니다!"

박준화가,

"우리 낮잠에 좀 쉬려고 하는데 무슨 참새 조알 까먹는 소리를 하는지, 우리와 상관없는 소리를 시끄럽게 떠드네!" 정필남이도 한마디 던진다.

"조용히 살아가는 우리를 귀찮게 하지 말란 말이야!" 조롱 섞인 반말이 여기저기 튀어나왔다.

"저 사람들 공산당 한다고 나대는데 가만히 있으면 중간은 갈 텐데……."

그들의 야유가 계속 귀에 거슬렸다. 위원장 김윤범의 얼굴이 붉어졌다. 오십 명쯤 되는 사람들이 한패가 되어 덤비는 꼴이니 난감할 수밖에……. '사람 셋이면 한 사람 바보 만들기는 쉽다'는 말, 나는 오늘 바보가 되는 날인가? 위원장이 목소리를 가다듬고 정중히 말했다.

"하시는 말씀은 잘 알겠는데 제가 먼저 나서서 위원장 하겠다고 간청드린 것도 아니고, 동창 위원장을 선출하라는 그 사람들 군당의 요구로 여기 계시는 분들이 저를 강력히 추천해주시고, 투표에서 만장일치로 위원장으

로 뽑아주셨습니다! 저를 추천하고 위원장 시켜주신 분들이 모두 이 자리에 있습니다!"

전필남이,

"그때는 우리도 어쩔 수 없어 그렇게 한 거고 평양 감사도 저 싫으면 그만이라는데, 당신 능력 없어 못 하면 그만이잖아!"

"제가 많이 부족한 건 알고 있지만, 책임을 맡기시고 비협조적으로 말씀들 하시면 사람을 나무 위에 올려놓고 흔들어대는 꼴이지요!"

"그 사람 참 말 많네! 그렇게도 분위기 파악을 못 하고 눈치도 없으니……."

말한 사람은 박준화다. 박준화는 힘깨나 쓰고 말도 거칠게 하는 동창의 자칭 건달이다. 몇 달 전쯤 위원장 김윤범이 구장의 잘못을 따지자 곁에서 지켜보다 '객지서 굴러온 새끼가 감히 어디라고 구장님한테 대들어!' 하면서 김윤범 귀싸대기를 때린 사람이다. 그때 윤범이 기를 죽였다고 생각하고, 지금 이곳 사람들 모두가 자기편이라는 걸 믿고 '네놈쯤은' 하고 기세등등했다. 이영필이,

"우리는 촌에 살고 무식해서 남로당이 뭔지 공산당이 뭔지 '인민의 낙원'이 뭔지를 모르는데 우리한테 알기 쉽게 설명 좀 해봐! 알아야 협조를 하든 반대를 하든지 할 것 아니야!"

공산주의 이론이나 이념논쟁이 아니라, 어떻게 해서든 이들 위원장, 자위대장, 자위대원들을 곤란하게 만들어 쪽도 못 쓰고 꼬랑지를 내리고 도망치는 꼴을 보겠다는……. 저들의 속내를 이미 알아차렸다 해도 그렇다고 똑같이 말싸움을 할 수는 없지 않은가!

"저도 솔직히 공산주의가 뭔지 잘 모르고 있습니다. 공산주의에 대한 이론 공부나 사상 교육을 받아본 적이 없습니다만, 아는 대로 말한다면…….

연합국의 승리로 일본은 쫓겨 갔지만, 불행히도 이 땅은 반 토막 나고 말았습니다. 여러분들도 잘 아시지만 남한은 미국의 신탁통치로 국권을 미국

이 틀어쥐고, 미국의 꼭두각시 이승만 독재정권은 백성들을 빈곤과 기아로 빠뜨렸습니다. 북조선도 소련이 진주하여 신탁통치를 했지만, 김일성 장군은 공산주의 혁명을 성공하여 조선민주주의인민공화국을 건설했습니다. 남조선은 어떻습니까? 미제와 이승만은 인민들을 억압하고, 지주와 자본가에 억눌린 인민들은 도탄 속으로 내몰리고 있습니다."

"누가 그런 말 듣고 싶대? 공산주의에 대해 말해보라니까!"

"한마디로 공산주의는 네 것 내 것 없이 모두가 평등하게 잘살아갈 수 있는 제도입니다. 중국의 역사나 우리 조선이나 서방 세계에서 지주와 자본이 지배하는 봉건자본주의 사회는 가진 자만 잘살고 없는 자는 종이나 노예로 살아야 했습니다. 소작농은 땅 몇 마지기 얻어 보겠다고 별별 아첨 다 해 죽어라 땀 흘려 농사지어도 지주에게 바치고 나면 장리쌀로 연명하며 죽지 못해 억지로 살아가는 것이 우리의 현실이 아니었습니까? 남한 정부도 금년 (1950년 4월)에 토지개혁으로 땅을 분배한다고 약속했어도 지주들은 아직까지도 땅을 멀쩡히 움켜쥐고 있습니다.

공산주의는 노동자와 농민이 주인이 되고, 학교 선생이나 목수나 노가다나 의사라도 임금의 차별이나 신분의 차별이 없는 평등한 사회입니다. 소련과 중국도 프롤레타리아 혁명을 성공하여 인민들은 봉건주의 압제에서 벗어나 모두가 공평하게 살아가는 사회주의 체제에서 잘살아가고 있습니다! 공산주의란 한마디로 말한다면 가진 자나 없는 자 구분 없이 모두가 공평하고 평등하게 살아가는 이상주의입니다. 동창을 살기 좋은 우리의 고장으로 만들기 위해 미력하나마 최선을 다하겠습니다. 적극적으로 도와주시기를 간곡히 부탁드립니다!" 누군가가 말하길,

"참 말 한번 번드르르 잘한다! 세상이치가 말처럼 잘될 것 같으면 얼마나 좋겠냐? 한날한시에 태어난 손가락도 길고 짧은데 어떻게 모두가 다 똑같을 수 있냐? 동물도 능력의 차이가 있는데 하물며 인간이 어떻게 똑같

을 수가 있냐? 능력 있는 사람은 앞서고 못난 놈은 뒤처지고……. 공산당이라고 모두가 똑같아? 거기도 당 간부라던가 끗발 있는 자리에 잘나가는 놈은 힘깨나 쓰고 행세깨나 하겠지만, 여기나 저기나 돈도 빽도 없는 놈은 마찬가지야!"

"야! 시끄러워! 말해봤자야! 말로 떡을 하면 조선이 먹고도 남는다. '말 잘하면 공산당'이라더니……."

"어이 우리들 좀 쉬어야 하니까 얼른 꺼져주면 고맙겠어!"

말한 사람은 박준화다. 위원장은 자기 귀싸대기 때린 전력에다, 사사건건 반대하는 몇몇을 그냥 두었다가는 죽도 밥도 안 된다고 순간적으로 판단했다.

"말 다 했어! 말이면 다 말인 줄 알아! 어디다가 함부로 말하는 거야! 혼 좀 나봐야 정신 차리겠어!" 아무리 그래도 김윤범 위원장은 조선민주주의인민공화국 실세다.

"어떻게 혼낼 건데?" 박준화는 위원장보다 키가 한 뼘 정도 더 크고 완력 또한 대단했다. 전필남이,

"혼내기는 누가 누구를 혼내? 저것들이 뭐가 뭔지도 잘 모르는 모양인데!" 김남석이 울력을 받아 패기 있게 나왔다.

"넓은 마당으로 나오지! 구경꾼도 많은데, 어떻게 혼낼 건지 시범 좀 보여줘라!" 박준화가 마당 한가운데로 나섰다. 마당이라야 자기네 집 앞마당이다. 위원장이,

"내가 제안을 하겠다. 나와 겨뤄 내가 진다면 위원장 자리를 버리고, 오늘로 동창을 뜨겠다! 대신 너희가 지면 우리 일에 협조해라!"

"너희라면 누구를 말하는 거야?"

"너 박준화, 전필남, 김남석 셋을 상대해주마! 너희 세 명이 한꺼번에 덤벼라!" 박준화가 웃는다.

"너 뭘 믿고 큰소리냐! 황소가 배꼽 잡고 웃겠다. 네놈 하나쯤은 상대해 보나 마난데 뭐? 필남이하고 남석이까지 덤비라고? 가소롭게 웃기지마!"

"두말 않겠다. 여기 모인 사람 모두들 함께 약속하자! 내가 지면 이 시간 보따리를 싼다! 대신 너희가 지면 너희뿐만 아니라 여기 있는 사람들과 동창 사람 모두 협력하도록 설득해야 한다!"

위원장이 보따리를 싼다는 말에 솔깃했는지 준화가 웃으며,

지금 김윤범이 한 말을 들었느냐고 큰 소리로 사람들을 향해 묻는다. 사람들은 해보나 마나 한 싸움인데 윤범이가 쫓겨 가려고 제 무덤 제가 파는 구나 하면서 깔깔 웃으며 좋다고 박수로 답을 했다. 위원장이 사람들을 향해 다시 한 번 다짐했다.

"나는 사내답게 명예를 걸고 약속을 지킬 것이오! 나와 겨루는 준화, 필남이, 남석이 셋이 나한테 지면 이곳에 있는 분들 모두 우리 일에 협조하셔야 됩니다!"

세 사람은 웃으며 농담하듯,

"알았어! 우리는 약속을 지킬 테니깐 너나 보따리 쌀 준비나 해! 우리 걱정은 말고!"

사람들은 보나 마나 식은 죽 먹기보다 더 쉽고, 삶은 달걀 소금 안 찍어 먹는 것보다 싱거운 싸움판 구경일 거라고 생각했지만, 다시 한 번 신명나게 박수를 치고 있었다. 위원장이 큰소리로,

"세 사람 다 준비됐어?"

맨 앞에 준화가 서있고 양옆으로 필남이와 남석이가 서있다. 전필남이나 조남석도 동창 바닥에 둘째가라면 서럽다 하는 힘깨나 쓰는 사람들이다. 위원장 주먹이 어느 정도인지 입소문은 났지만, 동창에서 누구와 싸우거나 겨뤄본 적도 없었다. 위원장이,

"시작이다!"

얏 하는 짧은 기합소리가 허공을 가른다! 박준화가 턱을 맞고 비틀거리는 순간 오른발 돌려차기로 조남석 목 왼쪽을 강타하면서 뒤꿈치로 전필남 가슴팍을 내리찍자 세 사람은 맥없이 주저앉았다. 위원장이 준화 목을 꽉 밟는다! 준화는 숨이 넘어가는지 손을 내젓는다. 사람들 모두 다 놀랐다. 동창에서 힘꼴이나 쓰는 사람들을 간단히 제압하다니……

"놀라워! 대단해!" 쓰러진 세 사람이 일어나 앉았다.

"사내답게 약속을 지키시오!" 주위를 둘러보면서,

"약속을 꼭 지켜주시리라 믿겠습니다!"

위원장 싸움 솜씨에 용호도 놀랐고, 홍수길과 박기영은 넋을 잃었다.

'이건 아닌데…….'

물리적 방법으로 상대를 제압하는 건 하책 중의 하책이라는 걸 예전부터 터득하고 있었지만, 조롱받고 치밀어 오르는 분노를 억제하지 못했다기보다, 그들은 한패가 되어 똘똘 뭉쳐 이쪽이 생각했던 기대와는 영 딴판이었고, 그들의 마음을 바꿔본다는 건 천 길 절벽 앞에 서있는 것과 같다는 암담함을 느꼈을 뿐이었다. 다른 뾰족한 방법도 없었다. 어쩔 수 없이 맡은 책무를 다해보겠다는 일념으로 결기까지 보여 눈앞에서는 뜻대로 되나 했는데, 오히려 반감과 적개심만 키운 꼴이 되고 말았다. 위원장이 손을 내밀어 악수를 청했다.

"내 순간 자제력을 잃었소! 과격한 행동을 후회합니다. 미안합니다!"

정중히 사과했다. 그렇다! 위원장은 조금 전 그들과의 격투를 후회하고 있었다. 박준화, 정필남, 김남석의 손을 잡았다. 주위에 빙 둘러서있는 사람들에게,

"저라고 위원장을 하고 싶겠습니까! 여기 계신 분들 모두 다 잘 알고 계시지만 대한민국이 하루아침에 조선민주주의인민공화국으로 바뀌고, 위에서부터 아래 말단 조직까지 새로운 틀로 거의 갖춰가고 있습니다. 동창이라

해서 예외일 수는 없습니다. 누군가는 위원장, 자위대장, 서기장, 당세포위원장도 맡아야 했습니다. 제가 능력 있고 잘나서 위원장을 시켰나요? 그건 아니지요! 앞날을 예측 못 하는 불안한 전쟁 중에, 바보라면 몰라도 누가 조선민주주의인민공화국이라는 생소한 나라의 책임을 맡겠습니까? 저도 잘 알고 있었습니다. 모두가 피하고 거부하는 직책이라는 것을⋯⋯.

제가 인민위원장에 선출되던 날 왜 그들 앞에서 김일성 장군을 추어올리고 공산주의를 찬양했겠습니까? 칼자루의 주인은 바뀌었습니다! 이승만에서 김일성으로! 어쩔 수 없습니다. 새로운 나라의 공산주의가 싫다 해도 받아들여야 합니다! 아니, 받아야 합니다. 어쩔 수 없습니다! 하지만 제가 동창 인민위원장이 된 이상, 외풍으로부터 동창을 잘 지켜 안전하고 살기 좋은 동창이 되도록 혼신의 힘을 다하겠습니다. 동창인민위원회와 자위대가 행정과 치안을 담당하고 있습니다만, 많이 부족합니다. 농맹·여맹·민청 위원장 임명도 시급합니다. 적극적으로 도와주실 것을 간곡히 부탁드립니다.

제가 두촌 장남서 이사를 오고 빨갱이라 불렸지만, 저는 마르크스 이상 사회를 꿈꾸고 동경은 했어도 저 혼자 생각뿐이었지 누구에게도 제 생각과 사상을 말해본 적이 없습니다. 객지 놈 소리를 듣고 살지만, 저는 객지 놈이 아닙니다. 안동 장 씨 어머니가 이곳이 고향이고 나를 동창 친정에서 낳으셨습니다. 제 태 버린 고향은 이곳 동창입니다!"

위원장 특유의 언변 솜씨로 그들을 압도했다. 그들도 바뀐 세상에 저항하거나 반대하면 어떤 불이익이 돌아올지도 모른다는 불안감이 자리하고 있어 눈에 띄게 반대할 수도 없고 겉으로는 따라가는 척해도, 인민군이 낙동강 전투에서 아군에 패하여 후퇴하고 있다는 소식을 들으며 때가 되면 빨갱이들을 처치하겠다는 음모를 꾸미고 있었다.

인민위원회 사람들은 아무것도 모르고 여맹위원장에 황기순을 영입하려고 설득 중이다. 황기순은 동창학교 전교 부회장이었으며, 사리분명하고 성깔 있는 만큼 마을 대소사도 그녀가 도맡아 챙기는 편인데, 같은 반 동창생과 혼인하여 딸 하나를 낳고 남편이 병으로 세상을 뜨자 과수댁으로 살고 있었다. 동창 인민위원회도 어려움을 겪으며 어느 정도 기틀을 갖추어 가고 있었다. 박준화가 농맹위원장이 되고 자위대원도 일곱 명으로 늘어났다.

김윤범 위원장이 저녁때 집으로 들어왔다. 점심때면 가끔씩 사람들과 어울려 막국수를 먹곤 그들과 밖으로 나가버리니 자기 집이라기보다 어쩌다 들르는 손님처럼 지나쳤다. 모처럼 만에 가족과 식사를 했다. 어머니 얼굴은 해질녘 거미줄처럼 주름투성이가 되시고, 곱던 아내도 막국수 장사하느라 여름철인데도 손에 물 마를 날 없어 손가락 마디마디 거칠게 갈라졌다. 초등학교 딸과 젖먹이 아들도 무릎에 안겼다. 가족들과 얼마만의 부대낌인가……? 어머니는 걱정 어린 얼굴로,

"아범은 요즘 밖에서 무슨 일을 하는지 나는 도통 모르지만, 한시도 마음 놓을 수 없고 걱정과 근심으로 보낸다. 어미도 혼자 힘으로 살아보겠다고 밤낮으로 고생하는 것도 보기 딱하고, 내가 보탤 힘도 없으니 안타깝기만 하다. 어젯밤 누군가 마룻바닥을 뭔가로 내리치며 '왜 내 동생 의용군 보냈어! 위원장 놈이 내 동생 죽이려고 강제로 인민군으로 끌고 갔지! 내 동생 당장 데려오지 않으면 위원장 네놈도 무사하지 못할 줄 알아!' 하고 고래고래 소리치며 난동을 부렸다. 무서워서 밖을 내다볼 수도 없고, 아범에게 기별도 못하고 네 식구가 방구석에서 덜덜 떨기만 했다."

의용군을 한 명 보냈다. 장터에 사는 창수였는데, 만으로 열여덟 살이면 조선민주주의인민공화국 법령에 의거하여 '군사동원증'이라는 영장을 교부하고 전시에는 즉시 입대시키도록 집행할 수밖에 없어 입대시켰다. 그런데 형 갑수가 출타했다 돌아와 동생이 의용군으로 징집되어 갔다는 걸 알고 김윤범 위원장 집 마룻바닥을 주먹으로 치면서 난동을 부렸다.

"나는 아범이 밖에서 무슨 일을 하든지 남들과 척 안 지고 살았으면 좋겠다. 모난 돌 정 맞는다고 난세에 민심이 어떻게 변할 줄 아느냐? 민심은 조석으로 변한다고, 저 사람들은 겉으로는 수그리는 척하지만 앙심을 품고 언제 너와 우리 가족을 해칠지 모르겠다. 나는 동창으로 이사온 지 일 년 동안 하루도 맘 편할 날 없었다. 태 버린 고향이고 친정 피붙이들이 살고 있지만, 그들이나 나나 한집안이라 생각해본 적은 없었다. 이 동네는 정을 붙이기도 정을 주기도 어렵고 영 마음이 안 간다. 난 아범이 있어도 없는 듯, 알아도 모르는 체 조용히 난세를 피해갔으면 한다."

어머니 말씀에 가슴이 메었다.

"어머니 너무 걱정 마세요! 저라고 저 살 궁리 못 하겠어요. 시류 따라 사는 거지요."

어머니 품에 안겨 엉엉 소리쳐 울고 싶지만……. 30세가 넘어버린 윤범이 자신도,

'내가 지금 가는 길이 어디로 가는 길인가?'

이상 사회 건설이라는 희망과 꿈을 향해 달려가지만……. 뜻대로 안 된다고 되돌아가기엔 너무 멀리 와버렸다. 윤범이는 모처럼 오랜만에 아내와 살겨워야 할 밤을 뜬눈으로 지새웠다.


아침저녁 제법 선선한 바람이 옷깃을 파고들었다. 파랗고 싱그러운 나무 잎새에 목쉬어 울어젖히던 매미울음이 사라진 들녘에는 벼이삭이 노릇노릇 영글어가고 있었다. 갈을 꺾어 논바닥에 깔고, 써레질로 등짝에 흥건히 고인 땀방울이 채 마르기도 전에 벌써 가을이라니……. 남쪽 전선에 불길한 소식이 들린다. 인민군이 경북 칠곡 낙동강 전투에서 많은 사상자를 내고 교전 중이지만, 낙동강 교두보는 실패했다고 비밀리에 연락이 왔다. 대구 팔공산 전투에서 B-29비행기 융단폭격으로 전선이 초토화되면서 두 개

사단이 전멸했다는 소식도 들린다. UN군의 참전과 전열을 정비한 국군의 반격으로 전세는 역전되고, 미군은 서해안 어느 곳으로 상륙작전을 펼치는 건 시간문제라고 한다.

동창도 겉으로는 조용한 것 같아도 마을 사람들이 몇 명씩 모여 수군거리고 있었다. '인민군이 낙동강 전투에서 국군에 패하여 후퇴 중이고, 대구 팔공산 전투에서 인민군이 몰살당하면서 부산으로 피난 간 이승만 대통령은 국군에게 전진 명령을 내렸다'고 하기도 했다. 또 어떤 사람은 '국군에 쫓기는 인민군이 미처 도망 못 치고 지리산과 덕유산으로 숨어들었다'면서 며칠 안으로 인민군은 국군과 유엔군에게 섬멸될 것이라고 장담했다.


## 인민위원장 김윤범의 죽음

박준화네 마당 느티나무 아래 어둠이 깔리고 십여 명의 사람들이 모였다. 낙동강 전투에서 패한 인민군은 후퇴중이고, 인천이나 해주에서 미군이 상륙하여 퇴로를 가로질러 막는다면 인민군은 독 안에 든 쥐다. 홍천 군당 인민위원회와 내무서 등은 이미 북쪽으로 떠났다고 들리고……. 내촌면 인민위원회와 분주소도 보따리 쌌다고 하니 빨갱이 지배는 끝난 거나 다름없다고 누군가 들뜬 목소리로 말했다. 동창도 국군과 경찰 치안대가 들어오면 빨갱이 정권에 억지로라도 협조했거나 협조하지 않았다 하더라도 억울하게 누명을 쓸 것은 뻔하지 않은가? 그들은 닥쳐올 불안한 현실에서 어떻게 슬기롭게 대처하여 살아날 수 있을까 골똘히 궁리하며 자기 생각을 털어놓는다.

"인민위원회나 자위대, 농맹·여맹·민청에 할 수 없이 겉으로는 협조하는 척했지만, 속으로는 절대로 그놈들 빨갱이 편이 아니었다고······."

언젠가 때만 되면 그놈들을 척결하겠다고 똘똘 뭉쳐있었다. 며칠 만에 백오십 명도 더 되는 사람들이 비밀리에 회합을 하고, 행동을 같이하기로 결의했다. 김일성 빨갱이 정권의 책임자나 협조자들을 자체적으로 처단하여 스스로 선명성을 보이고, 빨갱이 누명을 쓸 것을 미리 대비하는 지혜도 발휘했다. 우선 처단할 대상은 위원장 김윤범, 자위대장 함용호, 서기장 민영진, 자위대원 홍수길이다. 장수원의 김용식은 자기 아내가 애 떨어질 뻔하게 만든 자위대 수길이 놈과 인민위원회 놈들 두고 보자며 별렀고, 의용군에 징집된 창수의 형 갑수도 앙심을 품고 때만 기다리고 있었다. 박준화도 농맹위원장을 맡았지만 김윤범한테 당한 일 때문에 때와 기회만 오면 저것들을 그냥 안 두겠다고 입버릇처럼 떠벌리고 다녔다.

박준화와 김남석, 이영필, 정필남, 채재석 등이 주모자가 되어 그들을 처치할 때와 방법을 찾기로 했다. 사람이 사람을 죽인다는 게 어디 쉬운 일인가! 닭 모가지 비틀거나 똥개 목 한 번 안 달아본 사람도 그 일에 가담했다. 어느 쪽으로 줄을 서야 할지 본능적으로 감 잡고 있었다. 이영필이,

"여기 사람들은 사람을 죽이는 엄청난 짓은 엄두도 못 낼 것 같네! 그 일을 강 상사한테 부탁해보면 어떨까?"

모두가 찬성했다.


강 상사는 경비대에 입대하여 상사까지 진급했다. 작달막한 키에 담력 있고 칼칼한 성격으로 국군이 후퇴할 때 고향 동창 집에 있었는데, 낙오병인지 전역했는지는 확실치 않지만 군복 차림새로 동창에 나타나지 않았고 동창에서 외떨어진 '늘나들이' 집에 은둔인지 도피인지를 해서 그의 존재를 아는 사람은 극히 몇 사람뿐이었다. 몇 사람이 강 상사를 찾아가 그간의 사정을 말하자, 빨갱이 처단의 주동자 역할을 흔쾌히 수락한 강 상사는 그들과

주도면밀한 계획을 세워 나갔다.

강 상사는 경비대에 복무할 때 여러 명의 인민군을 사살하고 빨갱이를 처단한 경험으로,

"빨갱이 놈들을 처치한다는 것이 쉬운 일은 아니지! 더구나 어릴 때 같이 자란 친구도 있고 친척도 있지만, 이것저것 따지다 보면 아무 일도 못 하지! 인정을 버리고 단호하게 결행해야 돼!"

강 상사는 구체적 실행 방법을 논의하자면서 한 사람씩 찬찬히 훑어보고 있었다. 이영필이,

"이런 방법은 어떨까요? 우리들이 천렵하자고 그놈들을 으슥한 곳을 꾀어 와 단매에 처치해버리는 것이?"

강 상사가 몇 명쯤 동원할 수 있냐고 묻자 이영필이,

"백 명 이상은 될 겁니다."

"믿을 수 있는 사람들인가?" 강 상사의 재차 물음에,

"물론 다 믿을 수 있는 사람들입니다."

"더 좋은 생각은 없소?"

"몇 사람씩 조를 짜서 역할 분담을 시켜 공동작전을 펴면 된다고 생각합니다."

"구체적 방안을 말해보시오!"

"제일 먼저 처치할 놈은 위원장 김윤범입니다. 몇 사람이 김윤범을 유인해 오고 스무 명쯤 주위에 숨어 있다가 김윤범을 걸인대와 몽둥이로 때려잡고, 만약에 도망칠 것을 대비해 주위에 숨어있다가 놈이 도망쳐 오면 포위해 쳐 죽이면 됩니다." 강 상사가,

"좋은 생각이오! 그대로 작전을 세우고 실행합시다! 우리들 숫자가 아무리 많다 해도 실수 없어야 합니다! 호랑이가 토끼 한 마리 잡을 때도 온 힘을 다한다고 하는데 그들(위원장 자위대장등)은 동창을 쥐락펴락 움켜쥐고 흔

들던 자들이 아니겠소! 장소는 어디가 좋고, 어떻게 유인하면 좋겠소?"

"동우골이 좋겠습니다! 내가 농맹위원장이니까 닭 몇 마리 들고 위원장네 집으로 아침 일찍 찾아가 천렵가자 하면 의심 없이 따라설 것입니다." 박준화가 나름대로 계책을 말했다. 강 상사가,

"그놈들을 처치하기로 했으면 하루빨리 결행해야 하네! 저놈들이 눈치채기 전에 입단속도 철저히 하고."

"위원장 김윤범부터 처치하고, 다음은 함용호, 민영진. 멋도 모르고 날뛰던 자위대 놈들까지……."

김남석의 말에 강 상사가 산 쪽은 정필남이 맡아 뒷마무리를 깨끗이 하라고 지시했다. 동우골에서 '해군할멈' 집은 한 집뿐인데 술파는 집이다. 그들은 해군할멈 집을 거사 장소로 정했다.

1950년 9월 27일, 해군할멈 담장 주위로 삼십 명이 열 명씩 한 조로 삽과 괭이, 몽둥이, 걸인대 등을 무기 삼아 김윤범이 담장 밖으로 튀어나오면 살해하기로 하고, 담장 뒤쪽으로 숨어들었다. 1조는 채재석이, 2조는 이영필이, 3조는 정필남이 맡아 지휘를 하고 있으며 농맹위원장 박준화는 김윤범 위원장을 꾀어 오는 유인책을 맡았다. 만약 김윤범이 산으로 도망쳐 오르면 오십 명쯤 산속에 숨어있다가 쳐 죽이기로 했다. 이들이 어떻게 이렇게 신속하고 구체적인 계획을 세울 수 있었을까?

인민위원회 반대세력은 동창 인민위원회에 적극적으로 협조하는 제스처를 보이고 있었다. 박준화가 농맹위원장으로 전필남, 채재석, 김남석도 입당했다. 그들은 매일 인민위원회로 출석했다. 김윤범 위원장, 함용호 자위대장, 민영진 서기장등은 반대세력의 협조를 반기고 고무되었다. 그러나 반대세력은 밤이면 은밀히 모여 그들 빨갱이들을 때만 오면 가차 없이 처단하기로 모의했다. 그들은 이미 이승만 대통령의 밀명도 받고 있었다. 국군이

반격하고 인민군이 곧 후퇴할 것을 대비하라고……. 인민위원회의에서 일어나는 일거수일투족의 사정을 훤히 알고 대책을 세우고 있었다. 낮에는 인민위원회의나 자위대에서 열심히 일하는 모습을 보였고, 밤이면 빨갱이들을 깨부수겠다는 결기로 가슴에 비수를 품고 기회를 기다리고 있었다. 순발력 있게 대처할 수 있었던 것도 은밀한 준비가 있었기에 가능했고, 그들에게 협조했다는 오해를 벗기 위해서라도 빨리 결단해야 했다. 순진한 인민위원회 사람들은 그들을 철석같이 믿고 있었다.

위원장 김윤범의 살해 가담자는 백오십 명 정도였는데 어떻게 그 많은 사람들이 뭉칠 수가 있었을까? 전세는 이미 기울어 인민군이 쫓기고, 도당이니 군당이니 면단위 인민위원회도 다 북으로 도망치고 있다는데, 어물어물하다가 괜스레 손가락질당하면(빨갱이라고) 목숨부지하기가 어려울 거라는 위기감에……. 줄을 잘 서야 산다는 생각으로 웬만한 청장년 주민들은 너나 할 것 없이 자의 반 타의 반으로 참여했다.

오전 일곱 시쯤 위원장 김윤범 집 앞에 농맹위원장 박준화와 장모, 전모 세 사람이 닭 한 마리씩 거꾸로 잡고 흔들어 대며
"위원장님 천렵 가시자고 왔습니다!" 김윤범은 순간 불길한 예감이 밀려들었다. 인민군은 후퇴 중이고 홍천군당 내촌면당까지 철수한다는 연락을 받고 위원장, 자위대장, 서기장 세 사람은 스스로 동창에서 잘못하거나 민폐 끼친 것도 없고, 김일성 체제에서 동창을 잘 지키고 주민들도 잘 보호했는데 도망치거나 피해 갈 이유도 없으며, 동창 사람들이 나쁜 감정으로 적대시는 안 할 것이라고……. 별 탈 없이 무사할거라 생각들 하고 있었는데…….
'느닷없이 사람들이 천렵가자고 닭을 흔들어대는 게 수상쩍고 뭔가 음모

를 꾸미고 나를 유혹하는구나! 어떻게 하나? 뒷문으로 도망쳐야 하나! 내가 도망친다면? 늙으신 어머니, 아내, 어린 새끼를 저 사람들이 그냥 두지 않을 텐데……. 살려줄 리가 없지……!'

짧은 순간, 김윤범은 마음을 굳혔다.

"옷을 갈아입고 가겠으니 잠시 기다리시오!"

김윤범은 아내 노씨에게 비장한 목소리로,

"내가 없더라도 어머니 모시고 애들과 꿋꿋이 살아주시오!"

한마디 말을 남기고 밖으로 사라지는 남편의 뒷모습이 마지막일 줄이야…….


예닐곱 명의 사내들이,

"위원장님, 오늘 날씨도 좋고 불철주야 동창을 위해 노고가 많으시기에 우리들이 천렵을 해드리려고 모시러 왔습니다!"

그들의 입은 웃고 있었지만 눈에는 살기가 번뜩였다.

"동우골 해군할멈 집으로 장소를 정했습니다."

농맹위원장 박준화가 앞장을 서고 위원장 김윤범 뒤로 그들은 줄지어 따라오고 있었다.

들녘은 어느덧 노랗게 익어가는 벼이삭이 고개를 숙이고 산골짝 여기저기 나뭇잎이 붉게 물들어가며, 따갑던 햇살도 엷어지고 메뚜기 떼는 한껏 날갯짓을 하며 가을을 만끽한다. 풍요와 아름다움이 펼쳐지는 동우골로 향하는 위원장 김윤범은 만감이 교차했다.

'내 나이 서른한 살은 잘 살아온 것인가? 부모에게 불효하고 아내는 건달 남편 만나 눈 밑에 손끝에 물 마를 날 없었고. 뭐 하나 변변히 남긴 것 하나 없이 살아온 삶이 짧다면 짧고 길다면 길었을까……. 늙으신 어머니, 불쌍한 마누라, 천덕꾸러기가 된 새끼들을 저들이 설마 죽이지는 않겠지!'

억지로 희망해 본다.


해군할멈네 사립문이 활짝 열려있었다.

"할멈! 우리가 왔소!"

"위원장님 들어오시지요!"

천렵을 방에서 하나? 방이라면 안심이 좀 된다. 먼저 차려진 술상 앞에 박준화가,

"오늘 천렵은 술상머리에서 하기로 했지."

"천렵은 무슨 천렵! 빨갱이 놈 잡는 게 천렵이지!"

윤범이는 머리가 섬뜩했다. 순간 뒷문을 박차고 제일 낮은 담장으로 몸을 날렸다. 외통목을 지키던 채재석이 날아오는 김윤범 가슴팍을 걸인대로 힘껏 내질렀다!

"악!"

외마디 소리를 치고 엎어진 윤범이 머리통을 몽둥이로 부서져라 내리쳤다. 비명을 지르며 산기슭으로 기어오르는 윤범이를 벌 떼처럼 달려들어 몽둥이로 패고, 걸인대와 삽으로 찍고, 멧돼지 사냥보다 몇 배나 더 잔인하게……. 무슨 철천지원수라도 갚는 걸까?

김윤범은 사지를 버둥거리며 파르르 몸을 떨더니 눈을 하얗게 까뒤집고 숨이 끊겼다. 하얀 와이셔츠가 핏물로 새빨갛게 물들었다. 윤범이 주위로 사람들이 빙 둘러섰다.

"사냥은 끝났다. 우리가 누군 줄 알고 함부로 설쳐대……! 뒈진 놈 보기 싫으니 빨리 묻어버려!"

온몸이 흙과 피범벅이 된 윤범이 시체를 골짜기로 질질 끌고 갔다. 난생 처음 사람을 살해한 그들은 이미 제정신이 아니었는지 당황하고 어찌할 바를 몰랐나 보다. 윤범이 시체를 산비탈에 뉘이니까 시체가 아래로 굴러 내

리자 바위만 한 큰 돌을 다리 위에 올려놓았는데, 시체 윗몸이 벌떡 일어나자 그대로 시뻘건 흙을 덮어버려 흡사 아무렇게나 만들어버린 무덤 모양이 되었다.


## 자위대장 함용호의 죽음

강 상사가 명령했다.

"자위대장 함용호를 빨리 끌고 와!"

김남석, 정필남이 앞장서고 일고여덟 명이 뒤를 따라 빠르게 동우골을 빠져나갔다.


자위대장 함용호는 자위대 사무실 앞에서 멍하니 하늘을 바라보고 있었다. 어젯밤 꿈자리가 너무나 안 좋다. 기둥보다 굵은 시커먼 구렁이한테 자기 몸이 칭칭 감겨서 구렁이 입속으로 빨려들어가는 꿈을 꾸었다. 인민군은 대구 팔공산 전투에서 전멸하고 낙동강 전투에서 패해서 북으로 쫓기다 미군이 인천상륙작전을 성공하자 지리산으로 숨어들었다고도 하고……. 불길한 예감을 떨칠 수 없었다. 동창이 예전처럼 다시 대한민국이 될 게 뻔한데……. 우리들은 무사할 거라고 했었지만 마음이 진정 안 된다.

'나는 어떻게 해야 하나? 부모와 처자식을 남겨두고 튀어야 하나? 내가 동창서 잘못한 게 없는데 국군과 경찰 치안대가 온다 해도 동창 내 친구들이 나를 구명해주겠지! 함용호는 자위대장을 맡았더라도 잘못한 게 없고 동창을 잘 지켜줬다고……. 그들은 내 친구며 형들이고 후배들이니까…….'

그때 김남석, 정필남 등 몇 명이 용호를 에워쌌다. 용호는 가슴이 철렁 내려앉았다. 피비린내에다 눈은 벌겋게 충혈되어 살기가 느껴지고, 몇 명의 바짓가랑이와 소맷자락에 검붉은 핏자국이 군데군데 묻어있었다. 자위대원 홍수길과 박기영도 나타나지 않았다. 정필남이,

"끌고 가!"

그들은 함용호의 두 팔을 뒤로 꺾고 앞세워 끌고 간다. 용호를 따라왔던 검정개 한 마리가 컹컹 짖어대며 뒤쫓는다.

"저놈의 개새끼 가마솥에 처넣을까보다!" 누군가 꽥 소리치며 몽둥이로 내리쳤다.

용호는 이들의 덫에서 빠져나오지 못하고 죽을 거라고 예감한다. 동우골 막치미 해군할멈 집 앞에 용호를 세웠다.

"용호 네놈은 죽어야 한다. 아니! 우리가 너를 죽여야 한다."

법정도 아니고 재판관도 아니면서 그들은 마음대로 사형선고를 하고 있었다. 무슨 자격이며 무슨 권리인지……. 파랗게 질려 딱딱딱 이빨 부딪치는 소리를 내며 덜덜 떨고 있는 용호에게 강 상사가,

"너 왜 죽어야 하는지 알겠어?!"

"살려주세요! 잘못했습니다! 제발 목숨만은 살려주세요!"

동창학교 한반에서 공부하고 도랑에서 가재잡고 미역 감던 친구들이 안면 몰수하고 죽이겠다는데 감히 반말 같은 건 할 수도 없다. 영필이가,

"잘 아네! 네놈이 왜 죽어야 하는지."

영필이는 한 책상에서 공부하던 짝지다. 용호는 다급한 목소리로,

"제가 빨간 완장 찬 것은 어쩔 수 없었어요! 내가 자위대장 안 했어도 누군가 맡을 수밖에 없는 걸 제가대신 맡은 것뿐입니다! 저를 믿어주세요!"

용호는 절규했다. 김용식이,

"빨갱이 놈 아가리 닥쳐! 네놈 새끼들이 내 마누라 애까지 떨어뜨릴 뻔했

잖아! 저 새끼들이 뒈진 윤범이 놈이랑 갑수 동생 창수도 강제로 인민군에 끌어내 전쟁터로 보내고……."

"저놈들이 최진구 영감네 돼지 한 마리를 외상으로 처먹고 지금까지 안 갚는 거야! 말이 외상이지 처음부터 떼어 처먹겠다는 심보지! 날강도 같은 놈들, 저 새끼 빨리 쳐 죽여버려!" 누군가의 말이 끝나자 강 상사가 눈짓을 했다. 몽둥이가 사정없이 용호의 어깻죽지를 향해 날아갔다. 고꾸라진 용호를 무차별로 짓밟고 몽둥이질을 했다. 용호 친구 두 사람이 용호를 막아서며,

"그만 해! 용호를 살려주자!"

"너희는 뭐야? 용호와 한패야? 너네도 똑같은 빨갱이었어?"

"내가 용호와 한패가 아니라는 걸 잘 알잖아! 용호가 빨갱이 자위대장 하게 된 것도 윤범이 꼬임에 빠져서였지 용호가 빨갱이 짓 할 사람이 아니라는 것도……! 자위대장질 하면서 악질로 굴지는 않았고. 속없이 좋던 놈이 무슨 귀신에 씌었는지……. 제발 용호를 살려줍시다!"

친구 임진성과 노이남이 애원했다. 강 상사가,

"너희 두 사람이 책임질 수 있어?!" 이영필과 김남석, 정필남이 눈으로 동의했다.


피를 토하고 기절한 용호를 두 친구가 들쳐 업고 용호네 마루 위에 뉘였다. 용호네 식구들은 기절초풍했다. 아침에 멀쩡히 집 나간 사람이 초죽음이 되다니…….

"재화 아버지! 재화 아버지!"

아내는 울부짖고 아버지도 기가 막혔다. 일고여덟 명의 사내들이 우르르 용호네 안마당으로 들어섰다. 간신히 정신을 차린 용호가 가느다란 목소리로,

"아버지! 저 친구들한테 잘 대해주세요!"

용호는 아버지가 야단치거나 호통이라도 치는 날엔 자기를 해칠 거라고 알고 있었다. 어떻게 해서든 달래야 하는데…… 아버지는 상황 판단도 못하고 자제력을 잃었다. 어릴 때부터 아들 재화랑 한동네서 같이 자란 동무들이자 자기 친구 아들들이 어떻게 이럴 수가 있을까!?

"네놈들이 무슨 권리로, 무슨 법으로 내 자식을 이 지경으로 만들었느냐! 용호가 무슨 죽을 죄를 지었단 말이냐!"

호통을 치고 말았다. 맨 뒤의 강 상사가,

"저 늙은이 뭐라고 씨불거려! 끌고 갓!"

아들한테 매달리는 어머니와 마누라를 밀어 태치고 용호를 장수원 들녘으로 끌고 갔다.

"죽여버려!"

강 상사 말이 떨어지자 그들은 몽둥이와 걸인대로 용호의 숨통을 끊었다. 용호와 무슨 철천지원수였다고 눈을 멀겋게 뜨고 죽은 용호 시체에다 몽둥이찜질을 더 하고 논두렁에 버리고는 사라졌다. 용호 시체를 동네 개들이 뜯고 팔다리를 물고 돌아다녔다.

---

### 훗날 함재화 이야기

용호 아들 함재화가 동창 팔열중학교 2학년 때 일어난 사건이었다. 3학년 규율부 강 모가 등교하는 학생들을 교문 앞에서 용의검사를 하던 중, 재화의 머리가 길고 복장이 흐트러졌다고 지적하고 위반한 학생들과 정문 옆에 엎드려뻗쳐를 시킨 뒤 빳따를 쳤다. 엉덩이를 몽둥이로 맞은 재화가 강 모의 머리를 땅바닥의 돌로 쳤다.

"네 놈 아버지가 내 아버지를 죽인 원수야!"

강 모가 피를 흘리며 도망치자 재화는 강 모를 죽이겠다고 쫓아가는 불상사로 학교가 발칵 뒤집혔다. 재화 가슴속에 겹겹이 쌓였던 울분이 폭발한 것이다. 아버지가 동네 사람들에게 끌려 나가던 모습을 한시도 잊어본 적이 없었다. 아버지가 앉아서 밥 먹던 밥상머리에 목이 메고, 잠을 잘 때도 학교에서 공부할 때 도…… . 사냥꾼이 짐승 잡아가듯 아버지를 질질 문밖으로 끌어낼 때 아버지에 매달려 안간힘을 다하던 재화에게 발길질하던 악마들! '네 아버지는 그놈들에게 맞아죽어 개들이 뜯어먹었다'고 할아버지가 말해 주셨다. 아버지가 억울하다! 분하다! 원통하다! 재화는 밥 먹을 때도 잠잘 때도 길을 걸어도 아버지 생각에 눈물이 났다.

아버지가 문 두드리는 소리!
달려 나가면
문밖을 스쳐가는 바람소리!

재화는 교문 앞에 버티고 서있었다. '강 모는 아버지 죽인 원수의 아들이니까 그냥 안 두겠다고…… .' 수업을 거부하고 교문 앞에 서있었다. 담임과 교장까지 재화를 달래보지만, 막무가내인 재화를 지서에 신고했다. 지서에서도 중학생을 감방에 처넣기도 그렇고…… . 재화 할아버지와 교장 선생의 간곡한 선처를 받아들여 재화는 훈방되고 강 모 학생 집은 어디론가 이사를 떠났다.

## 함용호 부친 함춘선 옹의 기미독립만세운동
성명: 함춘선
주소: 강원도 홍천군 내촌면 물걸리
중상당시 연령: 37세
함춘선은 기미년(1919) 장두 김덕원(가수 김추자의 조부)이 주도하는 만세운동에 부장두급으로 적극 참여하여 동창 장터에서 앞장서 만세를 부르는 중

여덟 명의 열사들은 일본헌병의 발포로 현장에서 순국하고, 함춘선은 대퇴골을 관통당해 사경을 헤매다 살아났으며 후유증으로 한쪽 다리를 질질 끌며 지팡이에 의지해서 농사일이나 가벼운 운동도 못하고 불구의 몸으로 살다 78세로 사망(1960.7.18.).

두 아들 중 장남은 6·25 때 부역 혐의로 동네 주민들에 살해됨.

차남은 경비대에 입대하여 6·25 때 소식이 끊김.

2003년 두 명의 부상자가 국가유공자로 보훈청에 신청하였으나 국가유공자 추서는 계류 중.


# 서기장 민영진의 죽음

사람들이 아침나절 민영진의 집으로 쳐들어와 민영진을 끌고 갔다.

중풍으로 거동 못하는 아버지와 치매로 정신이 오락가락 하는 어머니, 영진이 처와 열한 살 아들 지운이가 끌려가는 민영진을 멍하니 바라만 보고 있었다. 민영진 아내의 울음소리에 옆집 문민이 엄마가 달려왔다.

"형님! 어떻게 하면 좋아요? 지운이 아버지가 끌려갔어요!"

가슴을 두드리며 안절부절못하는 영진이 아내…….

"누가 끌고 갔어?"

"동네 사람들이……."

"자네 정신 차려! 자네까지 정신 놓으면 병든 시부모님은 누가 모시며 지운이는 어떡해! 호랑이한테 물려가도 정신만 차리면 산다고……. 망할 놈의 세상! 제 놈들이 무슨 권리로 법도 경우도 무시하고 애먼 사람들을 끌어다 때려죽인단 말이야!"

문민이 엄마가 저녁 무렵 장마당에 사는 사촌언니한테 들렸더니 인민위원장 김윤범과 자위대장 함용호가 어제 동네 사람들한테 맞아죽었다고 했다. 정신없이 용호네 집으로 달려갔는데 집안 식구들 모두가 초죽음이 되어 쓰러져있는 것을 물 한 모금씩 떠 넣고 잠시 집으로 달려오면서 옆집 지운이 아버지 민영진도 인민위원회 일을 했으니 무사하지 못할 것 같아 불안했는데, 드디어 일이 터지고 말았다.

　문민네는 함용호 집과는 남남이지만, 가까운 친척처럼 지내는 사이였다. 용호보다 네 살 위인 문민이 엄마를 용호는 친누이처럼 생각했고, 문민이 엄마도 용호네 집을 친정집처럼 드나들었다. 문민이 엄마는 땅바닥에 주저앉아 땅을 치며 울다가 푸념으로 바뀌어,

　"용호가 빨갱이 짓을 하고 싶어 했겠나! 빨갱이 나라가 되어 빨갱이 하라는데 어떻게 안 해! 지 놈들은 뒷생각으로 쏙 빠지고 자위대장인지 뭔가를 홀딱 뒤집어씌우고, 쥐 죽은 듯 엎드려있다가 김일성이 쫓겨 가니까 지들이 빨갱이라고 뒤집어쓸까봐 용호와 위원장을 때려죽이고……. 지 놈들은 이승만 편이지 김일성 편은 아니라고 얕은꾀를 부리는 거지! 김일성의 나라가 되었으면 그 짓거리 절대로 못 할 놈들이……. 억울해. 용호가 너무 억울하고 불쌍해! 용호를 몽둥이질하고 걸인대로 찔러 죽이고 논두렁에 버렸대!"

　그는 두 다리를 뻗고 땅을 두드리며 넋두리를 했다.

　그날 밤 민영진은 돌아오지 않았다. '동우골 어귀에 영진이가 죽어있다'고 누군가 민영진 아내에게 알렸다. 아내는 혼절했다.

　"정신 차려! 지운이 엄마! 지운이 엄마!"

　시간이 얼마나 지났을까? 영진이 아내는 정신이 돌아왔다. 가슴이 터질 것 같아 숨쉬기도 버거웠다. 남편 외사촌형네 집으로 정신없이 달렸다. 외시아주버니가 다 죽어가는 몰골의 제수씨를 보고 뭔가 터졌구나! 했다.

　"자네! 진정하고 정신 차려!"

"어떻게 해요! 어떻게 하면 좋아요! 지운이 아버지가 죽었어요!" 영진이 처는 정신이 나가있었다.

"그 사람 지금 어디 있소?"

"동우골이래요!"

"갑시다!" 아내에게,

"처남도 같이 가자고 부르시오!" 곧 손윗처남과 처남댁이 왔다.

"갑시다!"

지게를 다시 벗어놓고 가마니 한 장을 뜯어 들것을 만들어 지게 위에 얹었다. 동우골 밭두렁에 검붉은 피투성이 얼굴의 민영진이 모로 쓰러져있었다. 몸은 뻣뻣이 굳어있고 입과 코 주위에는 쉬파리가 날고 있었다. 영진이 아내는 영진이를 부둥켜안고 정신을 잃었다. 얼마 후 넷은 영진이 시체를 들것에 실어 종종 산에 묻었다.


## 그들만의 재판

박준화네 앞마당 느티나무 아래 붉게 충혈된 눈으로 그들이 모였다. 끔찍한 살육을 저지른 그들은 하루가 지났어도 살기가 느껴졌다.

위원장 김윤범, 자위대장 함용호, 민영진의 가족과 자위대원 홍수길, 박기영은 어떻게 처리할까를 논의했는데, 결론은 자위대원 홍수길과 박기영도 처단하기로 했다. 위원장 김윤범의 가족도 죽이기로 했다. 죽이는 이유는 위원장 가족이기 때문이기도 하지만, 위원장 아들이 장성하여 원수 갚을 후환이 있으므로 더더욱 싹을 잘라야 하며, 가족들의 흔적을 지워버려야 한다는데 이의가 없었다.

자위대장 함용호 가족도 없애버리자는데 대체로 동의하였다. 아들 재화의 후환이 염려되기 때문이었다. 용호의 절친 두 명이 용호네 가족을 구명했다.

"용호는 잘못한 죄로 죽었지만, 용호가 나빠서 그 짓 했다기보다 사람을 잘못 만나고 세상의 변화를 너무 쉽게 생각한 게 실수라면 실수고 죄라면 죕니다. 자위대장하면서 잘못된 짓거리는 별로 안 하기도 했지만, 용호 아버지를 봐서라도 용호네 가족은 살려줍시다!"

용호네 가족을 간절히 구명하는 친구들도 있고 용호네 집에 들락거리며 신세 안 져본 사람이 없었기에, 마지못해 용호 가족은 살려주기로 했다.

서기장 민영진의 가족은 우선 살려주지만 지켜보면서 그때 가서 결정하자고 했다. 두고 보겠다는 이유는 민영진이 빨갱이한테 부역은 했어도 남들과 별로 척진 것도 없는 온화한 성격에, 병들어 누운 연로한 부모를 모시고 있기 때문이었다.


자위대원 박기영은 복골 자기 집 광 속에 숨어있다 끌려 나왔다. 허름하게 낡아버린 지붕처마가 땅과 맞닿을 만큼 아슬아슬했다. 박기영은 구구식 장총을 어깨에 걸친 채 붉은 완장을 차고 바짓가랑이에 힘주고 걸었지만, 하루아침에 동네사람들한테 끌려나오는 신세로 전락했다.

"야! 새끼야! 빨리빨리 걸어!" 양팔을 뒤로 꺾어 끌고 가며 뒤따르는 사내가 엉덩이를 힘껏 걷어찼다.

"빨갱이 새끼 놈! 오늘이 제삿날이야! 저 하늘을 실컷 봐라! 뭐가 보이냐? 구름이 보이냐? 날아가는 새 똥구멍이 보이냐? 두 눈으로 보는 아름다운 세상을 곧 하직할 테니 네놈도 더럽게 운 없고 재수 없는 놈이구나!"

밭둑길을 돌아 후미진 골짜기에 일고여덟 명의 사람들이 박기영을 에워쌌다.

"네놈이 무슨 잘못을 했고 왜 우리가 네놈을 죽이는지 알고 있어?!" 박기영이 땅바닥에 엎드렸다.

"맨날 배곯아 사는 형편에 '하얀 이밥 실컷 먹는 세상이 됐다'면서 이제는 배고픈 걱정은 안 해도 된다기에 자위대장이 시키는 대로 했을 뿐입니다! 잘못했으니 살려주세요!"

"빨갱이 새끼 구차한 변명 잘도 하네! 빨갱이 새끼 죽여버려!"

몽둥이가 사정없이 날았다. 힘없이 쓰러진 박기영에게 수없는 발길질이 지나갔다. 박기영은 피를 토하고 까무러쳤다.

"이 새끼 숨통이 끊어졌나 봐!"

"아직 숨이 붙어있는 것 같은데……."

"기영이 새끼 죽일 가치도 없는 놈이야! 원체 무식해빠진 놈이 뭣도 모르고 천둥에 개 뛰듯 하더니 꼴좋다. 보통학교 문턱도 한번 못 밟아보고 머슴살이나 하던 놈을 죽인들 무슨 의미가 있겠나!"

한마디씩 내뱉고 그들은 사라졌다. 얼마 후 가족들이 기영이를 들쳐 업어다 방에다 뉘었다. 몸뚱이가 깍짓동만큼이나 부어 이 주 만에 정신이 돌아왔다. 아버지가 똥물 한 사발을 방구석에 앉혀놓고 억지로 먹였다.

"망할 놈의 새끼들! 내 아들이 뭘 잘못 했다고……. 남을 죽이기라도 했나? 날강도질이라도 했나! 지 놈들이 다 시켜놓고 내 새끼를 이 지경으로 만들어! 천벌 받지, 천벌 받아!"

# 저승길 문턱에서

## 저승사자

1950년 9월 28일 오후, 시어머니와 며느리 노씨는 딸 옥진이에게 '아버지가 궁금하니 아버지 천렵 가신 곳에 다녀와라' 했다. 동네 사람들이 남편을 천렵 가자고 불렀지만 왠지 수상쩍고 꺼림칙했다. 시어머니도 조바심으로 안절부절못하시고 많이 불안해 보였다. 열한 살 옥진이는 가쁜 숨을 몰아쉬며 한달음에 동우골로 달렸다.

대여섯 명의 사람들이 도랑가에 뭉쳐있었다. 피 묻은 삽과 괭이 같은 걸 씻고 있는데 도랑물은 핏물로 벌겋다. 옥진이 가슴이 철렁하며,

"어떡해!"

"야, 이년! 빨리 못 가? 네년도 쳐 죽여버리기 전에!"

험상궂게 일그러진 얼굴들이 너무 무서웠다. 옷에는 듬성듬성 얼룩진 핏자국에 비릿한 피 냄새가 진하게 풍겼다. 옥진이는 뛰었다. 뒷덜미를 움켜 잡히는 것만 같아 정신없이 달려와 마룻바닥에 엎어졌다. 할머니와 엄마는 무슨 큰일이 났음을 직감했다.

"아버지 죽었어! 아버지 죽었어!"

옥진이가 악을 쓰며 마루를 두드리며 울고 있다. 시어머니와 며느리는 서로 얼굴만 쳐다보고, 기가 막혀 가슴을 쳤다. 천렵 나간 아들이 설마 했는데……. 엄마가,

"아버지 죽은 걸 보았냐?"

옥진이는 고개를 가로져며 엉엉 소리쳐 운다. 시어머니도 며느리도 하늘이 무너져 내렸다.

"어멈아! 이 일을 어쩌냐……."

노씨는 눈앞이 캄캄해지고 정신이 아득하고 온몸에 힘이 쭉 빠져나갔다.

"정신 차리자! 정신 차려야 한다! 어린 새끼들과 죽을 수는 없다!"

노씨는 정신을 차리려 안간힘을 다하며 남편이 죽었다는 딸의 말을 믿는다. 닭을 거꾸로 흔들 때부터 그 사람들 눈에 살기가 보였는데 남편이 '어머니 모시고 애들과 굳세게 살라' 한 말이 마지막 말이라는 걸…….

죽은 남편도 남편이지만, 늙으신 어머니와 어린 새끼들은 어쩌란 말인가! 어머니는 벽에다 기대신 채로 숨만 헐떡거리신다. 순간 며느리 노씨는 냉정을 찾는다.

"어머니 정신 차리세요!"

"난 아무것도 모르겠다. 내가 먼저 죽었어야 했는데……. 오래 산 것이 원망스럽구나!"

"어머니! 아무래도 여기를 떠나야 하겠어요! 이곳 사람들이 해코지하러 올 것만 같아 무섭기도 하고, 살길도 막막하고요! 장남 큰집으로 가야겠어요!"

시어머니는 장남 큰집이란 말에 귀가 뜨이시나 보다…….

"장남?"

"예."

장남에는 큰아들 윤홍이와 큰며느리 손자들도 있다. 이른 새벽녘에 노씨

네 가족은 이불 보따리에 무쇠냄비 하나, 밥 수저 몇 개, 쌀독 밑바닥을 박박 긁어 두어 됫박 보리쌀을 챙겨 잠든 옥진이를 깨우고 영진이를 들쳐 업고 고양이 발걸음으로 길을 나섰다. 새벽공기가 제법 싸늘하게 옷깃을 파고들지만, 춥다는 생각 같은 건 할 겨를도 없었다. 시어머니는 지팡이에 의지해 굽어진 허리로 비틀거리며 걸어오시고, 이불 보따리를 짊어진 옥진이 이불자락이 땅바닥에 질질 끌린다.

옷가지와 이불 보퉁이를 머리에 이고 아들을 업은 채 얼마를 걷다 보니 해가 중천에 걸렸다. 배고플 겨를도 없고 배 채울 엄두 같은 건 낼 수도 없었다.

"어머니! 큰 길로 가면 사람들이 쫓아와 잡힐 것 같으니 산길로 가야겠어요!"

좁다란 오솔길을 한참동안 걷다 보니 커다란 정자나무가 나타났다. 어제 아침부터 밥 한 술도 못 뜨고 걸어온 가족들은 흙바닥에 아무렇게나 쓰러졌다. 얼마를 지났을까? 해는 서산마루를 막 넘어가고 있었다. 장남이 서쪽이니 해 넘어가는 곳이 장남이려니……. 어떻게 하든지 동창에서 멀리 도망쳐야 한다. 마음이 급했다.

"어머니 이 근처에 집이 있나 보고 올게요!"


땅거미가 질 때쯤 노씨가 나타나자 십 년 만에 헤어졌다 만난 것보다 더 반가웠다. 잠잘 곳이 있다는 며느리를 따라 언덕배기를 올라가니 저만치 나뭇가지 사이로 초가지붕이 나타났다. 며느리 노씨가 고향 가는 길인데 하룻밤만 재워달라고 사정해 주인한테 허락을 받았다고 했다. 호롱불 밑의 할머니가 뭔가를 꿰매다 말고,

"들어오시오!"

집주인 며느리가 시어머니한테 방을 빌려주라고 했기 때문에 시어머니

도 사정을 알고 있었다.

"하룻밤 신세를 지게 되어 죄송합니다!" 노씨는 자루에서 보리쌀 반 됫박쯤 바가지에 담아,

"식량이라곤 이것밖에 없는데 밥을 좀 하도록 허락해주세요!" 주인여자는 시큰둥하면서도 안됐는지,

"그러세요!"

찬장 안에서 먹다 남은 나물무침을 내놓고 밖으로 나가더니 김치 한 사발을 담아왔다. 샘터 항아리에서 꺼내 왔나 보다. 시큼한 김치 냄새에 군침이 돌다니…….

"고맙습니다! 잘 먹겠습니다!" 노씨는 가슴 저미게 고마웠다. 중년을 넘긴 집주인 여자가,

"어머니와 애들을 데리고 고향으로 간다고 하는데, 무슨 사정인지는 모르지만 어디서 어디로 가는 길인가요?"

"동창에서 장남으로 가는 길입니다."

"동창 어디에 사는데요?"

"비석거리에 삽니다."

"애들 아버지는……?"

"며칠 전 병으로 죽었습니다."

"쯧쯧, 안됐네요!"

저녁밥을 먹었다. 모처럼 만에 밥알을 씹으면서, 자식이 죽고 남편이 죽어도 목구멍으로 밥이 넘어가다니…… 한탄했다. 시어머니와 비슷한 연배로 보이는 주인집 안노인이,

"자식을 앞세우다니 안됐소!" 시어머니는 대답 대신 한숨을 지었다.

"여기 누우시우!"

인심 쓰듯 엉덩이를 몇 번 들썩이며 구석으로 겨우 누울 자리를 내어준다.

잠깐 졸았나 싶었는데 인기척에 깜짝 놀라 깼다.

"위원장 가족 나오시오!" 섬뜩하게 들려오는 저승사자의 목소리다.

"다 알고 왔으니 밖으로 빨리 나오시오!"

노씨는 가슴이 떨려 어찌할 바를 몰랐다. 집주인 여자가 문을 활짝 열어 젖히며 앙칼지게 소리쳤다.

"빨리 나와요!" 주인집 시어머니도 호롱에 불을 댕기며,

"빨리 나가요!" 노씨가 문밖을 나서자 희미한 여명 속에,

"아주머니 혼자요? 식구들 모두 다 데리고 나오시오!" 노씨가 방으로 들어가 딸을 깨우고 아들을 들쳐 업고 밖으로 나왔다.

"빨갱이 가족이면 꼼짝 말고 집구석에 처박혀있어야지! 야밤에 도망질을 쳐서 생사람을 고생시켜?!" 아예 반말이다.

"따라와!" 노씨가 이불 보따리를 가져가겠다며 방으로 향했다.

"이불은 무슨 이불, 빨리 따라오기나 해!"

깜깜한 어둠길을 더듬더듬 걷는다. 지팡이에 매달린 시어머니가 가쁜 숨을 몰아쉬며 땅바닥에 주저앉았다. 보다 못한 그들은 양팔을 끼고 끌고 간다.

"집구석에서 죽을 때나 기다리지! 그 집에서 연락이 왔어! 빨갱이 위원장 가족이 숨어들었다고⋯⋯. 뛰어봤자 벼룩 신세인데 어디로 도망가겠다고⋯⋯."

무슨 잘못을 했다고 너무나 심하다. 정신없이 걷다 보니 비석거리 집 앞이다.

"집구석에 들어가 꼼짝 말고 처박혀있어! 우리가 밖에서 지키고 있을 테니 도망치면 그 자리에서 쳐 죽여버릴 거야!"

식구들은 차디찬 방에 쓰러졌다. 꾀가 말짱한 옥진이는 울기만 하고 아들은 빈 젖을 빨고 있다. 시어머니와 며느리는 할 말도 기력도 잃었다. 해거름쯤 밖으로 나오라고 소리친다. 노씨는 죽으러 가는 걸 예감했다. 지팡

이에 몸을 의지한 시어머니는 코가 땅바닥에 닿을 만큼 꼬부라져 걷는 모습이 너무 안쓰럽다.

　무슨 죄를 지었는지, 무슨 잘못을 했는지도 모르고……. 아들이 무슨 잘못을 했기에, 남편이 무슨 죄를 졌기에 아버지가 왜 죽었는지도 모르는 새끼들과 끌려간다. 시대를 원망하랴, 세월을 한탄하랴! 도살장에 끌려가는 소들도 죽으러 가는 걸 아는데 만물의 영장이란 인간이 죽음의 길을 모르리가……. 노씨는 살아온 날들이 한순간에 스쳐갔다.


　양양에서 태어나 아버지 등에 업혀 곰배령 굽잇길을 돌고 돌아 이사 온 곳은 홍천에서 제일 두메산골인 괘석리이다. 열두 괘석이라 부를 만큼 골의 갈래가 많은 깊은 산골이며, 골짜기 맨 위쪽에 너분바위가 있고 인제 봉남대, 백제동으로 이어진다.

　움막집에 열두 식구가 살았는데 옥수수나 감자가 주식이지만, 한 번도 배불리 먹지 못하고 늘 배곯아 살았다. 고등어 대가리 아니면 어쩌다 덫에 걸린 멧돼지나 노루고기 한 점 입에 넣어본 것이 전부다. 일곱 살부터 물 긷고, 빨래하고, 심지어 바느질까지 해야 했다. 큰오빠가 장가를 들었는데 큰올케가 너무 매서웠다. 가사 일은 거의 노씨 몫이었다. 시누이 노릇도 아버지, 엄마 뒷배가 있어야 힘을 쓸 수 있는데, 온 식구들이 큰올케한테 이상하리 만큼 꼼짝 못하고, 거꾸로 부모가 며느리한테 시집살이 당하는 꼴이니 시누이 노씨는 맥을 쓰지 못했다. 올케가 힘을 쓰는 건 올케가 영악해서라기보다 큰 오빠가 올케를 원체 두둔하며 편드니까……. 온 식구는 큰오빠한테 꼼짝도 못하니 감히 올케한테 말대답하거나 시누이 노릇하는 것은 언감생심이었다.

　5월 단오는 마을 사람들이 그네를 뛰며 떡을 해서 나눠먹는 봄철 제일 명절이었다. 노씨는 그네도 타고 마을 또래들과 어울리고 싶어 억지로 말을

꺼냈다. 안 보내줄 걸 각오하고 용기를 내어,

"큰언니! 저 그네 좀 타보고 오면 안 되겠어요?" 묘한 표정의 큰올케가,

"빨리 갔다 와서 점심해놔! 감자는 함지박에 꺼내놨어!"

매섭게 째려보는 눈매에 오금이 저렸다. 모처럼 검정색 광목치마에 흰 저고리를 입고 그네터로 달렸다. 마음 졸이며 순서를 기다려도 차례는 좀처럼 오지 않고 조바심으로 애가 탔다. 노씨는 그네를 뛰었는지 말았는지 정신없이 집으로 달려왔다.

한겨울, 도랑에 얼음을 깨고 온 식구 빨래를 했다. 손등은 찢어져 피 마를 날 없고 손끝은 물 마를 날 없었다. 빨래는 메밀재로 만든 잿물로 삶아 하얗게 빨아 울타리에 널어 말린다. 어른들 진짓상을 차리고 부엌 바닥에서 옥수수 누룽지 밥으로 허기를 때우며 아리고 아픈 친정살이를 하고 십칠 세에 두촌 장남으로 시집을 왔다.


괘석리에 비하면 장남은 들녘이다. 뽀얀 흙먼지를 달고 달리는 차들이 신기하기만 했다. 두 살 위의 신랑은 말끔하고 준수한 용모에 사리 분명했지만, 자기주장이 강한 성격은 막내아들이기 때문이라 생각했다. 혼수로 이불 한 채를 해왔으니 무슨 할 말이 있으랴! 예나 저나 천덕꾸러기 신세, 몇 됫박의 눈물을 뿌렸을까……?

시어머니는 손윗동서와 마음이 안 맞으신지 노씨가 시집온 다음 달 분가하던 날부터, 작은며느리인 노씨와 함께 살게 되었다. 시아버지는 노씨가 시집오기 삼 년 전에 작고하시고 홀시어머니로 계셨는데, 모시고 사는 일이 그리 녹록치 않았지만, 반찬이 제일 문제였다. 남편이 소금에 절인 고등어를 한 손 사오면 여러 토막으로 나누어 때마다 시어머니 밥상에 올려드리곤 했는데, 고등어 꼬리마저 떨어지는 날에는 뻔히 알면서도 역정을 내시고 생트집이시었다. 밤참을 꼭 드시고 담배를 즐기셨다. 밤마다 화롯가에서 고종

황제와 왕비들의 궁중 이야기, 시아버지와 시할아버지, 몇 대조 할아버지들의 벼슬 이야기로 밤이 가는 줄 몰랐다.

시어머니는 어느 날 곱게 싼 보자기를 풀더니 홍패와 백패, 어사화를 펴 놓으시고, 윗대 조 할아버지는 대대로 큰 벼슬을 하고 남편인 시아버지는 임금님 총애를 받으셨다고 하시면서 영친왕을 돌보시던 이야기를 했다.

"영친왕은 영특하고 귀엽게 생기셨지! 나를 엄마인 줄 알고 어찌나 매달리며 안 떨어지려고 하셨던지⋯⋯."

고종황제는 셋째 엄비를 무척 총애하셔서 순종의 생모 민비와 둘째 의친왕 생모보다 늘 엄비를 찾으셨다고 하셨다.

시어머니는 궁중 의상에 뛰어난 장인이셨는데 엄비 옷을 만들다 엄비와 친해졌고, 큰아들 윤흥이를 낳았을 때 젖이 풍부해서 영친왕의 보모를 하셨다고 했다. 시아버지는 풍류를 잘하셔서 자주 임금님의 부름을 받다가 대전부사 벼슬을 얻어 대전에 부임했는데, 부사 아내의 호사보다 벼슬 치다꺼리가 궁중생활보다 더 어려웠다고 회상하셨다. 작은 보자기를 풀더니 사진 한 장을 두 손으로 받쳐드시고 이 사진이 뉘신지 아느냐고 물으셨다. 처음 보는 얼굴인데 남자와 여자가 못 보던 옷을 걸치고 있었다.

"영친왕이시다! 일본으로 건너가 나한테 보내주신 혼인 사진이시다."

시어머니 눈시울이 젖어들었다. 가끔은 시어머니 홀로 비밀스럽게 뭔가를 보시면서 눈물짓는 모습이 궁금했었는데 의문이 풀렸다.

"일본 놈한테 나라를 빼앗기는 바람에 동창 친정집으로 낙향했다가 이곳 장남으로 이사를 와서 살게 되었다!"

아무것도 모르고 산골에서 자란 무지렁이 며느리 노씨는 시어머니로부터 어렴풋이나마 세상사를 조금씩 알아가고 있었다.

기구한 시어머니 신세나 며느리 팔자나 아들이 뭘 어쨌기에, 남편이 뭘 잘못했다고 꼬부라진 늙은 몸을 지팡이에 매달려 천수를 남의 손에 마쳐야 하다니……. 저 사람들이 내 시어머니가 어떻게 살아오셨는지 눈곱만큼도 알 수가 없겠지만 안다고 한들 저들의 마음이 바뀔 리가 만무하고. 저들 중에는 안동 장 씨 피붙이도 있으련만…….

어머니는 고향 동창이 그리워 오신 것을 후회하고 한탄하셨다. 노씨는 사상이 뭔지, 이념이 뭔지 들어 보지도 못한 말이었다. 친정에서나 시집와서나 사랑 한 번 못 받고 기 한 번도 못 펴고 시달리며 살아온 것이 죄였나? 새끼들 초롱초롱한 두 눈에 흙이 들어가다니…….

하늘도 무심하고 원망스럽습니다! 원통하고 원통하다! 노씨는 속으로 울부짖었다!

길게 파놓은 구덩이가 흙냄새를 풍기며 흑갈색 입을 딱 벌리고 눈앞에 누워있었다. 일고여덟 명의 사람들이 험상궂은 얼굴로 버티고 서 있었다. 대부분 막국수 먹으러 왔던 낯익은 얼굴들이었다.

"이 흙구덩이가 우리 식구들 무덤이다!"

노씨는 이미 죽을 각오를 했지만, 철부지 새끼들이 불쌍하다. 남편도 저들에게 죽임을 당하고, 살아갈 희망마저 없으니 남편의 뒤를 따르기로 독하게 마음먹었다. 죽지 않으려고 발버둥 쳐봤자 소용없다는 걸 이미 다 알고 있으니까…….

"위원장 가족을 왜 이곳으로 데리고 왔는지를 알고 있을 거요!"

막국수를 즐겨먹던 손님이 냉정하게 말했다.

"아주머니 남편 윤범이가 빨갱이 노릇을 하여 우리가 처단했는데, 우리 모두 빨갱이 가족을 살려둘 수 없다고 했소! 그렇게 알고 죽는 걸 원망 마시오!"

그들은 걸인대와 몽둥이, 곡괭이, 삽을 들고 있었다, 시어머니는 땅에 털썩 주저앉아 초죽음이 되고, 딸은 엄마 치마폭에 얼굴을 묻었다.

"죽여주세요!"

노씨는 단호하게 앞으로 나섰다. 사람들이 움찔했다. 살려달라 애원해도 모자랄 판에 죽여달라고 하다니……?

"청이 하나 있습니다! 저는 남편이 잘못했으니 죽어 마땅하지만, 연로한 어머니와 어린 자식들은 아무것도 모릅니다. 부모 자식 잘못 만나 죽는다는 게 너무 불쌍합니다! 저만을 죽여주시고 어머니와 새끼들을 살려주신다면 더 바랄 게 없겠습니다!"

등에 업은 새끼도 내려놓고 딸도 뒤로 밀치고 그들 앞에 눈을 감았다. 그들은 노씨의 돌발행동이 의외였는지 좀 떨어진 곳에서 뭔가를 얘기하더니 한 사람이 묻는다.

"집에서 야반도주한 이유가 뭐요?"

"너무 무서웠고 남편 없이 살아갈 길이 막막했습니다. 그래서 장남 큰집으로 가고 있었습니다."

"왜 새벽녘에 몰래 떠났소?"

"옆집 옥남이네 집에도 눈에 띄기 싫고, 남들한테 초라하게 보이는 게 부끄럽고 창피하게 생각되어서입니다."

"왜 산길로 갔소?"

"장남 큰집으로 가는 지름길로 가느라고 그곳으로 갔습니다."

그 사람이 돌아서서 한참이나 서로 무슨 말인가 주고받고 하더니…….

"빨갱이 위원장 가족을 살려주기로 했소! 죽여달라는 아주머니 말과, 평소에 열심히 살아온 모습을 봐서 살려주는 것이오!"

노씨는 귀를 의심했다. 살려주다니? 꼭 죽는 줄만 알았는데 살아나다니? 꿈만 같아 손등을 꼬집었다. 사람들은 노씨가 막국수 장사를 하면서 건달 남편 대신 가족의 생계를 떠맡아 착실히 살아온 것을 잘 알고 있었으며, 노씨의 손맛도 많이 보고 말은 별로 안 해봤어도 사람 됨됨이를 알고 있었다.

도망치듯 정신없이 집으로 왔을 때는 보름달이 중천에 걸려있었다. 온기 하나 없는 캄캄한 방에 몸을 팽개쳤지만 울음마저 메말라버렸다. 조금 전까지 겪었던 악몽이 실감나지 않았다. 어머니는 숨소리마저 없으시다. 앞으로 살아갈 길도 어두운 방 안만큼이나 깜깜했다.

이튿날 아침나절, 동창학교 한청(대한청년단) 사무실로 노씨를 오라고 했다. 노씨는 후들거리는 발걸음으로 학교로 향했다. 교문 앞에 서있는 사람이 들어가라 손짓을 했다. 어제 죽음의 문턱에 서있던 몇 명이 책상 앞에 앉아있었다. 앉으시오 하고 말하는 사람 얼굴도 굳어있었다.

"어제 위원장 가족을 처단하려 했는데 아주머니 말 한마디가 사람들 마음을 돌렸소! 하지만 자식이 커서 원수를 안 갚고 보복하지 않는다고 누가 믿겠소! 여기에 각서를 쓰시오!"

노씨는 학교 문턱도 못 가보고 한글도 쉬운 글자만 더러 알 뿐인데 들어보지도 못한 각서를 쓰라니…….

"저는 글을 모르고 각서도 모릅니다."

"내가 묻는 대로 대답하시오! 아주머니 이름은 뭐요?"

"노을봉입니다."

"본관이 광주요?"

"예."

"김윤범이한테 몇 살에 어디서 시집왔소?"

"열일곱 살에 괘석리에서 장남으로 왔습니다."

"중매로 말이오?"

"예." 그는 혼자서 혀를 찼다.

"내가 대신 서약서를 쓸 테니까 읽어보고 지장을 찍으시오!"

서약서

　　나 노을봉은 남편 김윤범 죽음에 대해 조금이라도 원망하거나 탓하지
않으며, 다른 사람에게 남편의 죽음에 대해서 말하지 않겠습니다. 자식
이 성인이 된 후라도 절대로 비밀로 할 것이며 복수 같은 건 맹세코 안
하겠습니다. 자식이 못된 짓을 못하도록 책임질 것이며, 목숨을 살려준
은혜 평생 잊지 않고 살 것을 서약합니다.

1950년 10월 1일

서약인: 노을봉 (지문)


　　열 손가락에 빨간 인주를 묻혀 그가 찍으라는 곳에다 찍고 나서, "살려주
셔서 감사합니다!" 큰 절을 하고 돌아섰다. 누군가 다시 부를 것만 같아 뒤
돌아보지 않고 집을 향해 달려와 방문 앞에 쓰러졌다.

　　"엄마! 왜 그래?"

　　딸 옥진이가 엄마를 안고 울음을 터뜨리고, 아들도 따라 울고 시어머니
도 울고……. 그날 가족들은 먹을 것도 없지만, 아무것도 못 먹고 그냥 지
나갔다.

　　이튿날 밤 인기척에 놀라 긴장한 노씨에게 누군가 작은 목소리로,

　　"우리는 김윤범 위원장 가족을 데리러 왔습네다! 조용히 빨리 나오시라
우요!"

　　노씨는 젖먹이 아들을 안고 마루로 나와서 말했다.

　　"난 아무것도 모르고 갈 수도 없습니다!"

　　"아, 왜 이러시오! 우리는 위원장네 가족을 잘 모시고 오라는 당의 특별지
시를 받고 몰래 왔습니다! 빨리 따라 나오시오!"

　　"저는 못 갑니다! 우리 식구 모두 안 가고 죽어도 여기서 죽겠습니다! 나
는 그쪽 사람들은 싫습니다!"

갑자기 손전등 불이 얼굴을 덮쳐왔다. '죽여버릴 테야!'라고 내뱉고 사라지는 그들은 철모 쓴 군복 차림새였다. 또 한 번 죽음의 고비가 그렇게 넘어가고 있었다.


## 가정으로 쳐들어온 전쟁


노씨네 가족이 동창학교로 끌려왔다. 교실 한 칸이 사람들로 꽉 채워져 있었다. 북한 인민정권이 두 달 동안 동창을 지배하는 사이, 인민회의, 자위대, 농맹·여맹·민청에 관련됐던 사람들과 가족들이 부역자란 이름으로 처단당하고 잡혀와 수용되어 있었는데, 노씨가 아는 사람은 없었다. 그들은 한 명씩 불려가 초죽음이 되어 돌아와 벽 쪽에 얼굴을 묻고 말없이 흐느꼈다. 어디선가 콰당탕 소리와 아악 하는 비명이 뒤엉켜 귀를 찢었다. 노씨는 나도 잡혀가 저들처럼 되지나 않을지 공포가 머리와 가슴을 엄습했다. 와중에도 주먹밥 한 개씩을 나눠줬다. 집에는 쌀 한 톨 없어 며칠을 굶었는데……. 잡혀와 하얀 쌀밥 구경을 하다니, 비록 주먹밥이라도……. 얼떨결에 입에 넣은 밥알은 모래알처럼 겉돌았다.

먹어야지! 새끼들을 위해 먹고 살아야지! 가슴이 콩닥콩닥 방망이질하는데도 밥은 목구멍으로 넘어간다. 사람들이 불려 나갈 때마다 가슴 졸이는 시간이 일 년보다 길었다. 아이들을 무릎에 누이고 어머니와 등짝을 맞대고 사흘 밤이 지났을까? 다행히 노씨는 불려나가지 않았지만, 노씨네 가족은 세 사람을 따라 나섰다. 동창 비석거리 집 앞을 지나 장마당을 가로질러 산골짜기로 향하고 있었다.

"죽는구나! 죽이려 끌고 가는구나!"

노씨와 시어머니는 땅바닥에 주저앉았다. 끌려가서 죽으나 여기서 죽으나 매한가지인데 죽는 마당에 힘들게 끌려가 죽기는 싫었다. 죽이려면 한시라도 빨리 애간장 태우고 피 말리지 말고 편히 죽게 해달라고 하늘에 빌었다. 맨 뒤에 서있는 사람이,

"걱정 말아요! 댁들을 죽이려고 가는 게 아니니까 겁내지 마시오!"

저사람 말을 믿을 수가 없다. 끌고 가기 힘드니까 꼬드기는 말로 들렸다.

"이제 더는 못 가겠으니 여기서 빨리 죽여주세요!"

"아 참! 죽이기는 왜 죽입니까! 나를 믿고 따라오시오!"

한참이나 실랑이 후 한 사람이 앞장서고 두 사람이 뒤에서 밀며 복골 막치미 움막집에 네 식구를 방으로 밀어 넣었다.


잠시 후 침침한 방의 어둠이 걷히고 네 사람의 얼굴이 보였는데 한명은 아이였다.

"어디서 오셨어요?"

"비석거리에서 왔어요!" 아낙네 물음에 노씨는 짧게 대답했다.

"어느 댁 분들이에요?" 대답할 수도 대꾸할 힘도 없다.

"내가 묻는다고 대답하시겠어요? 얼마나 많이 닦달당했겠어요! 뭐 좀 드셔야 할 텐데 먹을 거라고는 이것밖에……."

측은한 얼굴로 내놓은 것은 테두리가 낡아 떨어져나간 소쿠리였는데 감자 몇 톨이 담겨있었다.

"이거라도 먹어봐요! 요기를 해야 살지요! 애들이 불쌍하잖아요!"

아낙네도 한숨을 지었다. 문틈으로 밖을 살펴보니 두 사람의 사내가 지게를 깔고 앉아 담배를 피우며 무슨 말인지 지껄인다.

"이 집에서 마음대로 한 발짝도 못 나가요! 변소는 뒤란에 있으니 볼일 보러 갈려면 허락받고 다녀와요!"

방으로 밀쳐 넣으며 젊은 사내가 한 말이었다. 비좁은 단칸방에 여덟 명이 요령껏 억지로 누워 칭얼거리는 아이를 달래며 잡곡 주먹밥으로 며칠을 보내고 있었다. 같은 방 아낙네는 서기장 민영진의 아내였고, 거동도 거의 못하는 부모와 일곱 살 아들까지 네 식구였다.

남편들끼리 같은 일을 하다 죽었지만, 아내들끼리는 한 번도 만나본 적이 없어 서로들 모르는 사이였다. 웬만한 여자 같으면 자기 남편을 위원장이 꾀였다고 원망하고 책임도 떠넘길 법도 하지만, 민영진의 아내는 예외였다.

"누구를 원망하겠어요! 시대를 잘못 만난 탓이 아니겠어요! 나라가 약해서 일본한테 빼앗기고 미국과 소련의 힘으로 일본은 패망해 쫓겨 갔지만, 미국과 소련은 삼팔선을 자기들 마음대로 그어놓고 신탁통치 하면서 명분을 세워 분단하고 남쪽은 민주주의, 북쪽은 공산주의라는 법과 제도를 만들고……. 같은 민족끼리 빨갱이니 퍼렁이니 하면서 부모 형제 친구도 적이 되고 싸움판이 되어 서로가 서로를 죽이고 아무것도 모르는 양민들에게 책임을 씌우고…… 책임을 졌다며 잡아다 죽이고…….

우리들의 남편은 비명횡사하고 산 자들은 죽으러 끌려다니다 방 안에 갇히는 신세를 한탄해보지만, 생각할수록 너무 억울합니다! 전쟁이란 놈은 시골 동네 사람들을 부추겨 친구끼리 싸우고 죽이고 아무것도 모르고 착하게 살아가는 우리들의 가정을 파괴해 버렸으니, 전쟁은 악질 전염병보다 더 몇 배나 무섭게 멀쩡한 사람들을 파탄냈지요! 가정과 가족을 파멸시키는 것이 전쟁이지요!"

민영진의 아내는 춘천 여자중학교를 나와 깨어있는 똑똑한 여자였지만 다소곳하고 나서지 않으며 시부모 잘 모시고 남편밖에 모르는 착한 여자였는데, 남편이 죽임을 당하자 야만적 인간들을 저주하는 독한 여자로 변해있었다. 노씨는 민영진 아내처럼 아는 건 없어도 그의 말이 이치에 꼭 맞는다고 공감했다. 같은 처지에 두 여인은 손을 맞잡고 서로가 서로를 위로하고 신세 한탄을 하며 굳세게 살자고 다짐을 했다.

"이제 집으로 가시오!"

보초의 명령이 하나도 안 반갑다. 언제 또 끌려갈지도 모르고, 집이라 해봤자 수해로 떠내려간 반쪽짜리 집에 언제 어느 때 누군가 눈알을 부라리며 달려들 것만 같아 맘 졸이는 가시방석일 텐데……. 가라면 가야 하고 오라면 와야 하는 가련한 신세…… 이제는 끌려다니는 데도 익숙해졌나 보다.

'전쟁은 나라와 나라가 하는 것이 아니라 힘없는 백성들이 자기들끼리 싸우는 것이다. 마을로 쳐들어온 전쟁은 친구끼리 싸우며 가정이 파탄나고 파멸되는 가정의 전쟁이다'라는 민영진 아내 말이 곱씹어 생각할수록 꼭 맞는 말이었다. 시어머니도 불쌍하지만 민영진 부모님도 불쌍하기는 마찬가지였다. 며칠을 의지하고 속마음도 털어놓고……. 짧은 정이 깊이 들었나 보다.

"지운이 엄마, 우리 먼저 떠나요! 부모님은 거동을 잘 못 하시는데 어떻게 하나요?"

"올 때도 업고 왔으니 갈 때도 업어다주겠지요!"

민영진 아내는 태연한 척하지만, 눈망울엔 눈물이 고이고 노씨도 옷소매로 눈물을 훔쳤다. 지팡이에 매달린 꼬부라진 시어머니 뒷모습이 불쌍하고 측은하다. 전생의 업보인가?

어느덧 들녘엔 볏단들이 쌓여있고 단풍잎은 검붉은 색깔로 변해가고 햇살은 옅어져 멀어지고 있었다. 질척한 논두렁길을 미끄러지고 넘어지면서 엉금엉금 기어가며 집으로 왔다. 반쪽짜리 집 방문이 휑하니 열려있어 섬뜩하지만 그대로 쓰러졌다. 살기는 살았는지, 정말 살았는지 지옥을 헤매다 돌아왔다. 눈을 감았다. 남편이 머리맡에 앉아있었다. 깜짝 놀라 눈을 뜨면 남편은 없다. 죽은 남편이 살아 올 리가 없는데…… 남편의 넋인가? 눈을 감으면 남편은 늘 머리맡에 있었다.

필자가 성인이 되어 양구에서 두 가족을 가두고 보초를 섰던 분을 우연히 만났다. 고향 얘기가 나오고 어릴 때 동창에 살던 이야기를 하던 중 아버지 이름을 말했더니 그분은 깜짝 놀라면서,

"나는 그때 동창 한청 말단 단원이었는데, 두 가족을 지키라고 해서 어쩔 수 없이 보초를 섰다."

그러면서 손을 잡고 살아줘서 고맙다고 말해주셨다.

필자가 '저를 어떻게 아느냐'고 했더니, "그때 위원장네 사건은 워낙 컸고, 두 가족을 가두어둘 때도 자네를 똑똑히 기억한다."고 하셨지만, 더 묻지 않았다. 그분들이 혹시라도 뒤가 찜찜할 것 같아서…… 그분은 꽤 오래전에 작고하셨는데 함자는 전기준 씨다.

지금도 생존해계시는 당시 인민위원회에서 심부름하던 분도 만나 이야기를 들었지만 상세한 질문은 피했다. 그분도 털어놓고 다 이야기를 하기에는 힘들 것이고, 사회적 분위기나 남과 북의 이데올로기라는 미묘한 문제 때문에 자꾸 질문하면 괜한 오해를 사지 않을까 해서 대략 듣는 입장이었다. 하지만 역사적 진실에 근접하려는 관점에서는 많이 아쉬웠다.

## 한 지붕 아래서 못 만난 친남매

웬 남자가 부르더니, "이 집 방 한 칸을 써야 되겠소!"

다짜고짜 방 한 칸을 달라는데 영문도 몰랐지만, 물에 떠내려간 반쪽짜리 집의 방 한 칸을 달라니 형편이 꽤나 어지간한 모양이었다. 방 두 칸 중에 한 칸을 쓰라고 했다. 방을 안 빌려줬다간 무슨 생트집을 잡힐까봐 겁도 났다. 몇 명인가 방으로 들어오나 했더니, 몇 됫박의 쌀을 던져주며,

"밥 좀 해주시오!" 난감했다.

"찬거리가 하나도 없는데 어떻게 하지요?" 노씨의 목소리가 떨리고 있었다.

"소금만 있으면 됩니다!"

"소금도 한 톨 없는데 어떻게 하지요?" 정말 집에는 쌀 한 톨 소금 한 톨 아무것도 없었다.

"염병할! 막국수 집에 소금 한 알갱이도 없단 말이오? 간장이라도 있을 게 아니오! 밥 해주기 싫어 핑계대는 거요?" 시비 조다.

"아, 아닙니다! 저희 집엔 정말 아무것도 없습니다!"

"우선 밥이나 하시오!"

개울가에 나뭇가지를 주워와 밥을 짓는데 보자기에 소금 두어 움큼과 배추 한 단을 던져줬다. 부랴부랴 배추를 씻어 칼로 듬성듬성 썰어서 겉절이를 쟁반 위에 소복이 담고 밥자배기에 밥을 퍼서 방으로 밀어 넣었다.

"아주머니, 참 맛있게 잘 먹었습니다!" 흡족한 표정의 남자는 처음보다 깍듯했다.

"내일 아침도 부탁합니다. 뭐 좀 덮을 게 없을까요?"

"변변치 않은 이불 한 채 드리겠습니다."


이들 중에 노병덕이란 경찰이 있었다. 노병덕은 인민위원장 아내 노씨의 바로 위 친오빠다. 해방 후 경찰에 투신해 전쟁터에서 혁혁한 전공을 세우고 국군과 북진 중, 동생 집에서 동생이 지어준 밥을 먹으며 하룻밤 머물고 떠나면서도 서로 몰랐었다. 그때 노씨가 오빠 노병덕을 만났다면 기댈 곳도 의지할 곳도 없이 빨갱이 가족이라고 몇 번이나 죽음의 문턱을 넘나들던 노씨에게 얼마나 많은 위로와 힘이 되었을까……?

오빠 노병덕은 천덕꾸러기 동생 노씨를 꽤나 잘 챙겼었다. 홍천 괘석리로 이사온 후 밖으로 취직해 나가있다가 명절 때 집으로 올 때면 검정 고무신 한 켤레를 동생 노씨한테 선물로 꼭 챙겨주시던 오빠였다. 그랬던 오빠 노병덕이 일본으로 끌려가 동경 대지진 때 팬티 바람으로 삼십 리를 달려 지진을 피했고, 조선인 학살 때도 용케도 목숨을 건졌다. 해방 후 귀국한 노병덕은 경찰에 투신하여 전쟁 중에 동생네 집에서 잠을 자며 동생이 지어준 밥을 먹었지만…… 남매의 만남은 얄궂게도 비정하게 빗겨갔다.

오갈 데 없는 딱한 처지의 노씨 가족을 동창 유지 정기석 씨가 거둬줬다.
"잘못이 있으면 위원장 김윤범의 잘못이지 가족이 무슨 잘못이 있겠소!"
가장을 잃고 땟거리도 없는 노씨 가족을 동창 사람들한테 당당히 변호했다. 정기석 씨는 작달막한 키에 두터운 신망으로 동창에서 입지가 튼튼했다. 구장 일을 보았던 연소흠 씨도,
"가족이 무슨 죄가 있겠소! 정형이 그렇게 생각하시니까 좋은 일이라 생각하시고 거두어주시오!"
정기석 씨 집에서 허드렛일과 밥 짓기를 하면서 두 달 남짓 지나가고 있었다.

훗날 필자는 정기석 씨의 아들과 딸이 살고 있는 홍천 외삼포리를 찾았다. 정기석 씨 아들 정재용 씨를 만나 뵌 다음 해 찾아갔더니 그 사이 작고 하셨다. 선친 정기석 어른께 신세졌던 고마움을 되새기며 찾아갔는데 아들 정재용 씨가 젊은 나이에 세상을 뜨시다니…….
명복을 빌며 안타까운 발걸음으로 돌아섰다.

# 장영희의 죽음

장영희 형님이 비운에 돌아가신 얘기를 내가 스물세 살쯤 들었다. 가슴 아프고 애달픈 이야기를 몇몇 분들로부터 듣고 재구성해 조금이나마 영희 형님의 넋을 위로하고 싶은 마음 간절했다. 영희 형님께 올리는 저세상으로 띄워드리는 편지에 저의 푸념 섞인 사연도 보냅니다.

9·28수복으로 인민군이 쫓겨 간 동창은 경찰과 한청 등이 치안을 회복했다. 그들의 임무는 치안 유지와 좌익 척결이었으나 부역자 등은 한청이나 지역 주민들에 의해 거의 제거되었다.

동창 지서 서류들을 끈으로 묶어 두레우물 속에 감췄는데 서류가 없어졌다. 없어진 서류는 남로당 가입자 중 보도연맹으로 전향한 자, 좌익사상범, 일반 전과자, 유사시 예비검속 대상자 등의 명단이었다. 증발한 서류를 찾으려고 주변 사람들을 탐문해도 문서의 행방은 묘연했다. 용의 선상에 홍천내무서, 인민위원회, 자위대, 내촌 분주소원들이 올랐다. 누가 우물 속에 감춰둔 서류를 그들에게 가르쳐주었을까? 서류를 우물 속에 감출 때 본 사람은 순경들 말고는 급사 장영희밖에 없었다.

"김 순경! 아무래도 영희 짓인 것 같아! 서류를 우물에다 집어넣을 때 본 사람은 우리들 말고 영희밖에 없잖아!"

이 주임은 영희의 소행이라고 확신했다.

"김 순경! 영희를 데려와야겠소! 영희 집이 어디라고 했지요?"

"장수원에 살았는데 확인하고 데려오겠습니다."

오 리 길이라는 영희 집은 십 리보다 먼 것 같았다. 점심때쯤 김순경과 한청단원 두 명이 영희네 집에 도착했다. 영희를 부르는 소리에 문밖으로 나온 영희 어머니는 가슴이 쿵 내려앉았다. 얼마 전 사위인 자위대장 함용호가 끔찍한 죽임을 당했는데……. 순경과 사람들이 찾아온 것이 불길한 느낌이다. 방 안에서 수저를 들고 있던 영희가 김 순경을 보자 달려나와 "안녕하세요! 김 순경님!" 하고 반갑게 인사를 했다.

"응, 잘 있었냐?"

"어떻게 여기까지 오셨어요?"

"영희 너 나하고 지서에 같이 좀 가야겠다." 불안한 얼굴의 영희가,

"왜 가자고 하시는데요?"

"뭘 좀 물어볼 게 있어서……."

영희 아버지도 가슴이 철렁 내려앉았다. 영희가 내무서원들에게 우물 속에 서류를 숨겼다고 가르쳐주었기 때문이라고 생각했다.

"나도 같이 갔으면 합니다!"

영희 아버지는 무명 바지저고리 차림으로 따라나섰다.


영희 아버지 이름은 장운석이며 동창 장수원이 고향이다. 아버지 때부터 농사를 짓고 살았으며 한문 서당을 오 년쯤 다녔다. 동네 사람들의 지방이나 축문도 써주고 묏자리도 잡아주고 택일도 해줄 정도의 학식도 있었다. 스무 살 때 열여덟 살 동네 처녀에게 장가를 들어 다음 해에 딸을 낳았는데, 이름은 장옥분이라고 지었다. 장운석은 천성이 착하고 부지런하고 장수원에서는 알부자로 소문난 집이었다. 옥분이가 동창학교 5학년 때 남동생 영희를 낳았으니까 십이 년 터울이었다. 딸 하나만 낳고 단산인 줄 알았는데 늦둥이 아들을 낳았으니, 온 동네가 떠들썩한 경사였다.

딸 옥분이도 귀엽기는 마찬가지였는데, 동창학교를 졸업하고 어머니 밑에서 집안일을 도우며 시집갈 준비를 하고 있었다. 옥분이가 열여덟 살에 혼사가 들어왔는데 신랑 댁은 동창에서 부잣집으로 소문난 함춘선 댁이었다. 아들은 스무 살. 이름은 함용호이며 다음 해 혼사가 이루어져 아들 재

화를 낳았다.

　장운석의 외아들 영희는 귀염을 독차지했다. 동창학교를 2등으로 졸업할 정도로 공부를 잘했으며 영특했다. 장수원 서당을 이 년쯤 다니다가 동창지서 급사로 취직했는데, 아버지나 어머니, 영희 자신도 기뻤다. 영희는 어머니가 정성스레 싸주시는 도시락을 가방에 넣고 오 리 길을 콧노래를 흥얼거리며 다녔었다. 영희가 걸어가는 논둑길에는 파란 모춤이 군데군데 쌓였고 농부들이 써레질과 번지질을 할 때 소가 가쁜 숨을 토하건 말건 아랑곳없이 농부들 소 모는 노랫소리가 온 들녘으로 퍼져나갔다.

　영희 아버지는 송아지 한 마리를 팔아서 영희에게 자전거를 사주었는데, 동네에 자전거 있는 집은 두 집뿐이었다. 한 대는 동창학교 박 선생 자전거였다. 자전거를 타고 지서로 출근할 때면 언제나 흥겨워 노래를 불렀다. 영희는 곱상하고 예쁘장한 얼굴에, 밝고 명랑했다. 영희의 장래희망은 순경이 되는 것이지만, 더 나아가서 지서주임이 되겠다는 야무진 꿈을 가졌다.

　"영희야! 너 이것 좀 읽어보고 무슨 뜻인지 말해봐라."

　이 순경은 아무도 없을 때면 영희에게 슬며시 부탁하곤 했다. 당시 순경들은 한자 해독을 못하는 사람이 꽤나 있었다. 지서주임도 영희한테 대필시킬 때도 있었다. 부지런한 영희는 아침 일찍 지서에 출근해서 청소하고 잔일 심부름도 게을리 하지 않았다.

　"영희야! 막국수 세 그릇만 시켜 오거라! 돈은 월급 때 계산한다고……."

　점심때면 값싸고 맛있는 막국수가 단골 메뉴였다. 영희가 막국수 집 딸 옥진이와 남동생 영진이랑 친하게 된 것도 막국수 심부름을 자주 다녀서였다. 영희는 옥진이 친구들이랑 술래잡기놀이도 하고 영진이와 놀아주기도 했다. 영진이를 자전거 뒤에 태우고 자갈길 신작로를 신나게 달렸다. 동그란 얼굴에 검정색 윗저고리 입은 폼이 중학생처럼 보였다.

어느덧 연두색의 파리한 모들로 썰렁하기만 했던 논이랑이 초록색으로 변하고 메뚜기 떼가 퍼덕이며 날아다녔다. 순경들이 급하게 짐을 챙기고 있었는데 영희도 돕고 있었다. 지서에 비치되어 있는 서류들을 동네에서 후미진 두레우물 속에 끈으로 매달아놓았다.

"영희야! 우물 속에 서류 뭉치가 있다는 걸 아무한테도 절대로 말해서는 안 된다! 절대 비밀이야!"

지서주임은 몇 번이나 다짐받고 순경들과 급히 사라졌다.

따발총을 둘러맨 인민군이 동창에 들어오던 날! 영희의 꿈과 희망은 잔인하게 깨어졌다. 영희는 자기가 끌려가는 건 내무서원에게 우물 속에 숨겨둔 서류를 가르쳐줬기 때문이라고 생각하며 떨리고 겁이 났다. 그때는 총부리를 머리에 겨누고 죽인다고 윽박질러 살기 위해 어쩔 수 없이 말할 수밖에 없었는데……

지서에는 지서주임과 이순경이 있었다.

"안녕하세요!"

영희는 허리를 굽혀 인사를 했다. 영희와 가족처럼 지내던 지서주임과 순경들이었다. 일그러진 얼굴로 영희를 노려보는 지서주임의 눈은 다 알고 있다는 눈치였다.

"제가 잘못했어요! 용서해주세요! 그 아저씨 총이 너무 무서웠어요!" 영희는 무릎을 꿇고 흐느끼고 있었다. 지서주임은,

"네 매형 놈이 가르쳐달라고 해서 알려줬잖아!"

"아, 아닙니다! 매형은 묻지도 않았고 절대로 매형한테는 말하지 않았습니다!"

"쌍놈의 새끼!" 지서주임 입에서 험한 욕설이 튀어나왔다.

"김 순경! 이 순경! 이리 와!" 옆방으로 불러들였다.

"영희를 없애버려! 애비도 같이!"

"그건 좀……." 이 순경이 주저하자 지서주임이 재차 명령했다.

"위에서 좌익 척결 특별지시도 떨어지고 실적 보고를 하라잖아! 동네 사람들과 한청이 좌익들을 미리 처치하는 바람에 우리 지서는 실적이 없으니 어쩔 수 없어! 김 순경, 이 순경이 한청단원 몇 명 협조를 받아 동우골에 끌고 가 처치해버려!"

영희 아버지는 문밖에서 초조하고 불안한 마음으로 서성거리고 있다가 끌려나오는 아들 영희와 같이 팔을 뒤로 꺾인 채로 흙구덩이에 쑤셔박혔다.

영희한테 담배 한 개비를 물려줬다. 영희가 내뿜는 담배연기 속으로 청춘의 파란 무지개 꿈도 사라져버렸다. 열여섯 살, 너무나 짧은 삶……. 아깝고 억울하고 원통하다! 사상이 뭔지, 이념이 뭔지 아무것도 모르는 소년 영희는 어쩌란 말인가? 이쪽저쪽 틈바귀에서……. 무섭다! 두렵다! 살고 싶다! 예쁜 색시한테 장가들어 아들 딸 낳고 지서주임이 되는 것이 꿈이었는데…….

"엄마!"

소리쳤다! 탕탕 소리가 산울림으로 메아리친다! 청춘의 꽃망울도 피우지 못하고 뜬눈으로 세상을 떠났다!

"천벌 받을 놈들아!"

영희 몸 위에 겹쳐 쓰러지는 장운석의 외침! 저세상 길이 영희 홀로 가기엔 너무 먼 길이었나! 아버지와 아들은 예수가 되어 이 세상 죄악을 짊어지고 하나님 품으로 가셨으리라…….

장영희가 커서 매형인 자위대장 함용호의 복수를 하겠다고 누군가에게 말해서 죽였다는 말도 들었다. 그 말이 사실이라도 아버지와 아들을 그렇게 처참히 죽일 수 있을까? 영희를 죽이고 비난을 모면해보려는 핑계가 아니었는지……?

## 육십오 년 만에 저승으로 부치는 편지

영희 형의 동그랗고 곱상한 얼굴이 희미하게 다가옵니다. 검정색 자전거 뒤에 저를 태우고 장수원 논두렁길 배수로에 빠졌었지요! 물에 젖은 엉덩이가 집까지 올 때까지 얼마나 축축했던지……. 그때 그 기억이 어제처럼 또렷합니다.

형이 한 많은 세상을 떠나가시고 예순다섯 번이나 사계절이 바뀌었습니다. 형이 살아계시면 팔십일 세가 되셨습니다. 아들딸이 손자를 낳고 그 손자들이 시집 장가를 갔겠지요! 세월은 우리와 상관없이 매정스레 흘러가나 봅니다. 저도 반백의 흰머리가 되어버렸답니다. 마음만은 아직도 형 따라다니며 놀던 동심 그대로입니다. 신로심불로(身老心不老)라는 말이 저한테 딱 어울리는 말인 것 같습니다.

형은 저 세상에서 어떻게 계시는지 이제야 안부를 묻습니다. 그곳은 이승에서 형이 겪었던 피비린내의 전쟁마당은 아닐 테지요! 같은 혈육끼리 죽이고, 친구가 친구를 때려죽이는 짐승보다 못한 짓을 하는 끔찍한 세상은 설마 아니겠지요! 이승에서 한 구덩이에서 총 맞고 끔찍하게 아버지와 저세상으로 함께 가셨는데 두 분이 손잡고 가시는 길은 덜 외로우셨는지요? 어머니도 굴참나무 가지에 목을 매시고 뒤따라가셨는데 세 분이 만나서 오순도순 잘 지내고 계시리라 믿어봅니다.

이곳 이승은 아직도 전쟁 중입니다. 말은 휴전이지만 총 쏘고 포 쏘는 전쟁보다 더 치사한 전쟁을 합니다. 남과 북이 서로 눈 흘기며 헐뜯고 흉보고 좌파니 우파니 종북이니 반동이니…… 옛날에도 미워하는 생사람을 잡을 때는 역적이란 누명으로 덤터기 씌워 죽였는데, 요즘은 빨갱이라고 원색적으로 말하기가 스스로도 양심에 찔리는지 종북이니 좌파니 불순세력이니 유식한 신조어로 슬쩍 둘러 부르지만, 빨갱이나 종북 좌파나 그 말이 그 말입니다. 같은 민족끼리 싸우지 말고 통일해서 잘 살자고 하면 종북주의자라 부릅니다. 종북이란 북한 정권을 추종하고 북한이 하는 대로 따라간다는 뜻으로 억지로 지어낸 말이지요! 선거철만 되면 웬 놈의 종북주의자가 그리도 많은지, 자기네 당을 지지하지 않으면 무조건 친북이고 종북이라 몰아붙이니 국민 절반은 어처구니없이 종북주의자로 몰리는 아이러니한 세상으로 희화되고 있습니다.

제가 스무 살 넘어서 형이 빨갱이한테 협조했다고 부역자란 누명을 뒤집어쓰고 비명에 가셨다는 말을 듣고 너무나 슬프고 분하고 원통했습니다! 아무리 무법천지라도 그리는 못합니다! '어디다가 서류를 숨겼느냐'며 차가운 총부리가 머리통에 부딪칠 때마다 얼마나 소름 돋고 진저리치도록 무서웠을까요? '살고 싶다'는 생명의 절박한 원초적 본능으로 우물 속에 숨겼다고 말 안 할 사람 아무도 없을 거예요! 그랬다고 아버지와 아들을 총으로 쏴서 한 구덩이에 쓸어 넣을 만큼 큰 죄를 지었던가요! 하늘을 향해 소리쳤어요!

'하느님 영희 형이 너무 억울해요! 영희 형은 눈곱만큼도 잘못 안 했습니다! 총부리 앞에서 나약한 인간은 어찌해야 합니까! 죄가 있다면 삼천리금수강산을 반으로 갈라놓고 싸움을 부추기는 자들의 앞잡이가 권력욕에 눈이 멀어 동족이 뭔지, 부모 형제도 모르고 사상이란 핑계로 생사람 잡은 것이 죄가 아니었나요? 반만년 역사 단군의 자손이라고 자부하지만 단군의 피를 이어받은 순수혈통이라면 그렇게 잔인할 수는 없겠지요! 혼외정사로 낳은 못된 놈의 종자가 적자노릇을 않고서야 어찌 그럴 수가······.'

남과 북은 삿대질하며 동족 죽일 궁리로 어마어마한 무기를 만들고 비싼 돈으로 무기를 사들이면서 뒷구멍으로는 삥땅을 치기 바쁘겠지요! 오늘 날 하얀 쌀밥을 배불리 먹고 자가용 타고 스마트폰이라는 첨단전화기를 휴대하고 21세기 문명사회를 살아가지만······ 제가 다섯 살, 형이 열여섯 살 때와 생각들이 한 치도 안 바뀐 게 이상하리만큼 신기해요! 동포와 민족을 미워하는 사람이 이쪽이나 저쪽에서 애국자 취급을 받는 이상한 나라! 민족끼리 통일해서 힘을 합쳐 잘 살자면 이상한 사람이 되는 나라! 동포를 사랑한다는 말은 지구 밖으로 사라졌나 봐요! 민족의 동질성 회복을 염원해보지만 삶은 달걀에서 병아리 나오기를 기다리는 것만큼이나 요원합니다. 그래도 어떻게 합니까? 이 땅에 태어난 백성인데 이 땅에 살아야지요!


형이 생각날 때마다
가슴 짠하고 눈물이 흐르고······
형을 흙구덩이에 밀어 넣던 악마들도
이 세상을 하직하고
지옥문으로 들어갔겠지요!
마귀 사탄 악마들이
인간의 탈을 쓰고 사람 행세한 자들을
영원히 저주합니다!


형! 나는
내 아버지를 죽인 사람 머리를 깎았어요!
형도 내 아버지 죽음을 잘 알고 있었지요! 내 아버지가 먼저 세상을 떠났으니까요!

아버지가 너무나 처참하고 끔찍한 죽임을 당하고…… 우리 가족은 몇 번이나 죽음의 문턱을 넘나들었습니다. 가까스로 목숨을 부지하고 제천 역전에서 병든 어머니와 문전걸식하며 배운 기술이 이발이었습니다. 제천에서 새내기 이발사가 되어 홍천으로 이사를 하고 읍내 동아이발관에 취직했습니다.

그때는 몰랐습니다. 모를 수밖에…….

그 사람은 약간 큰 키에 덩치가 좋은 오십대 초반의 나이였습니다. 머리를 정성껏 깎고 면도할 때면 눕자마자 코를 골고 단잠에 빠지곤 했는데……. 길게 뽑고 누워있는 허연 목은 잔치 때 잡아서 털 뽑은 돼지 목과 흡사 닮았고, 많지 않은 수염에 개기름이 흐르는 피부는 젊은이처럼 탄력있었습니다. 면도는 오랫동안 수염이 자라지 않도록 밑동까지 깊이 도려냈습니다. 그 손님이 내 아버지를 죽인 사람이라는 걸 알았을 때는 몇 세월이 흘러가고, 그는 이미 이 세상 사람이 아니었습니다.

그 손님도 내가 자기가 걸인대로 가슴팍을 사정없이 내찌르고, 몽둥이로 머리통을 깨부숴버린 인민위원장 김윤범의 아들이라는 걸 꿈에도 몰랐겠지요? 환갑을 못 넘기고 급사했다는 말에 만감이 교차했습니다. 그때 내 눈앞에 잠들어 누워있는 사람이 내 아버지를 죽인 사람이라는 걸 알았다면……? 생각만 해도 아찔합니다! 그때 독일제 도루코 시퍼런 면도칼과 뾰족한 이발가위가 내 손안에 꽉 쥐어져있었으니까요!

하지만 운명은 나를 비껴가게 했습니다.

'모르는 게 약'. 명약 중의 명약입니다. 내가 아버지를 죽인 사람과 맞닥뜨려 그 사람 목을 쳤다면? 경찰에 잡혀가 배후와 살해동기를 밝히라는 모진 고문에 골병들고, 끝내 '넥타이공장'이란 교수대에서 이슬이 되거나 무기수가 되어 깜깜한 독방에서 지금까지 어찌 살기나 살았겠어요? 골병들어 쇠약해진 몸으로……. 뒷말은 더 감당하기 어려웠겠지요! '빨갱이 피붙이 새끼가 일 쳤다'고……. '어린 새끼를 인정상 살려줬더니 은공도 모르고 원수로 갚는다'고……. '그러니까 크건 작건 빨갱이 종자들은 씨를 말려야 했다'고……. '그놈 마누라 열 손가락을 비틀어 마디마디마다 빨간 인주를 발라 지장을 찍고, 자식이 성인이 되어도 비밀로 하고 원수 같은 건 절대로 안 갚겠다 맹세하며 서약서까지 썼지만 소용없다'고……. 악랄한 자들의 정당성을 합리화시켜 수많은 양민을 학살한 악마들에게 면죄부를 줄 뻔했습니다! 보수 신문들은 연좌제를 법으로 더 강화해야 한다느니, 부역자관리특별법을 만들어야 한다느니 하며 신문은 연일 도배질하고 관제 방송을 타고…….

내가 열 살 무렵. 엄마의 도란도란한 목소리가 잠을 깨웠습니다. 돌아가신 친아버지 이야기를 의붓아버지께 하고 있었어요. 잠을 자는 척하며 숨죽여 들었지만 작은 가슴으로 감당하기에는 너무나 큰 충격이었어요! 내 아버지가 그렇게 비참하게 죽었다니……?

뜬눈으로 밤을 지새웠습니다. 힘없는 초등학교 2학년짜리가 어찌 뭘 할 수 없었어요! 응어리진 가슴으로 나무 지게를 지고. 싸리재 가파른 비탈길을 후들후들거리는 두 다리로 달리며 태산처럼 높기만 한 산을 벌거숭이로 만들어 버렸어요! 배고파 참꽃 한입 가득히 씹을 때 그 맛은 언제나 쌉싸래하고 아릿한 내 마음을 꼭 닮았었습니다.

내가 이 다음에 어깨에 별을 더덕더덕 붙이고 높은 장군이 되어 동우골 아버지가 묻혀있는 골짜기를 찾는다면 누가 감히 뭐라고 시비 걸지 못할 테지……. 연좌제 꼬리표가 등딱지에 붙어 출셋길이 막혀버린 것도 그때는 모를 때였으니까요! 이등병으로 제대한 주제가 언감생심 생각만 해도 코미디지요! 이제는 슈바이처 의사 희망도 화가의 꿈도 허망하게 날아가고 몇 평 남짓한 이발소에서 손님 머리카락의 세월을 자르면서 지난날을 회상합니다!

　장자가 말하기를 '원수를 갚으려 하지 마라! 원수가 살고 있는 강 아래서 기다리면 원수의 시신이 물에 떠내려 오는 것을 볼 테니까'……. 내 아버지를 죽인 사람들과 형을 죽인 사람들은 천수를 못 다하고 비명에 갔습니다. 하늘의 심판이고 천리인 것 같습니다. 나한테 무슨 불똥이라도 튈까 봐 그쪽으로 눈길도 못주게 엄히 단속하신 제 어머니의 깊으신 마음도 이제야 헤아릴 것 같습니다.

　아버지 뼈라도 찾겠다는 일념으로 동창을 찾은 지 일곱 번 만에 좋은 분들의 도움으로 동우골 골짜기에서 아버지 뼛조각을 찾았습니다. 커다란 돌바위 밑에서……. 아버지 허리띠의 파랗게 녹슨 구리장석이 눈에 익었습니다. 사십오 년의 긴 세월의 공간도 부자의 혈연을 끊지는 못했나 봅니다. 동우골 외진 골짜기에서 이제나저제나 아들이 찾아오기를…… 아버지 마음도 구리 장석만큼 파랗게 녹슬어버린 기다림의 세월이었습니다.

　장남의 어머니 곁에 아버지를 모셨습니다. 저는 보았습니다! 아버지가 그토록 좋아하시는 걸……. 이장에 쓰던 부장품에 불이 붙는 순간 펑 소리와 함께 불길은 저 하늘보다 높이 솟았습니다! 아버지가 기뻐서 천 길이나 뛰면서 춤을 추었습니다!

　아버지! 이 세상에서 있었던 악연과 업장일랑 모두 다 저 타오르는 불속에 소멸하시고 가벼운 발걸음으로 저승길로 가시옵소서! 구천을 헤맨 세월이 너무나 길었습니다!

　강대국의 패권 다툼에
　약한 나라 백성이
　겪어야 하는

운명이 너무 슬픕니다!

꿈 많은 소년 장영희
가슴에 쌓인 한은
태산보다 더 높고

눈물은 장수원 강물보다
더 많이 흘렀다고……

형의 이야기를 만천하에 퍼뜨리겠습니다
이제는 모두 다 잊고
하늘나라에서 영면하소서!

## 인민군 포로를 처단한 사람들과 살려준 사람

장 씨가 콩밭에서 김을 매다 똥이 마려워 볼일을 보는데, 두 사람의 사내
들이 살금살금 숨어들더니 뭔가를 묻어놓고 사라졌다. 장 씨가 뭔가 하고
호미 끝으로 헤쳐봤더니 권총 두 정과 실탄 한 뭉치가 나왔다. 장씨는 다래
끼에 권총과 실탄을 숨겨 가지고 와서 옆집 전 씨한테 조금 전에 있었던 일
을 말하며 총과 실탄을 보여줬다. 장 씨와 전 씨는 담력이 세며 빨갱이한테
적개심이 대단했다. 권총 한 정씩 실탄도 반반으로 나눠가졌다.

북쪽으로 쫓겨 가는 인민군 두 명이 박 씨네 집으로 향하는 걸 보고 지름
길로 달려가 대문 뒤에 숨었다. 따발총과 딱콩총을 맨 인민군이 주인을 불

렀다.

"뉘시오!" 인민군이 나타나자 박 씨는 놀랬다.

"밥 좀 얻어먹으러 왔습네다!"

"들어오시오!" 대문을 지나는 순간! 숨어있던 장 씨와 전 씨가 인민군 등 뒤에서,

"손들엇! 꼼짝 마!"

그들이 흘끗 뒤돌아볼 겨를도 없이 손을 들었다. 총을 빼앗긴 인민군들이 밖으로 끌려간 지 얼마 후, 몇 발의 총성이 울리고 인민군 낙오병 두 명은 인민군에 끌려와 낯선 땅에서 비명에 갔다. 집에서는 금지옥엽으로 키운 자식들인데……. 권총 두 정과 따발총, 딱콩총으로 무장한 주민들과 한청대원들은 낙오병을 사살하고 총기를 노획했다.


낯선 사람이 걸어오고 있었다.

"잠깐만! 당신 이곳 사람 아니지?"

"서석면 수하리에 살고 있습니다."

"이장 이름이 뭐요?" 우물쭈물 당황한 표정으로,

"이름이 잘 생각이 안 납니다."

"이 새끼! 도망치는 인민군 빨갱이 새끼야!"

팔을 꺾어 뒤로 묶었다. 그들 중에는 경상도 말씨 도망자도 있었다.

"저는 경상도 합천 사람입니더! 인민군에 강제로 끌려가서 낙동강에서 쫓겨 오는 길입니더! 저는 죄 없이 끌려갔으니 살려주십시오!" 포로는 경상도 본토 말씨다.

"인민군 놈의 새끼 입 닥쳐!"

삼십 명쯤 포로들을 양미리 엮듯 줄에 꿰어 끌고 가고 있다. 안 가려고 버티면 사정없이 총개머리로 찍고 발길질했다.

"너희들을 포로수용소로 데려가는 거야!"

그 말에 포로들은 순순히 따라온다. 산골짝 어귀에서 죽이려 끌고 왔다는 걸 눈치챈 포로들은 막무가내로 발버둥 친다! 몽둥이와 발길질이 사정없이 날아갔다. 미리 파놓은 흙구덩이 앞에 강 상사가 손을 번쩍 들자 총구가 불을 뿜었다. 그들은 구덩이 속으로 꼬꾸라지며 처박힌다. 흙을 퍼붓자 흙더미가 들썩거린다, 반은 생매장이다. 냇가에도 일고여덟 명을 사살했다. 낙오되어 북상하는 인민군 패잔병과 도망가는 부역자들을 백이십 명쯤 처단했다. 용감한 사람들이었다.

한편 포로를 살려준 사람도 있었다.

남루한 몰골에 냄새가 코를 찌르는 낙오병을 한청단원이 끌고 왔다. 포로의 커다란 눈망울이 멀뚱멀뚱 겁에 질려있었다.

"이 자식 겁도 없이 큰 길로 걸어오더니 배고픈데 먹을 것 좀 달라고……. 인민군 낙오병 주제에!"

동창 한청사무실에 감찰부장 임병삼과 감찰부원 전기철이 있었다. 귀찮은 표정의 임병삼 감찰부장은 남루한 포로를 아래위로 훑어보더니 결박하라고 지시했다. 포승줄 대신 새끼줄로 손을 뒤로 묶어 결박했다.

"기철이는 사람 죽여본 적이 없지?" 뻔히 알고 말하는 감찰부장 앞에 어쩔 수 없이 기철이는 "예." 가늘게 대답했다.

"그럼 오늘 총각딱지 떼는 날만큼 큰일을 치러봐! 포로 놈을 기철이 혼자 처치해!"

부장이 명령했다. 포로를 앞세우고 산골짜기 오솔길로 접어들었다. 포로가 갑자기 걸음을 멈추고 뒤돌아서자 전기철은 깜짝 놀라 당황했다. 포로 가슴에 총을 겨누며,

"뒤돌아 빨리 가!" 성난 얼굴로 포로를 위협했다. 몇 발짝 걸음을 옮기던

포로가 다시 뒤돌아보며,

"나를 살려주심메! 난 잘못이 없슴메! 의용군으로 끌려나와 인민군 된 죄밖에 없슴메!"

포로는 눈물을 펑펑 쏟고 있었다. 전기철은 포로를 죽이라는 명령을 받고 기가 막히고 엄두가 안 났는데…… 어쩔 수 없이 포로를 죽이려 앞세워 가지만, 생각만 해도 끔찍했다. 전기철은 닭 모가지 하나 비틀지 못할 만큼 생명을 죽이는 짓은 거의 안 하고 살아왔는데……. '아무리 짐승일지라도 생명은 고귀하다'고 입버릇으로 말해왔었다. 포로는,

"선상님! 저는 꼭 살아 가족이 기다리는 집으로 가야함메. 집에는 병든 아비와 절름발이 마누라, 딸 둘이 있슴메! 큰딸은 다섯 살, 둘째는 세 살임메. 우리 집은 산골 화전에 농사를 지어 입에 근근이 풀칠하는 형편임메! 일 년 내내 쌀 한 톨 구경도 못 해보고 감자, 옥수수, 귀리 농사를 짓지만 반년치 식량도 안 돼 칡뿌리 캐먹고 송기떡으로 연명함메! 제가 죽으면 병든 아비와 어린 새끼는 굶어 죽슴메! 선상님, 불쌍한 저를 제발 살려주심메!"

전기철이,

"고향이 어딘데?"

"함경도 회령임메!"

"회령이 어딘데?"

"저도 잘 모르는데 두만강이 흐르고 만주와 경계선에 있는 북조선 맨 꼭대기라고 들었음메."

"인민군은 어떻게 오게 된 거야?"

"우리 집에서 십 리도 더 먼 곳에서 사람 둘이 왔음메. 회령인민위원회에서 왔다고 하면서 무슨 종이 한 장을 보여주는데 나는 글자를 모른다고 하니까 '조선민주주의인민공화국에서 동무를 영광스런 인민의용군으로 부르니 같이 가야 한다'고 하면서 나를 빨리 가자고 독촉하는 바람에 아내에게만

나 좀 어디 갔다 온다고 말하고 아비는 보지도 못하고 끌려왔습메.

도착한 곳에서 여러 사람의 옷을 벗기고 여기저기 살펴보며 '어디 아픈데 없음메?' 하면서 내말은 들어보지도 않고 군인 옷을 입혀주고, 총 쏘는 연습 며칠하고 걸어서 어딘지도 모르고 따라왔음메. 총은 몇 번 쏘지도 않았는데 후퇴하라고 해서 낮에는 산에서 자고 밤에는 걸어서 오는데 비행기 폭격으로 우리 소대는 뿔뿔이 흩어져 한참을 어딘지도 모르고 뛰다가 우리 분대 동무 두 명을 만났음메. 우리는 '북조선으로 가야 산다'고 걸어서 오는데, 어디선가 총소리가 요란하더니 두 명은 그 자리에 쓰러지고 나 혼자 정신없이 뛰다가 걷다가 어느 할머니 집에서 밥도 얻어먹고 나무열매를 따 먹으면서 산길이 힘들어 큰길로 걸어오다 여기서 붙들렸음메. 선상님, 불쌍한 생명 하나 살려주신다면 그 은혜 백골난망이겠습메!"

전기철은 남의 일 같지 않았다. 이 사람이 무슨 죄람? 불쌍한 우리나라 다 같은 백성인데……. 아무것도 모르고 끌려온 귀한 자식이고 남편이고 아비인데……. 전기철도 가슴이 먹먹하고 눈물이 났다.

"빨리 걸어!"

포로는 살려줄 낌새를 알았는지 순순히 앞서서 걷는다. 숲이 우거진 가시넝쿨 밑에 포로를 엎드리게 하고 허공을 향해 탕탕! m1의 총소리가 귀를 찢으며 산골짜기 메아리로 퍼져나갔다. 포로를 결박한 새끼줄을 풀었다. 꼭 죽을 줄만 알고 있던 포로가 살아난 게 꿈만 같은지 넙죽 엎드려 절을 했다.

"선상님, 하늘 같은 은혜 백골난망임메!"

"저 산 비탈길을 돌아가면 북쪽 고향 가는 길이니 고향 가서 아버지 모시고 아내와 자식들과 잘 살기를 바라오! 부디 잘 가시오!"

포로는 절름거리며 몇 번이나 뒤돌아보며 산비탈 길을 오르고 있었다.

사무실로 들어서는 전기철은 불안했다. 포로를 살려주고 돌아오면서 감찰부장에게 시치미를 뚝 떼고 죽였다고 매몰차게 말해야지! 몇 번이나 마음을 다잡았다. 만약 포로를 살려준 것이 발각이라도 나면 자신도 끝장이라는 걸 잘 알고 있었다. 가슴은 방망이질하고 붉어진 얼굴에는 식은땀이 흘렀다.

"처치하고 왔어?" 감찰부장 임병삼이 건성으로 물으면서 묘한 표정을 지었다.

"예!" 짧게 대답했지만, 부장이 자기 속을 훤히 들여다보는 것만 같아 안절부절못한다.

"딱지는 떼었구먼!"

부장은 한마디 내뱉고 휭 하니 밖으로 사라졌다. 전기철은 혼이 나갔다. 거짓말이라고는 한 번도 해본 적이 없이 곧이곧대로 살아왔는데, 엄청난 일을 저지르고 시치미를 떼고 거짓말 하다니…….

처음부터 감찰부장 임병삼은 기철이가 포로를 죽일 만큼 모진 사람이 아니라는 걸 잘 알고 있었다. 착한 성품에 여린 마음씨의 전기철이 두 눈을 멀뚱멀뚱 뜨고 있는 사람 가슴에 총을 쏠 만큼 비정하고 담대하지도 않다는 걸 알고 있기에……. 감찰부장도 포로의 행색을 보자 어쩌다 인민군에 끌려나온 포로가 측은하고 불쌍했다. 저 아무것도 모르고 끌려온 바보를 죽인들 뭣하겠나! 살려주리라 마음먹고 사람 죽일 위인이 아닌 전기철이에게 시킨 것이었다.

나흘 후 동창 한청사무실로 홍천군 한청감찰 세 명이 왔다.

"동창 한청단원 중에 포로를 살려준 자가 있다고 해서 조사차 나왔소!"

퉁명스럽게 말하는 사람 눈매가 매섭다. 사무실에는 동창 한청단장, 감찰부장 등 여러 명이 있었다. 상급부서인 홍천 감찰이 불쑥 찾아온 이유가 포로를 살려준 자 때문이라니?

"포로를 살려주다니? 누가?" 사무실에 있는 사람 모두가 놀란 표정이다. 동창 한청단장이,

"멀리 오시느라 수고 많으셨지만, 뭔가 오해가 있으신 것 같습니다. 우리 단원 중에는 포로를 살려준 사람이 없습니다!"

"무슨 소리요? '동창에서 포로를 풀어줬다'는 연락도 받고 증거도 가지고 있소!"

감찰부장은 속으로 드디어 일이 터졌구나! 하고 자기도 은근히 걱정했는데……. 전기철은 몸이 굳어지며 이제 나는 죽는구나! 하면서 죽을 각오를 하고 있었다.

'어쩔 수 없지! 저 사람들이 다 알고 왔고 증거도 있다는데……. 도망 칠 수도 없고 빠져나가지 못할 올무에 걸렸구나!'

"감찰부장! 어떻게 된 사건인지, 살려준 자가 누군지 속히 찾아내시오!"

동창 단장도 매우 화가 나있었다. 감찰부장도 '전기철에게 시키는 건 아닌데…….' 하고 후회하고 있었다. 전기철이 포로를 살려줄 걸 뻔히 알면서 시킨 것은 자기 잘못이며 기철이에게도 미안한 마음이었다.

"예! 철저히 조사하겠습니다!"

맨 뒷자리에서 가슴 졸이며 사색이 된 전기철이 자리에서 벌떡 일어섰다.

"포로를 살려준 사람은 저올시다!"

단장이나 감찰, 한청단원 모두 놀라고 있다. 전기철이 무슨 마음을 먹었기에 인민군 포로를 살려줬단 말인가? 동창 감찰부장 임병삼이,

"제 불찰입니다! 포로를 처단하라고 전기철을 보냈는데 포로를 살려준 것 같습니다! 이 엄청난 잘못에 감찰부장인 저도 책임 선상에 있으니 처벌을 감수하겠습니다!"

비장하게 말하는 부장의 몸도 굳어있었다. 홍천군 감찰은,

"의외로 포로를 살려준 배반자를 빨리 찾게 되어 다행이오!"

그는 꽤나 흡족한 얼굴이 되어

"단장이 책임지고 전기철을 구금하시오! 군단에 사실을 보고하고 처리 결과를 통보하겠소! 포로를 살려준 것은 죄질이 가장 나쁜 이적 행위며 포로보다 더한 빨갱이라 생각하오! 전기철을 도망치지 못하게 철저히 감시하시오! 만약의 경우 단장도 책임을 면하기 어려울 거요!"

"예, 책임지겠습니다! 전기철이 포로를 살려준 것을 어떻게 알게 되었는지 경위나 속 시원히 말씀해주십시오!"

홍천 감찰은 심사가 몹시 뒤틀린 모양이다. 퉁명스럽게,

"인제 한청에서 연락이 왔소! 상남에서 포로를 잡아 조사해보니 동창 한청단에서 자기를 살려줘 안심하고 가는 길이라 해서 인제에서 포로를 잡아놓고 홍천 한청단으로 문의가 왔소! 그쪽에서도 의아하게 생각하며 '경위를 조사해서 결과를 신속히 통보해달라'고 요청이 왔소! 어떻게 홍천에서 포로를 임의로 석방해주나 하고 말이오!"

동창 한청단장도 난감했다. 전기철은 감찰소속 단원으로 이 엄청난 사건을 저지를 줄은 상상도 못했었다. 전기철은 강직한 성품에 책임감이 투철하고 빈틈없는 일처리로 신임이 두터운 모범단원이었다. 화난 대로 한다면 당장 총살하고 싶지만, 동창학교 후배에다 인망이 좋은 전기철을 어떻게 해야 할지 망설이고 있었다. 단장이,

"전기철, 앞으로 나와 어떻게 된 건지 경위를 하나도 숨김없이 솔직히 말해라! 숨기거나 거짓말하면 당장 총살이다!"

"저는 죽을 짓을 했습니다! 죽을 짓을 했으면 죽는 게 당연하니 죽여주신다 해도 하나도 원망 안 합니다. 포로를 앞세우고 가면서 많은 생각을 했었습니다. 평생 내 손으로 닭 한 마리 목도 비틀어 보지 못한 내가 어찌 사람을 죽이나! 한편으로는 몇 번이나 마음을 다잡고 '다른 사람도 사람을 죽이는데 남들이 하는 일을 못 하면 어찌 사내대장부라 할 수 있겠나!' 하고…….

136

제 마음속에는 두 마음이 갈등하고 있는데, 포로가 하도 살려달라 해서 마음이 약했는지 뭐가 씌었는지 그런 큰 실수를 했습니다!"

홍천 감찰이 포로가 뭐라고 했냐고 물었다.

"집은 함경도 회령이라고 하면서 중풍으로 몸져누운 홀아버지와 절름발이 아내, 두 딸이 있다고 하면서 심심산골에서 화전을 일궈 감자, 옥수수, 귀리가 주식인데 반년치 식량도 안 되어 산나물과 칡뿌리로 연 명한다고 했습니다. 자기가 없으면 온 식구가 다 굶어 죽는다고 울면서 하도 애원하고……. 저도 병든 홀아버지를 모시고 사는 형편이라 잠깐이나마 잘못된 동정심으로 큰 잘못을 저질렀습니다. 처벌 달게 받겠습니다!"

사무실 안에 있는 사람 누구도 말이 없었다. 홍천 단장이,

"홍천 한청에 그대로 보고하겠소! 전기철을 풀어주거나 도망치면 동창 단장이 책임질 것이라는 걸 다시 한 번 경고하오! 내 말 명심하시오!"

그들은 저녁식사도 거절하고 일본산 다찌차로 떠났다.


동창 한청단은 긴급회의를 가졌다. 전기철 감찰단원을 어떻게 처리할 것인가를……. 의견이 분분했다. 단원 강 모는 '전기철이 인민군 포로를 살려준 건 빨갱이 중의 빨갱이니 즉결 처분해야 한다'고 목소리를 높였다. 전 모는 '전기철이 빨갱이 사상을 가져서라기보다 인간적으로 포로를 동정하다 보니 그런 실수를 한 것 같은데, 지금까지 단원으로 활동하면서 모범적으로 기여한 바를 감안해서 홍천 한청에 구명을 하자'고 동의를 구했다. 전기철을 어떻게 할 것인가를 저녁밥도 거른 채로 밤늦도록 의견을 수렴했다. 결론은 홍천 한청에 전기철을 살려달라고 구명을 할 것인지 죽이라 할 것인지를 거수로 결정하기로 했다.

참석자 서른 명 중 살려주자는 의견에 스물다섯 명이 찬성, 죽이자는 사람 두 명, 기권 세 명으로 전기철 구명 탄원서를 동창 한청단 이름으로 홍

천군 한청단장 앞으로 보냈다. 우여곡절을 겪으며 전기철은 구사일생으로 살아났다.

가슴이 아프고 눈물이 나와 울면서 이 글을 씁니다. 다시 붙잡힌 인민군 포로는 어떻게 되었을까? 당시 상황으로는 포로수용소로 간다는 건 희망 사항이고……. 포로의 가족은 굶어 죽었을까? 살았을까? 남편을 기다리는 절름발이 아내, 아들을 기다리는 몸져누우신 아버지! 아빠를 기다리는 철 없는 두 딸…….

전기철 옹의 참인간애에 감동하고 경의를 표합니다! 고귀한 생명을 죽일 권리도, 죽임을 당할 이유도 아무에게도 없습니다. 동서고금을 통틀어 국가라는 이름으로 수많은 사람을 죽이고 희생시키는 국가 폭력을 반대하며 이는 근절되어야 합니다.

전기철 옹은 하느님의 사랑과 양심을 이 땅에 실천하신 분입니다. 전기철 옹은 양구읍 도사리에서 팔 형제를 훌륭히 장성케 하시고 제가 글을 쓰고 있는 중 구십 세를 일기로 작고하셨습니다. 삼가명복을 빕니다!

전 옹의 실제 증언이며 사실 이야기를 옮겼습니다. 전옹은 김윤범 동창 인민위원장을 잘 알고 있으며 생전에 해주신 말씀이 글을 쓰는 데 많은 도움이 되었습니다.

# 전쟁마당

## 인명은 재천

인민위원장 김윤범의 아내 노씨는 동창을 떠나기로 했다. 떠난다는 것보다 탈출하기로 마음 굳혔다. '동짓달 난리'라 부르는 전쟁! 압록강까지 북진했던 유엔군과 국군이 중공군에게 밀려 삼팔선 이남까지 후퇴한 '1·4후퇴'……. 어느 날인가 인민군이 또 동창에 나타났다. 노씨는 불안했다. 남편이 인민군 때문에 죽고, 그 때문에 또 어떤 일이 벌어질지도 모른다고 생각했다. 산과 들녘은 온통 하얀 눈으로 덮여있었다. 석 달 동안 신세졌던 정기석 씨에게 말씀드렸다.

"태산 같은 은혜 갚을 길이 없습니다! 죽어가는 저희 가족을 거두어주신 은공 만분의 일도 못 갚고 떠나지만, 죽는 날까지 잊지 않겠습니다. 제가 살던 두촌 장남으로 가겠으니 도와주십시오!"

잠시 생각에 잠겨있던 정기석씨가,

"그렇게 하십시오!"

노씨는 쌀 한 말을 이불 속에 넣고 묶어서 머리에 이고 영진이를 등에 업었다. 딸 옥진이도 이불 한 채를 걸머졌는데 이불자락이 땅에 끌린다. 정기석 씨의 일찍 떠나라는 말에 새벽 일찍 길을 나섰지만, 발목까지 빠지는 하얀 눈길에서 어디가 어딘지 분간을 못해 어림짐작으로 무작정 걷고 있었다. 지팡이에 의지한 어머니 발걸음은 느릿느릿 더디고 마음은 급하고……. 그들이 뒤쫓아와 뒷덜미를 움켜잡는 것만 같아 자꾸 뒤돌아본다.

장수원으로 왔을 때는 한나절이 훨씬 넘어서였다. 낯선 집으로 찾아들어 노씨는 사정을 했다.

"하룻밤만 재워주세요!" 주인 내외는 고맙게 재워주고 아침밥까지 주었다. 주인 남자는,

"그냥은 못 떠납니다. 저 망루에 가서 인민군한테 신고하고 가야 합니다!"

노씨가 망루의 인민군에게 "고향으로 가겠습니다! 보내주세요!" 하자, 어깨에 붉은 줄 두른 군인은 투박한 사투리로 "고향으로 가신다니 반갑소! 잘 가시기우……." 했다.

굽이굽이 고갯길을 따라 턱밑까지 차오르는 숨을 헐떡이며 고갯마루를 향했다. 그때 따발총을 어깨에 둘러메고 가벼운 걸음으로 내려오는 앳된 얼굴의 인민군을 만났다.

"동무들! 어디로 가는 게요?"

"예, 고향으로 갑니다!"

"잘 가시라우요!" 앳된 병사는 동서남북도 모르는 걸까……?

고갯길 넘어 솔치까지 십 리 길, 솔치에서 삼포까지 삼십 리, 삼포에서 장남까지 오십 리 까마득히 먼 길을 걸어야 한다. 갈 길이 끔찍하게 멀지만, 지긋지긋한 공포의 땅 동창을 벗어난다는 안도감과 함께 남편을 동창에 남겨두고 떠나는 아픔으로 노씨 가슴은 쓰리고 아리다.

고갯마루에 올라서니 솔치 쪽 내리막길은 무릎까지 빠지는 눈으로 길의 형태 같은 건 아예 없었다. 눈어림으로 헤엄치듯 미끄러지고 자빠지며 뒹굴어 바닥까지 내려왔다.

"어쩌면 좋으냐? 신발을 잃어버렸어! 언제 벗겨져버렸는지 나도 모르겠어!"

시어머니는 울상이 되어 며느리한테 무슨 큰 죄라도 지은 것처럼 어쩔 줄 몰라 했다. 노씨는 눈을 헤치며 고갯마루를 오르며 더듬고 내려오면서 눈 속을 헤쳐보지만, 한 길 눈 속에 묻혀버린 신발을 찾을 수 없었다. 며느리는 뒤꿈치가 다 헐어버린 고무신 한 짝을 한사코 마다하는 어머니와 실랑이하다 신겨드리고 눈길을 헤치며…… 발은 시리다 못해 아리다가 이제는 감각도 없다. 딸 옥진이는 이불 봇짐을 지고 허리까지 차오르는 눈을 헤치며 야생동물처럼 헤쳐 나온다. 울음마저 얼어붙었나 보다. 정신 차리자! 잘못하면 얼어 죽겠다. 한손에는 옥진이 손목을 잡고 한손은 시어머니 손을 잡고…….

얼마쯤 왔을까? 집이 보였다. 지긋지긋한 동창을 벗어났다는 안도감에 얼어붙은 몸뚱이는 아무것도 아니었다. 살아서 장남으로 간다는 희망에…….


하늘은 사람을 죽이기도 하지만 살리기도 하는 걸까? 천신만고 끝에 노씨네 가족은 죽지 않고 장남까지 살아서 돌아왔다. 장남 큰집으로 왔다는 안도감은 잠깐 만에 깨어졌다. 기대고 의지할 큰집은 텅 비어있고, 식구들은 어디로 떠났는지 흔적도 없이 동네는 한 사람도 눈에 띄지 않았다. 먹을 식량이라도 있나 집안을 샅샅이 뒤져봐도 쌀 한 톨도 없다. 노씨는 막막했다.

큰집에서 살기에는 불안하고 피난할 곳이 못 된다고 생각하고 솔경지로 향했다. 솔경지는 큰길 원거리에서 동쪽 방향 경사진 곳으로, 밭들이 평평하게 넓은 들이다. 밭 가운데 덩그러니 남아있는 사기 공장으로 들어섰다. 솔경지는 『정감록』에서 피난처라고 기록되어있어 함경도에서 이주한 몇 가구가 살았는데, 사람들은 그들을 '함경도파'라 불렀다. 함경도파까지 떠나버린 솔경지는 유령의 마을로 변해있었다. 동창 정기석 씨 댁에서 얻어온 쌀 한 말로 겨울을 버텨야하고, 남편을 남겨두고 온 것도 마음에 걸렸다. 하지만 한편으로는 죽음의 유령을 떨어뜨렸다는 생각에 안도했다.

비행기가 요란한 굉음으로 소리치며 하늘을 가른다. 쌕쌕이, 호주기, 무스탕 전투기, B29 폭격기가 쉴 새 없이 사격을 하고 폭탄을 퍼부었지만 사기 공장은 운 좋게 폭격도 피해가고 불타지도 않았다. 쌀자루가 거의 바닥나고 말았다. 큰집 텃밭에 혹시 묻어둔 감자라도 있나? 딸 옥진이와 어귓말로 향했다.

순간 하늘에서 뭔가 시꺼멓게 덮쳐왔다! 엉겁결에 돌담 밑에 엎드렸다. 벼락 치는 소리가 고막을 찢었다. 새떼들이 새까맣게 하늘 향해 날아간다!

'이상도 하지! 벼락 치는 소리에 웬 새 떼들이 날아가나?'

비행기 폭격으로 폭탄이 터져 파편이 날아오르는 걸 처음 본 노씨는 새떼인 줄 알았다. 정신없이 뛰었다! 두 사람의 시체가 새까맣게 널브러졌다.

"엄마! 엄마!"

옥진이가 뒤따라온다. 딸 생각은 깜빡하고 머릿속이 하얗게 되어 정신없이 뛰었으니까……

"넌 어디 있었어?"

"변소에!"

"하늘이 살렸나 보다! 나만 살자고 뛰었는데……."

딸한테 미안하고 살아난 것이 기적처럼 느껴졌다.

큰집을 샅샅이 뒤져 감자 몇 톨, 보리쌀 서너 됫박, 옥수수 몇 이삭을 자루에 담아 구사일생으로 돌아왔다. 손자 영진이를 돌보며 기다리던 시어머니한테 겪었던 얘기를 했다.

"어멈 네가 착하고 우리 가족이 불쌍해서 하늘과 조상님이 돌보신 거지! 나도 비행기가 머리 위에서 어찌나 볶아대던지……. 영진이를 업고 구릉으로 피신해있었다."

훈련받은 인민군도 폭격 맞아 죽었는데, 훈련이 뭔지도 폭격이 뭔지도 모르는 여인네와 소녀가 폭격을 당하고도 살아나는 아이러니를 보고 인명은 재천이라 했던가! 돌담 밑에서 살고, 변소에서 살아나고…….

생때같은 아들을 잃고 살아있는 한심하고 처량한 신세! 어머니는 울화병이 도져 끊었던 담배를 태우고 싶다고 하셨다. 대궐에서 엄비한테 배운 담배를 끊었었는데 속이 터지니 담배 생각이 더 간절하시단다. 담배를 재배하던 밭에서 그루터기에 남아있는 담뱃잎을 뜯어다 솥에 찐 다음 아랫목에 말려 담배를 태우신다.

어머니가 고기가 먹고 싶다 하신다. 이 난리 통에 감자 한 톨, 옥수수 한 이삭도 없는 형편에 고기 타령이라니……. 얼마나 속이 허하면 형편을 뻔히 알며 억지를 부리실까……. 피난 못 가고 숨어있는 박 씨 영감이, '원거리 쪽 밭 가운데 빈집에 말 한 마리가 폭탄에 맞아 죽어있다'고 했다. 며느리 노씨는 다래끼를 옆구리에 차고 신발을 새끼줄로 단단히 동여매고 원거리 쪽으로 달렸다. 무스탕 전투기 두 대가 자맥질하며 불을 뿜어댄다.

호두두둑~ 호두두둑~!

나무 밑동에 납작 엎드려 훈련받은 군인들 흉내를 내고 있다. 군인이나 된 것처럼……. 비행기 눈에 안 띄도록 몸을 숨기며 살아남는 방법을 터득하고 있었다.

텅 빈집에 들어서자 머리끝이 쭈뼛쭈뼛 하늘로 뻗쳤다. 말은 부엌을 꽉 채운 채로 머리는 밖으로 나와 눈을 멀겋게 뜨고 있었다. 무서워 뒤돌아서는 순간 '고기가 먹고 싶다'는 시어머니가 떠올랐다. 부엌으로 성큼 들어서

자 싸늘한 바람이 휭하며 온몸에 소름이 돋았다. 말 엉덩이를 칼로 베었다. 가죽이 질긴 건지 칼끝이 무딘 건지 가죽을 뚫지 못했다. 두 손으로 칼자루를 잡고 온 힘을 다해 내리찍으며 가죽을 헤집고 살점을 뜯어 다래끼에 담았다. 비지땀이 배어나오지만 어깨가 묵직했다. 사기 공장을 향해 꽁무니가 빠지도록 오르막 비탈길을 달렸다. 말고기를 먹는 건지 못 먹는 건지 긴가민가했지만 먹기로 했다. 설마 죽으랴……. 고기 삶은 물을 버리고 또 버리고…….

"어머니, 고기 드세요!"

고기가 분명히 그릇에 담겨있지 않은가? 시어머니 눈치가 이상하시다. 이 난리 통에 고기라니? 고기가 먹고 싶다고 건성으로 투정한 건데……. 혹시 사람고기가 아닐까 의심하시는 눈치시다.

"어머니! 말고기예요! 원거리 밭 한가운뎃집에 '말이 폭격 맞아 금방 죽었다'고 해서 제가 말 엉덩이 살을 베어왔어요."

그제서야 안심이 되시나 보다. 온 식구가 말고기로 포식을 했다. 여러 번 삶아버려 맛은 좀 싱거웠지만, 얼마 만에 맛보는 고기 맛인가? 며칠 동안 말고기를 먹었다. 고기 색깔이 검붉다. 말고기는 원래 검붉은가 보다.


사기 공장 집으로 인민군과 중공군이 방이 미어터지도록 꾸역꾸역 밀려들었다. 노씨네 가족은 그들을 피해 움묵골에서 한낮을 보내고 어둠이 깔릴 때쯤 집으로 왔다. 가마솥 밑바닥이 까맣게 타버렸다. 무슨 곡식을 볶았을까? 군인도 사람이니 먹어야 살겠지! 어느 날은 오줌자배기에다 죽을 담아 먹은 흔적이 있다. 중공군은 더러운 걸 모르는지 그릇이 없어서였는지……? 시어머니는 "중국 사람은 오줌 냄새도 모르나 보다!" 했다.

하늘색 양복차림에 권총 찬 사내, 검은 누비옷에 계급장 없는 사람, 긴 외투에 기다란 총을 멘 화난 얼굴의 중공군! 그들은 노씨한테 눈길 한 번 주지 않았다. 어깨에 붉은 줄을 두른 젊은 군인이 부엌 부뚜막 옆에 쪼그리고 앉아 물을 끓이는 걸 보니 밥 짓는 줄 아나 보다. 영진이는 펑퍼짐하게 넓은 군인 등허리에 업혀보려고 하다가 냄새가 너무 나서 뒤돌아섰다. 잘생긴 사람한테 웬 지독한 냄새가……. 그도 꽤나 배고픈 눈치였지만 허탕치고 돌아섰다.

비행기 소리가 만성이 되었나 보다. 쌕쌕! 방안에도 포탄 날아가는 소리가 들렸다. 밤이면 불을 밝히지 못하고 어쩌다가 깡통으로 만든 호롱불을 켤 때면 불빛이 밖으로 새어나가지 못하도록 이불 홑청으로 꼭꼭 가렸다. 깡통 호롱불은 김윤범의 수양 동생인 태수 삼촌이 만들어줬다.

오늘도 비행기 폭격을 피해 골짜기로 숨어들었다. 깜깜한 밤에 온 산이 빨갛게 불타고 있었다. 매캐한 냄새에 목구멍이 알알했다. 사기 공장 뒷산도 불타오르고 있었다. 뜬눈으로 밤을 지새운 노씨네 가족은 구릉으로 몸을 숨기며 여기저기 안전한 곳으로 피해 다녔다. 움묵골 숯가마로 숨어들었는데, 오래 묵은 지붕 위가 잡초로 덮여있어 안전해보였다. 쾅 하며 바닥으로 흙이 무너지고 가족 모두 바닥에 엎드렸다. 비행기 소리가 멀어지고 굴 입구에는 파편들이 여기저기 흉물스럽게 흩어져있었다. 비행기 폭탄이 약간 비껴갔으니 망정이지 조금만 안쪽으로 떨어졌으면 가족 모두 몰살당할 뻔했다.

정찰기가 느릿느릿 하늘을 날고 있다. 정찰기가 지나가고 얼마 후면 영락없이 쌕쌕이가 들이닥쳐 폭탄을 퍼부었다. 정찰기가 나타나면 안전한 곳으로 몸을 재빨리 숨겨야 했다. 급할 때면 솔가지를 꺾어 하얀 옷이 안 보이도록 이불처럼 덮고 있어야 한다. 비행기가 기름을 뿌리고 불지른 온 산들이 핏빛으로 불타올랐다.

백정골에는 아수라장으로 새까맣게 타버린 인민군과 중공군의 시체들이 흡사 산판의 나무토막처럼 등골토막으로 쌓여있고, 그 자리에 앉아 죽은 사람, 옷을 홀랑 벗고 죽은 시체가 즐비했다. 마을 사람들은 죽은 시체의 금이빨을 집게로 뽑으러 다녔었다. 어떤 사람이 증언하기를, '잠을 자는데 꿈속에서 험상궂게 생긴 놈이 내 이빨 내놓으라고 이틀 밤이나 괴롭혀 주머니를 뒤졌더니 이빨 두 개가 있어 밖으로 던져버렸더니 꿈속에 나타나지 않았다'고…….

　중공군 몇 천 명도 넘게 몰살당한 곳이 백정골이다. 솥을 백 개나 걸고 밥을 짓는다는 백정골은 큰 도로에서 눈에 안 띄는 골짜기로 많은 병력이 은폐하기 적당한 곳이라 판단하고 집결해있었지만, 하늘에서 내려다보는 정찰기는 생각도 못 했는지 정찰기에 발각되어 참변을 당했다.

　노씨 가족이 피난하는 사기 공장에서 산등성이 하나 넘으면 백정골인데, 1·4후퇴 때 후퇴했던 유엔군이 중공군을 몰살시킨 격전장이었다. 천우신조인가? 『정감록』 예언이 맞는 건가? 솔경지 사기 공장은 밭 가운데 덩그렇게 노출된 채로 서있는데도 총알 하나 포탄 한 방도 스치지 않고 멀쩡했다.

## 시어머니 세상을 떠나시다

　시련의 서곡이 울려왔다! 말만 들어도 공포에 떨던 염병에 온 가족이 걸린 것이다. 열이 펄펄 났지만, 먹을 약도 먹을 음식도 없어 기다리는 것은 오직 죽음뿐이었다.

　노씨는 억지로 자리를 박차고 일어나 비틀걸음으로 밭두렁을 손으로 헤집어 개똥뿌리를 캐다가 달인 물을 식구들에게 억지로 먹였다.

"염병에는 땀을 내야 산다. 땀을 내자!"

동이 틀 무렵 땀이 촉촉이 배어나왔다. 헛소리하던 딸과 아들은 정신이 좀 드나 보다.

"엄마! 물, 물!"

개똥뿌리 삶은 물을 데워 먹였지만 시어머니는 미동도 없으시다. 이마가 손이 델 것 같이 불덩이다. 시어머니는 땀을 끝내 못 내시고, 며칠 만에 아들 둘을 앞세우고 한 많은 세상을 떠나가셨다. 노씨는 솔경지에 피난하는 남자 두 사람한테 딱한 사정을 말했다.

"시어머니가 세상을 뜨셨는데 어디라도 모셔주셨으면 해서 염치없게 찾아왔습니다! 도와주세요!"

새끼줄로 꽁꽁 묶어 가마니 한 장 없이 형식으로나마 염습을 한 다음 상여 대신 들것으로 뒷산에 묻어드렸다. 노씨는 두 분이 눈물 나도록 고마웠다. 전염병으로 죽은 낯모르는 시체를 마다 않고 흔쾌히 묻어준 고마움을 어찌 말로 표현할 수 있을까……! 시어머니와의 십이 년은 미운 정 고운 정이 눈물겨웠고, 기쁨보다 아픔과 슬픔이 더 많았던 나날들이었다. 전쟁이란 괴물이 집어삼켜버린 가정은 파멸되고, 겨우 목숨만 건진 세 식구는 살아갈 길이 막막했다.


군인들을 가득 싣고 차들이 태극기를 휘날리며 마을 앞을 지나 북쪽으로 달려갔다. 철모와 파란 옷에 뽀얗게 먼지를 뒤집어쓰고…….

솔경지를 떠나자! 떠날 수밖에 없다! 먹고살 길이 막막하고 전쟁은 진저리 치게 지긋지긋했다. 살아온 날들이 악몽의 나날들이었다. 피난 갔던 사람들이 다시 집으로 돌아오는데 반대로 고향 땅을 등지고 떠나야 하다니…….

염병 앓은 후유증으로 다리가 후들거린다. 무쇠냄비를 이불 보퉁이에 싸서 옥진이 등에 지키고, 영진이를 업고 이불 한 채를 머리에 인 채 비틀비틀 걸었다. 남쪽으로 무작정 걷다가 운 좋게 군인트럭에 탑승했다. 차가 멈춰선 곳은 홍천 화촌면 송정리였다. 군인들 옷을 세탁하며 며칠을 보내다가 원주로 간다는 보급수령차를 탈 수가 있었다. 전방까지 보급물자를 수송하고 돌아가는 차 안에는 몇 명의 다른 가족이 타고 있었다. 어두운 밤에 차가 심하게 흔들려 서로 부둥켜안았다. 남자가 큰소리로,

"삼마치 고개를 넘어갑니다!"

귀가 번쩍 쏠린다. 말만 듣던 삼마치 고개! 이 고개만 넘으면 죽음의 귀신 따위는 떨쳐버리겠지! 높은 고개 너머까진 못 쫓아올 테지…….


## 삼마치 전투와 진실

한참을 달려갔나? 트럭이 멈추더니 군인이 소리쳤다.

"차가 고장 났으니 차에서 내리세요!" 남자가 용기 있게,

"차가 고장이라면 어쩔 수 없지만, 깜깜한 한밤중에 동서남북도 모르고 어디로 갑니까? 날이 밝을 때까지만이라도 차에 머물게 해주시오!"

목소리가 만만치 않았는지 아니면 그의 말이 맞는 것 같아 편의를 봐주는 건지 잠시 뜸을 들이던 군인이,

"사정이 딱하니 날이 밝는 대로 떠나시오!"

차량에는 호로천막을 씌워 안이 아늑하고 잠시나마 편하게 느껴졌다. 사람의 마음이 다 그런 건지, 날이 더디 밝았으면…… 하면서 노씨는 속으로 웃었다. 막 잠이 들었을까.

"차에서 내리세요!"

천막 밖에서 외치는 소리에 급하게 차에서 내렸다. 이불 보따리, 무쇠솥 하나, 수저 세 개를 잘 챙겼다. 어디가 어딘지 분간을 못해 길가에 멍하니 주저앉았다. 차에 같이 타고 온 사람들은 자기들끼리 뭐라고 말하며 눈길 도 주지 않고 사라버렸다.

정신을 차리고 남쪽 방향이려니 어림짐작으로 발길을 옮겼다. 아들을 업 고, 이불 보따리를 머리에 이고……. 갈 곳도 없고 오라는 곳도 없다! 힘없 는 발걸음을 무작정 옮기고 있었다. 딸 옥진이가 이불 보따리를 걸머지고 울면서 뒤따랐다. 전쟁 통에도 한 살 더 먹어 열두 살이지만, 또래보다 왜 소하고 키가 작은데다 염병까지 앓고 나서 기운도 없는데, 이불 속에 무쇠 솥까지 짊어졌으니 한 발짝 떼기도 힘들다. 노씨는 뒤돌아보면서 매정스레 욕설을 퍼붓는다.

"이년아! 빨리 따라와, 빨리!"

옥진이는 엉엉 울면서 억지로 따라온다.


군인 트럭은 줄지어 끝없이 밀려오고…… 몰려가고……. 뿌연 흙먼지가 눈앞을 가린다. 무작정 걸어가다 해가 서산을 넘어갈 때 어느 마을로 찾아 들었다. 낯선 집에서 저녁을 얻어먹고 하룻밤 잤는데 집주인은 고 씨였으며 이 동네 횡성 둔둔은 고 씨들의 집성촌이었다. 딱한 사정을 듣고 주인 내외 는 방 한 칸을 빌려주며,

"젊은 여자가 아이들 데리고 참 고생 많이 했구려!"

집주인의 도움으로 원주 시내를 오가며 새우젓과 떡 장사를 시작했다. 남 는 이익금으로 보리쌀 몇 됫박쯤 살 수 있었다. 노씨는 안정감을 찾으며 지 난날에 비하면 살 것만 같았다.

삼마치 전투는 전투라기보다 삼천 명 정도의 민간인이 희생을 치른 사건이었다. 1·4후퇴 당시 중공군과 인민군이 남쪽으로 쳐내려오자 홍천, 양구, 인제, 춘천 등에서 수많은 피난민들이 원주 쪽을 향해 삼마치 고개로 밀려들고 있었다. 보따리를 걸머지고 머리에 이고 아이들을 업고 걷게 하며 소달구지에 짐을 싣고…….

삼마치 고개 너머 횡성군 공근면 창봉리 쪽에는 유엔군과 미군이 방어 진지를 구축하고 전투준비를 하고 있었다. '인민군 척후병이 민간인 복장을 하고 피난민 틈에 끼어들어 온다'는 첩보를 입수하고 횡성 공근면 창봉리 포병부대에서 삼마치 고개 너머에 포사격을 했다. 쌕쌕이와 무스탕 전투기가 피난민 대열을 향해 무차별 사격을 하고 포탄을 퍼부었다. 피난민들은 쓰러지고 엎어지고 그야말로 아비규환이었다. 사람들의 비명소리! 아이들의 울음소리가 뒤범벅되어 산울림으로 퍼져나갔다. 몇 명 안 되는 인민군 척후병은 삼마치 계곡 벼랑에 붙어서 폭격과 포격을 피했다.

깜깜한 밤중에도 부모를 찾는 어린아이들이 길을 오가며 울부짖고 길을 헤매고…….. 홍천읍 동아이발관 앞에서 구두 수리점을 하는 형도 '그때 부모를 잃고 운 좋게 살아났지만 고아의 몸으로 고생이 이만저만 아니었다'고 회상했다. 홍천읍 장전평리에서부터 방양골, 삼마치리, 상창봉까지 약 5km, 희생자는 대부분 노약자와 아이들이었다고 했다.

삼마치 고개에서 희생된 피난민에 대한 구체적 증언과 조사 및 보상이 전혀 이루어지지 않았다.

선진국 반열에 오른 근대문명국가에서 영문도 모르고 억울하게 죽어간 수많은 영혼들을 위해 진실규명과 피해보상, 명예회복이 필요하며 위령탑은 꼭 세워져야 한다.

2부

# 슬픈 계절

영진이는 엄마 곁에 누웠다. 검은 바위 아래 시퍼런 물이 빙빙 돌아가고 있었다. 누군가 물속으로 오기만 해라! 꿀꺽 삼켜버릴 테니까……. 생각을 떨쳐버리려고 해도 자꾸만 생각이 났다.

# 옥진이의 눈물

## 제천 역전

또 하나의 시련이 기다리고 있었다.

노씨가 원주에 새우젓 장사를 갔다가 큰동서와 조카 호진이를 만났다. 꿈만 같다. 장남 큰집에서 어디로 갔는지 흔적도 없이 사라진 큰집 식구를 만나다니……. 서로 껴안고 울고 또 울었다.

"동창에서 식구들이 다 죽었다고 들었는데 정말 살아있는 거야? 설마 귀신은 아니겠지?"

원주 중앙시장 골목에서 신기하게도 큰집 식구를 만났다. 노씨는 마음을 추스르며 물었다.

"형님 어디서 살아요?"

"제천에 있어! 원주까지 볼일이 있어 왔다가 운 좋게 자네를 만난 거지!"

"제천서 뭐를 하고 계세요?"

"역전에서 그럭저럭 살고 있어."

고향 까마귀만 봐도 반갑다고, 기댈 곳도 의지할 곳도 없이 몇 번이나 죽음의 고비를 넘기며 살았는데…… 큰집을 따라가 같이 살고 싶은 마음 간절했다.

"형님, 우리도 제천에 가서 형님과 같이 살면 안 될까요?"

큰집도 생활이 어려운 형편이였지만, 한집 식구를 만나 같이 살겠다는데 거절할 수도 없고…….

"같이 가 살어!" 그날로 횡성 둔둔의 고 씨 댁에 사정 이야기를 했다.

"큰집을 만났다니 얼마나 반갑고 다행이오. 잘 가서 잘 사세요!" 주인 내외는 자기 일처럼 좋아했다.

"태산 같은 신세를 지고 떠납니다!"

제천행 기차를 탔다. 처음 보는 기차를 처음 탔는데 너무 어지러웠다. 영진이가 자꾸만 토했다.


제천 역전은 생각보다 썰렁했다. 첫발을 디딜 때부터 주변을 돌아보면서 후회했다. 황량하게 다가오는 낯선 풍경이 불안한 예감으로 다가왔다. 역전 옆길을 돌아 화산동 골짜기에 허름한 집 몇 채가 산비탈에 매달려 있었다. 문짝도 헐고 문구멍이 뻥 뚫린 방 한 칸에 큰집은 살고 있었다. 하루하루 끼니를 걱정하면서…….

"형님은 어떻게 제천까지 왔어요?"

"부산까지 갈려고 어렵사리 원주역에서 기차를 타려는데 피난민으로 뒤엉켜 도저히 기차를 탈 수가 없었어! 기차 안에는 경찰 가족, 공무원 가족 등이 꽉 차있고 문이 잠겨있었어! 기차 지붕 위를 억지로 비집고 올라갔는데 이미 콩나물 시루였지! 기차가 출발하기를 아무리 기다려도 기차는 꼼짝도 안 하는 거야! 갑자기 콩 볶듯 요란한 총소리에 아수라장으로 변해버리고, 피난민들은 기차 지붕 위에서 허물어지면서 바닥으로 추락했지! 집안 보물인 족보와 가승을 챙기느라 몇 됫박 쌀도 못 가져왔는데……. 경황없이 도망치다 보니 족보를 잃어버렸어!"

형님은 족보를 잃어버려 미안한 마음으로 그때 일을 이야기했다.

"기차 문을 밖에서 빗장을 질러놨으니 차 안의 사람들은 탈출 못하고 총에 맞고 불에 타서 다 죽었다고 해. 기관사가 빨갱이였다 하더라고. 그 북새통에 둘째 정순이를 잃어버렸는데 죽었는지 살았는지 소식도 없고……."

노씨는 두 손으로 얼굴을 감싸고 흐느끼는 동서와 같이 울었다.

"어떻게 제천까지 왔어요?"

"정순이를 아무리 불러봐도 깜깜한 밤에 대답은 없고……. 그저 남쪽이겠지 하면서 무턱대고 밤새워 걷다 보니 이곳까지 온 거야! 원주에 친정집이 와있다는 말을 듣고 도움을 받을까 해서 갔다가 친정식구는 못 만나고 자네를 만난 거지!"

형님은 지나온 그동안의 일들을 한풀이로 엮어나갔다.

"남편이 자네 식구가 동창에서 어머니와 같이 죽임을 당했다는 말을 듣고 충격으로 목을 맸어! 자기가 살아있으면 가족들 모두 죽는 꼴 날까봐……. 남편도 빨갱이로 몰리고 있었거든."

노씨는 형님을 만났을 때 시아주버니는 왜 같이 안 오시느냐 물었더니 형님이 나중에 이야기 하겠다며 대답을 피했는데 이제야 궁금증이 풀렸다. 형님도 울고 노씨도 울었다. 단칸방에서 며칠을 함께 보내고 조카딸 정남이와 딸 옥진이가 홍천 장남 집으로 간다면서 떠났다.

"돈도 한 푼 없이 맨몸으로 무작정 간다는 말이냐?"

형님과 노씨가 말렸지만 두 사촌 자매는 "갈 수 있어요! 걸어가면 돼요!" 야무지게 말하며 뒤돌아보지도 않고 손을 꼭 잡고 떠나갔다.


옥진이는 정남이 언니와 무작정 걷고 있었다. 앞서가는 빠른 걸음의 정남이 언니를 따라잡으려면 뛰어야 했다.

"언니! 천천히 가!"

정남이 언니는 들었는지 말았는지 앞을 향해 달아나고 옥진이는 안간힘으로 언니를 뒤를 쫓는다. 하루 종일 굶어가며 제천 봉양을 지나 원주 신림까지 왔다. 길가 모르는 집으로 들어가 "고향 가는 길인데 하룻밤만 재워주세요!" 참외 한 개씩을 얻어먹고 새벽에 길을 떠났다. 너무 일찍 일어나 주인이 잠을 깰까봐 미안한 마음에 도망쳐 나왔다.

치악산 가리파재는 가파르고 험준해 젖 먹던 힘까지 다해 오르다 보니 태산같이 높은 고갯길을 넘어왔다. 원주에서 홍천으로 가는 길을 물어가며 앞서가는 정남이 언니를 뛰어 따라가다 지나가던 군인 트럭에 몇 번이나 손을 들었더니 운 좋게 트럭이 섰다.

"아가씨들! 어디까지 가는데?" 철모 쓴 군인이 차문 밖으로 머리를 내밀어 급하게 소리쳐 물었다.

"두촌 장남까지 가요!"

운전하는 군인과 몇 마디 하더니 뒤에 타란다. 온종일 굶어가며 닳아빠진 고무신을 신고 달리다 보니 발바닥이 부르튼 것도 몰랐다. 깜빡 잠이 들었나?

"홍천에 다 왔으니 아가씨들 차에서 내려요!"

지긋지긋 하기만 했던 홍천이란 소리가 반갑게 다가오며 귀가 번쩍했다. 홍천읍까지 왔으니 장남까지 온 것이나 마찬가지였다. 두촌 쪽을 향해 가다가 낯선 집에서 저녁을 얻어먹고 눈을 붙인 다음, 주인집에 또 인사도 없이 도망쳐 나와 길을 나섰다. 군인 트럭에 몇 번이나 손을 흔들어 탈 수 있었다. 덜컹거리는 트럭이 멈추며,

"장남이에요!"

트럭에서 내려 고맙다는 인사를 하는 둥 마는 둥하고 어귓말로 달렸다. 큰집은 텅 비어있고. 이곳저곳을 뒤져서 감자 몇 톨과 마른 옥수수 이삭 하

나로 허기를 면했다. 굶기를 밥 먹듯 하며 석 달을 버텼다.

제천까지 피난 갔던 큰집 식구들이 돌아왔다. 큰집 식구라야 큰어머니, 동갑내기 사촌 오빠, 정남이 언니 세 식구다. 큰아버지는 돌아가시고 정순이 언니는 잃어버리고……

집에는 쌀 한 알갱이 없고. 논은 몇 마지기 있어도 못자리할 볍씨가 없어 농사는 폐농되고 생활이 무척 힘들었다. 동창에서 5학년까지 다녔는데 장남국민학교는 제일 위의 학년이 3학년이었다. 말이 학교지 교과서나 공책 한 권, 연필 한 자루, 책걸상도 없는 천막 교실을 석 달쯤 다녔다.


## 성북동 기와집

서울 사는 큰고모가 오셨다. 친정어머니와 친정 식구들은 어떻게 살고 있는지 보러 온 큰고모는 '난리 통에 두 남동생이 끔찍하게 죽었고 염병으로 어머니가 돌아가셨다'는 말을 듣고 한동안 말을 잃고 눈물만 쏟으셨다. 먹을 것도 없이 힘들게 살아가는 친정 식구가 안타까워 '옥진이를 서울로 데려가겠다'고 큰어머니한테 말하자 큰어머니는 데려가라고 얼른 대답했다. 살기가 너무 어려우니까……. 옥진이만이라도 배불리 먹이고 싶고, 큰집에는 한입이라도 덜어주겠다는 고모의 생각이었다.

성북동 기와집 나무 대문이 굳게 닫혀있었다. 고모가 문을 두드리자 커다란 문이 빠끔히 열렸다.

고모는 막내아들과 며느리, 손자와 살았는데 아들은 서울 유명대학 교수였고 며느리도 명문대 출신이다. 고모 아들 사 형제는 일본에서 대학을 다

넸는데 당시에는 유학파 엘리트였으며, 제일 맏아들은 홍천 장남 외갓집에 방학 때면 놀러와 작은외삼촌인 김윤범과 잘 어울렸다.

고모의 막내아들과 며느리는 촌수로 따지면 옥진이에게 고종사촌 오빠고 새언니이고, 옥진이는 그들에게 외사촌 동생이자 시누이지만 촌수 같은 건 상관없이 이름도 부르지 않았다. 올케 되는 여자는 깔끔한 용모였는데 깍쟁이처럼 싸늘한 눈빛이 불편했다. 고모는 몰락한 친정집 피붙이 조카딸이 불쌍하고 측은했지만 다른 가족은 귀찮은 눈치였다. 옥진이를 이웃집으로 보냈다. 그 집 수양딸로……. 말이 수양딸이지 그 집 가사를 하는 어린 식모였다.

"얘는 내가 좀 아는 집 딸인데 아버지도 없고, 어미와 떨어져 갈 곳도 없으니 일도 시키면서 잘 데리고 있어……."

고모가 부탁했다. 멸망한 친정이 고모는 남한테 부끄럽고 떳떳지 못했나 보다. 천덕꾸러기 식모의 신세가 되어버린 자신의 처지에 옥진이는 울컥 솟구치는 눈물을 억지로 참았다.


"이집에서 잘 하고 있어라!"는 말을 남기고 고모는 떠나갔다. 주인집 아주머니가 네가 있을 방이라고 건넛방 문을 열었다. 아늑하고 깨끗한 방에는 이불 한 채가 상 위에 정갈하게 얹혀있었다.

"쉬고 있다 저녁 먹자!"

빈방에 멍하니 앉아 이곳까지 떠밀려온 자기 처지가 너무 서러워 엎드려 울다 잠이 들었나 보다. 문 두드리는 소리에 깜짝 놀랐다.

"밥 먹어! 어서 나와!"

손등으로 눈물 자국을 지우며 나갔다. 처음 보는 입식 부엌과 식탁이다. 옥진이는 키가 작아 식탁 앞에 서있는데,

"의자에 앉으려무나!"

주인아주머니 말이 편하게 다가왔다. 의자에 앉으니 식탁이 얼굴에 닿는다.

"너한테 식탁이 너무 높구나! 의자에 돋움을 놓아야겠구나!"

두툼한 짚방석을 올려놓고 그 위에 또 방석을 얹었다. 발은 덜렁 들려있어도 밥과 반찬은 먹을 수가 있었다.

"어서 먹어라!"

하얀 쌀밥에 노랗게 구워놓은 고등어가 눈에 번쩍 들어왔다. 잘 썰어놓은 김치에 된장국 냄새가 진하게 풍긴다.

"잘 먹겠습니다!" 목소리가 가늘게 떨리고 있었다.

"고생 많이 했지! 그놈의 난리 통에. 어린 나이에 별별 일 다 겪고……."

주인아주머니가 눈물을 훔치신다.

"천천히 많이 먹어라! 우리 가족은 딸, 사위 그렇게 살지. 딸은 고등학교 선생이고 사위도 선생이야! 부부 교사지. 둘이 출근하면 나 혼자 심심하기도 하고 해서 말벗이라도 있으면 좋겠다고 생각했단다. 딸도 엄마 힘드니까 일하는 아주머니 구하라고 성화였는데 마침 네가 우리 집에 오게 되었구나!"

"잘 모르는 게 있으면 가르쳐주세요! 열심히 하겠습니다."

옥진이는 낯선 집으로 올 수밖에 없는 자기 처지를 알고 있다. 아침 일찍 일어나 청소하고 밥 짓고 반찬도 정성껏 만들었다. 딸, 사위가 씻도록 커다란 솥에 뜨거운 물을 가득 채웠다.

주인아주머니는 일이 한결 수월해지고 거의 할 일이 없으니 시장에서 반찬거리나 사 오시는 게 고작 그분의 할 일이었다.

생선 가시에 찔린 검지가 쑤시기 시작했다. 며칠 밤낮으로 쑤시고 아파 밤을 지새웠다. 주인아주머니가 퉁퉁 부어오른 손가락을 보시고 깜짝 놀라시며,

"아니 네 손가락이 왜 그래! 생인손 아니야? 어떻게 하지? 약도 없는데……."

간장을 팔팔 끓여 식힌 다음 아픈 손가락을 담갔다. 아리고 따갑고 쓰려서 팔팔 뛰었다. 어느새 손톱이 빠지고 있었다. 한 달 넘게 고생한 끝에 아픈 건 사라지고, 손톱이 빠져버린 검지는 흉하게 변해버렸다.


어느 날 꿈에 그리던 엄마가 왔다. 엄마를 껴안고 엉엉 소리쳐 울고 엄마도 울었다. 울음 끝에,

"엄마 어떻게 왔어?"

"네가 보고 싶고 궁금해 왔지!"

얼마 만에 엄마 곁에서 잠을 자보는 건지……. 엄마도 그동안 지난 이야기를 했다.

"제천 역전 빈집에서 복막염으로 죽을 고비를 넘기고, 영진이를 잘 키워보려고 나이 많은 영감한테 시집을 갔는데 마음이 편치 않다. 형편이 좋아지면 너를 데리러 오마. 고생이 되더라도 참고 있어라!"

엄마 말을 들으니 엄마도 고생이 많으신데 나까지 엄마를 쫓아가면 엄마는 더 힘들 거라 생각하며,

"난 여기가 괜찮아! 내 걱정 말고 영진이나 잘 키우고, 엄마 고생이나 안 했으면 좋겠어!"

옥진이는 엄마를 안심시키려고 거짓으로 말했다. 엄마는 눈물을 뿌리면서 떠났고 멀어지는 엄마의 뒷모습에 옥진이는 전봇대에 기대어 한참이나 울었다. 주인집은 딸처럼 잘해줘서 정도 붙이며 생활에 익숙해져갔다.

# 승춘 언니

어느 날 고모가 오셨다. 주인아주머니와 뭐라고 한참을 애기하더니 옥진이를 가자고 하셨다.

"어디로 가는데요?"

고모네 집으로 가자고 하면서, 안 가겠다는 옥진이더러 잘해줄 테니 가자고 억지로 끌어냈다.

"잠깐만! 기다리세요!" 주인아주머니가 소리쳤다.

"애 입던 옷도 챙겨야 하고요!"

주인아주머니는 고모가 미운지 싸늘한 표정을 지었다. 주인아주머니가 돈다발 세 개를 주면서,

"삼만 원이야! 네가 우리 집에 올 때부터 시집갈 때 주려고 준비하고 있었는데, 데려간다니 어쩌겠니!"

아주머니도 눈물을 훔치셨다.

"어디 가든지 잘 살아라! 돈도 잘 간수하고……."

그때 삼만 원은 꽤 큰돈으로, 화폐가치로는 지금 삼백만 원쯤 되지만 당시는 논 몇 마지기를 살 수 있는 돈이었다.

고모네 집으로 가지 않고 춘천행 버스에 올랐다. 고모 딸 승춘이 언니가 집에서 일할 가정부 구하기가 여의치 않자 친정엄마인 고모한테 '옥진이를 데려오라'고 졸라댔다. 언니는 춘천여자고등학교 선생이고 남편은 춘천고등학교 영어선생이었다. 옥진이는 고종사촌 언니를 언니라 부르지 않았다. 식모 취급을 받으면서 마음이 내키지도 않았고, 언니도 동생이라고 부르지 않았다. 옥진이는 조카와 같은 방을 쓰게 되어 불편했다. 서울 아주머니가 주신 돈 삼만 원을 언니가 빌려달라고 해서 줬다. 서울살이 보다 몇 배

나 더 고달팠다.

새벽 일찍 일어나 밥 짓기, 빨래하기, 청소하기…… 눈코 뜰 새 없이 바빴다. 언니는 하얀 투피스에 풀을 먹이고 숯불을 피워 다리미로 칼같이 날 세웠다. 매일같이 옷을 갈아입으며 옷깃에 날이 잘 서지 않았다고 짜증스런 말로 신경질이다. 형부 속옷에 고등학생 조카 교복과 속옷까지 옥진이 몫이었다. 훗날 조카는 육사를 졸업하고 사단장까지 진급했다. 같은 방을 쓰면서 한 사람은 장군이 되고, 한 사람은 이름 없는 아낙이 되고…….

일요일이면 한참이나 걸어야 하는 먼 곳에 바위틈을 비집고 나오는 샘물을 물동이로 몇 번이나 날라 와 가마솥에 끓이고 나면 여선생 일고여덟 명이 몰려와 깔깔대며 '물이 좋아 때가 잘 빠지며 씻고 나면 머리가 매끄럽다'고……. 언니는 선심 쓰며 자랑하고……. 힘들게 머리에 이고 퍼 나른 물을 허투루 펑펑 끼얹는다. 그들은 옥진이가 힘들겠다는 생각 따위는 아예 못 했나 보다. 고맙다는 말, 수고했다는 말은 처음부터 안 배웠나 보다. 한겨울 매서운 칼바람에 옥진이 손등은 터지고 손가락이 찢어져 피가 흐르고, 물에다 손을 넣기만 해도 쓰리고 아팠다. 어린 옥진이는 버티기 힘든 나날들이었다.


혹독한 식모살이를 일 년쯤 했나 보다. 어느 날 고모가 딸네 집에 오셨다. 옥진이더러는 어떻게 지내는지 고생은 안 되는지 묻지도 않았다. 홍천 두촌 본가에 가신다고 했다.

"큰집에 볼일이 있어요!" 고모를 졸라 두촌까지 왔다.

큰집으로 못 가게 붙잡는 고모를 뿌리치고 장남 큰집으로 도망쳤다. 춘천 승춘이 언니한테 빌려준 돈 삼만 원과 일 년치 식모살이한 월급은 한 푼도 못 받고 떼이고 말았다.

일 년도 넘게 서울에서 춘천에서 고생고생만 하고 큰집에 빈손으로 돌아왔지만, 지금도 큰집은 입에 풀칠하기가 어려운 형편이었다. 이틀 밤을 보내고 신남 외삼촌 집을 찾았다. 외삼촌은 신남지서 순경이고 외숙모는 가게를 차리고 있었다.


## 와라지 박 상사


외숙모는 그동안 살아온 이야기를 들으시고 손수건이 다 젖도록 눈물을 쏟으셨다. 인정 많은 외숙모는 조카딸의 기막힌 사연에 목이 메었다. 며칠 후 옥진이는 외삼촌 동서, 즉 외숙모의 동생네 집 인천으로 보내졌다. 외삼촌 동서는 신남과 인제, 홍천, 양구에서 유명한 주먹 와라지다. 짚신을 일본 말로 와라지라 하는데, 짚신만 신고 다녀 '와라지 박 상사'라 불렸다.

와라지 박 상사에 대한 일화도 많다. 그 당시 인근에서 와라지를 모르는 사람은 없었다. 특히 서울—속초를 운행하는 버스들은 와라지가 겁이 나서 참았는지 더러워서 내버려뒀는지……. 그때는 운수업계가 교통법규를 지키지 못하고 운행을 했다. 정원 초과, 속도위반 등을 하며 버스끼리 경쟁을 했다. 앞서거니 뒤서거니 하면서……. 장날이면 마을 어귀에 여러 명씩 무더기로 기다리니까 한명이라도 더 싣고 가야 돈을 더 벌 수 있기 때문이었다. 버스 출발시간은 간격대로 일정하지만 차마다 제각기 성능이 다르다 보니 새 차는 빨리 달리고 헌 차는 더디고 하다 보니 뒤차가 앞서가는 게 비일비재했다. 하지만 법대로 한다면 모두 불법이었다. 경찰은 현실을 감안해 관대했지만 약점을 파고드는 와라지 박 상사는 어찌 못했나 보다.

와라지 박 상사의 상의용사 이력은 특이하다. 6·25전투 중 총알이 거시기 끝을 스쳐지나가 부상을 당했다. 어찌 생각하면 남자의 가장 소중한 곳

을 부상당했다. 하지만 결혼을 하여 딸 하나를 낳았으니 아주 못쓰게 되지
는 않았었나 보다.

홍천읍내 당구장에서 훗날 동양 챔피언이 된 복싱 선수한테 얻어터졌다.
그 사람은 나이도 어리지만 주먹으로는 상대가 안 됐다. 분을 참지 못한 와
라지는 쇠뭉치를 자전거 뒤에 싣고 복싱 선수를 쫓아다녔다. 도망다니던 복
싱 선수는 꿇고 빌었다고 했다.


그런 와라지 박 상사가 옥진이를 서울—속초를 왕복하는 버스 안내양으
로 취직을 시켜주셨다.

"옥진이를 건드리는 놈은 그냥 안 돼!"

와라지의 한마디에 운전기사부터 조수, 회사직원 누구도 옥진이를 막 대
하지는 못했다.

수많은 버스들이 한 명이라도 더 태우려고 먼지를 뽀얗게 달고 다니면서
경쟁을 했다. 앞차를 추월하는 걸 '오이꼬시'라고 했다. 승객의 안전 따위는
안중에도 없고…… 차 안의 어느 승객도 항의할 줄 모르고 내가 타고 가는
버스가 다른 차를 추월하면 같이 통쾌하고 즐거워했다.

열일곱 살 어린 나이, 옥진이는 어지럽고 메스껍고 속이 울렁거려 화장
실에서 토하면서 억지로 버텨나갔다. 어떻게 얻은 직장인데…… 죽지 않
으면 살기다. 몇 달을 깡으로 버텼다. 차멀미도 깡한테는 손들었나 보다.

파랗게 새싹이 돋아나는 플라타너스 가로수가 차창 밖을 스쳐가는 줄도
모르고…… '영원여객 11호' 옥진이는 오늘도 오라이~.

# 구사일생

## 꼬마 대장

제천 역전 화산동에 같이 살던 큰집이 홍천 고향 집으로 떠나갔다. 큰집이 살고 있는 제천까지 따라왔지만, 큰동서는 홍천으로 같이 가자고 해도 노씨는 안 가고 이곳에 남아있겠다고 했다. 큰집이 떠나가고 허허벌판에 홀로 선 외톨이 신세가 되고 집도 절도 없는 형편이지만, 홍천 쪽으로는 머리도 향하고 싶지 않다. 동창은 생각만 해도 진저리 치게 섬뜩했다.

아들 영진이와 달랑 남은 두 식구가 살아갈 길이 막막했다. 화산동 빈집에 주인 허락도 없이 살았다. 역전 창고 앞마당을 몽당빗자루로 흩어진 보리쌀 알갱이를 흙과 함께 쓸어 담았다. 보리 가마니를 가대기할 때 보리쌀이 가마니 틈새를 비집고 나와 땅바닥에 흩어졌다. 낟알을 쓸어 담는 걸 '쓸개질'이라 했다. 쓸개질한 흙과 보리쌀알을 키질한 다음 상 위에 놓고 골라낸다. 보리알은 맷돌에 갈아 알갱이는 밥을 짓고 가루는 죽을 쑨다. 기차가 석탄을 때고 남은 재가 골탄인데, 골탄을 풍로에 피우면 숯불처럼 피어났다.

이웃에 손자와 단둘이 살고 있는 할머니가 있었다. 손자를 원식이라 불렀는데, 성은 부르지 않고 원식이라고만 불렀다.

원식이 삼촌이 노씨한테 암표 장사를 하자고 했다. 원식이 할머니, 원식이 삼촌, 노씨 셋이서 보따리를 옆구리에 끼고 줄지어 몇 번을 반복하며 기차표를 미리 몇 장을 산 다음, 차표를 못 구해 애태우는 사람들한테 웃돈을 받고 팔았다. 제천에서 부산, 제천에서 서울로 하루 두 번 왕복하는 중앙선이었다.

"원식이 삼촌 덕분에 오랜만에 죽을 먹어보네요!"

보리쌀에 감자 몇 알을 넣어 끓인 죽을 죽사발이 넘치게 담아 입에 넣으니 그 맛은 감칠맛이었다. 배가 부르니 만사가 흐뭇하고 부자가 된 기분이었다. 노씨는 원식이 삼촌한테 몇 번이고 고맙다고 인사를 했다.


노씨는 어느 날부터 아랫배가 뼈근하게 아프더니 배가 뚱뚱해 보일 만큼 벌겋게 부어올랐다. 숨도 가빠지고 열도 뜨겁게 났다. 꼼짝 못하고 누워있는데 자기 배가 불쑥 솟아올랐다.

"지금까지 숫하게 죽을 고비를 넘어왔는데 병으로 허무하게 죽어가야 하다니……."

의식이 가물가물해졌다. 정신 차리자! 자신이 죽는 건 괜찮지만, 영진이와 딸 옥진이를 생각하면 억장이 무너졌다.

"저 불쌍한 어린 것들을 두고 떠나야 하다니……."

팔자가 기구하고 너무나 기막혔다. 문밖에는 하염없이 쏟아지는 빗줄기가 노씨의 아픈 몸을 아는지 모르는지……? 빗물이 지붕을 뚫고 천장마저 뚫어 방바닥 여기저기 주룩주룩 흘러내린다. 깡통 몇 개를 여기저기 갖다 놓아도 금방 물이 넘쳤다.

병막골로 심부름 갔던 아들 영진이가 약 두 첩을 들고 왔다. 영진이는 일곱 살이지만 심부름도 잘하고 쓸개질도 곧잘 해온다.

철원에서 피난 온 황 의원이라는 분이 제천역과 남천동 사이 병막골에 임시로 살고 있었는데, 노씨의 딱한 사정을 전해 듣고 외상으로 약을 준다지만, 말이 외상이지 공짜로 준다는 게 더 맞다.

뽕나무 잿물로 죽을 쑤어먹으라고 영진이한테 일러 보냈다.

마루건너 방에는 경찰 가족이 살았다. 아들 이름이 은중이인데 영진이와 같은 나이 일곱 살이었다. 은중이 엄마가 먼 곳까지 가서 뽕나무를 찍어와 끓인 물에 쌀과 팥으로 죽을 쑤었다. 노씨는 누워서 숟갈로 떠 넣어주는 죽을 받아먹었다. 평생 누구한테도 떠 먹여주는 밥 한 숟갈 받아먹은 기억이 없는데 얼굴 아는 지도 얼마 안 되는 남의 여자 손에 죽을 받아먹다니…….

노씨가 흘리는 눈물은 콧속을 타고 죽과 섞여 목구멍으로 넘어간다. 노씨는 죽 반 눈물 반을 삼키고 있었다.

"은중이 엄마! 내가 죽더라도 이 은혜는 꼭 갚고 죽어야 할 텐데……. 내가 죽지 않고 살기는 살까요?"

노씨의 목소리가 가늘게 떨렸다.

"아주머니! 죽긴 왜 죽어요! 꼭 살아나실 거예요! 영진이를 봐서라도 꼭 살아나셔야지요!"

어느 날 아침 노씨가 기적처럼 일어나 변소를 다녀왔다. 만삭의 임신부보다 더 불렀던 노씨의 배가 홀쭉해졌다.

"아주머니 살았네요!"

은중이 엄마가 노씨의 손을 잡고 눈물을 흘렸다.

"하늘이 도우셨나 봐요!"

"고마워요! 은중이 엄마와 황 의원님 덕에 살아났습니다! 이 생명의 은혜를 어떻게 갚아야 할지……."

노씨는 무어라 말할 수 없을 만큼 생명의 은인들에게 감사했다. 각박한 세상살이에 이렇게 좋은 천사들을 만난 것이 행운이었다. 감사하고 또 감사했다. 죽는 날까지 골백번 감사해도 감사하다는 말은 다 못하고 죽을 거다. 동창에서 동네사람들한테 죽을 뻔하다 살아나고, 장남에서 비행기 폭격에 살아나고, 염병으로 죽다 살아나고, 화산동 빈집에서 복막염으로 죽다가 살아났으니 노씨같은 사람을 보고 구사일생이라는 말이 생겼나 보다! 노씨의 명이 긴 것인가? 하늘이 도우셨나!

영진이는 제천역 앞마당을 돌아다니면서 쓸개질을 열심히 했다. 포장을 씌워놓은 주변에 보리쌀알이 많이 흩어져있어 포장 주위를 맴돌며 우유 깡통이 철철 넘치도록 쓸어 오면, 엄마는 상 위에다 보리쌀을 세어가며 골라내고 있었다.
"많이 쓸어 왔네!"
영진이는 엄마 칭찬이 기분 좋지만, 아프던 엄마 병이 나은 것이 너무 기뻤다. 배가 너무 불러 누워있는 엄마 모습은 맨날 슬프게 했었다.
'물 좀 떠다오! 물 좀 줘! 물, 물, 물!'
찬물만 찾던 엄마가 상 앞에 앉아서 보리쌀을 골라내는 게 너무 좋다. 엄마가 많이 배가 아플 때, 영진이는 배가 너무 고팠다. 먹을 것이라고는 아무것도 없었으니까……. 영진이는 은중이네 방문 앞 기둥을 두드리며 '밥 줘, 밥 줘!' 하며 소리치고 소리쳤었다. 마음씨 좋고 인정 많은 은중이 엄마는 식구들 밥을 밥그릇에 담은 다음, 솥 맨 밑바닥에 누룽지 섞인 밥을 양재기에 쓱 긁어 담아주었다. 은중이 엄마한테 밥을 얻어먹으며 역전창고 앞마당을 쓸어가며 살아왔지만, 엄마는 영진이가 뭘 먹고 살았는지도 몰랐다.

원식이 형 아버지가 군대에 갔는데, 원식이 형 엄마는 원식이 형을 할머니한테 떠맡기고 어디론가 떠나버려 원식이 형은 할머니와 살고 있었다. 원식이 형과 영진이는 몽당빗자루와 깡통 하나, 쓰레받기 한 개를 들고 역전 뒤로 돌아갔다. 원식이 형이 주변을 두리번거리더니 갑자기 영진이 손을 잡고 커다랗게 씌워진 포장을 살짝 젖히면서 끌어당겼다. 아무것도 모르고 영진이는 엉겁결에 끌려들어갔다. 원식이 형은 끝이 꼬부라진 철사로 가마니에 구멍을 뚫고 보리쌀을 훑어낸다. 보리쌀 쏟아지는 소리가 빈 깡통에 요란하다. 다라락, 다라락! 크게 울리는 소리를 들으며 원식이 형은 자꾸만 긁어낸다. 영진이 가슴은 콩닥콩닥 방망이질했다. 이놈 하고 포장을 젖히고 등을 움켜잡는 것 같다. 처음에 요란하던 깡통 소리가 조용해졌다. 원식이 형 깡통에는 보리쌀이 가득 채워졌지만, 영진이는 겁나고 무서워서 덜덜 떨리며 간이 콩알만 해졌다.

"형! 빨리 나가자!"

작은 목소리로 속삭이며 형의 팔을 잡아끌었다. 형은 영진이 깡통을 빼앗듯 낚아채어 빈 깡통에 형 깡통 보리쌀을 한 움큼 집어넣고 똑같은 방법으로 보리쌀을 훑어 담아도 소리가 나지 않았다. 형은 땅바닥에 흙을 한 움큼 깡통 위에 덮고, 영진이 깡통도 덮었다. 누가 보면 쓸개질해가지고 가나 보다 할 테니까……. 영진이는 처음으로 원식이 형이 도둑질 하는 걸 보았다. 도둑질을 곁에서 지켜볼 때 얼마나 겁나고 무서웠던지……. '보리쌀을 훔친 원식이 형은 할머니한테 야단맞겠지!' 하면서 원식이 형네 집으로 갔는데 할머니는 깡통 위의 흙을 쓸어보더니,

"네 깡통은 여기다 두고 가거라!"

도둑질했다고 혼날 줄 알고 조마조마했는데, 깡통을 두고 가라니……. 영진이는 엄마가 기다리는 집으로 달려왔다. 다음 날 원식이 형이 보리쌀 한 움큼을 영진이 깡통에 담아가지고 오더니,

"할머니가 영진이는 하루 종일 쓸개질해도 보리쌀 몇 알 못 쓸어 오는데, 원식이 덕분에 보리쌀을 이만큼이나 보내준 걸 고맙게 생각하라고 하더라!"

영진이는 많이 억울했다. 겁나고 힘들게 가지고 온 내 깡통 보리쌀은 내 것이 맞는데······.

제천 역전은 영진이의 놀이터였고, 주인 없는 낡은 목조 이층집은 어린이들의 아지트였다. 영진이는 또래 녀석들과 어울려 이곳저곳 쏘다니며 아무거나 닥치는 대로 가지고 놀았다. 망가진 자전거, 농짝, 흩어진 책이 모두의 장난감이었다. 새 둥지를 찾아다니며 털 없이 빨간 새끼 새를 가지고 장난치고······. 영진이 또래들은 영진이가 오라면 오고 가자고 하면 갔다. 또래들은 깨끗한 옷을 입고 새 고무신을 신고 다녔는데, 영진이는 엉덩이가 너덜너덜 구멍 난 바지에 흐늘흐늘 낡은 러닝셔츠를 입고 뒤꿈치가 헐어버린 고무신을 끌고 다녔다. 옆방에 사는 은중이가 언제나 영진이와 함께 다니는 친구였다. 또래 부모는 순경도 있고, 기차를 운전하는 사람, 기차역에서 사무 보는 사람도 있었는데, 영진이는 또래 십여 명 중에 대장이었다.

영진이는 또래 한 명과 싸움을 하게 되었는데 또래는 키도 크고 힘도 세 보였다. 다른 또래들은 영진이 말을 잘 듣지만, 덩치 큰 또래는 말도 안 듣고 제 맘대로 하며 어떨 때는 영진이를 째려보기도 했다. 영진이는 덩치 큰 또래가 얕잡아보는 것 같아 은근히 화도 났지만 싸우면 질 것 같아 꾹 참고 있었는데······.

덩치 큰 또래가 "야, 김영진! 나와 싸워볼래?" 하면서 주먹을 불끈 쥐고 덤벼들었다. 영진이는 속으로 야코가 죽었지만, 또래들이 지켜보는데 그냥 도망치거나 안 싸우겠다고 하면 지는 거라 대장 노릇을 못 한다는 걸 알고 있었다. 영진이도 용기를 냈다.

"좋아! 싸워!"

큰소리치며 또래의 얼굴에 주먹을 날렸지만, 운 나쁘게 주먹은 빗나갔다. 눈에 불이 번쩍했다. 눈덩이가 화끈하며 아팠지만, 꾹 참고 돌진하며 또래 얼굴을 향해 주먹을 휘둘렀다. 씨름하듯 몸통을 잡았는데 또래의 힘이 엄청나게 세다. 구경하는 또래들이 영진이 눈에 힐끗 스쳤다.

'져서는 안 돼!'

속으로 외치며, 밀어오는 또래를 살짝 옆으로 피하며 그의 목을 앞으로 끌어당겨 확 뿌리쳤다. 덩치 큰 또래는 앞으로 팍 꼬꾸라져 일어나지 못하고 엉엉 울어댄다. 또래는 코피를 흘리며 일어났는데, 무릎에도 피가 보였다. 영진이는 겁이 덜컥 났다. 또래 아버지는 순경이니까…….

영진이가 소리를 꽥 질렀다.

"덤빌 테면 덤벼봐!"

독을 쓰고 째려보는 영진이한테 또래는 기가 팍 죽었나 보다.

"우리 엄마한테 이를 거야!"

또래는 엉엉 울면서 갔다. 또래의 엄마도 오지 않았고 영진이더러 겨루자는 또래는 더 없었다.


아픈 엄마 심부름으로 병막골 황 의원 집으로 갈 때마다 영진이보다 어려 보이는 아이가 언제나 벌거숭이다. 자지와 불알을 덜렁거리며 뛰어다녀도 창피한 줄 몰랐다. 영진이는 뚫어진 반바지에 낡아진 러닝셔츠를 입고 있는데……. 약 두 첩을 주시면서,

"아침에 한 첩 달여 드시고 낮에도 한 첩 달여 먹고 저녁에는 재탕으로 끓여 드시라고 해라! 뽕나무 잿물로 팥죽 쑤어 먹는 걸 잊지 마시라고 해라!"

말하는 황 의원님은 바지저고리를 입으시고 맘 좋게 웃으셨다. 영진이도 기분 좋아 발걸음이 가볍다.

아프던 엄마가 밖으로 걸어 다녔다. 영진이는 너무 좋아 깡충깡충 뛰었다. 엄마가 오 환을 주면서 "시장 가서 호박 한 개 사와라!" 했다. 자루를 들고 중앙시장까지 가는 길은 멀었다. 한참을 걸어서 중앙시장 올라가는 언덕

빼기쯤 가자 커다란 미루나무가 서있다. 매미 울음소리를 따라 나무 위를 쳐다보는데 갑자기 어지럽고 속이 울렁거리고 토할 것만 같았다. 나무 위를 쳐다보는데 왜 차멀미가 날까?

시장에는 호박, 감자, 배추 등 양쪽 길로 쭉 줄지어있다. 엄마가 호박 한 개만 사오라고 했으니 호박만 보고 다녔다. 오 환을 주고 제일 큰 호박을 사야 하니까…….

"내 것 사라! 내 것 사라!"

아주머니들이 불러젖힌다. 듣는 둥 마는 둥 하면서 곁눈질로 큰 호박을 찾아 오 환을 주고 자루에 넣어 둘러메고 왔다. 엄마가 놀란 시늉으로,

"오 환에 이렇게 큰 호박을 사왔단 말이냐! 크기는 큰데…….."

조금 걱정스런 얼굴이었다. 호박을 자르니까 씨가 딱딱 굳어있었다.

"호박이 너무 늙었구나!"


제천 역전 화산동을 떠나야 했다. 먹고살기도 어려웠지만, 피난 갔던 집 주인이 돌아와 엄마더러 나가달라 고 말했다.

"은중이 엄마! 신세를 무엇으로 갚겠어요! 은중이 엄마 덕분에 살았고 영진이도 밥을 먹여 굶지 않고 살았는데 그 신세 하나도 못 갚고 떠납니다."

엄마는 목이 메어 말끝을 흐리고 눈물만 펑펑 쏟았다.

"모쪼록 건강하시고 어디 가서 사시든지 잘 사세요!"

은중이 엄마도 손등으로 눈물을 훔치셨다. 원식이 형 할머니와 엄마가 손 잡고 뭐라고 말하면서 눈물을 흘렸다.

'엄마는 어디서 눈물이 자꾸만 나오는 걸까?'

원식이 형은 보이지 않았다.

# 아편쟁이 장생이 마을

온종일 걸었다. 어디로 가는지도 모르면서 자꾸만 걷고 있었다. 길모퉁이 집에 들어가 엄마가 사정했다.

"하룻밤만 재워주세요!" 밥을 얻어먹고 하룻밤을 잤다.

"아주머니! 밥을 얻어먹으려면 아침 일찍 밥하기 전에 밥을 빌어야 비렁 뱅이 줄 밥을 더 해요!"

엄마는 일찍 일어나 몇 집을 다니면서 깡통에 밥을 얻어가지고 왔다. 밥을 얻어먹고 잠도 얻어 자면서 며칠이 지나갔다.

어느 집에서 엄마한테 뭐라고 한참을 말한 뒤 아침에 버스를 탔는데, 영 진이는 너무 어지러워 토하고 또 토했다. 엄마 무릎에 엎드려도 자꾸만 어 지러워 똥물까지 다 토했다. 똥물은 쓰다 못해 씨거웠다.

처음 온 집인데 방 안에서 흙냄새가 많이 났다. 속이 자꾸만 울렁거리고 벽이 흔들리고 천장마저 흔들렸다. 방 안이 버스처럼 흔들거리며 빙빙 어 지럽게 돌아갔다. 아침밥을 먹었는데 밥알이 씁쓰레하고 목구멍으로 넘어 가지 않았다. 은중이 엄마한테 얻어먹던 밥보다 맛이 없다. 은중이 엄마 밥 은 맛있었는데…….

영진이는 처음 만난 아저씨를 따라서 엄마랑 같이 걸어간다. 조마조마하 면서 개울물이 흐르는 돌다리를 건넜다. 파란 나무들 사이로 오솔길을 오르 는데 앞서가는 아저씨가 뒤돌아보며,

"다 왔으니 조금만 걸으면 돼요!"

저 멀리 언덕 위에 봉긋 솟아있는 초가지붕이 낯설었다. 머리 하얀 할머 니와 얼굴 까만 아저씨가,

"어서 오시오, 박 씨!"

얼굴 까만 아저씨가 말하자, 박 씨 아저씨가 머리 하얀 할머니한테 꾸벅 고개를 숙였다. 얼굴 까만 아저씨가 하얀 이빨을 드러내고 웃으면서 박 씨 아저씨 손을 잡으며,

"먼 길 오시느라 고생 많았소!"

머리 하얀 할머니는 뭔가 마땅치 않은 얼굴로,

"애와 어멈 둘이라더니 맞기는 맞는구먼! 애도 또랑또랑하게 생겼고……."

얼굴 까만 아저씨가 "들어갑시다!" 했다. 댓돌 위에 까만 마루가 깔려있고 문이 네 개 있는데 가까운 아래 문으로 들어오라고 했다. 영진이가 엄마 손을 잡고 침침하게 어두운 방으로 들어서니 웬 아주머니가 하얀 옷을 입고 물레를 빙빙 돌리고 있었다. 검은 얼굴 아저씨가 하얀 옷 아주머니한테 뭐라고 말하자 하얀 옷 아주머니가 "어서 오셔유." 하고 인사했다. 엄마도 "처음 뵙겠습니다! 잘 부탁드립니다!" 마주 인사했다. 곧 하얀 옷 아주머니가 밥상을 들고 들어오면서,

"시장들 하시겠어요! 찬은 없지만 많이 드세유!"

그러자 박 씨 아저씨가 큰소리로 같이 식사하자고 권했지만 얼굴 까만 아저씨가 우리는 조금 전에 먼저 먹었다며 사양했다. 박 씨 아저씨는 밥숟가락이 넘치도록 밥을 듬뿍 뜨더니 큰 입을 딱 벌리니까 밥숟가락이 입속으로 쏙 빨려 들어갔다. 하얀 옷 아주머니도 밥 먹는 엄마와 아들 영진이를 곁눈질로 자꾸만 훑어보고 있었다. 머리 하얀 할머니가,

"지금까지 아이와 둘이 살아온 게요?

"네."

"박 씨한테 들어서 알고 왔겠지만 우리 아범이 장가든 지 십 년이 넘었는데도 아직 자식이 없소! 우리 집 장손이 대를 이어야 할 텐데 걱정이 많소! 해서, 마땅한 여자가 있으면 후취로 들이려고 이곳저곳 물색을 했는데 우리 집으로 온 것 같소! 인연으로 알고 다툼 없이 살아주면 좋겠소!"

그러고는 하얀 옷의 아주머니를 가리키며,

"앞으로 형님이라 부르오! 우리 집 큰며느리요!"

얼굴 까만 아저씨와 박 씨 아저씨는 벽에 등을 기대고 머리 하얀 할머니 말을 조용히 듣고만 있었다. 박 씨 아저씨가,

"나도 잘 모르지만, 중앙시장에서 장사하던 마 씨가 나더러 같이 가라고 부탁해 오면서 겪어보니 참 괜찮은 분인 것 같습니다. 난리 통에 남편이 죽고 집안이 풍비박산 났지만 아들을 데리고 열심히 살아온 것 같습니다."

머리 하얀 할머니가,

"네 이름이 뭐냐?"

"김영진입니다."

"몇 살이냐?"

"일곱 살입니다."

"음, 똑똑하구나! 이제부터 나보고 할머니라 부르거라!"

그리고 얼굴 까만 아저씨를 가리키며 아버지라고, 하얀 옷 아주머니는 큰 어머니라고 불러야 한다고 했다. 갑자기 할머니, 아버지, 큰엄마라고 부르라니⋯⋯? 영진이는 어리둥절했다. 할머니는 솔경지 사기 공장에서 죽어서 뒷산에 묻었는데 또 할머니라니⋯⋯? 갑자기 엄마가 작게 보였다. 낯설고 어색한 이 집에서 저 사람들 눈치 보며 엄마와 어떻게 살아야 하나! 엄마가 불쌍하고 자기도 불쌍하다. 엄마는 그날부터 청소도 하고 밥도 했다. 큰엄마라는 아주머니는 맨날 물레만 돌리고 있었다.

외양간에 커다란 소 두 마리가 살고 있었는데 영진이는 소를 처음 봤다. 삼촌이라고 부르는 아저씨가 소먹이를 줬다. 소먹이로 풀을 커다란 솥에다 끓여 김이 무럭무럭 나는 여물을 소 밥그릇에 퍼주었다. 소들은 어떻게 풀만 먹고 사나? 사람은 밥을 먹어야 사는데⋯⋯. 제천 역전 있을 때 쓸개질

해서 보리죽 먹고 은중이 엄마한테 밥 얻어먹었는데……. 지금은 쓸개질 안하고 은중이 엄마한테 밥 달라고 소리치지 않아도 감자 섞인 하얀 쌀밥을 배부르게 먹는데도 마음은 자꾸만 다른 곳으로 가자고 한다.

벌들이 왱왱 소리치며 날아다녔다. 할머니가,

"뒤란에 가지 마라! 벌한테 쏘이면 아프고 큰일 난다. 벌통 앞에는 얼씬도 말아라!"

영진이는 할머니 몰래 뒤란에 가보았다. 벌들이 부지런히 나무통 속으로 들락날락하고 있었다.


지게를 걸머진 삼촌이 소를 끌고 논 쪽으로 가고 있다. 맨 앞에 소가 가고, 삼촌이 따라가고, 맨 뒤에 영진이가 비탈길을 내려가고 있었다. 영진이가 처음 엄마와 왔던 길이었다. 소 엉덩이가 이쪽으로 왔다 저쪽으로 갔다, 왔다 갔다 실룩실룩하는 모습이 너무 우스웠다. 소는 저 혼자 길 따라 잘도 걸어간다. 산골짝 여기저기 노랗고 빨간 나뭇잎들이 알록달록 뒤섞여 온 산이 빨갛게 활활 불타고 있었다. 홍천 장남 솔경지 뒷산에는 깜깜한 밤에 빨간 불이 활활 타올랐는데…….

쌕쌕……. 까르르…….

풀벌레 소리가 온 골짜기 가득히 울리고. 스르륵스르륵 벌레들이 날아가고……. 하얀 서리가 내린 논바닥에 노란 볏단이 가지런히 쌓여있었다. 논두렁 곁에 새빨간 나뭇잎이 너무나 고와, 가슴이 이상해지며 자지러지게 진저리 쳤다…….

"삼촌! 이게 뭐야?"

"바보! 벼도 모르냐?"

"벼가 뭔데요?"

"벼를 찧어야 쌀이 되지!"

"벼로 쌀을 만드는 거야?"

"그래!"

삼촌이 대답은 했지만 삼촌 말이 무슨 말인지 모르겠다. 볏단을 소 등에다 수북수북 쌓아올렸다. 소가 저 많은 짐을 지고 어떻게 비탈길을 오를 수 있나? 소가 너무 불쌍했다. 소가 앞서가고 삼촌은 볏단을 지고 소를 따라 언덕배기를 오르고 있다. 소가 헉헉거리며 하얀 김을 토하고, 삼촌도 헉헉거린다.

"워! 워!"

소가 멈춰 섰다. 산의 도랑을 따라 하얀 갈대꽃이 바람결에 살랑살랑 흔들리고 도랑물은 졸졸졸……. 삼촌은 도랑물에 얼굴을 적시고 한 움큼 물을 마시고 또 마시고……. 영진이도 도랑물에 손을 담갔다. 차가운 물을 삼촌처럼 흉내 내어 두 손으로 떠서 마셔본다. 목구멍까지 시리지만 기분이 좋았다.


깜깜한 밤에 뒷방 쪽에서 웅성거리는 소리가 들려 영진이는 뒤꿈치를 들고 살금살금 걸어가 문구멍으로 들여다보았다. 얼굴 까만 아저씨와 삼촌, 할머니가 자배기에 팥죽 같은 걸 가득 담고 있고, 벌들이 비영비영 기어 다녔다. 영진이는 처음 보지만 꿀이라는 걸 알 것 같다. 벌들이 벌벌 기고 있으니까……. 영진이는 자기도 모르게 침이 자꾸만 입에 고였다. 갑자기 할머니가 문을 확 열어젖히며 꽥 소리쳤다.

"너 왜 여기 있어! 빨리 안 가?!"

영진이는 깜짝 놀라 안방으로 도망쳤다. 영진이는 잠잘 때도 입에 침이 자꾸만 고였다.


오줌이 마려워 밖으로 나가려는데 춥고 무서웠다.

"엄마! 오줌 마려워!"

"오줌 마려우면 밖에 나가 누고 오면 되지!"

"무서워 못 나가겠어!"

"무섭기는 뭐가 무서워! 다 큰 자식이!"

쌀쌀하게 말하는 엄마는 엄마 같지 않았다. 영진이는 억지로 문을 열고 밖으로 나왔다. 하늘보다 높은 앞산이 검은 얼굴로 음흉스럽게 영진이를 내려다보고 있었다. 캥캥! 양철을 두드리는 것 같은 날카로운 여우 울음소리가 온 산에 울려 퍼져갔다. 오들오들 소름이 돋았다. 오줌을 눴는지 쌌는지 방으로 뛰었다.


하늘 저 멀리서 눈이 자꾸만 내려온다. 영진이가 한참 보고 있으려니까 서있는 마당이 하늘로 빨려 올라간다. 산들도 하얗고 길도 하얗다. 삼촌이 눈을 쓸면서,

"야, 눈 치워! 다 큰 놈이 맨날 빈둥거리며 공짜 밥만 처먹냐!"

영진이는 아린 손을 비벼가며 있는 힘을 다해 빗자루질을 했지만 돌아서면 땅바닥은 치운 흔적이 없고 하얀 눈이 또 쌓였다. 삼촌이 나무로 만든 넉가래로 눈을 밀어낸다. 드르륵드르륵 소리를 내면서……


집 안이 너무 조용했다. 영진이는 벌통이 줄지어 서있는 뒤란으로 살금살금 다가가 문틈으로 방안을 훔쳐봤다. 온 방은 연기로 가득해 사람이 희미하게 보이고. 얼굴 까만 아저씨와 삼촌, 웬 낯모르는 아저씨가 벽에 기대어 담배를 피운다. 화로 위의 하얀 밥그릇 속 까만 엿 같은 게 자글자글 끓고 있었다. 얼굴 까만 아저씨와 삼촌, 그 모르는 아저씨가 팔뚝에 침을 맞고 있었다. 몸이 아파 침을 맞나 보다 했지만 그들은 아편 담배를 피우고 주사를 맞고 있었다.

삼촌이 산으로 나무하러 가는데 따라갔는데, 삼촌 손가락에서 피가 났다.

"삼촌 손에서 피나요!"

"괜찮아! 올 때 아편 한 대 맞고 왔거든. 아편을 맞으면 손가락을 베여도 안 아프고 나무할 때나 일할 때도 힘이 안 들지!"

아편이 좋기는 좋은가 보다.

'나는 언제 아편을 맞아보나…….'


영진이가 머리가 너무 아파 "할머니! 머리가 너무 아파요!" 하자 할머니가,

"머리가 아프면 도끼로 패야 한다."

"그럼 안 아파요!"

"도끼로 패면 아픈 게 도망가지!"

도끼로 머리를 패면 죽을 텐데, 이상하다. 또 영진이가 배가 아파서,

"할머니 배가 너무 아파요!"

"배가 아프면 옷을 돌려 입어!"

"그럼 안 아파요?"

할머니는 대답도 않고 마루 건너 할머니 방으로 가버렸다. 영진이는 엄마한테 달려가,

"나 옷 좀 돌려 입혀줘!"

"옷을 돌려 입혀달라니 왜?"

엄마 눈이 둥그렇게 더 커졌다.

"할머니가 그러는데, 배가 아프다고 하니까 옷을 돌려 입으래!"

화난 얼굴의 엄마가 뭔가를 생각하는 것 같다. 엄마는 배를 쓸어주며,

"엄마 손은 약손! 엄마 손은 약손!"

"내가 할머니한테 머리가 아프다고 하니까 할머니가 도끼로 팍팍 패면 낫는다는데 도끼로 머리를 팍팍 패도 괜찮아?"

"도끼로 패면 죽지!"

"할머니가 왜 그런 말했어?"

"죽으면 아픈 것도 모를 테니까……."


어느 날 엄마가 영진이를 흔들면서 쉿 하며 손을 잡고 밖으로 나왔다. 깜깜한 밤을 더듬거리며, 영진이가 소를 따라다니던 오솔길을 내려가고 있었다. 얼굴 까만 아저씨가 달려와 뒷목을 잡는 것만 같아 뒤를 흘끔흘끔 돌아본다.

'동창에서 엄마 등에 업혀서 도망칠 때도 그랬는데…….'

영진이는 얼굴 까만 아저씨를 아버지라 한 번도 부르지 않았다. 동창에서 죽은 아버지가 진짜 아버지고, 얼굴 까만 아저씨는 가짜 아버지니까…….

날이 하얗게 밝아왔다. 산도 하얗고 길도 하얀데, 그 길을 검둥이가 따라오고 있었다. 얼굴 까만 아저씨 집에 처음 왔을 때 이빨을 하얗게 드러내며 으르렁거리며 짖어서 무서웠는데 어느 날부터인가 영진이와 친해진 검둥이였다. 하얗게 얼어붙은 얼음 위로 커다란 돌들이 듬성듬성 놓여있고, 검은 바위 밑으로 시퍼런 물이 빙빙 맴돌고 있었다.

"죽자!"

"엄마! 뭐라고?"

"죽자! 저 물에 빠져 죽어버리자!"

엄마는 울고 있었다. 저 시퍼런 검은 물속에 빠져죽다니……. 무서웠다.

"난 안 죽을 테야! 죽기 싫어!"

영진이는 어느 결에 엄마 등에서 탈출하여 시퍼런 물에서 도망치고 있었다. 엄마가 울면서 따라왔다. 검둥이도 쫓아온다. 바삭바삭 눈 밟는 소리를 들으며 영진이는 엉엉 소리쳐 울었다. 엄마와 울면서 어디로 가는지도 모르고 무작정 걷다가, 길가에 있는 집으로 엄마 손을 잡고 들어갔다. 엄마는 또 사정했다.

"하룻밤만 재워주세요!"

하룻밤만 재워달라는 엄마와 영진이는 이제 또 비렁뱅이가 되었나 보다! 방 안은 훈훈하고 따뜻했다. 밥을 먹고 잠이 들었다. 엄마가 흔들어 눈을 뜨니까 밥상이 보였다. 아저씨와 아주머니 곁에 여자아이가 누나처럼 의젓하게 앉아있었다.

"점심도 주시고 저녁밥까지 얻어먹게 되어 뭐라 감사드려야 할지 모르겠어요!"

엄마가 아저씨와 아주머니를 번갈아 보면서 미안한 얼굴로 말했다.

"미안할 게 뭐 있나요! 사람이 살다 보면 별의별 일을 다 겪지요! 편히 쉬시고 아침이나 드시고 길을 떠나세요!"

"그렇게 하세요! 사정을 듣자하니 어린 아들을 데리고 중병까지 앓고 고생 많이 하시네요!"

참 마음씨 좋은 아저씨와 아주머니다. 영진이는 엄마 곁에 누웠다. 검은 바위 아래 시퍼런 물이 빙빙 돌아가고 있었다. 누군가 물속으로 오기만 해라! 꿀꺽 삼켜버릴 테니까……. 생각을 떨쳐버리려고 해도 자꾸만 생각이 났다. 검은 얼굴 아저씨, 삼촌, 할머니, 물레만 젓는 큰엄마라는 아주머니……. 내 친구 검둥이는 어디로 갔을까? 울면서 걷다 보니 검둥이가 보이지 않았다.

아침밥을 먹고 엄마는 주인아저씨와 아주머니, 누나한테 몇 번씩이나 고맙다는 인사를 했다. 누나도 웃으며 손을 흔들었다. 제천 역전에서 쓸개질할 때는 맨날 보리죽도 못 먹고 은중이 엄마한테 밥 얻어먹는 게 맨날 부끄러웠는데……. 얻어먹는 밥은 언제나 하얀 쌀만 보이는 맛있는 밥인가 보다. 쓸개질 안 하고 맨날 다니면서 얻어먹으면 좋겠다.

산도 하얗고 나무도 하얗고…… 하얀 길을 엄마와 걸어가고 있었다. 엄마는 무슨 생각으로 가는지 그냥 앞만 보고 걷고 있었다. 가파른 고갯길을 헉 헉 소리 내며 올라간다. 손도 시리고 발도 시리고 귀도 시리다. 엄마가 영진 이 손을 두 손으로 비벼줬다. 걸어도 걸어도 오르막길은 멀기만 했다. 한참 을 걷다 보니 엄마와 영진이는 고개를 내려가고 있었다. 그냥 서있으려 해 도 저절로 걸어간다. 띄엄띄엄 보이는 집을 뒤로하고 걷다 보니, 해가 저 먼 산마루에 뾰족 넘어가고 있었다. 옹기종기 모여있는 집들 중 가운데에 있는 집으로 찾아들어 엄마가 또 "하룻밤만 재워주세요!" 했다. 아주머니가 문밖 으로 나오더니 들어오라고 했다. 밥을 먹고 잠을 자려는데 주인아주머니가, "아이 데리고 고생하는데 저 건너 동네 홀로 사는 영감이 있는데, 그곳으 로 개가를 하면 아이를 배곯게 안 하고 키울 수 있으니 생각해보세요. 마음 이 안 내키면 내 말 안 들은 걸로 하구요. 마음이 정해지면 다리를 놓겠어 요. 내일 아침에 말해주세요!"

아침밥을 먹고 주인아주머니와 엄마가 어디론가 떠나갔다. 영진이는 엄 마가 안 오면 어쩌나 불안해하면서 엄마를 따라갈걸 후회하고 있는데 키 큰 형이 놀자고 했다. 뭔가를 발로 공중 위로 차올리는 게 신기했다. 머리에 실 같은 게 너덜너덜 달려있었다.

"형 이게 뭐예요?"

"응, 제기라고 하는 거야! 처음 보니?"

영진이는 나중에 그 형을 초등학교에서 만났다. 4학년이었는데 형은 반 가워했지만, 영진이는 형 보기가 부끄러웠다. 형네 집에서 잠도 자고 밥도 얻어먹은 비렁뱅이였으니까⋯⋯.

엄마가 아주머니와 돌아와 주인아저씨와 아주머니한테 머리를 숙이며 고 맙다고 인사를 하고 밖으로 나왔다. 영진이는 그 사이 형과 친해졌나 보다. 형이 잘 가라고 손을 흔들고 서있었다.

# 철부지 시절

## 의붓아버지

할아버지가 하얀 바지저고리에 거무스름한 조끼를 입었는데, 빡빡머리에 긴 수염이 우스웠다.

"어서 오시오!"

말을 하면서 할아버지의 눈은 영진이 얼굴에 멈춰있었다. 영진이는 엄마가 저 늙은 할아버지와 같이 살려고 이 집에 왔나 했다. 영진이 마음이 할아버지가 싫다고 했다.

방은 왕골로 만든 자리가 푹신하고 따뜻했다. 책상 위에 이불이 덩그러니 놓여있고, 그 위에 달랑 놓인 꾀죄죄한 베개 하나가 외롭다. 윗목 쪽으로 가마니 세 개가 쌓여있었다. 이곳저곳 두리번거리는데 엄마가,

"이곳에서 아저씨와 같이 살아야 한다."

하룻밤을 잤는데 밥상 위에 하얀 쌀밥이 세 그릇이나 놓여있고, 김치와 빨간 고추장이 눈에 들어왔다. 다른 집에서 얻어먹거나 장생이 얼굴 까만 아저씨네 집에서 먹던 밥보다 은중이 엄마가 부엌에서 양재기에 쓱 문질러 퍼

준 밥이 더 맛있었는데, 은중이 엄마 밥보다 엄마 밥이 더 맛있다.

웬 할머니가 커다란 아이를 업고 왔는데, 할머니 등짝에 매달려 떨어지지 않는다.

'저렇게 큰 남자아이가 바보같이.'

할머니 등을 꽉 움켜쥐고 큰 눈만 멀뚱거리는 모습이 영진이는 너무 우스웠는데 그 아이 이름은 이상윤이었다. 어릴 때부터 청소년 때까지 영진이와 같이 보낸 형제 같은 친구다. 학교에도 같이 가고, 산과 들을 쏘다니고 개울에 멱 감기, 참새와 종다리 사냥도 했다.

영진이는 밥숟갈을 놓자마자 맨날 상윤네 집으로 달려갔다. 상윤네 집 마당은 아이들의 놀이터였다. 공차기, 제기차기, 구슬치기, 비석치기, 딱지치기, 겨울에는 자치기, 연날리기 등……. 얼음판 팽이치기가 재밌지만 영진이는 팽이가 없었다. 상윤이가 팽이 치다 싫증날 때면 어쩌다 한 번쯤 얻어쳐보는 게 고작이었다. 영진이는 팽이를 깎아보려 하지만 굵은 물푸레나무를 구할 수도 없고, 상윤이 삼촌한테 깎아달라 하기도 그렇고…….


## 연날리기


창용이 아저씨가 연을 날리고 있다!

네모진 연은 머리를 빨간 색깔로 예쁘게 치장하고 하늘 높이 날아올랐다. 영진이는 연을 띄워보고 싶어도 연이 없고, 창용이 아저씨 연줄을 잡아보고 싶어도 창용이 아저씨 연이니 꾹 참고 구경만 하고 있었다. 연이 높이 솟아 하늘에 닿는가 했는데……. 갑자기 연이 몸을 비틀비틀하면서 저 멀리 날아가 떨어져버렸다. 창용이 아저씨가,

"연줄이 끊어져 연이 도망가버렸어!" 아쉬운 얼굴이 씁쓸했다.

"아저씨, 그럼 연을 잃어버렸어요?"

"응, 잃어버렸어!"

"내가 가서 찾아오면 안 되겠어요?"

"네가 멀리 도망간 연을 어떻게 찾아와!"

창용이 아저씨 대답을 뒤로하고 영진이는 벌써 달리고 있었다. 연이 떨어진 곳을 눈여겨보았기에 논두렁 밭두렁을 뛰어넘어 얕은 나뭇가지에 펄렁이는 연을 처음 만져보았는데, 기분은 뭐라 표현할 수 없을 만큼 좋았다. 생각보다 가벼운 연을 들고 실을 질질 끌면서 왔더니,

"용케도 주워왔네!"

창용이 아저씨가 활짝 웃으며 칭찬해주셨다. 영진이는 연을 만져본 뿌듯함에 힘든 줄도 몰랐다. 연줄이 끊어져 도망간 연을 두 번이나 찾아왔더니 두 번째 연을 선물로 주셨다. 깡통에 연줄까지 감아서……. 영진이는 상윤네 마당을 한 길씩 뛰었다. 연을 가졌다는 게 너무 좋아서…….


상윤네 논에는 커다란 낟가리가 몇 개나 쌓여있고 머슴도 두고 있었다. 영진네 논에는 작은 낟가리 한 개가 달랑 서있는데……. 상윤이 엄마가 집에 같이 사는 할아버지를 아버지라 부르라고 했다. 영진이가 엄마한테 물었다.

"상윤이 엄마가 할아버지를 아버지라 부르라고 했어! 내가 할아버지를 왜 아버지라고 불러야 해?"

"어쩌겠니? 너와 나 할아버지와 같이 살고 있으니……." 엄마는 한숨을 푹 쉬면서 말끝을 흐렸다.

"난 안 불러! 아버지라고……. 아버지는 동창에서 죽었잖아! 죽은 아버지가 진짜 아버진데 또 아버지가 있어?"

# 칡 캐고 콩 서리하기

따뜻한 봄날, 칡 캐러 괭이 메고 형들 따라 산으로 갔다. 형들이 땅을 파면 영진이는 맨손으로 흙을 밀쳐낸다. 고무신짝에 흙이 가득차서 털어도 털어도 신발 안에 흙이 금방 찼는데 형들이,

"야 인마! 그렇게밖에 못 해? 흙을 옆으로 확확 밀어버려! 그따위로 하면 칡뿌리가 보이냐!"

덩치 큰 형이 두 손으로 흙을 헤집으니까 시꺼먼 칡뿌리가 보였다.

"괭이질 살살 하거라! 칡 끊어질라!"

칡뿌리 몇 개를 어깨에 걸쳐 메고 산을 내려왔다. 칡을 씹으면 흙냄새와 칡물이 씁쓰레하면서도 달고 향긋했다.


영진이는 형들 따라 콩 서리를 갔는데, 서리는 도둑질이라고 생각도 못했다. 밭두렁에 마른풀과 나뭇가지를 수북이 쌓아놓고,

"야! 누가 오나 망보고 있어!"

형들 셋이서 콩을 한 아름씩이나 안고 나오면서,

"콩을 한곳에서 뽑으면 탄로 나니까 여기저기서 뽑고, 꺾으면 흔적이 남아 뒤탈이 나니까 콩은 뽑아야 해!"

세 개의 나무를 삼각형 모양으로 나뭇단 위에 세우고 그 위에 콩을 걸었다. 성냥으로 불을 붙이자 나무와 콩을 쌓은 단이 훨훨 타 오른다. 얼마 지나지 않아 검은 재만 수북하게 쌓이자, 형들 두 명이 윗도리를 벗어 까만 잿더미 위로 확확 휘저었다. 그러자 잿더미 속에 콩들이 파랗게 돋아나기 시작하더니, 파르스름한 콩이 바닥에 쫙 깔려있었다. 콩밭 주인이 나타날까봐 조마조마했지만, 여러 형들 사이에 끼어있으니 왠지 든든했다. 천순이 형이 말했다.

"먹어!"

불에 구운 콩은 입술이 델 만큼 뜨거웠지만, 씹을수록 고소했다. 형들 입이 까맣고 얼굴 여기저기 새까만 재로 얼룩져 우습다. 영진이는 키득키득 웃음이 났다.


## 담배 피우고 술주정

영진이는 의붓아버지가 없는 틈에 봉담배를 몰래 꺼내 종이에 담배를 말아보는데 잘 되지 않았다. 형들은 종이 위에 담배를 놓고 쓱쓱 말아 고깔 모양으로 만들어 침으로 붙인 다음 머리 쪽을 손가락으로 꾹 누르기만 하면 근사한 궐련이 되는데, 영진이는 몇 번이나 말아도 실패하고 또 실패했다. 담배와 한참을 실랑이하다 겨우 궐련 모양 비슷하게 만들었다. 생애 최초의 작품이었다.

영진이는 담배에 불을 붙여 빨아보았다. 알싸하고 매캐한 연기가 입안으로 가득하고 엄청나게 쓰다. 연기를 입 밖으로 토하면서, '어른들과 형들은 무슨 맛으로 독하고 씨거운 담배를 피울까?' 했다. 영진이는 담배를 손가락에 끼워 들고 왼손은 뒷짐을 진 채 팔자걸음으로 상윤네 앞마당을 왔다 갔다 서성거리며 어른 흉내를 내고 있었다. 의붓아버지는 장죽에 봉담배를 담아 피우고, 형들은 담배를 종이에다 말아 피우고……. 영진이도 언젠가 담배를 입에 물고 어른 흉내를 내보고 싶었는데, 드디어 오늘 어른처럼 흉내를 내고 있었다.

이때 엄마가 물동이를 머리에 이고 다가오더니 영진이 손을 잡고 집으로 향했다. 상윤네 마당은 동네 사람들이 다니는 길이었고 엄마가 물 길으러 다니는 길이었다. 엄마 손은 거칠지만 오늘따라 다정한 엄마 손길이 따뜻하고 기분이 좋았다. 엄마 물동이 속에 용알이 있나? 설이 지난 어느 날 엄마가 '용알 뜨러 간다'고 말했었는데……. 오늘 용알을 떴나 보다.

"엄마! 용알 떠왔어?"

부엌으로 들어서며 영진이가 묻자 갑자기 화난 얼굴로 변해버린 엄마가 손목을 꽉 움켜쥐더니 부지깽이가 사정없이 영진이 종아리로 날아들었다. 영진이는 팔딱팔딱 뛰면서 엄마가 왜 때리는지 알 수가 없었다.

"이놈의 자식아! 어디서 담배를 피워! 어른들이 보면 애비 없는 후레자식이라고 흉보고 욕할 텐데…… 대가리 피도 안 마른 놈이 어디서 담배를 피워!"

다리와 엉덩이에 부지깽이가 인정사정없이 날아들지만 영진이는 엄마 손아귀에서 팔을 빼낼 힘이 없었다. 얼마나 매를 흠씬 두들겨 맞았는지…….

"이놈의 자식 잘못했다고 안 빌어!"

부지깽이가 또 사정없이 날아왔지만. 피할 수도 도망칠 수도 없었다. 엉덩이와 종아리가 뜨끔뜨끔 너무 아팠다.

"엄마! 잘못했어! 잘못했어!"

"또 담배를 피울 테냐!"

"다시는 담배 안 피울 테야!"

영진이는 매를 맞으며 어른들 앞에서 담배를 피우면 안 되며 어린아이들은 담배를 피우면 안 되는 걸 처음 알았다.


상윤네 마당에 머슴 아저씨가 바쁘게 설쳐대고, 상윤네 부엌에도 아주머니들이 왔다 갔다 분주했다. 아저씨들이 마당으로 꾸역꾸역 모여들었다. 마당 여기저기 멍석이랑 가마니가 깔리고, 기다란 상들이 줄지어 놓여있었다.

'오늘 상윤네 잔칫날인가? 장가가고 시집가는 사람도 없는데…… 웬 사

람들이 이렇게 많이 모여드나?'

마당에는 아저씨들이 앉아있고, 상윤이 아버지가 뭐라고 말한다. 연말이 되었으니…….

여기저기서 무슨 말인지 튀어나오고 한참동안 뭐라고 서로들 지껄이며 시끌벅적하더니 조용해졌다. 상 위에 차려진 국수 그릇과 고기, 부침개가 영진이 눈에 확 들어왔다. 처음 보는 음식들이 그릇이 넘치도록 쌓이고…… 입에는 자꾸만 침이 고였다. 우두커니 서서 음식 먹는 구경을 하는데…….

"너 이리와 앉아!" 귀가 번쩍 뜨였다. 그래도 쭈뼛쭈뼛하는데,

"이리와 앉으라니까!"

더 큰 소리로 말하는 아저씨 곁에 앉았다. 김이 무럭무럭 나는 커다란 국수 그릇보다 고기가 더 먹고 싶었다. 젓가락을 들고 머뭇머뭇하는 영진이 마음을 아저씨가 알았는지 고기 접시를 앞에다 놓으며,

"먹어! 먹고 싶은 것 마음대로 실컷 먹어!"

빨간 고추장을 듬뿍 찍어 입이 미어터지게 게걸스레 먹는 영진이를 보고,

"너 참 맛있게 먹는구나! 술도 한잔할래?"

막걸리가 가득 담긴 옹배기에서 자그마한 쪽박으로 놋대접에 술을 가득 채우더니,

"너 이 술 다 먹을 수 있어?"

영진이는 음식 먹으라는 아저씨가 고마워서 거절할 수도 없고 망설이는데 옆에 아저씨가,

"애가 술을 먹기나 하겠어! 이 술을 다 마시면 대단하지!"

아저씨들은 술을 마시면서 모두가 키득키득 웃고 있었다. 영진이는 목구멍으로 꿀꺽꿀꺽 술 넘어가는 소리를 들으며 단숨에 술을 다 마셔버렸다. 배가 터질 것 같고, 술이 목구멍으로 넘어올 것만 같았다. 아저씨들 눈이 커다랗게 둥그레지며 얼굴에 웃음이 싹 사라졌다.

'술을 마셨으니 술주정을 해야지! 어른들은 술을 마시면 으레 이 술주정을 하는데, 술을 마셨으니 해야 한다.'

영진이는 상윤네 마루 위로 뛰어올라가 발을 탕탕 구르며 소리를 질렀다. 상윤네 집은 안채가 있고 안마당 건너 행랑채에 달려있는 대문이 활짝 열려 있어 바깥마당에서 안채 마루가 훤히 들여다보였다.

"야, 이놈들아! 국수와 술을 배터지게 처먹으면 빨리빨리 꺼져야지! 뭐가 좋아 시시덕거리느냐! 공짜라면 뭐든지 잘 처먹으니 양갯물도 큰 것으로 배 터지게 먹고 얼른 뒈져버려라!"

무슨 뜻도 모르면서 아무렇게나 욕지거리를 마구 퍼부었다.

꽥꽥 소리에 어른들은 음식을 먹다 말고 안마당으로 몰려들었다. 깔깔 대며 조그만 놈이 미쳐 날뛰는 술주정을 재밌어 하는 어른들 틈에 필록이 가 오른쪽 주먹을 불끈 턱까지 치켜들고 그냥 안 두겠다고 째려보고 있었 다. 영진이는 속으로 필록이가 켕겼지만 마룻바닥을 구르며 욕설을 퍼붓다 가……. 눈을 뜨니 엄마가 머리맡에 앉아있었다. 머리가 빙빙 돌고 터질 것 만 같았다.

"이제 정신이 드냐?" 엄마가 걱정스런 얼굴로 물었다.

"엄마! 물, 물!"

엄마가 바가지로 물을 먹여줬다. 영진이는 울컥 토했다. 방바닥은 물과 술 냄새로 뒤엉켜버리고, 베개와 요도 흠뻑 젖었다. 엄마가 때리고 야단칠 줄 알았는데, 엄마는 아무 말 없이 요와 베개를 밖에 내다두고 방바닥을 깨 끗이 훔쳤다.

"너한테 누가 그렇게 술을 많이 먹였니?" 엄마는 눈물을 글썽이며,

"애비 없는 애라고……. 애비가 있으면 제 놈들이 애한테 술을 먹이겠 나……!"

아침에 엄마가 콩나물국에다 밥을 말아줬는데 영진이는 반 그릇만 먹었

다. 엄마는 또 화가 잔뜩 난 얼굴로 변했다. 엄마가 때리면 어쩌나! 겁이 덜컥 났다.

"너는 커서 뭐가 되려고 그러냐? 어린 새끼가 어른 앞에서 담배를 피워 물고 다니지를 않나! 술주정을 않나! 창피해서 어떻게 여기서 살겠어! 동네 사람들은 애비 없는 후레자식이 빨리도 망가졌다고 흉들 볼 텐데……."

엄마 말에 영진이는 눈물만 찔끔찔끔 흘렸다. 방바닥이 꺼져라 뱉는 엄마의 한숨소리가 영진이 귓속을 파고들었다. 엄마는 영진이를 무릎에 앉혀놓고 "너는 술 먹지 마라! 남과 싸우지 마라! 당에 들지 마라!" 했다.

---

필자는 지금까지도 담배를 피우지 않는다. 그때를 생각하면 지금도 오른쪽 엉덩이가 얼얼하게 아프다. 담배 이야기만 나오면 '나는 여덟 살 때 담배를 끊었답니다' 한다. 모두가 웃는다. 믿기지 않으니까……. 여덟 살 때 담배 이야기를 들려주며 한바탕 같이 웃었다.

어릴 때 술에 질려버렸는지 필자는 지금까지 술을 안 마신다. 한 잔의 술도……. 필자는 지금까지 술 마신 적도 남과 싸운 적도 당에 든 적도 없이 살고 있다. 어머니는 평생 고마운 내 어머니시다.

---

## 짓고땡 배우기

겉껍데기가 누런 책을 밥상 위에 올려놓고 엄마가 영진이를 앉으라 했다.

"너도 공부를 해야 하는데, 서당에 다닐 형편이 못되니 집에서 천자문을 배워야 한다."

책이라고는 구경도 못 해봤는데 책을 놓고 공부하라니 뭔가 달라졌나 보다, 하면서 영진이는 밥상머리에 앉았다.

"상 앞으로 바싹 들어앉아!"

엄숙한 얼굴로 명령하는 엄마 눈매가 무섭다. 하얀 종이 위에 까만 글자가 다가왔다.

"내가 먼저 읽으면 너도 따라 읽어라! 하늘 천!" 멈칫멈칫하는데,

"왜 가만히 있어! 하늘 천 따 지……!"

영진이는 천자문 글자가 복잡해서 뭐가 뭔지 도통 모르겠다. 엄마가 불러주는 대로 따라 외치며 글자를 차례차례 순서대로 외우고 있었다.

"너 이 자가 무슨 자야?"

"올 래!" 영진이는 잽싸게 순서대로 대답했다.

"참 잘 아는구나!"

엄마가 웃으며 좋아했다. 천자문 반인 지게 호, 봉할 봉까지 외워나가지만 아는 글자는 하늘 천 따 지밖에 모르겠다.


영진이는 요즘 무지무지하게 바쁘다. 아침에 밥숟가락을 놓자마자 천자문을 배우고, 아랫말 연호 누나한테 달려가 누나가 만들어주는 감자떡을 먹으며 누나와 놀아야 하고, 동욱이 형의 하모니카 연주를 들으며 하모니카를 불어야하고, 상윤이 아버지 몰래 상윤네 머슴 아저씨와 장기도 둬야 하고, 상윤이와 팽이치기, 연날리기……. 저녁 밥숟가락을 던져버리고 천순이 형네 사랑방으로 달려가 짓고땡을 배워야 하고……. 밤늦게 도둑고양이처럼 살금살금 방문을 빼꼼히 열면 등잔불 곁의 엄마는 해진 양말을 헝겊 쪼가리를 덧대고 꿰매고 있다가,

"너는 밤늦도록 어디를 그렇게 싸돌아다니느냐! 억세게도 돌아다녀 양말인들 배겨나겠니……!"

엄마가 '하늘 천 따 지 검을 현 누를 황!' 하면 영진이도 큰소리로 따라 부른다.

"하늘 천 따 지 검을 현 누를 황!"

엄마는 어떻게 어려운 글씨를 알고 있는지 용하고 신기했다. 천자문에 토를 달아놓아 엄마는 한글을 보고 한문을 가르쳤으니까…….

"하루에 열 자씩 외우고 나가거라!"

빨리 놀러 가려면 빨리 외워야 하는데…….

조바심으로 안절부절못하는 영진이를 엄마는 눈치챘나 보다.

"회초리를 꺾어 오거라!"

"우리 집은 싸리나무가 없는데 어디서 꺾어와?"

"커다랗고 튼튼한 나뭇가지 아무거나 꺾어와!"

"정신 똑바로 차리고, 무릎 꿇고 앉아! 하루에 열 자씩 외워야 해!"

회초리를 상 옆에 놓고 엄마가 무서운 얼굴로 말했다.


영진이는 저녁 숟가락을 놓자마자 천순이 형네 사랑방으로 달려갔다. 집에서 좀 멀지만 눈감고도 훤한 길이다. 천순이 형네 사랑방은 매캐한 담배 연기가 가득하고, 형들은 빙 둘러앉아 담배 내기 짓고땡을 하고 있었다. 천순이형 곁에 바짝 붙어 앉아 짓고땡을 배우려고 눈이 뚫어져라 아무리 봐도 알 수가 없다. '형들은 어떻게 저토록 짓고땡을 잘할까?' 형들이 부러웠다. 눈 깜빡할 사이에…….

"패 까봐!"

"나 비리칠에 일칠 여덟!"

"너는?"

"쭉쭉팔에 세칠 멍통!" 언제 보았는지? 옆 사람 패도 척척이다.

천순이 형이 사랑방에 홀로 앉아 화투장을 만지작거리며 뭔가를 연습하고 있었다.

"형 나 짓고땡 좀 가르쳐줘! 응?"

천순이 형은 아무 말 없이 화투장을 네 몫으로 놓더니

"너 아무 패나 잡아봐!"

영진이가 두 번째 패를 잡았다. 형이,

"지었어? 못 지었어? 지었으면 몇 끗 인지 까봐!"

형들처럼 손아귀에서 펼쳐보는데 3, 8, 2, 1, 7······. 뭐가 뭔지 눈만 헷갈리지 하나도 모르겠다. 천순이 형이 답답한지,

"내 놔봐! 비리칠에 짓고 삼팔따라지야! 이 멍통아!"

하얗게 흘겨보는 천순이 형의 눈이 매서웠다.

"야 인마! 정신 똑바로 차리고 잘 들어! 짓고땡은 '똥 비'와 알맹이 빼고 나머지 껍데기로만 하는 거야! 그러면 스무 장이야! 한 몫이 다섯 장씩이니까, 네 몫을 합하면 사오 이십. 스무 장이 되잖아. 다섯 장의 숫자를 석 장으로 십이나 이십의 숫자로 만드는 걸 '짓는다'고 하는 거야! 짓고 나머지 두 장의 숫자를 합해서 몇 끗이라고 하지!

예를 들어 1, 2, 3, 4, 5가 있으면 2+3+5=10, 1, 3, 8, 9, 10이면 1+9+10=20, 3+8+9=20을 짓는다고 해! 나머지 숫자가 끗발이야. 2+3+5에 지었으니까 나머지 1과 4는 다섯 끗. 3+8+9에 짓고 나머지 1, 10은 한 끗. 1, 9, 10에 짓고 3, 8은 한 끗. 짓고 나머지 숫자를 합하면 이십이란 숫자가 되지! 그래서 짓고땡은 스무 장 스무 통이라고 하는 거야! 알겠어? 기본을 모르면 아무리 봐도 모르는 거야! 이해가 좀 되냐?"

영진이는 아무리 설명을 들어도 하나도 모른다. 천순이 형은 대단한 선생님이라는 것밖에······.

"다시 한 번 패잡아 봐! 지었어? 못 지었어?" 영진이가 어물어물하니

까…….

"야 인마, 돌대가리야! 심심 새에 짓고 일팔 갑오잖아! 짓지도 못하면서 무슨 짓고땡을 하겠다고 까불어!"

핀잔을 듣고 머쓱해있는데 형들이 왔다. 천순이 형의 짜증 섞인 목소리가 튀어나갔다.

"왜 이제들 오는 거야!"

"저녁 먹고 온다는 게 좀 늦었구먼!"

"시작하지."

형들 네 명이 짓고땡 판을 벌이는데 돈내기가 아니라 담배 한 개비 내기다.

담배 한 개비씩 질러놓고 제일 끗발 높은 사람이 몽땅 '쓸이', 다 가져온다. '땡' 잡으면 한 개비씩 더 줘야 한다. 오늘도 천순이 형 곁에 바짝 붙어서 짓고땡 배우기에 온정신을 바짝 차리고 있었다.

"너 뭐 잡았어?"

"젠장! 비리 칠(1+2+7)에 삼팔(3+8=11)따라지야!"

"너는 몇 끗이야?"

"쭉쭉팔(6+6+8)에 이칠 갑오(2+7=9)야!" 질러놓은 담배 개비를 쓸어가는 손을 잡으며,

"새새니(4+4+2)에 오 땡(5+5=10) 땡이야!" 하면서 가로채니, 갑오 잡은 손이 빈손으로 돌아갔다.


영진이는 저녁을 먹는 둥 마는 둥 천순이 형네 집으로 달려갔다. 천순이 형이 밥을 먹고 있는지 빈방 안에 화투장만 담요 위에 아무렇게나 널려있었다. 영진이는 화투장을 쓸어 모아 왼손으로 움켜쥐고 오른손으로 탁탁 쳐보는데 손이 너무 작아 화투장이 손가락을 비집고 빠져나왔다. 네 패를 깔고 영진이 패를 펼치는데……. 어렴풋이나마 화투장이 눈에 들어온다. 3+3+4

에 짓고, 10+10이니까 '장땡'이다.

"땡 잡았다!" 꽥 소리에 천순이 형이 뛰어들었다. 뚱그런 눈으로,

"너 왜 소리쳤어!"

"나 장땡 잡았어!"

"혼자서 장땡 잡으면 무슨 소용이야! 오늘 시간이 있으니 연습이야! 너는 내가 특별히 가르치는 거야! 이 멍텅구리야! 패 깔아!"

영진이는 서툰 솜씨로 땀을 뻘뻘 흘리며 억지로 다섯 장씩 네 몫으로 돌렸다.

"넌 어느 패야?"

맘에 드는 패를 잡고 패를 까는데 눈이 어리다. 정신 바짝 차리고 보니 1+1+8에 4+7=11이다.

"일일팔에 짓고 사칠 한 끗인데요!"

"어디 보자. 자식, 짓기는 지었네! 다시 말해봐!"

"일일팔에 짓고 사칠 한 끗인데요!"

"인마! 일일팔이 아니고 콩콩팔이야! 너 억지로 짓기는 하는데 정신 똑바로 차리고 열심히 연습해야 돼! 아무나 짓고땡 하는 줄 알아!"


아무리 기다려도 기한이 형이 나타나지 않자, 형들이 "영진아! 너도 끼워줄 테니 할 거야?"라고 했다.

"나는 담배가 없는데요!"

"너는 담배 대신 성냥개비를 지르고 하는 거야! 우리가 담배 한 개비씩 댈 때 넌 성냥 한 개비만 지르고, 딸 때도 성냥 한 개비씩만 먹는 거야!"

영진이는 처음 짓고땡 패 다섯 장을 잡았다. 가슴이 두근두근 방망이질이다. 정신 바짝 차리고 보니까 3+3+4에 짓고 1+8 갑오가 눈에 번쩍 들어왔다. 형들은 벌써 패를 깠고, 영진이가 몇 끗 잡았는지 알고 있나 보다.

"야! 지었어? 못 지었어!"

"지었어요!" 영진이는 큰 소리로 대답했다. 형들은 질 줄 아나 모르나 지켜보고 있었다.

"3+3+4에 짓고 1+8 갑오예요!"

"어쭈! 짓기는 지었네! 갑오 맞고."

"처음 잡은 놈이 꽤 짜네! 그런데 너 삼삼사에 짓고가 아니라 심심새에 지었다고 하는 거야! 투전판엔 별도로 부르는 은어인 '변'을 써야 돼, 인마!"

형들은 1+9+10에 지으면 '알구장'이라 하고, 1+1+8에 지으면 '콩콩팔'이라 하고, 1+2+7에 지으면 '비리칠'이라 부르며 일이라는 숫자를 여러 가지로 부르니 왜 그렇게 부르는지 헷갈리고 도무지 알 수 없었다.


영진이는 의붓아버지가 아끼는 파랑새 담배 한 갑을 천순이 형한테 뇌물로 바쳤다. 천순이 형 입이 바소쿠리만큼 찢어졌다. 공책 한 장을 찢어 연필에 침칠을 하더니…….

"짓고땡은 스무 장 스무 통이라고 하는 거야! 노름판에는 '변'을 써야 돼. 내가 짓고땡 변을 적어준 거야! 잘 외워둬!"

영진이는 천순이 형이 적어준 종이가 구겨지지 않도록 잘 접어 주머니에 넣고 다니지만 글씨를 몰라 아무 소용없었다. 그냥 입으로만 외우고 다녔다. 길을 걸으면서도 '비리칠', '콩콩팔', '알구장', '심심새'……. 짓고땡을 어느 정도 터득하니까 '섰다'나 '쪼이'는 아무것도 아니게 쉬웠다.


천순이 형이 숫돌에다 손가락을 갈고 있었다.

"형, 손가락을 왜 숫돌에다 문질러?"

형은 그저 씩 웃기만 했다. 형이 손가락을 갈고 있는 게 너무 궁금했다. 형은 화투장을 잡더니,

"내가 화투장을 엎어놓고 한 장씩 뽑으며 알아맞힐 테니 맞나 안 맞나 확인해봐!"

형은 첫 번째 장을 주면서

"팔이야!" 화투장을 뒤집어보았다. 팔이 맞다.

"형! 어떻게 알아?" 영진이는 놀랐다. 화투장을 안 보고 알아내다니……

"삼이야!" 정말 '사쿠라'다. 그 다음 장부터 형이 부르는 족족 맞히고 있다.

"와!" 형은 화투장을 보지도 않고 어떻게 척척 알 수가 있나? 형은 귀신같다. 정말 귀신이다. 천순이 형은 으쓱하며,

"너 놀랐지!"

"응 놀랐어! 형! 화투장을 보지도 않고 어떻게 척척 알아맞혀?" 천순이 형은 빙긋 웃으며,

"궁금하냐?"

"궁금해!"

"다른 사람들한테는 절대로 비밀인데 너와는 친하니까 특별히 가르쳐주는 거야! 내가 지금 쓰고 있는 기술은 '귓밥'이라고 하는데, 화투장에 손톱으로 홈집을 만들어 놓고 무슨 장인지를 알아내는 거야!"

"어떻게 알아?"

"화투장마다 제각기 다른 표시를 하는 거야, 상대들은 모르고 나만 알 수 있도록."

"정말요?"

"그럼! 내가 손가락을 왜 숫돌에 가는지 알겠어? 손가락 끝이 예민해야 화투장의 표시를 분별할 수가 있거든."

"와! 형은 정말 대단하다."

천순이 형이 펼쳐진 화투장을 모아서 정리하고 있다. 화투를 손에서 탁탁 치더니,

"너 '기리' 해봐!"

모아진 화투 뭉 반쯤의 순서를 바꿨다. 형은 네 패로 엎어놓고 뭘로 짓고 몇 끗인지 알아맞힌다. 패를 보지도 않고 어떻게 알 수가 있을까? 영진이는 놀라고 감탄했다. 형은 으쓱하며,

"뭘 그까짓 걸 가지고 그래!" 아무렇지 않은 얼굴이다.

"가르쳐줘요!"

"넌 마! 짓지도 못하는 놈이 뭘 가르쳐달라는 거야! 넌 죽었다 깨어나도 어림없어!"

"형은 잘하는데 나는 왜 안 돼?"

영진이가 형한테 다그쳤다. 형은 같잖다는 표정으로…….

"화투를 엮는 거야!"

"엮는 게 뭔데?"

"그것도 모르는 놈이……. '엮는다'는 건 바닥에 화투장 순서를 내 맘대로 모아 잡는 거야!"

"화투를 쳐서 고루 섞잖아요?"

"그게 기술이지. 아무리 쳐도 화투장의 순서를 내가 알고 있지. 그러니까 패를 돌리면 상대방 패를 거의 알고 있지! 귓밥에다가 엮는 기술까지 섞어 쓰는 거야!"

'나는 언제 형처럼 노름꾼이 되어보나!'

# 훗날 이야기

홍천 화촌면 주음치리. 영진이는 삼십대 초반쯤 고모님이 돌아가셔서 방에서 관을 홀로 지키고 있었다. 고모님은 아들은 없고 딸 하나만 남기고 세상을 뜨셨다. 고모 네 분 중 막내인 고모는 6·25 난리 때 동네 주민이 쏜 총에 한쪽 눈이 실명되었다. 처녀 때부터 제 부모님 속을 많이도 썩였다고 어머니한테 들었다. 하지만 늙어가실 때는 정신이 멀쩡하고 똑똑하셨는데 홀로 계시니까 사위 집에서 함께 사셨다. 영진이는 그 고모님이 불쌍하고 안쓰러워 한 달에 한두 번씩 휴일이면 고모한테 다니러 가곤 했었다.

설 때 고모한테 갔을 때 집안 세배꾼 중에,

"올해는 돌아가셔야지요!"

영진이도 듣기가 좀 안 좋다. 멀쩡히 살고 있는 사람을 죽으라니……. 그 사람은 고모가 홀로 사위 네 집에 얹혀사는 게 안돼 보여 생각해서 하는 말이겠지만, 그렇다고 정초에 세배 와서 죽으라니? 말을 가려 해야지…….

"그럼요. 올해는 돌아가셔야지요!"

누나와 매형이 합창을 했다.

"내가 언제 니들더러 모시라 했냐! 나 혼자 살겠다니까 니들이 같이 살자고 해서 같이 있는 거지, 얹혀사는 나도 니들 눈칫밥 먹는 게 맘 편한 줄 아냐! 나는 나라에서 주는 배급만 해도 나 혼자 실컷 먹고도 남는다. 보기 싫으면 보기 싫다 하고 내다버리든지. 맨날 죽으라고 노래를 부르니 목이라도 매달란 말이냐!"

고모는 하고 싶은 말을 꾹꾹 참으면서 살아오다가 고모 편인 든든한 조카가 옆에 있으니 할 말을 하시나 보다. 누나와 매형이 당황한 얼굴로,

"그냥 농담으로 한 말을 가지고 뭘 그리 화를 내세요!"

"니들 그 말이 농담이냐? 농담할 게 따로 있지! 산 사람 자꾸 죽으라고 하는 게 농담이야! 니들보고 자꾸 죽으라면 맘이 좋겠냐?"

고모는 가슴에 쌓인 한스러운 감정을 터진 봇물처럼 쏟아내고 있었다. 영진이도 눈물이 났다. 고모가 너무 불쌍하고 가여웠다. 영진이 어렸을 때 고모 등에 업혀서 고모 등을 두드리며 '미친년아! 미친년아!' 해도 고모는 아무런 말도 없고……. 고모는 때가 꼬질꼬질한 하얀 저고리에 등은 펑퍼짐하게 넓었었다. 그 고모를 이웃의 어느 못된 놈이 총으로 쏴서 죽지는 않고 한쪽 눈만 잃었지만, 병원도 없이 맨눈을 앓으면서 고생한 생각을 하면…… 복장이 터졌다. 우리 집안이 망하지 않았다면, 내 아버지가 살아있었던들……. 감히 누가 고모 얼굴에 총을 쏠 수 있었겠는가?

"고모더러 죽으라 한다고 죽겠어요, 그냥 해본 말인데 신경 쓰지 말고 오래오래 사세요! 설마 자식이 부모를 죽으라고 진심으로 말하겠어요, 마음 푸세요!"


영진이가 고모한테 털신을 사다드렸더니 신지도 않으시고 '영진이가 사다준 신발인데…….' 자랑만 하시고 신발을 모셔놓고, 돈을 드리면 '영진이가 준 돈인데'……. 한 푼도 안 쓰시고 돌아가실 때까지 베개 속에 꼬깃꼬깃 묻어두셨다. 영진이는 그때가 고모를 뵌 마지막이었다. 고모 관 옆에 앉아 있으니 가족사 생각에 눈물이 났다.

매형이 동네 사람 몇 명과 방으로 들어왔다.

"초상집에서 한판 붙어야지 어떻게 그냥 날밤을 까!"

술이 거나하게 취한 그들은, 반말 짓거리에 화툿목을 꺼내들고, "요 한 장 가져와!" 그들은 영진이와 이래저래 따져보면 사돈뻘 되는 사람들이었다.

고스톱 판이 벌어졌다. 영진이는 어릴 때 화투장을 만져봤지만 고스톱은 잘 몰라 어설프게 치고 있었다. 누군가 걸걸한 목소리로,

"이거 영 시원치 않아. 참새 조알 까먹는 것도 아니고, 우리 돌립시다!"

짓고땡을 하잔 말이다. 그는 짓고땡 패 스무 장을 잽싸게 추리고 있었다. 영진이가 어릴 때 배우던 짓고땡이 아니라 '도리 짓고땡'이다. 도리 짓고땡은 '오야'가 패를 잡고 상대 세 명과 겨뤄 이기면 따먹는 게임이다. 영진이는 어릴 때 짓고땡을 배웠지만, 그때는 패를 까서 끗발이 제일 높으면 먹었는데 도리 짓고땡은 처음이다. 가물가물한 기억을 살려 짓고땡 판에 끼었다. 아니 낄 수밖에 없었다. 그들은 영진이를 진작부터 목표로 삼고 있었다. 가냘픈 몸매에 곱상한 얼굴, 여자 같은 목소리인 망인의 조카를 벗겨버릴 심사라는 걸 진작 알고 있지만, 영진이는 모르는 체했다.

판이 벌어졌다. 이십 년도 훨씬 지난 세월이지만, 천순이 형을 사부로 모시고 갈고 닦은 짓고땡 패가 어제처럼 눈에 들어왔다. 한 시간도 못가 영진이가 판쓸이를 해버렸다. 화투를 치면서 '변'을 썼다. 그들의 기를 죽일 심사도 있었지만, 이참에 평소 자기를 쉽게 보는 매형 코를 납작하게 눌러놔야겠다고 마음먹었다. 매형은 6·25 참전용사로 건들거리는 시골 건달이다.

시작할 때부터 '우리 다 잘 아는 사이니까 구라치지 말고 실화로 뜹시다!'라고 시작해서, 콩콩팔, 알구장, 삑새오……. 그들은 영진이 손놀림에 한 수 접히고 있었다. 사돈뻘 되는 중년 사내가,

"자네 '질나이' 노름꾼이구먼." 영진이는 씩 웃으며,

"예. 어릴 때 제천 역전에서 엄마와 피난살이하면서 배운 게 뭐겠어요! 깡패 짓에 노름질에……."

영진네 이발소에 몇 번 왔던 손위 사돈되는 사람이,

"아니 자네 홍천서 이발소 하고 있잖아!"

"예!" 다시 확인하려는 듯,

"화투는 언제 배웠다고?"

"여덟 살 때부터 배웠으니까요! 원래 직업은 타짜고 이발은 부업 삼아 하

고 있어요!"

그들 눈이 휘둥그레지기에 틈을 주지 않고,

"홍천 건달들 다 제 밑이에요! OOO, OOO, OOO."

시골 얼치기 논두렁 건달도 시내 건달 몇몇 이름은 외우고 있었다.


그때 영진이가 절친으로 모시던 큰형님이 시라소니였다.

"두한이 갸야 나보고 형님, 형님했디! 갸야 종로 바닥에서밖에 더 놀았나! 정재 그놈아야 뭐……."

그는 중국 상해와 만주 이야기, 켈로부대 낙하산 이야기도 자주 했지만, 영진이는 뼁으로 듣고 귓등으로 흘렸었다.

"젊은 놈들 몇 명은 해볼 것도 없다!"

"형님 왜 그러십니까! 형님 나이를 생각하셔야지요!"

영진이가 스물여덟 살에 그분이 육십 하나둘이니까 영진한테는 아버지뻘도 한참 더 되지만 그분의 엄명으로 우리는 형님이라 불렀다. 어느 날 영진이 방에 팔베개를 하고 누워있었다.

"형님 어떻게 한가하실 때가 있으세요?"

"응 김 군 집이 편해서 주인이 없어도 내 집처럼 쉬는 거야. 김 군은 참 괜찮은 청년이야! 김 군 중매는 내가 꼭 설 거야……."

또 말하기를,

"건달의 보스는 열 푼 벌면 열 푼 다 써야 보스의 자격을 유지하는 거야! 한두 푼이라도 개인적으로 꼼치면 그날로 아웃이지! 건달의 세계는 의리의 세계라 개인의 이기심은 절대로 용납이 안 되지. 무조건 있는 것 없는 것 다 주어야 신망과 신뢰를 받고 보스의 자리를 유지하는 거야!"

"예, 잘 알겠습니다. 하지만 저는 보스가 될 자격도 없지만, 그쪽으로는 별 생각 안 해봤는데요!"

"아니야! 나는 사람 보는 눈이 있어. 보스라는 게 건달의 윗대가리만 말하는 게 아니라, 사회 단체나 직장이라도 이끌어가면 그게 보스야!"

그래서 훗날 영진이는 축구단체나 직능단체, 사회단체장을 지냈나?

판쓸이한 돈을 챙기며 영진이가 얼마 잃으셨냐고 물어보며 본전 내놓고 한 푼 안 남기고 몽땅 돌려줬다. 처음부터 화투 같은 건 생각도 안 했는데 고모님 시신이 계시는 방에서 놀아주며 밤샘하는 그분들이 너무 고마웠다. 며칠 후 매형이 이발소에 와서 "건달 처남 하나 잘 뒀어! 처음에는 얕잡아 깔봤지만, 사람 좋고 대단하더라."고 하기에 사람들이,

"그 사람 아버지는 대단한 건달에다 팔방미인으로 홍천 바닥에 모르는 사람이 없었다."고 했다.

"자네 화투는 언제 배웠길래 화투장 다루는 솜씨가 보통이 아니야! 자네가 화투를 한다는 게 믿기지 않아!"

"다 환경 탓이지요! 6·25 때 피난살이하면서 이곳저곳 흘러 다니며 살다 보니 배울 게 뭐 있겠어요? 동네 사랑방 머슴살이 형들 틈에서 어울리며 놀이가 화투였잖아요! 여덟 살 때 짓고땡, 섰다, 쪼이, 갑오 육백을 쳤으니까요!"

"자네는 여덟 살 때부터 노름꾼이었구먼!"

매형은 궁금증이 풀렸는지 헛헛하며 웃고, 영진이는 매형 코를 눌러버려 통쾌했다.

# 배코 머리

필록이 삼촌 주봉이 형님이 머리를 깎아주겠다고 필록이네 봉당에 앉히더니 영진이 머리를 깎기 시작했는데, 기계가 머리를 깎는 게 아니라 잡아 뽑는다.

"형, 너무 아파 못 깎겠어요!"

미안한 얼굴의 형이 기계에다 석유를 듬뿍 발랐지만, 영진이는 눈물이 찔끔찔끔 나오고 도저히 참을 수 없을 만큼 따갑고 아파 한참을 울었나 보다. 머리 밑이 화끈화끈했다. 깎였는지 뽑혔는지 분간할 수도 없었다. 그날 하루 종일 머리가 얼얼하고 아팠지만, 필록이 삼촌이 머리를 공짜로 깎아주었는데 미안해 할까봐 아무 소리도 않고 꾹꾹 참았다.

도랑가에서 흥종이와 흥종이 동생 둘까지 셋이서 돌 바위에 앉아있고 흥종이 아버지가 시퍼런 칼로 흥종이 머리카락을 베어내고 있다. 머리카락이 없어진 흥종이 머리통은 박처럼 하얗다. 영진이는 너무 신기했다. 흥종이 아버지는 어떻게 칼로 머리를 중처럼 깎을 수가 있을까? 흥종이 동생들도 아무런 표정 없이 덤덤한 얼굴로 머리를 깎는다.

"흥종아! 안 아프니?"

"응. 어때, 머리가 빤빤해 보이니? 나 지금 배코 친 거야!* 배코!"

거울 속에 비친 머리카락이 또 자라나 있었다. 영진이는 머리 깎을 걱정이 이만저만 아니다. 필록이 삼촌한테 머리를 깎으며 아파서 얼마나 혼났던지 생각만 해도 머리가 따끔따끔 아파온다.

---

*머리를 면도하듯이 빡빡 밀어 깎다.

의붓아버지가 영진이더러 머리를 깎아준다며 봉당 위에 앉으라 하더니 홍종이 아버지와 똑같이 물을 쓱 문질러 발랐다. 영진이는 가슴이 두근거리며 또 아프면 어쩌나 은근히 걱정되었지만, 홍종이가 배코 칠 때 안 아프다고 했으니 안 아프겠지……!

뿌드득뿌드득 소리만 나고 머리털이 잘 안 베어지나 보다. 의붓아버지는 흙벽에다 손을 쓱쓱 비비더니 손바닥에 칼을 쓱쓱 문지르며 칼로 베는데…… 뿌드득뿌드득 소리만 나고 깎이는 건지 뽑히는 건지 너무 아파 도저히 못 참겠다. 눈물이 찔끔찔끔 나오고 오줌도 찔끔찔끔 나왔다. 의붓아버지는 윗저고리가 흠뻑 젖도록 땀을 뻘뻘 흘렸다.

홍종이 아버지가 배코 치던 칼은 겁나게 시퍼랬는데, 의붓아버지 칼은 부러진 작은 톱날에 손잡이를 헝겊으로 동여매어 영진이가 봐도 닭 모가지도 못 베게 생겼다. 그걸로 닭보다 더 센 영진이 머리카락을 자르겠다고 덤벼든 의붓아버지가 우스운 꼴이 되고 말았지만, 영진이는 배코 치다 너무 아파서 죽는 줄 알았다.

"엄마, 나 이제부터 이발소에 가서 머리 깎을 거야!"

"돈이 어디 있니?"

"그럼 나 머리를 기를 테야! 여자가 돼도 좋아! 내가 머리 깎다 아파서 죽으면 엄마는 좋겠어?"


개울 건너 학교 옆에 조그만 이발소 주인아저씨는 동근이 아저씨인데,

"아저씨, 우리 엄마가 이담에 돈 준다고 머리 깎고 오랬어요!"

아저씨는 맘 좋게 픽 웃으시며 의자 위에 나무 널빤지를 올려놓았다. 아저씨가 머리를 깎는 건 하나도 안 아팠다. 필록이 삼촌, 의붓아버지가 깎을 때는 머리가 아파 죽을 것만 같았는데……

엄마가 이발값 삼십 환을 꼭 갚아주었지만, 이발사가 된 영진이는 동근

이 아저씨의 너그러운 인정을 지금까지 간직하고 머리를 깎는다. 영진이는 동근이 아저씨처럼 불우한 이들에게 넉넉한 마음을 베풀 수 있을까? 그때 영진이 가슴에 고마움이 각인되어 이발사의 숙명의 길을 걷고 있는 것이 아닐까?

## 하모니카

여덟 살 영진이가 초등학교 입학도 못 하고 이곳저곳 놀러 다닐 때, 한동네지만 아랫마을에 스무 살쯤 되는 형이 살았는데 이름은 지동욱이었다. 동욱이 형이 좋아 맨날 놀러 가면, 형이 불러주는 청아한 하모니카 소리가 귓속을 파고들 때마다 영진이 가슴은 울렁거렸다.

노랫말도 모르고 무슨 음인지도 몰랐지만, 언제나 동욱이 형 하모니카는 영진이 마음을 송두리째 빼앗아갔다.

"형 나도 한번 불어보면 안 돼요?"

"응, 네 맘대로."

언제나 영진이가 하모니카를 불도록 내버려두었다. 하모니카를 입에 물고 숨을 들이쉬고 내뱉고, 들숨 날숨……. 노래가 아니라는 걸 알지만, 그래도 영진이는 자꾸만 불고 또 불었다.

형은 찾아오는 친구도, 놀러 다닐 이웃도 없는지 넓은 방을 언제나 홀로 외로이 지키고 있었다. 영진이보다 열 살도 더 많았지만 형은 친근하고 다정하며 자상했는데, 어쩌면 영진이는 친형처럼 느껴졌다. 형도 영진이를 동생으로 반겨주고 옥수수나 감자 등 먹을 것을 챙겨주며 친구처럼 놀아줬다.

영진이가 손꼽아 기다리던 추석이 돌아왔다. 명절 때면 동네에서 잡은 돼지고기를 먹어보는 것도 맛있었지만, 마을에서 열리는 노래자랑이 더 즐거웠다. 이 동네 저 동네 사람들이 꾸역꾸역 몰려오고, 십 리도 더 먼 곳에서도 사람들이 몰려왔다. 형들과 누나들 틈바귀에 영진이 같은 꼬마들은 비집고 들어가기가 어려웠지만 용케도 영진이는 앞자리를 차지하고 있었다. 형들은 아가씨들을 꼬드겨볼 마음으로 머리에 기름을 반드르르 바르고, 하얀 맘보바지 뒷주머니에 하모니카를 꽂고 한껏 멋을 풍기며 노래자랑에는 눈길도 안 주고 예쁜 아가씨 찾느라 눈이 번들거렸다.

몇 사람이 노래를 부르고 무대 뒤로 사라졌다. 하얀 모시옷에 사뿐사뿐 걸어 나오는 사람이 있었는데, 누군가 했더니 동욱이 형이었다. 무대 위의 사람과 뭐라고 말하더니 형은 노래를 불렀다.


바위고개 언덕을 혼자 넘자니
옛 임이 그리워 눈물납니다
고개 위에 숨어서 기다리던 임
그리워 그리워


너무 아름답고 우렁차고…… 형은 맨날 영진이와 놀아주던 동욱이 형이 아니었다. 하늘에서 내려온 천사였다. 눈부시게 하얀 모시 한복에 유난히 하얀 얼굴, 청아한 저 목소리……. 동욱이 형은 멋졌다. 너무 멋졌다! 곁에 있는 형들이 소리쳤다.

"야! 너 너무 멋지게 놀지마!"

"네놈 때문에 우리는 다 망쳐버렸어!"

"여기 아가씨들 몽땅 네 차지야!"

엄마가 야채와 감자 등을 머리에 이고 시장에 내다 팔러 읍내시장으로 떠날 때 영진이는 엄마를 졸라대어 시장으로 따라갔다. 아이스케이크도 사먹고 눈깔사탕을 주머니가 뿌듯하도록 채워 넣고 기분 좋게 집으로 오는데, 누군가 저만치서 기다란 짐을 지게에 얹고 길 가운데로 걸어오고 있었다. 영진이 눈에 그 짐은 분명히 사람 죽은 시체였다. 영진네 집과 읍내 중간 홍천말을 지나 낮은 골짜기, 시꺼먼 굴뚝이 음흉스럽게 머리를 치켜들고 서 있는 화장터는 형들이 귀신이 살고 있다고 해서 낮에도 머리가 쭈뼛쭈뼛 솟아오르며 혼자 가기가 무서운 길이었는데, 시체를 만나다니……. 영진이는 뒤돌아 갈 수도 없고 엄마를 뒤로하고 시체가 오는 쪽으로 달렸다. 귀신이 목덜미를 잡는 것만 같아 얼굴은 반대쪽으로 돌리고……. 한참을 달리다가 다리실재 마루에서 엄마를 기다리고 있었다.

영진이가 다섯 살 때 할머니가 죽었다. 영진이는 언제나 할머니 품을 떠나지 않았는데, 갑자기 할머니가 무서워졌다. 꼼짝도 못하고 누워있던 할머니를 어떤 아저씨들이 얼굴마저 꽁꽁 묶어버려, 할머니가 너무 아플 텐데……. 그때는 아저씨가 미웠었다. 영진이는 죽은 할머니를 보았다. 가마니에 둘둘 말아서…….

상윤이 엄마가 "동욱이가 죽어서 지게에 지고 화장터로 갔다."고 심각한 얼굴로 엄마한테 말하고 있었다. 방 안에 홀로 있다 죽었다고, 폐병을 앓다가 죽었다고……. "내일 또 놀러와!"라고 동욱이 형이 영진이한테 말했었는데……. 아까 명구 아버지가 지게에 지고 오던 죽은 사람이 동욱이 형이라니? 형이 불쌍하고 너무나 안쓰러웠다. 잘생기고 노래 잘 부르고 하모니카잘 불고 나와 친했던 형이 죽다니……. 가마니에 꽁꽁 묶인 채로 지게 위에 지워져 홀로 외로이 화장터로 가다니…….

영진이는 폐병을 몰랐었다. 동네 사람들은 동욱이 형이 폐병에 걸렸다고 발걸음을 안했었는데……. 쓸쓸히 웃는 하얀 얼굴의 동욱이 형이 너무 좋았다. 형의 하모니카를 언제나 마음대로 불었는데, 들숨을 길게 마시며 날숨을 내뱉고…….

초등학교 때 영진이는 '투베르쿨린 반응검사'를 받았는데, 팔 안쪽이 벌겋게 부어올라 양성이란다. 결핵균이 몸에 들어와 내성이 생겼다고 했다. 음성인 친구들은 결핵균 접종을 받은 후 어깨가 헐어 오랫동안 고생하고 지금은 흉터를 남기고 있다. 영진이 가슴 한구석도 동욱이 형은 아린 흉터로 남아있다.


# 꼬마 나무꾼과 밥상머리 훈육


애기 지게가 나뭇단에 기대어 서있다. 나무 향기를 짙게 풍기며 하얀 속살을 드러낸 깨끗한 지게가 어디서 나타났는지 신기하게 만져보는 영진이 등 뒤에서,

"한번 져봐라!"

의붓아버지한테 처음 듣는 나긋나긋 다정한 목소리, 웃음 띤 얼굴……. 약간 헐렁하며 크다는 느낌이지만, 등짝에 착 달라붙는 촉감이 좋았다.

"이 지게 누구 거예요?"

"네 지게지!"

"정말요? 고맙습니다!"

영진이는 자기 지게가 생겼다는 게 너무 기뻤다. 어른 지게는 지겟다리가 길어 땅바닥에 끌려서 지고 다닐 수가 없었는데, 애기 지게를 지고 어른들 흉내를 내고 어른들 틈에 낄 수 있다는 게 너무 좋았다.

산과 들에 하얗게 눈이 내렸다. 지게를 지고 엄마 따라 나무하러 가고 있었다. 눈이 고무신짝 위로 넘어와 발이 시리다.

"엄마 나무하러 가는 데가 아직 멀었어?"

"이제 다 와간다."

엄마는 갈퀴와 낫, 새끼줄을 보자기에 싸들고 산마루를 오르면서,

"내가 너한테 지게를 지우다니……."

말끝을 흐린다. 양지 녘 널따란 묘 둔치에 지게를 벗어놓고 쉬려고 하는데, 엄마는 벌써 쇠갈퀴로 솔포기 밑에 빨간 검불을 모으고 어떤 나무는 맨손으로 갈퀴 모양을 만들어 검불을 긁어다 널어놓는다. 영진이도 엄마 따라 손가락을 갈퀴 모양으로 흉내를 내면서 솔포기 밑에 검불을 긁어모았다. 목이랑 손등이 솔잎에 찔려 따끔따끔할 때마다 예전 일이 생각났다. 비행기가 솔경지 하늘을 요란하게 소리치며 날아다닐 때, 엄마 등에 업힌 영진이 등허리에 할머니가 소나무 가지를 덮어서 뒷목이 따가워 울면 할머니가 입을 막으려고 코까지 틀어막아 숨이 막혀 죽을 뻔했는데……. 그때는 목을 찌르던 소나무 가지가 너무 따가워 울었지만 이제는 모가지를 침처럼 찔러대는 소나무 가지도 영진이는 참을 수 있다.

"나무가 귀해서 솔가리를 모았다가 장에 내다 팔아서 돈을 써야 한다. 솔가리는 제일 좋은 땔감이지만, 며칠 안으로 이곳 검불도 다 없어지고 큰 나무가 있는 먼 산까지 가야 한다."

엄마가 한숨지었다. '엄마는 맨날 한숨만 짓고 사나?' 솔가리를 지게 위에 소복이 쌓아놓고, 지게꼬리로 바짝 홀쳐맨다. 엄마는 걱정스런 얼굴로 "너 일어설 수 있니?" 한다.

나뭇짐을 처음 져본다. 무릎을 꿇고 지겟작대기에 힘주어 밀면서 어른처럼 땅바닥을 박차고 일어났다. 검불이라 그런지 가벼운 느낌이다. 산비탈을 내려오는데 다리가 후들후들 떨린다. 가볍던 나무 지게가 점점 무겁다

못해 어깨를 뻐근하게 짓누른다.

"쉬었다 가자!"

엄마는 머리 위의 나뭇단을 내려놓고 영진이가 지고 있는 나무 지게를 빼앗듯 번쩍 들어 내려놓았다. 아프던 어깨가 갑자기 허전했다. 힘겨운 발걸음으로 집으로 들어서는데 의붓아버지가 환하게 웃고 있었다. 나뭇짐을 지고 오는 영진이가 대견스럽고 흐뭇한가 보다. 엄마는 잔뜩 화난 얼굴로 나뭇단을 땅바닥에 내동댕이쳤다.


네 가닥 새끼줄 위에 싸리나무 같은 가느다란 나무를 펼쳐놓고 그 위에 솔가리를 올려놓고 말아버리면 나뭇단이 된다. 양쪽 모서리를 손바닥으로 탁탁 두드리면 흡사 장구 모양이 되는데 한 짐에 두세 단씩 지게에 지고 나무시장에 팔러나간다. 솔가리 두 단 값이 사백 환이다. 막대기 사탕은 한 개에 오 환이었다.

영진이는 아홉 살 때부터 나무 지게를 지기 시작했었다. 충북 제천, 영진이가 살던 집에서는 나무할 곳이 너무 멀고 큰 산에 올라도 나무를 베어올 수가 없었다. 손쉽게 하는 땔감이 북데기인데, 산소나 양지 녘 말라버린 잔디나 작은 풀들을 낫으로 후려치며 자르고 갈퀴로 긁어모아 바소쿠리에다 지고 오면 마른 풀잎이라 불땀 없이 타버렸다.

비나무는 뺑대나 갈대, 싸리나무 등 억센 풀들이고, 고주박은 나무를 베어내고 썩어가는 밑동을 도끼 등으로 패서 땔감으로 만든 것이고, 삭정이는 큰 나무에 말라죽은 가지를 말하고, 활대란 소나무 등에서 잘라낸 큰 가지가 마른 것이며 불땀 좋은 나무다. 장작은 말할 것도 없이 큰 나무를 톱으로 잘라 도끼로 패 만든 땔감이다. 볏짚, 콩짚, 왕겨 등도 땔감이다. 청솔은 소나무 가지나 솔포기를 이른다. 청솔에 불을 지필 때면 아궁이가 미어터지게 쑤셔 넣어야지 아궁이 속을 느슨하게 채우면 불이 타지 않는다. 청솔은 송진이 있어 불쏘시개로 불을 붙이면 호두두둑 소리를 내며 잘 타고 방바닥도 뜨끈뜨끈하다.

맨날 영진이 혼자 산으로 나무하러 갔다. 야산에는 솔포기도 없어 싸리재가 영진이가 나무하는 곳이다. 아홉 살 영진이는 나무 지게가 등짝에 달라붙고 어깨도 덜 아파졌는데, 지게 체질이 되었나 보다.

아침밥을 먹자마자 의붓아버지가 새파랗게 날 서도록 갈아준 낫을 지게에 꽂고 산으로 가야 하니, 연호 누나한테 놀러도 못가고 천순이 형네 사랑방에 짓고땡 하러 가려 해도 일찍 잠들어버리고, 동근이 형은 죽어버리고……

영진이는 의붓아버지가 늘 못마땅한 눈초리로 자기를 흘겨보는 것 같아 마음이 불편했다. 의붓아버지한테 꼬투리를 안 잡히려고 조심조심 행동하지만,

"얼굴은 똑똑하게 생겨가지고 하는 짓이라고는, 쯧쯧……"

혀 차는 소리도 이제는 그러려니 익숙해졌다.

의붓아버지가 없는 틈에 윗목에 의붓아버지가 짜는 돗자리를 짜보겠다고 고드랫돌을 넘기면서 돗자리를 짜다가 의붓아버지한테 들켜버렸다. 영진이 딴에는 돗자리를 짜보고 싶다기보다 의붓아버지 일손도 도와주고 칭찬받고 싶은 마음으로 시작했는데, 의붓아버지가 엮는 것처럼 쉽지 않았다. 왕골에다 볏짚을 붙여 고드랫돌을 넘겨가며 엮으면 될 줄 알았는데 엮어지기는커녕 엉뚱한 모양새가 돼버려 영진이가 봐도 이건 아니었다. 잽싸게 고드랫돌을 반대로 넘기며 원위치로 풀어놓느라 서두르고 있는데 때마침 밖에서 돌아온 의붓아버지한테 들키고 말았다.

"하는 짓이라곤 쯧쯧쯧……"

영진이는 '왜 나는 하는 짓마다 의붓아버지한테 들켜 미움을 살까?' 했다. 뒷밭에서 몰래 무를 뽑아먹다 들키지 않나, 뒤란에서 앵두 따먹다 들키지

않나……. 영진이가 청솔을 꺾어서 어른만큼 지고 올 때면 코끝을 실룩거리며 좋아하고, 갈을 지게가 넘치도록 지고 올 때면 "오늘은 밥값 했구나!" 하면서 입이 딱 벌어지다가도 하룻밤만 지나가면 언제 그랬냐는 듯 아침부터 잔소리 시작이었다. 밥상머리에 앉자마자,

"밥을 먹을 때는 어른이 수저를 든 다음 수저를 들어라!"

"밥을 먹을 때는 말하지 마라!"

"쩝쩝 소리 내지 말고 먹어라!"

"맛있는 반찬만 먹지 마라!"

"음식을 뒤적이며 골라먹지 마라!"

"어른이 수저를 놓은 다음 놓아라!"

'저놈의 영감탱이, 저놈의 잔소리! 맨날 입도 안 아프나! 보기 싫은 영감탱이! 볼수록 미운 영감탱이…….'


## 국민학교 입학


영진이는 나무하러 가지 않는 날 집에 있으려니 심심했다. 상윤네 머슴 아저씨는 일하러 가고, 상윤이와 필록이도 학교에 가고 천순이 형마저 학교에 갔다.

저 멀리 마을 한복판에 학교가 보였다. 개울을 건너 용기백배하고 학교 운동장으로 들어섰는데 운동장 한가운데 또래들이 빙 둘러앉아있고, 언뜻 상윤이가 보였다. 상윤이가 친구지만 영진이는 그 옆으로 갈 수 없다는 걸 알기 때문에 멀찌감치 운동장을 빙빙 돌아다니며 왔다 갔다 하고 있었다. 여자 선생님이 손짓을 했다.

"너 학교에 안 다니니?"

"예."

"왜 안 다니니?"

"……."

"너 몇 살이니?"

"아홉 살입니다."

"이름은?"

"김영진이입니다."

"아홉 살이면 학교를 다녀야 하는데 어쩌냐!"

"……."

"너 학교에 다니라면 다닐 수 있어?"

"예."

선생님은 영진이가 불쌍해 보이나 보다. 허름한 옷에 머리는 밤송이 같고…….


"엄마! 나 학교 갈 수 있어!"

"뭐, 네가 학교를 다녀?"

"학교에 놀러 갔는데 선생님이 나보고 학교에 오라고 했어!"

"입학금도 없고 월사금도 없는데 어떻게 학교에 다녀!"

엄마는 난감한 얼굴로 걱정만 하고 있었는데…… 어떻게 되었는지 영진이는 학교를 다니게 되었다. 상윤이 아버지가 학교 사친회장이었는데 영진이네 집 사정을 학교에다 잘 말해줘 입학금 · 월사금 · 사친회비를 면제받고 학교에 다닐 수 있었다. 학교에 다녀도 일요일이면 나무를 해야 하고, 봄방학에는 나무 지게보다 갈 꺾기를 열심히 해서 갈짐을 져야 했는데, 제법 솜씨가 늘어 논 여덟 마지기 바닥을 두텁게 깔았다.

214

싸리재 등마루에 오르면
저 멀리 학교가 보인다
영진이는 혼자서 무서운 줄도 모르고
나무를 한다
어린이 팔뚝만큼 굵은 소나무 머리와 가지를 낫으로 잘라버리고
얌통머리 없이 두 손으로 소나무
밑동을 힘주어 내리찍으면
애기소나무는 아프다는 말없이 힘없이 잘려버린다
어린 등거지를 짊어지고
싸리재 비탈길을 내려 달리면 다리가 후들후들…….

원주에서 봉양을 지나 제천 시내 쪽 방향, 저 멀리 맨 왼쪽 제일 높은 산이 가창산, 가운데 산이 싸리재, 다음 산이 차나물 금송, 맨 오른쪽이 어리산이었다. 어리산은 석회 광산으로 채광하여 산 중턱까지 낮아졌다. 그때 영진이는 너무 어려 식목한 나무인지도 모르고, 나무는 그냥 잘라오면 되는 줄 알았었다. 싸리재 높은 산이 벌거숭이가 되었어도 자기 때문이라는 생각은 못 해봤었다. 영진이가 초등학교 3학년 때 천순이 형과 기한이 형, 동네 머슴 형들과 어울려 나무하러 다닐 때 아무 산이나 가면 안 되고 베어서는 안 되는 나무가 있다는 것을 형들에게 배웠다. 밤에는 짓고땡을 가르쳐주던 형들이……. 나뭇짐을 지고 줄지어 가는데 앞서가던 기한이 형이,

"산감(산림감시원) 떴다!"

우리는 나뭇짐을 팽개치고 군인처럼 납작 엎드렸다. 그때는 양복 입은 사람은 산림 공무원이려니 했었다.

온 산이 단풍으로 빨갛게 고왔던 일요일, 영진이는 천순이 형을 따라 부지런히 걸어서 장치미 연못을 지나 장자터까지 왔다. 지게에 낫을 꽂고 밥

그릇도 달고 일찍 출발하여 이십 리 길을 걸어왔다. 커다란 소나무 아래 엄청난 솔가리가 새빨갛게 깔려있었다. 이렇게 많은 솔가리는 처음 봤다.

"천순이 형! 솔가리가 겁나게 깔려있어!"

많은 솔가리를 본 순간 영진이 마음이 들떴다. 천순이 형이 널따란 산소 앞을 갈퀴로 긁으면서

"검불을 이곳으로 날라 와! 여기는 네 자리고 여기는 내 자리야!"

영진이는 열심히 검불을 긁어모아 한 아름씩 안아다가 날랐더니 배가 고팠다. 한 짐 잔뜩 지고 갈 만큼 양지 녘에 깔아놓은 검불은 따가운 햇살을 받으며 말라가고 있었다.

보자기를 깔아놓고 천순이 형과 밥을 먹는데, 집에서 따라온 개 연둥이가 곁을 지키고 앉아있었다. 영진이는 밥 한 숟갈 떠먹고, 연둥이 한 숟갈 떠주고……. 천순이 형은 영진이를 못 본 체하고 꾸역꾸역 밥을 먹었다. 영진이는 밥을 먹었는지 말았는지 엄마한테 연둥이 밥까지 싸달라고 할걸, 후회가 들었다.

나뭇짐을 지고 얼마를 걸어왔을까? 등도 아프고 어깨도 아프다. 저만큼 마중을 오고 있는 엄마가 너무 반가웠다. 엄마가 영진이 지게를 대신지고……. 영진이는 어깨가 날아갈 것처럼 가벼워 엄마 앞에서 신나게 걸었다. 나뭇단을 예쁘게 만들어 엄마가 머리에 이고 장에다 팔면 고무신도 사고, 연필이랑 공책도 사고…….

## 아버지가 빨갱이?

선생님이 영진이를 모범생이라고 칭찬해주셔서 우쭐하고 기분이 좋았다.

어느 날 학교 변소 벽이 뚫려 벽을 바르고 있는 동네 반장 아저씨한테 인사를 했더니,

"아! 난 누군가 했더니 빨갱이 자식이구나!"

영진이는 갑자기 정신이 아찔하고 당황했다. 영진이 반 애들이 변소에서 나오다가 영진이를 빙 둘러싸고 얼굴을 쳐다본다. '반장 아저씨가 영진이 보고 아버지가 빨갱이라니…… 아저씨가 어떻게 알았을까?' 속으로는 찔리지만,

"아니에요! 우리아버지 빨갱이 아니에요!"

"내가 다 알고 있어! 네 아버지가 빨갱이 대장질하다 죽은 걸!"

영진이는 또 한 번 가슴이 철렁하며 기가 막혀버렸다. 홍천과 제천이 멀리 떨어져있는데 반장 아저씨가 어떻게 알고 있을까? 아버지가 빨갱이라고 친구들이 알 것 같아 너무 두려웠다. 영진이는 배에다 있는 힘을 주고 소리쳤다.

"우리 아버지가 빨갱이 대장 하는 거 아저씨가 봤어요?!"

영진이가 반장 아저씨를 노려보면서 대들었다.

"조그마한 놈이 어른한테 대들어! 선생이 그렇게 가르쳤어?!"

변소에서 선생님이 나오시면서 영진이 손을 잡아끌고 교실로 갔다. 영진이는 교실 바닥에 주저앉아 엉엉 울었다.

---

연좌제에 해당되는 부역자 가족들을 정보형사들이 동네 이장과 반장을 통하여 동향을 파악하고 감시했다. 반장도 형사들의 애기를 듣고 영진이를 감시하는 과정에서 아버지의 부역과 사망 등을 알았던 것으로 추정된다.

# 모심고 부역하기, 영 사건

영진이가 3학년 때, 모내기하러 학교에서 한참 걸어서 논두렁에 줄지어 섰다. 아침 조회시간에 교감선생님이 헛기침을 두어 번 하시더니 모를 심는 방법과 요령을 말씀하셨다.

"모를 심을 때는 한 손으로 모를 움켜쥐고 중지로 모를 서너 개씩 밀어 내어, 반대 손으로 밀어낸 모를 손가락을 꼿꼿이 세워 꽂는다. 깊이 심으면 모가 뿌리를 잘 못 내리고, 얕으면 물에 둥둥 뜨니까 주의해서 잘 심어야 한다."

그러면서 교감선생님께서 시범을 보여주셨다. 모줄을 잡으면 편하지만 집에서도 모종은 영진이 차지였는데, 여기서도 지독히 운이 없나 보다. 평평한 논바닥은 물이 흥건히 고여있고, 흙은 물렁물렁하다.

영진이가 꺾어온 갈을 논에 펴고, 어른들은 소로 갈고 논바닥에 물을 채우고 써레질과 번지질을 해서 모를 심었는데, 그때도 영진이는 하루 종일 지게에 모를 지고 다니면서 논바닥에 모춤을 던져주는 모종을 했었다.

빨간 헝겊을 달아놓은 못줄을 논바닥에 띄웠는데 달리기 할 때처럼 줄지어 섰다. 교감선생님한테 모심기 교육을 단단히 받았는데도 모춤을 짚으로 어떻게나 단단히 묶었는지 풀기도 어려웠다. 영진이도 친구들한테 뒤질세라 아픈 허리를 꾹 참고 열심히 모를 꽂고 있는데, 논두렁 저만치서 큰 소리가 들렸다. 쳐다보니 교장선생님이 손가락으로 이쪽을 가리키며,

"모가 많이 심겼어!"

영진이는 '설마 나보고 하시는 말씀은 아니겠지!' 하면서 태연하게 모를 심고 있는데 더 큰 소리로,

"야! 너 말이야!"

더 큰소리로 외치신다. 교장선생님 손가락은 정확히 영진이를 겨누고 계

섰다. 교장선생님한테 야단맞는 것보다 곁에 같이 모심기하는 친구들 눈이 더 부끄러웠다.

초등학교도 농번기 철이라 일주일 정도 방학을 했는데, 영진이네 집은 모를 다 심어 이웃 아저씨네 집으로 모심기를 갔다. 장딴지가 근질근질하면 영락없이 거머리가 피를 빨고 있었다.

손바닥으로 탁 치면 거머리는 동그랗게 말려 떨어진다. 머리에서 꼬리까지 노란 줄이 그어진 거머리는 참거머리인데, 참거머리가 피를 빨면 따끔해서 거머리가 다리에 붙은걸 눈치채지만, 까만색의 뚝거머리는 피를 빨아 배가 뚱뚱해져 저절로 떨어져나가도 눈치채지 못했다.

영진이가 성인이 된 후에도 모내기 철이면 교장선생님 목소리가 귓전을 울린다. '너'하고 겨냥하는 손가락이…….

마을마다 부역은 왜 그렇게 많은지! 신작로에 자갈 깔기, 흙 파다가 길바닥 메우기, 가로수 심기……. 산으로 가면 나무 심기, 어린 나무 둘레 풀 깎기 등을 해야 했는데 영진이를 의붓아버지와 엄마 대신 보내니, 어른들은 물론이고 이장님이 늘 얼굴을 찌푸렸다.

반바지 차림으로 고무신을 신은 영진이는 어린 나무 둘레를 어른들한테 뒤질까봐 열심히 깎고 있는데, 종아리가 따끔하고 찌릿하며 쓰리고 아려왔다. 얼마나 아픈지 낫을 버리고 깨금발로 깡충깡충 뛰었다. 쐐기에 쏘인 자리가 빨갛게 부풀어 오른다.

"야 인마! 너 꾀부리는 거야?!"

이장님 호통 소리에 쐐기에 쏘인 다리가 너무 아픈데도 눈물을 찔끔찔끔 흘리며 풀을 깎는데, 이장님은 한참이나 영진이를 째려보고 서있었다. 어른 대신 어린 영진이를 늘 부역에 내보내는 엄마나 의붓아버지가 미워서 어른 몫을 못하니 화풀이를 했나 보다.

오늘도 영진이는 그때 쐐기한테 쏘인 종아리보다 째려보던 이장님의 눈
매가 아린 기억으로 남아있다.


어느 날 학교에서 영*을 한 마름씩 가져오라고 했다. 학교 지붕은 영으
로 덮는 초가지붕이라서 학생들이 한 마름씩 가져와도 모자라는 형편이었
다. 영진이는 엄마한테,

"학교에서 영 한 마름씩 가져오래."

엄마는 지붕 씌우고 남은 영 한 마름을 가져가라는데 너무 작았다. 학교
에 가지고 가면 분명 퇴짜를 맞고 선생님이 큰 것으로 가져오라고 하실 게
뻔한데…… 영이 작아 못 가져가겠으니 큰 영을 한 마름 내놓으라고 떼를
썼더니, 의붓아버지가 마당에다 영을 길게 펴놓고 커다란 짚단을 놓고 둘둘
감아버리니 마술처럼 엄청나게 큰 영이 만들어졌다. 영진은 속으로 '이러면
안 되는데……' 하지만, 오늘은 꼭 영을 가지고 학교에 가야 하니 어쩔 수
없이 새끼줄로 멜빵을 만들어 지고 학교에 가서 선생님한테 이름을 적었다.

다음 날 아침 조회시간에 교감선생님이 화가 잔뜩 난 얼굴로 교단 위에
서계셨다.

"어제 학교 지붕을 씌웠는데 어떤 학생이 짚단을 영 속에 말아가지고 왔
다." 영진이는 가슴이 철렁했다.

"우리 모두 공부하는 학교에 그런 영을 가지고 온 학생도 교실에서 공부
할 텐데, 어떻게 눈속임으로 커다란 영을 만들어 올 수 있단 말이냐!"

영진이는 영을 짊어지고 올 때부터 마음이 편치 않았고, 선생님한테 이
름을 적힐 때도 가슴이 조마조마 했다. 이젠 교감선생님을 똑바로 쳐다볼

---

*'이엉(초가집의 지붕이나 담을 이기 위하여 짚이나 새 따위로 엮은 물건)'의 준말.

수도 없고, 얼굴이 화끈화끈 달아오르며 콩닥콩닥 가슴 뛰는 소리가 귀에 들렸다.

"공부하는 학생이 선생님 눈을 속이는 못된 짓은 용서할 수 없다. 그 학생이 커서 무엇이 되겠는가!"

교감선생님은 영진이 보고 하시는 말씀이다. '제가 가지고 왔습니다!' 달려 나가 소리치고 싶어도 용기는 목구멍으로 숨어들고 영진은 어찌할 바를 몰랐다.

"그냥 넘어가지 않고 어떤 학생 짓인지 꼭 밝혀내겠다!"

마지막 말씀은 영진을 꼭 범인으로 잡고야 말겠다는 말씀으로 들렸다. 교감선생님한테 불려가 혼쭐이 나고 학교에서 쫓겨날 것만 같아 그날은 뭘 배웠는지 기억이 없었다.

영진이는 사람은 작은 것도 속이면 절대로 안 된다는 것을 마음속으로 깊이 깨닫고 뉘우쳤으며, 영 사건을 후회하고 다시는 그런 짓을 안 하리라 다짐했다. 남을 속인다는 것은 자기 스스로에게 떳떳지 못하다고 영진이가 스스로 깨우친 사건이었다.


## 첫사랑과 응원단장

학교에서 예의바르고 인사 잘하는 '모범생'
얼굴에 웃음꽃이 늘 피어있다고 '벙글이'
맨날 명랑한 얼굴
일에 찌들어 공부는 못해도 우등상 받는 건 분에 넘치는 영광!
미술반에도 인기, 서예반도 인기, 문예반도 인기 짱!

영진이는 한동네 영순이한테 편지를 썼다. 개울에서 멱 감고 어른처럼 빗어 넘긴 머리에 예쁜 얼굴이 영진이 마음을 몽땅 빼앗아갔다. 떨리는 가슴을 억지로 누르며 분홍색 종이에다 까만 글씨로 또박또박 써내려갔다.

"오늘 낮에 만났을 때 너무 예뻤어! 동생으로만 생각했는데, 아가씨였어! 영순이는 공부도 잘하고, 노래도 잘 부르고, 나는 영순이와 더 가깝게 친해지고 싶어! 나는 영순이를 좋아해!"

편지를 딱지처럼 접고 또 접어 용기를 내어 영순이 집 마당가에 던지듯이 전해주고 돌아서는데 뒷머리가 화끈거려 뒤도 안 돌아보고 그냥 도망쳐왔다.

비밀은 없는 걸까? 영순이한테 연애편지를 빨간 종이에다 딱지 모양으로 접어서 보냈다고 어떻게 알았는지 학교에 소문을 퍼뜨려, '빨간 딱지! 빨간 딱지!' 영진이는 학교에서 얼마나 놀림을 받았는지……!


영진이는 공차기를 좋아했다. 학교에서 하는 놀이도 공차기였다. 고무공을 차다가 뾰족한 못이나 모서리에 부딪치면 공이 찢어지거나 터져버렸다. 겨울이면 동네에서 제일 넓은 논바닥이 그들의 축구장이었다. 벼를 베어낸 논바닥엔 흰 눈이 듬성듬성 쌓여있는 틈바귀에 벼 그루가 뾰쪽뾰쪽 줄지어 서있는 논바닥 운동장에서 짚으로 만든 공을 찼었다. 고무신짝에 새끼줄을 동여맨 형들도 있고, 부잣집 애들은 운동화도 신었다. 볏짚으로 골대를 만들고 룰은 핸드볼 반칙뿐이었다. 벼 그루터기는 얼마나 밟아 쳤는지, 납작하고 평평했다.

잔칫집 전날 돼지 잡는 곳으로 달려가면 돼지 오줌보는 으레 이들의 차지였다. 어른들은 돼지 배를 가르고 오줌통을 꺼내 돼지 오줌을 훑어내고 손에 쥐이면서,

"이놈들 돼지 잡는 건 용하게도 아누만!"

"고맙습니다, 아저씨!"

인사를 하는 둥 마는 둥 달려왔다.

대롱을 돼지오줌통에다 꽂고 덩치 큰 형이 양쪽 볼이 불룩 튀어나오도록 바람을 세게 불면 커다란 공이 되었다. 오줌통은 짚으로 만든 공보다 가벼워 풍선 같은 느낌으로, 짚공은 힘껏 차면 멀리 가지만 오줌통은 멀리 못가고 공중으로 떠올랐다.

"오줌통 터질라! 살살 차거라!"

형들이 소리친다. 얼마 차지도 않았는데 오줌통은 터져버렸다.

"살살 차라 했잖아!"

덩치 큰 형 목소리가 크게 들렸다.


초등학교 4학년 때 가죽으로 만든 공을 처음 봤다. 선생님이 운동장 한가운데로 공을 힘껏 찼는데 공은 공중으로 붕 뜨더니 운동장 바닥에 튕겨져 교문 앞까지 굴러갔다. 영진이는 공을 향해 달렸다. 처음 만져 보는 공을 가슴에 안고 선생님께 드렸더니,

"너희들이 차면서 운동하거라!"

귀가 번쩍했다.

"선생님, 저희들이 이 공을 차도 되나요?"

"그래, 마음껏 차거라!"

가죽 공은 딱딱해서 돌덩이 같았다. 영진이는 다 떨어진 고무신을 신고 공을 찼는데 공은 멀리 가지 않고, 발가락이 부러졌나 보다. 너무 아파 엉엉 울었는데 발가락이 퉁퉁 부었다. 가죽공이 겁이 나 공이 앞으로 굴러오면 비켜섰다. 복남이가,

"야 인마! 공을 차야지, 왜 도망쳐!"

고무신짝도 안 신고 맨발로 돌처럼 딱딱한 공을 힘껏 차는 복남이가 부러

왔다. 돌멩이가 뾰족뾰족 돋아있는 운동장을 맨발로 달리며 공을 차는 복남이…….

"복남아! 너 발 안 아파? 그것도 맨발로?"

"인마! 공을 발등으로 차야지 딱딱한 가죽 공을 발끝으로 차면 발가락 부러져! 나 봐라!"

복남이는 공을 세워놓고 발등으로 차는 요령과 시범을 모두에게 보여줬다. '아하, 어쩐지!' 궁금했던 수수께끼가 확 풀렸다. 영진이도 운동장을 맨발로 달렸다. 발바닥이 돌멩이를 밟을 때마다 뜨끔뜨끔 너무 아프고, 헐렁한 고무신을 신고 공을 차니까 철썩 소리와 함께 고무신짝도 같이 날아갔다. 운동화 신은 친구들이 부럽지만 영진이는 이를 악물고 맨발로 도전했다. 복남이도 아무 소리 않고 맨발로 공을 차는데……. 화끈화끈하던 발바닥도 별로 아프지 않았다. 공을 찰 때 발등이 따끔따끔해도 공이 착착 발등에 달라붙는 느낌은 뭐라 표현할 수 없을 만큼 상쾌했다.

두학초등학교도 축구부가 생겼는데 축구선수를 뽑는다고 했다. 축구선수를 뽑는 날, 영진이는 축구부에 들어가려고 마음을 단단히 먹고 앞으로 굴러오는 공을 발등이 찢어져라 힘껏 멀리 찼다. 헛발질하면 끝장이다. 영진이는 축구부에 뽑혀서 기분은 하늘을 날았다. 5학년생들도 제천군 초등학교대항 운동경기에 우리 학교 축구선수로 출전한다. 6학년 형들이 주축이고 5학년은 몇 명만 선수로 뽑힌다. 영진이는 축구선수로 뽑히려고 열심히 연습해도 늘 후보였다. 축구선생님이 영진이를 오라고 손짓을 하셨다.

"축구공에 바람을 넣어야 하니까 펌프질을 해라!"

영진이는 펌프도 처음 보지만 어떻게 하는 줄도 몰랐다. 선생님이 시범을 보이시더니,

"해봐!"

영진이는 아무리 펌프질을 해도 바람이 안 들어가나 보다.

"네가 호스를 바람 들어가는 구멍에다 잘 맞추고 꾹 누르고 있어!"

공이 딱딱하게 부풀어 오른다.

"끈을 꿰자!"

선생님이 두 손 엄지손가락으로 힘을 주며,

"이렇게 힘껏 눌러봐!"

영진이는 양손 엄지손가락이 휘도록 있는 힘을 다 해도 구멍은 나타나지 않는다. 뒷머리가 화끈했다. 선생님이 뒤통수를 후려갈겼다.

"야. 인마! 그렇게도 힘이 없어!"

엄지손가락이 뒤로 젖혀지며 악을 썼다. 억지로 끈을 꿰었지만, 손가락은 감각을 잃었다.


축구 연습을 열심히 하고 있을 때 응원 지도 선생님이 영진한테 눈길을 주시면서,

"응원단장으로 저 아이를 보내줬으면 좋겠어!"

응원선생님은 나이가 많으시고 축구선생님은 젊으시다. 축구선생님은,

"선생님이 저 애가 필요하시다니 데려가시지요!"

영진이는 힘없이 축구부에서 방출됐다. 한복남이나 김복근, 양만식, 김순겸, 홍완송이처럼 축구를 잘했다면 축구선생님이 보내지 않았겠지만, 영진이는 '내가 축구를 잘 못하니까…….' 속상해하면서 어쩔 수 없이 응원단장이 되고 말았다.

삼삼칠 박수! 짝짝짝! 짝짝짝! 짝짝짝짝! 짝짝짝!

기차박수! 권투박수!

"빅토리! 빅토리! 브이 아이 시 티 오 알 와이!"

"아카라카칭! 아카라카초! 아카라카 칭칭! 총총총!"

운동장 아닌 교실에서 율동과 응원가를 부르고 구호를 외치고 있었다. 영

진이의 축구선수 꿈은 알록달록한 응원단장 유니폼에 그렇게 묻히고 말았다.

영진이가 중학생이 되었을 때 다른 반 친구가,

"너 두학학교 응원단장이였지?"

응 하고 대답하면서도 영진이는 이 친구가 어떻게 나를 알아볼까, 우리학교도 아닌데…… 했다.

"너 그때 의림학교 운동장에서 봤어! 너 너무 잘하더라! 율동과 춤이…….
그래서 너를 유심히 봤거든!"

# 이용사의 길

## 중학생 김영진

중학교에 가려면 입학시험을 치러야 했다. 영진도 당연히 중학교에 가려고 마음을 정했지만 6·25전쟁 때 호적이 불타버려 중학교에 진학할 수가 없었다. 홍천 장남 사촌 형님과 고종사촌 형님의 도움으로 두촌 중학교에 입학할 수가 있었다. 고종사촌 형님은 두촌중학교 설립 때 학교 부지 이만 평을 쾌척하셨다. 주름망태기에 징 박은 구두를 쩌벅쩌벅하며 다니시는 할아버지 같은 형님은 구두쇠로 소문날 정도로 생활에는 철저히 근검절약하며 사시는 분이었다. 그런 형님이 학교 부지 이만 평을 희사하셨던 것은 사회 환원의 대단한 결단이었다.

큰집 형편은 많이 힘들어 감자와 옥수수가 주식이었지만, 점심 도시락만큼은 형수님이 하얀 쌀밥을 싸 주셨다. 쌀밥과 고깃국을 먹으려고 토요일마다 신남 외삼촌댁으로 갔다. 외숙모는 싫은 내색 한 번도 안하고 언제나 웃는 얼굴로 영진이를 반겨주셨다.

집에서 학교까지는 십 리도 더 되는 먼 길이었는데, 어쩌다 누나 버스를 만날 때면 친구들이랑 우르르 몰려갔다. 누나가 주는 돈으로 교납금과 필요한 돈을 충당해 공부할 수 있었다. 어려운 형편에 하얀 쌀밥을 싸주시던 형수님, 인정스런 형수님. 그리고 누나. 영진이 가슴속 깊이 고마움을 어찌 잊을 수가 있을까?

영진이는 제천중학교 2학년으로 전학을 왔다. 조회시간에 자리를 찾지 못할 만큼 넓은 운동장이 학생들로 꽉 채워졌다. 음악실, 미술실, 과학실도 있고 특활반도 있는데, 미술반에 들어갔다. 미술반은 여덟 명의 정예반이였다. 전교 학생회장도 미술반 김대종 선배였다. 2학년 미술반은 이광재와 김무열인데, 연필로 데생을 하며 광재는 비너스 데생은 눈 감고도 할 수 있다며 으쓱했다. 영진이는 데생이 뭔지도 처음 들어봤다. 목탄과 연필로 석고 모델을 그리는 걸 처음 봤다. 두촌중학교는 미술선생님도 미술반도, 미술실도 아예 없었으니까…….

늦었지만 열심히 그렸다. 집에서 학교가 멀고 집에 가서도 일해야 하기 때문에 방과 후 그림을 그리지 못했다. 3학년 때 윤석원 미술선생님이,

"김영진 너는 서라벌예고를 가야 한다."

몇 번이나 말씀하셨지만, 영진이는 '고등학교 진학도 어려운 형편인데, 서라벌 예고라니…….' 미술선생님의 안타까운 눈길을 애써 외면해야만 했었다.

상윤이 아버지와 이웃 아저씨가 의붓아버지의 양자가 되라고들 하셨다.

"같이 살고 있는 의붓아버지가 자식이 없으니 네가 양자가 되면 안 되겠니? 네 성을 최 씨로만 바꾸면 되는 거야!"

"싫습니다. 제 성은 김 가이지 최 씨는 될 수 없습니다."

영진이는 한마디로 거절했다. 따뜻한 눈길을 단 한 번도 안 주었지만, 돌

아가신 아버지가 마음과 머릿속에 늘 함께 있었다. 하지만 연호 누나는 먹을 것도 맨날 해주고 신랑각시 소꿉놀이도 재밌게 해주고……. 어느 날,

"너 옷 좀 벗어봐!"

그때는 창피해 안 벗으려 했지만 감자떡에 부침개에 국수까지 얻어먹었는데 싫다고 거절할 수 없어 홀랑 벗었는데……. 의붓아버지가 연호 누나 반쯤만이라도 영진이한테 마음을 주셨다면, 어쩔 수 없이 최 씨가 되었을 텐데…….

영진이는 겨울 방학 때 누나가 다니는 버스 차주의 집, 종로 창경원 옆에서 열흘쯤 보냈다. 고래 등 같은 기와집이 즐비하게 늘어선 중간쯤, 커다란 나무 대문을 열고 들어서니 널따란 정원이 정갈하게 펼쳐졌다. 서울에 처음 와서 전차를 타본 것도 신기했지만, 또 다른 세상이 영진이 눈앞에 나타났다. 먹어보지도 못한 이름 모를 음식을 먹으며, '지금쯤 엄마는 보리밥에 청국장, 김치만 먹고 있을 텐데…….' 했다. 자식이 아무도 없는 차주 아주머니는 '아들 하자!'고 한사코 붙잡았지만 뿌리치고 집으로 와야 했다. 차주 아주머니네는 집도 좋고 돈도 많겠지만, 집에는 영진이를 기다리는 엄마가 있으니까……. 가끔은 그때 아주머니 아들이 되었더라면 금강운수 사장쯤은 하지 않았을까 하며 그냥 웃어본다. 내 팔자에 무슨 과분한 생각을…….

학교에서 집에 오니 말끔한 차림새의 청년 한 사람이 앉아있는데, 엄마의 눈치가 왠지 불편해보였다. 의붓아버지 입가에는 웃음꽃이 활짝 피었다가 갑자기 웃음이 사라지며,

"앞으로 형이라 불러야 한다."

뭔가 이상했지만, 의문은 금방 풀렸다. 의붓아버지 새 아들이라는 것을……. 형은 충주 수안보 이발소에서 일하던 이발 기술자였다. 고명동 이

발소집을 사가지고 이사를 했다.

의붓형 밑에서 이발소 청소하기, 물 긷기, 머리 감기기 등……. 학교가 끝나고 집으로 돌아오면 으레 영진이 몫이 돼버렸고, 방학 때면 이발소에서 꼬박 일을 해야 했다. 친구들을 오라 해서 스포츠형 머리 깎기 연습을 했다. 어차피 삭발하는 머리인데, 영진이는 가위질 연습을 하고 친구들은 공짜로 깎고……. 상부상조라 하는 건가?

고등학교 진학 시험을 치렀다. 제천고등학교에 응시해 합격했는데, 입학 전에 입학금, 교납금, 책값을 납부해야 되지만 영진이 집 형편, 아니! 영진이는 입학금 낼 처지가 아니었다. 버스 안내양으로 일하던 누나도 편물기계와 매일 씨름하지만 수입은 없고, 의붓아버지나 의붓형한테 말해보는 건 더더욱 아니었다. 엄마한테 졸라봐야 속만 상할게 뻔한데…….

개울물이 소리치며 흘러가는 둑을 따라 힘없는 발걸음을 옮기는데, 잔설로 얼룩진 산과 들이 을씨년스럽게 다가온다. '나라는 인간에게는 희망은 없고 절망뿐인가?'

"너는 서라벌예고를 가야 한다."

'몇 번이나 다짐하듯 저를 챙겨주시던 윤석원 미술선생님! 제 처지는 모르시겠지요!'

며칠 전 조회 시간에 교장선생님께서,

"오늘 아침 신문에 이발사 시험 합격자 명단을 보았어요! 자격증을 가진 전문가가 된다는 게 얼마나 대단하고 훌륭한 일입니까! 어떤 일이든 그 분야 최고의 장인이 되면 성공한 사람이라고 생각합니다."

교장선생님은 영진이 사정을 훤히 알고 있는 것처럼 영진이한테 들어보라고 하시는 말씀으로 들렸다. 영진이는 자기가 처한 현실과 고교 진학의 열망 사이에 고뇌와 고민의 밤을 뜬눈으로 지새웠다. 직업인으로 당당히 살아가리라 마음을 다잡아 보지만, 꿈틀거리는 향학열은 잠재워지지 않았다.

펜팔로 알게 된 영주 상망리 누나한테 편지가 왔다.

'고교 진학을 못 한다고 너무 실망하거나 좌절하지 마라! 공부할 수 있는 기회는 얼마든지 있고, 평생 동안 살아가면서 다 못다 하는 게 공부란다. 강의록으로 공부해봐라.'

누나의 편지도 마음을 달래보기엔 턱없이 모자랐다. 교복 입고 배지 달린 모자를 쓰고 다니고 싶은 영진이는 강의록 같은 건 건성으로 들렸다. 하지만, 어쩌랴!

이발소 청소하기, 손님 머리 감겨드리기, 어쩌다가 공짜 손님으로 면도 기술 연습을 해보지만, 여기저기 상처투성이로 얼굴은 핏자국으로 얼룩졌다. 가위 잡고 머리를 깎는다는 건 멀어도 한참 멀었다. 친구들 머리로 아무리 연습해봐도 가위자리로 얼룩져버린 불규칙한 무늬를 지울 수가 없었다.

"사흘이면 이발 다 배울 수 있어요!" 큰소리치던 영진이에게,

"한번 해봐라! 인마. 이발이 장난인 줄 알아! 뭣도 모르면서 까불지 마! 네가 사흘 만에 기술자가 되면 내가 너를 신으로 모시겠다. 세상사가 그렇게 쉬우면 가위 잡고 내가 왜 지랄 떨겠냐!"

처음에는 어이가 없어 헛웃음 치던 이발사 형님의 얼굴이 화가 잔뜩 난 얼굴로 굳어있었다. 영진이는 이발사가 되겠다고 독하게 마음먹었지만, 생각보다 녹록지 않았다. 이발사가 되는 길이 멀고도 험하다는 게 어렴풋이 느껴졌다.

# 6 · 3데모

영진이는 왠지 밖에 나들이가 하고 싶어 핑계를 대고 이발소 문을 나섰다. 읍내 중심 사거리 쪽에서 사람들이 차도를 꽉 채우고 몰려오면서 소리쳤다. 처음에는 무슨 소리인지도 몰랐는데, '한일협정 결사반대! 결사반대! 결사반대!'를 외치며 몰려오는 건 교복 입은 학생들이었다. 주먹을 불끈 쥐고 오른팔을 허공 위로 치켜들고 구호를 외치며 영진이 앞을 지나간다. 중학교 때 짝지가 언뜻 눈에 들어왔다. 영진이는 사람들 뒤쪽으로 얼른 몸을 숨겼다. 헐렁한 점퍼, 긴 머리…… 자신은 저들과 어울릴 수 없는 낙오된 패잔병이었다. 눈물이 났다. 전봇대에 매달려 흐느끼며 일찍 죽어버린 아버지, 무능한 엄마를 처음으로 원망했다. 하늘을 향해 소리쳤다. '나는 왜 인간으로 태어났나요?!' 자신도 미웠다. 세상도 미웠다.

신문을 열심히 구독하며 강의록으로 공부도 시작했다. 신문들은 거의 한자로 채워져 있었지만, 초등학교와 중학교에서 한자를 익혔기 때문에 구독에는 별로 어려움이 없었다.

소년병 모집 포스터를 보고 소년병에 지원해서 군인의 길을 가보리라, 먹여주고 입혀주고 월급 주고 몸뚱이 하나만 있으면 되니까…… 하며 잘 아는 경찰 형한테 머리를 감겨주며 부탁했다.

"형님 나 소년병 갈려는데 신원 확인 좀 해주세요!"

영진이 딴에는 그때 꾀가 멀쩡해서 아버지 때문에 군인이나 공무원이 되기는 틀렸다고 체념하고 있었지만 혹시나 해서 부탁해본 말인데, 며칠 후에 그 경찰 형이 심각한 표정으로 말했다.

"너는 소년병 지원 안 되겠다. 신원이 나빠서…… 본적을 바꿔봐! 아마 그래도 힘들겠지만……."

'역시 나는 안 되나 보다! 아버지 때문에…….'


# 이발 유학

영진이는 마음을 새롭게 다잡고, 이발을 배우러 충주 수안보로 떠났다. 이것도 저것도 안 되는데 기술이나 제대로 배워보리라 한 것이다.

잘 아는 형님 트럭에 올라 봉양을 지나 박달재 먼지가 뽀얀 굽잇길을 어지럽게 돌고 돌아……

'천둥산 박달재를 울고 넘던 우리 님아~'

가수 박재홍의 구슬픈 노랫말만큼이나 애절한 사연을 안고……

충주 버스 터미널에서 수안보행 버스에 올랐다. 낯선 이발소 문을 열고 들어서니 낯익은 얼굴이 반겼다. 얼마 전 영진이네 이발소에 예쁜 아가씨와 같이 왔던 그 아저씨였다.

"두 사람이 좋아하는 애인 사인가 했었는데……."

"멀리 오느라 힘들었지! 잠시 쉬다가 집에 가서 식사해!"

아저씨 가위놀림이 빨라졌다. 아주머니가 이발소로 들어서자,

"우리 이발관에 같이 있을 총각이에요!"

자기 아내에게 말을 하면서 영진이 눈치를 슬쩍 훔쳐보는데 계면쩍은 얼굴이었다. 영진이는 '지은 죄가 있나보지' 하며 속으로 웃었다.

이발관 집 아주머니는 부잣집 맏며느리처럼 생겼지만, 마음씨와 음식솜씨가 좋으셨다. 아침 여섯 시에 이발소로 나와 청소를 깨끗이 한 다음, 옆집 두레우물에서 물을 길어와 물통에 가득 채우고, 면도칼 세 자루를 갈아놓으면 아저씨가 출근해서 함께 아침밥을 먹으면 정확히 여덟 시 삼십 분이다.

이발소 스승은 틈틈이 훈시로 교육했다.

    1. 손님에게 깍듯이 인사를 한다.
    2. 옷을 받아 옷장에 걸고 자리를 안내한다.
    3. 이발을 시작할 때는 손님 마음을 읽고 손님이 원하는 이발을 정성을 다해 만족하도록 최선을 다한다.
    4. 잡담을 금하고 가시는 손님에게 예의를 갖춰 정중히 인사한다.

아저씨는 대구에서 이발기술을 배우셨는데, 일본인 이발사가 스승이었다고 했다. 그때 이발사가 되는 길은 험난한 인고의 시간이었다고 하셨다. 규율이 엄했으며 처음에는 물 긷고 청소하기, 머리 감기부터 시작해 올라가는데, 군대말로 하면 진급하는 거나 마찬가지였다. 첫 단계부터 부르는 이름이 따로 있었다. 머리 감기고 심부름하는 소년을 '미나라이', 면도와 고데를 할 수 있는 중간 기술자를 '함바', 숙련된 기술자를 '히도리마에'라고 불렀다. 가리꼬미(가위로 깎는 기술)나 하사미가리(가위로 이발)와 같은 이용 기술은 물론 이발소에서 사용하는 마에가께(앞치마), 고데(열로 머리모양을 만드는 집게) 같은 기구들도 일본어로 불렀다. 일이 끝나면 '시마이'라 불렀다.

머리 감기기 삼 년, 면도와 고데, 이발까지 최소한 오 년에서 팔 년 정도는 수련해야 이발사가 될 수 있다. 그것도 엄한 선생 밑에서 체계적인 훈련을 받고 솜씨를 타고난 사람이 '히도리마에'가 되지, 십 년 넘게 수련해도 손님이 만족하는 이발은 어렵다.

스승은 엄하고 확실한 분이셨다. 면도를 할 때는 귓바퀴 솜털까지 깨끗이 깎아야 했다. 머리를 감길 때는 손톱으로 긁으면 상처가 나기 때문에 손가락 지문으로 머리를 감아야 했다. 때문에 지문이 거의 닳아 없어졌다. 손님 앞에서 방귀를 뀌어서는 안 되고 기침도 하면 안 된다. 한낮 복중에 이발할 때면 으레 손님한테 부채질을 해야 했다. 유학은 혹독한 훈련이며 여자로 말하면 매운 시집살이였다.

영진이는 새벽 다섯 시에 일어나 가파른 뒷산을 오르고, 정확히 여섯 시에 문을 열고, 밤 열 시에 스승의 처갓집, 쇠여물 끓이는 방으로 퇴근했다.

의붓형과 스승이 어떤 약속을 했는지 모르지만…… 이제 집으로 돌아가기로 마음을 정했다.

서리가 하얗게 내린 새벽녘, 난로 주변에 톱밥을 늘 하던 것처럼 정성껏 펼쳐놓고 제천 집을 향해 충주행 버스에 올랐다. 스승과 아주머니한테 용기가 없어 집으로 가야 한다는 말 한마디도 못하고 몰래 도망치고 말았다. 뜨거운 온천물에서 목욕하던 시원한 기분……. 잠자던 방, 창문에 돌 던지던 짓궂은 여고생 얼굴을 한 번도 못 보고…….

요즘 이발사가 몇 명 남지 않았다. 그것도 육칠십대가 주류다. 고령화된 이발사의 뒤를 이어갈 젊은 지망생은 없다. 이용사 양성 전문 교육기관도 없지만 지망생이 없는 이유는 아침 여섯 시부터 밤 열 시, 열한 시까지 고된 일을 하는 열악한 근로 여건, 타 직종에 비해 적은 수입, 장인 정신의 자부심 결여, '까까'나 '이발쟁이'라고 폄하하며 인격적 차별 때문이다. 국가에서 규제와 단속만 할 줄 알지 현실을 간과하고 체계적인 교육 기관도 없이 방치하여 후배 이용사가 거의 전무한 현실이 되고 만 것이 이용인으로서 안타까울 뿐이다. 이용사의 고유 영역인 공중위생관리법을 위반하며 미용업이 이용업을 잠식하는 것이 문제다.

운동선수, 방송에 출연하는 연예인, 특히 앵커들의 머리 모양이 고정관념에서인지 이발사인 내 눈에는 영 못마땅하다. 머리에 원칙은 없다. 어떤 머리모양이든 그 사람이 하는 헤어스타일은 인정한다. 예전의 댕기머리나 상투…… 그때 그 시절의 헤어스타일이다. 문제는 그 사람의 용모와 머리 모양의 조화이다. 머리는 그 사람의 인격과 품위다.

요즘은 기술 부족을 고정물 등으로 커버한다. 바리캉으로 짧게 깎은 부분과 긴 머리 사이의 중간 머리를 자연스럽게 연결하는 기술이 없다 보니 초가지붕 모양의 머리를 이중 머리라고 부른다. 예전에 밥주발을 씌우고 깎았던 '호섭이 머리'보다 더 이상한 모양의 헤어스타일이 유행처럼 번져가는 세태가 어처구니가 없을 뿐이다.

유명 선수들은 연봉도 많은데, 저 잘생긴 얼굴에 왜 저런 머리를 하고 다닐까? 축구선수 메시와 테니스선수 조코비치 머리가 전통 모양이었지만, 메시도 요즘은 어울리지 않는 컬러 머리다. 방송에 출연하는 유명 인사들만이라도 이용소에서 제대로 된 머리를 권하고 싶다.

현재 일본과 베트남, 중국, 북한 등은 전통 이발을 하는 나라다. 일본은 아버지, 아들, 며느리, 손자까지 대를 이어 이발을 하며 직업에 대한 자부심과 장인 정신으로 일하며 대우 받고 있다. 우리나라는 사회적 편견과 열악한 근로 환경, 저소득이 원인이지만, 국가가 외면하고 방치한 책임도 크다. 또 한편으로는 전통 이발을 보존하고 발전시켜 고유의 전통을 살려야 하는 것이 이용사의 책무라면, 일부 이용사들이 미용 머리 모양을 흉내 내기에 급급한 건 창의적이라고 할는지 모르지만, 현재 이용업소를 이용하고 있는 손님들과는 무관한 짓을 하는 것이 안타까울 뿐이다. 어떻게 하든지 열악한 환경 속에서나마 우리의 전통 이발의 맥을 이어가야 한다.

# 제천에서 홍천으로

영진이의 삶의 터전인 이발소집이 도로확장공사로 보상도 제대로 못 받고 쫓겨나다시피 고명동 숲안을 떠나야 했다. 그동안 의붓아버지가 돌아가셨다. 영진이는 의붓아버지 머리맡에서 임종을 지켰다. 상복을 입고 의붓형과 상주가 되어 의붓아버지 본처 무덤에 합장을 해드렸다.

유일한 혈육인 누나도 혼인을 했다. 영진이에게는 어떤 누나인데……. 다 인연 따라 만났다가 인연 따라 떠난다지만, 가족사를 생각하면 어린 나이에 감당하기 너무나 힘들었던 지난날이 더욱 가슴 아프고, 아버지도 없이 떠나는 누나의 뒷모습이 애처로워 눈물 났다.

엄마와 의붓형, 영진이까지 셋은 홍천으로 이사를 했다. 홍천이 싫고 무서워 도망쳐온 곳이 제천이었고, 그나마 정붙이며 사는가 했는데 또다시 홍천으로 다시 되돌아가다니……. 물에 빠져 죽어도 그 물을 먹는다 했던가?

영진이 만 스무 살 십오 년만의 귀향이었다. 금의환향 아닌 이발사 이름표를 가슴에 훈장으로 달고……. 홍천 읍내 동아이발관이라고 간판이 걸린 이발관에 다행히 취직했는데, 숙련된 이발사는 아니지만 수안보에서 스승님한테 받은 스파르타식 훈련 덕분에 칭송받는 해내기 이발사로 인정받기 시작했다. 영진이가 손님 얼굴을 면도해드리면 사흘 동안 수염이 안 자란다고 머리를 깎은 손님들은 줄지어 앉아있었다. 어느 날부터 면도사 아가씨 두 명과 같이 일하게 되면서 면도는 영진이 손을 떠났다.

영진은 이용사 면허 시험에 응시하기 위해 시험 준비를 했다. 홍천읍에 거주하는 이발사·미용사 응시생들이 영업이 끝나면 한곳에 모여서 이론 공부를 하는데, 시험과목인 이·미용사법, 공중위생, 전염병 소독 학, 해부생

리 등을 영진이가 가르쳤다. 영진이는 이용사 시험을 대비하여 일 년 전부
터 책 한 권을 달달 외우고 있었다. 그들을 가르칠 실력은 있었지만, 준비가
안 된 응시 후보자들에게 중학교 정도 수준의 시험 문제를 이해시키고 숙지
시키는 것은 그리 쉬운 일이 아니었다.

춘천고등학교에서 시험을 치렀는데 영진이는 어느 과목을 만점을 받았
다. 시험을 제일 먼저 치고 나가려니까 시험감독관이 시험지를 직접 채점했
는데 한 문제도 틀리지 않았다. 동아이발관에 취직한 지 다섯 달 만에 이용
사 시험에 합격하여 1966년 강원 면허 1648호를 받았다.

같이 일하는 선배 삐뚤이 형은 응시하지 않았지만 기술은 당대 최고였다.


## 삐뚤이 형을 아시나요?

영진이 동아이발관에서 같이 일하던 선배 '삐뚤이 형'을 《양구신문》에
연재하였기에 「삐뚤이 형을 아시나요?」를 썼습니다.


영진에게도 푸르른 날들이 있었다. 1960년대가 영진이의 이십대였다. 아
직도 그때 만나 고락을 함께했던 사람들이 눈에 선하다. 그들의 이야기를
이어 써보고자 한다. 영진이와 그들이 살아온 이야기는 우리 사회의 저변을
이루는 민초들의 삶을 있는 그대로 보여주는 것이다. 늘 고단한 삶이였지만
눈물만 있었던 것은 아니다. 비록 글재주는 없지만, 시간이 허락하는 대로
가난한 시절 우리 세대의 재미난 이야기들을 풀어 보이고 싶다.


불자동차가 요란하게 사이렌을 울리며 지나갈 때마다 떠오르는 사람이

있다. '삐뚤이 형'이다.

그 형이 그랬다.

"불이 나도 탈 집이 있나! 비가 와도 떠내려갈 땅뙈기가 있나! 신발 한 켤레 들여놓을 걱정이 있나!"

처음 이 말을 들었을 때, 어린 영진이는 그 의미를 도무지 종잡을 수가 없었다. 삐뚤이 형은 워낙 낙천적이라 걱정할 일이 없어서 좋다는 것인지, 아니면 아무것도 가진 것 없는 자기 신세가 처량하다는 것인지…….

삐뚤이 형의 잠자리는 이발소였고 끼니는 식당에서 해결했다. 그러니 몸 누일 방도 밥 끓일 솥단지도 필요 없었다. 이제 나이가 들어 생각해보니 그때 형은 이미 부처님 근처에서 노닐던 사람이었던 것 같다. 부자가 천국 가기는 낙타가 바늘구멍을 통과하는 것보다 힘들다니, 삼계가 텅 비어 취할 것이 없는 도를 깨우쳤으리라…….

지금은 세상을 떠났지만, 살아생전 삐뚤이 형에게도 이름은 있었다. 이름은 있었지만, 어금니 한쪽이 몽땅 빠져 없는데 이빨을 해 넣을 형편이 못돼 그냥 살다 보니 턱이 균형을 잃어 얼굴이 일그러져 보여 삐뚤이로 불렸다. 나이는 영진이보다 여섯 살 위였지만 일그러진 얼굴 때문에 훨씬 많아 보였다. 영진이가 홍천에서 새내기 이발사로 첫 직장을 얻었을 때 그 형은 이미 그 직장의 고참 이발사였으니 말 그대로 하늘같은 선배였다.

삐뚤이 형이 아무것도 가진 게 없는 사람이었다는 말은 앞에서 이미 했지만 조금만 더 소개하자면, 형은 삐뚤어진 얼굴에 몸은 삐쩍 마르고 키도 크지 않으니 말 그대로 돈도, 빽도, 인물도 없으니 당연히 애인도 없는, 그야말로 아무것도 없는 사람이었다. 이렇게 볼품없는 사람이지만, 딱 하나 자타가 공인하는 사내로서 대단한 자랑거리가 있으니 그것은 뒤에서 공개하기로 하겠다.

지금부터 삐뚤이 형과 같이 일할 때 있었던 재미난 일화들을 소개해 보고자 한다.

　삐뚤이 형의 이발 기술은 타의 추종을 허락하지 않았다. 특히 당시에 유행하던 고데만큼은 아무도 형을 따라할 수 없었다. 그때는 드라이기가 아니라 불에 달구거나 전기에서 발생하는 열을 이용한 고데로 머리 모양을 만들었다. 영진이가 고데를 하고 나면 삐뚤이 형은 꼭 손으로 손님 머리를 눌러본다. 머리를 손으로 꾹 눌러보아 주저앉지 말아야 합격이란다. 사실 이건 불가능에 가까운 일이다. 머리카락이 철사처럼 빳빳해질 수는 없는 노릇이기 때문이다. 그런데 삐뚤이 형이 고데를 하면 정말로 머리카락이 철사 줄처럼 변했다. 당시에는 머리를 매일 감지 않고 일주일이나 열흘에 한 번 감았으니, 열흘 동안 머리 모양을 그대로 유지할 수 있었던 삐뚤이 형이 얼마나 주목받는 기술자였겠는가?

　삐뚤이 형은 노래도 잘 불렀다. 당시에는 이미 뽕짝이 유행하던 시절이었지만, 삐뚤이 형이 주로 구성지게 부르는 노래는 배뱅이굿이나 신고산 타령 같은 민요가락이었다.

　일 년에 두 번 이발소 업주들이 주최하는 노래자랑에 나가면 아코디언 반주에 맞춰 부르는 노래가 수준급이었다. 노래자랑만 벌어졌다 하면 삐뚤이 형이 늘 일등이었는데, 상금이 당시 이발사 한 달 치 월급보다 많았다.

　삐뚤이 형은 그렇게 탄 상금으로 아낌없이 술을 샀다. 그때는 시골에 술집이라고 보아야 막걸리에 두부나 동태찌개가 전부였지만, 그런 싸구려 대폿집에서도 이른바 작부라는 아가씨들이 시중을 들었다. 술 시중을 드는 아가씨들이라 해서 요즘 이른바 텐프로니 나가요 걸을 생각한다면 큰 오산이다.

　치마저고리는 땟국물과 막걸리 자국으로 얼룩덜룩하고 겨울이면 몇날 며칠을 씻지 않아 몸에서 야리꾸리 한 냄새를 풍기는 그런 아가씨들이 곁에 앉아 술을 쳐줬다. 그래도 그때 아가씨들은 다 예뻐 보였다. 행여나 주모가 막걸리 양을 적게라도 줄까봐 천정에 고무줄을 매어 주전자를 달아놓고 주전자 높이를 가지고 술이 담긴 양을 가늠하곤 했다. 요즘으로 치자면 가짜 양주 감별법과 비슷한 풍경이다. 혹자는 아가씨들을 11사단이라 불렀다. 상위에 젓가락 두 개를 놓으면 11자 모양이 되니까 그렇게 불렀다. 아가씨들이 젓가락 장단에 맞춰가며 노래를 불렀는데, 이 젓가락이 아가씨들의 생계수단이고 군대로 치자면 개인화기라는 것이다. 그 시절 우리 사회, 우리 딸들의 슬픈 자화상이었다.

옆으로 샜던 이야기를 다시 되돌리자면 앞에서 이야기했듯 가진 것이라고는 뭐 두 쪽밖에 없고 얼굴도 삐뚤어진 형에게 어느 날 여자가 생겼단다. 도무지 믿을 수 없는 이야기였다. 잔뜩 호기심이 발동하여 자꾸 캐물었더니 막걸리 먹으러 다니다 술집 색시와 눈이 맞았다는 것이다. 도대체 어떻게 생긴 여자일까? 너무나 궁금해 삐뚤이 형이 출타할 때 몰래 뒤를 따라가보게 됐다. 웬걸, 삐뚤이 형 색시는 덩치가 형의 두 배는 돼 보이고 코는 들창코에다 상머슴처럼 생겼다.

얼마 후 둘이는 살림을 차렸는데 형수는 작부 생활을 접고 조그만 식당을 차렸고, 삐뚤이 형은 여전히 이발사로 열심히 살았다. 삐뚤이 형네 부부가 다 인물은 보잘 것 없었지만, 부부간의 금실만큼은 정말 좋았다. 사람들 말에 의하면 형수가 죽고 못 산다고 하는데 그 이유를 뒤로하겠다.

어느 날 이발소에서 남씨로 불렸던 사장이 낮잠을 자는데, 삐뚤이 형이 남씨를 놀릴 음모를 꾸몄다.

음모는 아주 간단했다. 당시에는 정오만 되면 소방서에서 일 분간 사이렌을 울렸다. 남씨는 이른바 소방대원이었다. 그날 삐뚤이 형은 이발의자에 편히 누워 곤히 잠들어 있는 남씨를 깨우라고 시켰다. 영진이도 짓궂은 생각이 들기도 하고 선배가 시키니 에라 모르겠다 하는 심정으로 '남씨! 불났어요!'라고 소리쳤다. 남씨는 '엉!' 하고 눈을 번쩍 뜨더니 비몽사몽간에 바삐 움직였다. 마음이 급하다 보니 동작이 흐트러져 뒤편 의자 아래 장화를 찾아 신다가 책상 모서리에 머리를 세게 부딪쳤다. 꽤 아팠는지 머리를 손으로 문지르며 장화를 신은 남씨는 장마당을 가로질러 뛰어가는데 붙잡을 겨를도 없었다. 남씨는 한쪽 다리가 장애가 있어서 평소에는 잘름잘름 절었는데, 이때만큼은 칼 루이스보다 빨리 사라졌다.

삐뚤이 형과 나는 배꼽을 잡고 웃었지만, 시간이 갈수록 뒷감당이 두려워지기 시작했다. 아니나 다를까 한참 만에 돌아온 남씨는 금방 주먹이 날아올 기세다. 주먹이 날아오면 어떻게 피하고 어떻게 방어하고 어디로 뛸 것인가를 생각하며 눈치만 보고 있는데 다행이 남씨는 주먹을 휘두르지는 않았다. 대신,

"너네들이 나를 바보로 만들자는 거냐? 나쁜 놈들! 사람을 바보로 만들어도 유분수지."

노발대발하는데, 그 모습이 더욱 웃겨 영진이나 삐뚤이 형이나 면도사 아가씨들이 고개를 돌리고 킥킥거리니 남씨는 더욱더 화가 나서 난리다. 그렇게 한바탕 난리를 치던 남씨도 자기도 웃기는지 소리를 지르면서도 얼굴이 점점 풀어지더니 결국 너털웃음을 짓고 말았다. 스스로 생각해도 자신이 코미디를 한 게 여간 우스웠을 거다.

화가 풀린 남씨가 하는 말이, 헐레벌떡 소방서로 뛰어갔더니 소방서 직원이 왜 왔느냐고 물어서 '불이 나서 사이렌이 울리지 않았느냐?'고 대답했더니 모두 남씨를 이상한 눈으로 쳐다보면서 정오에 울리는 사이렌 소리와 불났을 때 사이렌 소리도 구별 못 하니 '남씨도 소방대원 그만둘 때가 되나 보다' 하면서 웃는데 쥐구멍이라도 있으면 들어가고 싶을 정도로 창피했다

는 것이다. 그도 저도 못하고 그저 인사만 꾸벅하고 돌아왔다는 남씨의 말에 우리는 또다시 한바탕 웃음을 터트렸고 남씨의 얼굴은 다시 붉어졌다.


풍채가 좋은 스님이 문을 열고 들어섰다.

보통 스님은 목탁을 치며 염불 몇 자락 하다가 몇 푼 시주하면 염불을 끊고 갈 길이 바쁜데, 지금 온 스님은 옷차림부터 남달라 보였다. 발목까지 드리워 입은 장삼에 목에 걸린 염주가 잘 어울리고, 풍채 좋고 귀티가 흐르는 게 어느 큰 절 주지스님쯤 돼보였다. 우리 모두는 긴장과 호기심으로 스님을 맞았다.

"스님 이발 하시렵니까?"

이발소 주인 남씨가 반신반의하며 물었다.

"예."

스님은 짧게 대답했다. 영진이는 이발 기술을 배우려 몇 년을 이발소에서 지냈지만, 스님이 이발소에서 머리를 깎는 모습을 본 적이 없어 숨소리마저 죽인 채 가만히 지켜보고 있었다.

"여기 앉으십시오!"

삐뚤이 형이 먼저 머리를 깎겠다고 나섰다. 원래는 영진이 차례였는데 삐뚤이 형이 중간에 가로챈 꼴이다. 영진이는 옆에서 복잡하고 거추장스런 옷을 받아 걸었는데 그조차 만만치 않았다.

베테랑인 삐뚤이 형이 정성을 다해 스님의 머리를 깎는다. 먼저 손 바리캉으로 초벌을 깨끗이 밀어놓고 일반 사람 면도하는 것처럼 스님의 머리에 비누 거품을 골고루 발랐다. 그 위에 다시 뜨거운 물수건을 덮은 채 두 손으로 스님의 머리를 감싸고 지그시 눈을 감고 서있는 삐뚤이 형 모습이 마치 기도하는 고승 같아 보여 절로 웃음이 나왔다.

이윽고 아침에 잘 갈아놓은 면도칼을 다시 가죽으로 만든 칼갈이에 치더니 한 올 한 올 답답하리만치 정성을 다해 결 반대로 피부 속 머리털까지 밀어 나갔다. 이를 이발소에서는 깊이 판다고 한다. 그렇게 한 참 만에 면도가 끝나자 스님 머리가 유리알처럼 푸른빛이 돌았다. 거기까지는 정말 좋았는데 문제는 그다음에 벌어졌다.

배코 친 두피는 피부의 일부가 함께 벗겨져 대단히 예민한 상태다. 그런데 삐뚤이 형이 손바닥에 일명 곰보스킨을 듬뿍 따르고 있었다. 납작한 병에 담긴 파란 액체인 미제 곰보스킨은 병의 표면이 물방울 모양으로 덮고 있어 곰보 같다고 하여 곰보스킨이라 불렀다. 이 스킨은 알콜 함유량이 높아 세수만 하고 발라도 얼굴이 화끈거릴 정도로 자극이 심한 남성용 화장품이다.

'아니, 형!'

속으로 소리치며 '저걸 바르면 큰일인데'라고 생각하는 순간, 삐뚤이 형이 주저 없이 두 손으로 문제의 곰보스킨을 스님 머리에 쓱쓱 문질러 발랐다.

스님이 갑자기 의자에서 벌떡 일어서더니 얼굴을 두 손으로 감싸고 천정에 닿을 만큼 팔짝팔짝 뛰기 시작했다. 순식간에 벌어진 일이다. 삐뚤이 형뿐 아니라 애초부터 스님 머리만 숨죽여 바라보던 이발소 사람들 모두가 당황스러웠다. 하지만 당황은 당황이고 터져 나오는 웃음을 어찌 참을 수 있었겠는가! 면도사 김 양과 최 양은 아예 소파에 엎드려 얼굴을 묻어버렸다. 소리 내 웃을 수 없으니 엎드려 킥킥댄다.

팔짝팔짝 솟구치던 스님이 바닥에 털썩 주저앉았다. 점잖던 스님, 왠지 고풍이 잘잘 흐르던 스님이 방금까지는 위엄스럽게 보였는데, 그렇게 팔짝팔짝 뛰니 안 웃을 재간이 없었다. 경황이 없는 중에도, 웃음을 참지 못하는 영진이는 스스로 미안하고 원망스럽기까지 했다.

한참 후에 스님이 정신을 차렸는지 삐뚤이 형 부축을 받으며 이발 의자에 앉았다. 역시 고승이신지 스님은 말 한마디 없으시다. 삐뚤이 형은 미안해서 어쩔 줄 몰랐다. 형은 물수건을 꼭 짜더니 사과하는 마음인지, 다시 정성을 다해 스님 머리를 닦았다. 그런데 또……

형이 포마드를 집어 들었다. '왜 또 저러지' 하는데 삐뚤이 형은 포마드를 스님 민머리에 골고루 바른 후 구두에 광내듯이 돌아가며 문질러 마사지를 해댔다. 이윽고 스님 머리가 보석 비취인양 파르스름한 광채를 발한다. 우리는 더 이상 웃지도 못하고 그저 지켜볼 수밖에……

그날은 햇빛이 유난히 맑고 따가운 날이었다. 이발소 문을 나서는 스님의 머리가 햇빛에 반사되어 거울처럼 빛났다. 반짝반짝 스님이 큰길로 접어들 때까지 우리는 스님 머리에서 눈을 떼지 못했다. 스님은 어디로 가시는지? 삐뚤이 형! 수고 많으셨습니다.

# 천국의 셋방

어느 휴일 삐뚤이 형과 목욕탕에 가게 됐다.

그때만 해도 홍천읍내 목욕탕은 한 개밖에 없었지만, 사람들이 목욕탕을 잘 안 가던 시절이라 명절 전날 빼고는 늘 한산했다. 사실 영진이도 일 년에 한두 번 가는 처지였으니 그날은 큰맘 먹고 날을 잡은 셈 이었다. 이발소에서 목욕탕까지 채 일 분도 안 되는 거리였지만, 당시에 우리에게는 멀고도 먼 길이었다.

목욕탕 탈의실에서 옷을 벗는 삐뚤이 형의 뒷모습은 너무도 앙상했다. 엉덩이는 두 개를 합쳐도 손바닥보다 작았고 몸통엔 갈비뼈가 툭툭 불거졌으며 넓적다리는 웬만한 사람 팔뚝보다 가늘었다. '형이 어찌 저리 갈비씬가!' 한탄하는 순간, 뒤돌아선 형을 보고 기절할 뻔 놀랐다.

엄청난 대물을 본 것이다.

"형 대단하네요!"

영진이는 진정으로 감탄하면서 말했다. 삐뚤이 형은 그저 씩 웃기만 했다. '저 몸통 저 엉덩이 저 다리에 어떻게 저렇게 거대한 물건을 달고 다닌단 말인가? 걸을 때도 뛰어다닐 때도……'

영진이가 먼저 목욕탕 문을 열고 들어서자 아는 사람들이 눈에 띄었다. 대부분 지역 유지 큰 상회 주인들이었다. 영진이는 그들에게 가볍게 목례를 한 후 자리를 잡고 형을 기다렸다. 삐쩍 마른 몸매의 삐뚤이 형이 결혼식장 신랑처럼 보무도 당당히 걸어 들어와, 탕 안을 한 바퀴 휘젓고 돌았다. 탕 문을 열 때부터 형의 물건에 고정됐던 사람들의 시선은 형이 패션모델처럼 탕을 한 바퀴 휘젓고 돌 때까지 이어졌다. 모두들 놀라고 부러운 표정이었다.

곁에 앉은 형이 등을 밀어 준다고 했지만, 영진이는 시큰둥하게 거절했

246

다. 자존심도 구겨지고 완전히 야코가 죽어버려 목욕할 맘도 나지 않았다. 때를 미는 둥 마는 둥하고 더 있자는 형을 두고 탈의실로 나왔다. 주섬주섬 옷을 주워 입고 멍하니 의자에 앉았는데, 조금 전 일이 꿈을 꾼 듯 혼란스러웠다.

신은 버려진 것 같은 인간에게도 하나는 주나 보다. 조실부모하고 어린 나이부터 이발소 꼬마 생활을 해야 했던 형은 늘 영양상태 부족으로 발육이 엉망인데다가 얼굴까지 삐뚤어졌지만, 돈 많고 권력 있는 자 들도 갖지 못한, 적어도 홍천 바닥에서는 누구도 대적할 수 없는 대단한 물건을 달고 나왔으니까 말이다.

남자들은 목욕탕에 가면 슬금슬금 남의 것을 훔쳐본다. 내 것과 남의 것을 비교도 하고 크고 잘생긴 놈을 보면 부러워한다. 다 벗고 만나는 탕 안 세상에서는 거시기가 남자들 자존심의 척도인 것이다.

영진이는 탕에서 나오는 삐뚤이 형의 물건을 다시 확인하려 유심히 보아도 형의 물건은 역시 대물 중에 대물이었다.

앞서 밝혔듯 오다가다 만난 형수가 삐뚤이 형 없으면 죽고 못 산다는 부부 금슬의 수수께끼가 풀렸다고 생각했다. 어린 나이지만 '세상에 돈과 명예가 전부는 아니겠다!'는 생각도 하게 됐다.

형이 이발소에서 퇴근하고 형수가 식당 일을 마치면 비가 새는 단칸방에 가지만, 그곳은 밤이 새도록 무릉도원으로 바뀔 것이라는 상상도 해봤다. 어쩌면 그 시절 그이들은 상상 이상의 행복한 삶을 살고 있었을지도 모른다.

삐뚤이 형과의 결별을 이야기할 시간이 다가왔다.

삐뚤이 형과 그렇게 지내던 어느 날 홍천지역 이발사들의 파업 사건이 벌어졌고 스물한 살 어린 나이의 영진이가 그 중심에 서면서 형과 사이에 균열이 발생했다.

영진이는 지금 생각해봐도 그 어린 나이에 맹랑한 건지 당돌한 건지 열 살, 스무 살 위의 선배들을 모아 파업을 주도했다. 영진이가 스물한 살에 파업을 기획하고 행동에 옮길 수 있었던 것은 중학교 때부터 형성된 사회적 약자를 위한 정의감과 분별력 때문이었을 거라고 생각한다.

중1 때 4·19혁명이 일어났고 사십 일 정도 휴학했다. 다시 학교 문이 열리자 누가 주도했는지도 모르게 교내 문제로 수업 거부 사태가 벌어졌다. 우리들은 학교에서 멀리 떨어진 다리 밑에서 OOO선생과 OOO선생을 성토하다 학교 직원 영구 형한테 끌려왔지만, 반에서 영진이와 늘 일이 등을 다투던 친구는 보이지 않았다. 학교 담임은 물론 선생님들한테 많은 시달림을 받았고 그 일로 학기말에 우등상을 받은 학생은 한 명뿐이었다. 물론 상을 받은 학생은 수업 거부에 참가하지 않은 학생이다. 담임선생님도 솔직하게,

"이번에 우등상을 받는 OOO는 성적도 제일 좋지만, 나쁜 행동에 가담하지 않은 모범 학생이기 때문에 우등상은 OOO 한 명만 준다."

나는 그 친구가 비겁하게 느껴졌지만, 훗날 우리나라 최고 명문대학을 나와 출세가도를 달렸다는 소문을 들었다. 어쩌면 4·19는 영진이와 그 친구의 서로 다른 운명을 가르는 분기점이었는지 모른다.

또 한 번 삶에 영향을 끼친 사건은 1965년에 벌어진 6·3사태였다. 그날 친구들과 섞여 떳떳하게 행진도 못하고 사람들 뒤에 숨어야 했던 영진이 자신이 한없이 초라하고 부끄러웠다.

열심히 읽는 신문을 통해 스스로 사회 정치에 대해 눈을 뜨게 되었고, 독서를 통해 세계관과 인생관을 정립해나갔다. 뚜렷하지는 않았지만, 현실에서 고통 받는 사람들의 편에서 정의롭게 살아야 한다는 생각만큼은 확실했

던 것 같다. 영진이의 사춘기는 그렇게 현실적 가난에서 온 열패감과 그것을 극복하려는 의지로 더욱더 강건하게 다져나가고 있었다.

영진이는 견습을 거쳐 이발사가 되었다. 그런데 당시 이발소의 임금체계는 이발사에게 너무나 불리했다. 국민소득 오백 불 정도였으니 지금의 사십분의 일정도로 보면 된다. 내가 일하던 이발소는 이발사가 업주까지 세 명, 면도사 두 명, 머리 감기는 꼬마 한 명이 일하고 있었다. 당시 이발값이 구십 원에서 백 원이었으므로 하루 평균 서른다섯 명 정도 이발하면 총 수입은 삼천오백 원 정도 된다. 이 돈을 가지고 면도사와 꼬마 일당을 빼고 포마드 등 재료비를 제하면 이천오백 원이 남는다. 그런데 경비를 제외한 이천오백 원을 분배하는 방식이 터무니없었다.

먼저 업주가 무조건 반을 챙긴 후 나머지 천이백오십 원을 가지고 다시 업주를 포함한 이발사 세 명이 삼분의 일로 나누면 사백 원 정도쯤 된다. 업주는 이발사들과 같이 일하고 네 배의 수익금을 챙겼다. 면 도사들은 관행적으로 받는 팁으로 이발사 수입의 두 배를 벌었다. 이런 임금체계는 다른 이발소들도 다 같았다. 1966년 당시 쌀 한 말 가격이 팔백 원 정도였으니 이발사 하루 벌이가 쌀 반 말 정도의 수입이었다. 모두가 힘든 시절이었지만, 이발사들은 요상한 분배 구조 때문에 한 달 번 돈으로 월세를 내고 나면 겨우 입에 풀칠이나 하는 형편이었다. 영진이는 이 부당한 분배 방법을 바꾸고 최저 생계비 쌀 한 말값 팔백 원 정도를 관철해야 한다고 생각했고 그러기 위해 행동에 나섰다.

영진이는 홍천읍 동아이발관에서 일하고 있지만, 홍천에 온 지 채 일 년이 안 되었기 때문인지 다른 이발소 이발사들은 풋낯으로 알 정도였고 모르는 사람들도 반쯤은 더 됐다. 주인을 제외하고 두세 명의 이발사가 대부분 일을 했다. 영진이는 짬짬이 그들을 찾아가 이발사들의 어려운 현실을 이야기하고, 우리가 일한 만큼의 몫을 챙겨야 하는데 그렇지 못한 부당함을 외면하면 돈도 힘도 없는 우리는 어떻게 살 수 있느냐고 했다. '말은 다 맞는데 방법이 없지 않느냐?'는 이발사들에게 영진이는 주인들한테 업주들의 일방적인 분배 방법을 다른 셈법으로 바꾸고 최저 생계비 쌀 한 말값 팔백 원을 보장해달라고 건의해서 안 되면 그때 가서 파업으로 보여주는 물리적 방법을 대안으로 설득해나갔다. 영진이와 뜻을 같이 하겠다는 선배 이발사 세 명이 힘이 되어 사십 명 정도가 행동 통일도 약속했다.

대표자격인 영진이는 선배 세 명과 조합장을 만나 우리 이발사들의 어려움을 호소하고 분배 방법을 개선하고 쌀 한 말값 팔백 원을 보장해달라고 건의 아닌 호소를 했다. 업주들은 회의에서 '그런 놈들은 다 쫓아버려야 한다'는 강경한 입장이었다. 이발사들은 파업을 결행했다. 화양강변으로 모인 그들은 업주들의 부당성을 성토하며 우리의 건의가 관철되지 않으면 파업을 하겠다고 통첩을 했다. 파업에 불참한 단 한 명의 이발사가 있었으니 그는 삐뚤이 형이었다. 업주들도 비상이 걸렸다. 이·미용 협회장은 영진이가 일하는 이발소 주인 남씨였는데, 업주들과 대책 회의를 가졌다.

업주들은 '일터에 복귀하지 않는 이발사는 무조건 쫓아내자'고 결의하고 자기 업소 이발사들에게 자르겠다고 엄포를 놓았다. 그때는 이발사가 남아도는 형편인데 딸린 식구들의 끼니 걱정, 아내들의 직장으로 복귀하라는 성화에 하나둘씩 투항하더니 사흘째 되던 날은 영진이가 기대고 믿는 선배 두 명만 남아있나 했더니 미안하다는 말 한마디만 남기고 백기를 들고 직장으로 돌아갔다. 파업이 실패할 걸 알았는지 이발사가 받는 처우가 불만스럽지 않아서인지는 잘 모르겠지만, 아무튼 삐뚤이 형은 무사하고 주인 남씨나 다른 업소 주인들에게도 신망을 받았다.

영진이는 당연히 남씨네 이발소 동아이발관에서 쫓겨났다. 남씨는 '홍천 어느 이발소도 그 자식을 받아주면 안 된다'고 결의하고 업주들한테 다짐까지 받았다. 너무 허무하고 속상했다. 앞으로 생계도 막막하지만, 노조가 뭔지, 노동법이라는 것이 있는 줄도 모르면서 뭘 믿고 덤볐는지……. 힘없이 굴복하며 무너지는 약속! 배신감보다 돈 없는 이발사 신세가 가엽고 불쌍했다. 어디로 가야 하나? 홍천 바닥에서 쫓겨났으니 춘천 도상이 형을 찾아가 일자리를 사정해볼까? 이 생각 저 생각으로 이틀 밤을 지새우며 날이 밝았는데, 대성이발관 주인 장씨가 찾아와 '하루 일당 쌀 한 말값 팔백 원으로 자기네 이발소로 오라'고 제의를 했다.

"업주들이 나를 쓰지 않기로 합의했다면서요?" 난처한 표정의 장씨는,

"아무 말 하지 말고 나와 일하면 된다."

자기들끼리 합의와 약속을 깨면서도 영진이가 필요했나 보다. 영진이도 갈 곳도 없는 처지라 가겠다고 대답할 수밖에……. 동아이발관에서 일 년 가까이 영진이한테 이발하던 단골손님들이 많이 찾아주는 바람에 주인 장씨 얼굴은 늘 화색이 돌았고, 영진이도 팔백 원 값어치 이상으로 일을 하기 때문에 몸은 고달파도 마음은 편했다.

어느덧 삐뚤이 형은 희미하게 잊히고 있었다. 헤어지면 멀어진다더니 삐뚤이 형과의 결별은 작별의 말 한마디 없이 그렇게 헤어지고 말았다.

---

**삐뚤이 형 전상서**

형은 가셨습니다. 아무런 말없이 홀연히 저세상으로 떠나가셨습니다. 조실부모하시고, 어린 나이에 세상 고생일랑 형이 다 짊어지고 사셨지요. 인정스럽고 자상하고 소질이란 소질은 다 타고난 만능 재주꾼이지만, 빼어난 이발 솜씨는 두고 가셔야지요!

그 많은 재주 보따리를 짊어지고 저승길 가시기엔 등이 휘도록 무거울 텐데, 쉬엄쉬엄 가시구려!

궁금한 게 있어요. 형이 죽었을 때 염습은 누가 했나요?

'송장 많이 묶은 사람 저 죽으면 묶어 줄 사람 없다'는데…….

망자 수의를 곱게도 입히시고, 아프지도 않게 편히도 묶어드린 형은 천국으로 가셨겠지요! 염라대왕께서 형을 전속 이발사로 특채하셨으리라, 믿어 의심치 않습니다.

형은 이 세상에 둘도 없는 인간 보물이었으니까요! 형, 내가 이승에서 남의 험담 많이 하고 못된 짓만 하고 살았어도 염라대왕님께 잘 좀 말해주세요!

그 녀석 세상에서 좋은 일 많이 한 착한 인간이라구요! 그래야 내가 지옥행은 면할 것 같습니다.

미리 빽 쓰는 거니까 잊지 마시고요! 뭐, '빽 쓸 생각 말고 힘없는 민초들을 위해 좋은 일이나 더 많이 하라'고요? 천국 갈 짓도 안하고 천국행 청탁이나 하면 괘씸죄 하나 더 추가된다고요?

세상 이치가 인과응보, 자업자득이란 말로 들립니다. 잠시나마 분에 넘는 생각을 한 것 같습니다.

죄송합니다. 만날 때까지 평안하시옵소서.

이승에서 김영진 올림

# 상록수

## 박윤신

찬바람 부는 날도 비 오는 날도
허리띠 졸라매고 말고삐 잡고……
가로수엔 꽃이 피네 꽃 피네

박윤신의 18번이다. 노랫말처럼 찬바람 불고 비를 맞으며 벼랑길을 돌아 꽃이 피었다.

그것도 어깨에 무궁화가 네 송이나…….

오랜만에 영진이는 제천에 갔는데 중앙로 사거리를 비틀거리며 헤매는 키 큰 사람이 언뜻 눈에 익었다. 윤신이다.

담배 두 개비를 한입에 빨고 있는 윤신이는 이미 제정신이 아니었다.

"윤신아!"

초점을 잃은 윤신이는 가까스로 영진을 알아봤는지 손을 덥석 잡으며,

"영진이구나!"

중앙시장 해장국집으로 들어갔다. 이야기할 공간이 마땅치 않으니까……

"어떻게 된 거야?"

이토록 망가져버린 윤신이한테 실망하기보다 기가 막혔다. 지금쯤 인천에서 우리들이 부러워할 대학생이 되어 공부하고 있을 텐데 술에 취한 건지 정신병에 걸린 건지 제천시내를 비틀거리며 돌아다니다니……. 윤신이는 아무 말 없이 막걸리 잔을 비웠다. 윤신이 차림새며 흐트러진 모습에서 절망과 좌절을 읽을 수 있었다.

"많이 힘들구나!"

두 번째 담배 개비에 불을 지피는 손끝이 가늘게 떨렸다. 암말 안 해도 나는 네 맘 알겠다. 우리 탁자 쪽으로 다가오는 사람이 누군가 했는데 중학교 때 영진이 짝 명훈이다. 중학교 졸업 후 처음 만남에 둘은 반갑게 포옹했지만, 윤신이와 명훈이는 악수만 나눴다. 밖에는 대여섯 명의 사람들이 서성거리고 있었다.

"내가 데리고 있는 애들이야!"

"들어오라고 해!"

"아니야!"

"넌 어떻게 여기 온 거야? 해장국 먹으러? 한잔하려고?"

"누가 술 취한 폭력배가 있다고 해서 애들 데리고 와본거야!"

"우리가 행패라도 부리면 네가 손 좀 보려고?"

웃음이 사라진 명훈이 독기 어린 눈매가 날카롭다. 착하기만 했던 명훈이가 왜 이렇게 변했을까?

"넌 요즘 뭐하니?"

"애들 데리고 뭐 좀 하고 있어!"

"어디서 뭘 하는데?"

"함백선이 내거야!"

"함백선은 팔고 사는 게 아니잖아!"

영진이는 순진했고 홍천으로 갔기 때문에 명훈이 정체를 감 잡지 못했다. 밖에 있는 사람들은 찢어진 청바지나 군복 차림에 해병대 모자, 찢어진 모자를 삐딱하게 눌러쓰는 등 차림새가 정상이 아니었다.

또 만나자며 명훈이는 그들과 함께 사라졌다. 윤신이가,

"쟤네들 잡상이야!"

"잡상?"

"열차에서 소매치기하고 물건 파는 애들을 명훈이가 데리고 있나 봐!"

"그럼 명훈이가 왕초?"

그 착하디착한 놈이 어쩌다 저렇게 변했을까? 안타까웠다.


"윤신아! 제천 바닥에 있으면 망가지겠다. 홍천으로 가자!"

영진이는 윤신이를 억지로 달래서 홍천행 버스에 올랐다. 어머니와 둘이 사는 단칸방에 윤신이가 보태져 세 식구가 되었다. 무작정 윤신이를 잡아 끌고 왔지만, 그 다음 대책도 없고 뾰족한 생각이 있을 리 없다. 궁리 끝에,

"상록고등공민학교 교장을 잘 아는데 선생 자리를 부탁해보면 어떨까?"

"자리가 있겠어?"

윤신이 형편에 찬밥 더운밥 가릴 처지도 아니고…….


## 교장 이재석

영진이는 이재석 교장과는 홍천지역 봉사단체인 협동클럽의 같은 회원이

었는데, 그는 리더였으며 정치적 야심가였다. 5·16혁명 후 홍천군 내촌면 물걸리에 팔열중학교를 설립하여 중학교 진학을 못하는 학생들을 공부시켰다. 그 후 홍천읍 희망리에 상록고등공민학교를 설립하여 교장이면서 재건국민운동 홍천군 사무국장직책을 맡고 있었다.

그는 이승춘 국회의원의 사위이며 뛰어난 언변에 활달한 성격으로 친화력이 뛰어났다. 경희대학교 경제학과를 졸업한 엘리트였으며 협동클럽의 실질적 리더는 이재석 씨였다.

재건국민운동은 5·16 후 군사정권에서 추진한 국가 및 사회개혁운동으로, 실질적으로는 강력한 관변단체였다. 이재석 사무국장을 정점으로 서석면에는 김대섭 씨, 두촌면에는 김동욱 씨, 내촌면에는 전병희 씨, 남면에는 고종학 씨, 홍천읍 석도익은 나이가 가장 어리지만 핵심 멤버였다. 영진이는 재건국민운동 소속은 아니지만, 재건국민운동 멤버와 협동클럽은 한 식구나 마찬가지였다.


이재석 교장은 재건국민운동 차원의 국민의식 교육을 하며 각종 단체와 마을별 교육도 해나갔다. 영진이도 교육에 참석했는데, 경제 전문가답게 어려운 경제용어를 쉽게 이해시키며 강의를 했는데 내용은 근검절약으로 푼돈을 모아 목돈을 만들어 부를 축적해나가는 내용이었다.

"지금 무슨 담배를 피우고 있나요? 아리랑 담배를 피우신다고요? 아리랑 담배 대신 진달래를 피우세요! 아리랑 담배 한 갑에 이십오 원, 진달래 한 갑에 십 원이면 차액이 십오 원이 남지요! 하루 저축 십오 원을 한 달 하면 사백오십 원, 일 년이면 오천사백 원으로 큰돈입니다. 송아지 한 마리 값이 모아졌으니 송아지를 사야지요! 돈이 모자라면 쌀 두 가마니 보태서라도……. 매달 사백오십 원씩 사료를 먹이면 몇 년 동안 소는 기하급수적으로 늘어나 축산업자가 됩니다. 내 말이 맞지 않습니까?"

대단한 비약이지만 이치에 맞는 말이다. 모두들 박수를 쳤다. 영진이도 박수를 쳤다.

영진이가 휴식시간 재래식 변소에서 이재석 교장과 나란히 서서 소변을 보면서 교장 물건은 어떻게 생겼나 곁눈으로 훔쳐보는데, 교장 입에 물고 있는 담배가 눈에 띄었다. 노란 필터의 아리랑 담배였다. 영진이는 갑자기 머리가 혼란스러웠다. 조금 전 아리랑 담배 대신 진달래를 피우라고 목소리를 높이던 교장이 아리랑 담배를 물고 있다니……. 그의 이중성에 대한 배신감이 영진이를 당혹케 했다. 잠깐 동안 마음을 정리했다. 우리와 격이 다른 사람이 우리들한테 보이는 제스처일 뿐인데……. 인간은 가면의 탈을 쓰고 가면극을 하고 있지 않은가? 나 자신도…….

"어서 와요! 김영진 씨. 바쁘실 텐데 우리 학교까지 와주셔서 반갑습니다."
소탈한 웃음으로 자리를 권하며 두툼한 안경 너머 실눈으로 우리가 왜 왔는가를 점치는 것 같았다.
"교장선생님께 어려운 부탁을 드리려고 왔습니다."
"무슨 부탁이신데요?"
갑자기 엄숙한 얼굴로 사무적으로 묻는다.
"학교에 선생님이 필요하시면 한 사람 부탁 좀 드리려고요!"
말하는 동안 교장은 윤신이를 찬찬히 훑어보고 있었다.
"교장선생님께 인사드려!"
"박윤신입니다." 교장은 양미간을 잔뜩 찌푸리며,
"집에서 돈 좀 **뺏어**올 수 있소?" 튀어나오는 교장의 말에 귀를 의심하면서 영진이가,
"돈이 있으면 휴학하고 선생 자리를 구하겠어요!"
적반하장도 이만저만이 아니다. 머리 회전도 눈치도 빠른 교장은,

"사정이 그렇다면 시골 학교인데 그곳으로 갈 의향은 없소?"

"어딘데요?"

"동면 노천에 있는 재건중학교요. 잠시 후 그 학교 교장이 이곳으로 오실 겁니다. 그 학교는 선생님이 늘 부족한 형편입니다."

둘이는 차 한 잔을 마시며 교장을 기다리고 있었다. 재건복 차림의 중년 남자가 나타났는데 직감적으로 시골 학교 교장이라고 생각했다. 교장의 소개로 서로 인사를 하고 시골 학교 교장과 윤신이 둘이서 대화를 하더니 교장 따라 윤신이는 떠나갔다.

훗날 이재석 교장은 강원도 재건국민운동 사무국장. 정부고위관리직을 거쳐 우리나라에서 제일 컸던 박영복 사기사건보다 더 큰 금융사기사건으로 복역 후 사찰 방에서 홀로 세상을 떠났다.

죽기 전에 '짜장면이 먹고 싶다'는 말을 남겼다고 한다. 이재석 교장을 끝까지 지킨 사람은 홍천군 문인협회장인 석도익이었다.

## 교장 허남교

이발소는 한 달에 두 번 휴일이다. 휴일 날 영진이는 덜컹거리는 완행버스로 먼지가 뽀얀 길을 한 시간도 더 달려 노천에 도착했다. 마을 사무실에서 이 주 만에 윤신이와 재회했다. 꽤나 오래 헤어진 이산가족만큼이나 반가웠다.

윤신이는 학생들 시험지를 등사하고 있었다. 제천 중앙로 사거리에서 담배를 한입에 두 개비나 물고 술 취해 비틀거리던 모습과 책상 앞에 정돈된 모습으로 뭔가를 열심히 써내려가는 윤신이가 겹쳐진다. 의젓하고 지적인 품이 원래 윤신이 모습인데…….

"많이 힘들지!"

"괜찮아! 내일 시험 준비 중이야!"

"학교는 어디 있어?"

"초등학교 교실을 빌려 쓰고 있어!"

장마당 건너편에 젊은 사람들 몇 명이 보였는데, 한 사람이 이쪽으로 걸어오고 있었다. 자그마한 키에 곱슬머리는 윤신이보다 몇 살쯤 위로 보였다.

"요즘 못 보던 놈들이 노천 바닥을 설치고 다녀!"

둘한테 시비를 걸고 있었다. 몇 명의 패거리를 믿고 잽을 날리나? 윤신이 왼 주먹 한 방도 안 되는 놈이……. 제천에서 피신해 조신하게 맘 잡고 아이들 가르치는 윤신이가 사고치면 큰일이다. 이제 갈 곳도 없는데……. 자기네 동네 동생들 공짜로 공부 가르쳐주는 고마움도 모르는 놈들! 영진이가,

"이 친구는 재건중학교에서 아이들을 가르치는 선생입니다. 이곳에 온 지 며칠 안 되고……."

"시간이 없어 찾아뵙지 못해 죄송합니다!"

윤신이가 이어 말했다. 상대방은 처음부터 깔고 들어가니 허를 찔렸는지 학생을 가르친다는 말에 양심이 찔렸는지,

"그러시오! 어디서 왔소?"

제천 있을 때 같으면 저런 새끼 윤신이가 벌써 골로 보냈겠지만…….

"제천에서 왔습니다."

"제천요?"

"예, 제천에서……."

그는 제천이란 말에 켕기는지 얼굴이 붉어지며,

"나도 제천에……."

반말인지 존댓말인지 얼버무린다.

"제천 어디에 있었는데요?"

"중앙선이요!"

열차 잡상 똘마니 새끼!

"짱이었나요?"

윤신이가 묻자 그는 어물어물 대답을 못한다. 영진이가,

"이 친구 제천고등학교 짱이었소! 제천 주먹세계에서 박윤신 모르면 주먹이 아니지요! 제천 건달 아는 사람 누구요?"

"……."

"규백이, 규만이 형 알아요? 삼육개발은요? 중앙선 탔다면 역전 돼지는알 것 아니에요! 혹시 영배 형이라고 모르세요? 내 친형인데……."

영배 형은 원주 육민관고등학교를 나왔는데 영진이와는 친형제처럼 가까웠고 제천 깡패였다. 둘을 건드려보려고 왔다 말 몇 마디에 되잡혀버린 그는 머리를 꾸벅하고 줄행랑쳤다.


윤신이가 숙식하는 교장 집으로 향했다. 등마루가 가라앉고 반쯤 기울어진 초라한 초가집으로 들어섰다. 교장은 출타 중이었다.

"홍천에서 온 고향 국민학교 동창입니다."

"안녕하십니까? 친구 윤신이를 보러왔습니다. 점심까지 폐를 끼쳐드려죄송합니다."

"별 말씀을 다하세요! 박 선생님은 이곳에 오셔서 고생만 하시는데요!"

사모님은 부잣집 맏며느리처럼 푸근한 인상이시다. 태어나서 처음 먹어보는 옥수수밥알이 딱딱하고 왜글왜글 입속에서 도망다닌다. 밥그릇 반쯤

담긴 식어버린 옥수수밥에 반찬은 건더기 하나 없는 멀건 동치미 국물이다. 영진이도 사흘 동안 굶어보고 깡통 차고 얻어먹었지만, 이런 밥은 처음이다. 목이 멘다! 가슴이 아프다. 눈물이 났다. 윤신이가 식은 옥수수밥도 배불리 못 먹고 허기져 살다니…….

"윤신아 이렇게 먹고 어떻게 버티냐? 떠나자! 여기 있다간 굶어 죽겠다."

영진이는 친구가 이렇게 굶주리며 살고 있다는 걸 상상도 못했었다. 윤신이는 씩 웃으며,

"먹고 있으니까 이렇게 멀쩡하잖아! 너무 걱정 마!"

"학교 사정이 그렇게 어려운 거야?"

"응, 어렵지! 학교는 초등학교 교실 한 칸을 빌려 쓰고 교장은 마을 서기를 맡고 있는데, 일 년에 쌀 다섯 가마니에 보리쌀 다섯 가마니 두곡이 수입의 전부야! 선생들은 넷이나 되고 교장은 딸 넷, 아들 하나 일곱 식구까지 두곡 열 가마니로 살아가야 하니 말이 아니지!"

영진이는 이해할 수도 없고 이해도 안 갔다. 후원회비도, 나라에서 주는 교부금도 한 푼 없이 어떻게 학교를 꾸려가는지…….

'가족들 먹여 살릴 궁리나 하지! 남의 새끼 공부는 무슨 공부……?'

혼자서 열 받았을 때 윤신이가 말했다. 노천으로 오는 버스에서 교장은,

"박 선생. 나를 교장이라 부르지만, 말이 교장이지 학교 기사만도 못하지요. 학교라고는 초등학교 교실 한 칸을 억지로 빌려 야간에 학생들을 공부시키는데 매우 어렵습니다. 왜 이런 짓을 하고 있는지 나 자신도 나를 모르니까요.

서울에서 어렵사리 고등학교를 졸업하고 일 년 후에 대학에 진학하겠다고 낮에는 택시 운전을 하고 밤에 공부하는 주경야독을 하다가 입영 영장을 받아, 육군에서 삼십육 개월 복무를 마치고 부모님이 계시는 노천 집에 왔습니다. 그때 어린아이들을 보니 중학교 진학을 못하고 어른들 일을 돕

거나 그냥 할 일 없이 싸돌아다녔어요. 나도 서울에서 학교를 다닐 때 집에서는 한 푼의 도움도 없고, 뼈저린 고생으로 고학을 하면서 억지로 고등학교 졸업장을 땄지만, 돈 없이 배움의 길을 안 가본 사람은 모를 겁니다. 나도 어렵고 힘들게 살아가지만, 언젠가는 나 같은 환경으로 배움에 어려움을 겪는 학생들을 도와야지…… 하면서도 마음 뿐이었지 취직부터 해야 할 형편이었습니다. 하지만 저 자라는 아이들을 그냥 내버려둘 수는 없었습니다. 저 아이들을 방치한다면 절망적인 앞날이 눈에 훤히 보였습니다. 며칠 동안을 생각하고,

'아버지, 저는 서울에 안 가고 집에서 살겠습니다.'

부모님들은 펄쩍 뛰시면서,

'서울에서 고등학교까지 나온 놈이 좋은 직장에 취직해 편히 살 생각은 못 하고 땅뙈기도 없는 노천에서 살겠다니!'

완강한 반대를 무릅쓰고 마을 회관을 얻어 학생들을 가르쳤어요. 초롱초롱한 눈동자, 꿈 많은 아이들을 위해……. 학교마다 찾아다니며 헌 교과서를 구하고 교복도 얻어가며……. 처음에는 몇 명도 안 되는 학생이 삼십 명을 넘게 되었습니다. 돈 한 푼 안 받고 학생들을 공부시키자니 생활이 말이 아니지요! 사람들은 '면서기라도 취직해 부모 봉양은 못 할망정 애들을 가르치네 하면서 뭣 하는 짓인지'……. 어렵다고 그만두면 어린 학생들에게 실망을 주고 꿈도 날려 보내겠지요! 동네 이장이 서기를 시켜주면서 '이장 일까지 허 선생이 도맡아주면 이장 몫의 두곡을 허 선생한테 주겠다'는 제의를 받고 지금까지 서기직을 맡고 있습니다.

사십 명쯤 더 늘어난 학생들과 교실 한 칸에서 수업을 하지만 혼자서는 할 수 없고 과목별 선생님들이 맡아야 하는데 선생님이 늘 부족합니다. 처음에는 열심히 가르치나 싫으면 며칠 못 버티고 떠나버리고……. 지금 세 명의 선생님들도 언제 떠날지 몰라 마음 졸이는 형편입니다. 식사 제공도

제대로 못하고 잠자리도 불편하고, 봉급 같은 건 일 원도 못주니 떠나는 건 너무 당연하지요!"

"넋두리인지 한탄인지 차창 밖으로 얼굴을 돌린 교장의 눈은 눈물로 젖어 있었어! '선생님 너무 걱정 마십시오! 뜻 있는 곳에 길이 있으니까요!' 했지. 나도 초등학교부터 대학 문턱까지 얼마나 어렵게 억지로 다녔나? 나를 생각하며 속으로 울었지! '미력하나마 제가 힘닿는 데까지 열심히 도와드릴 테니 힘내십시오!' 내가 교장을 위로하는 처지로 뒤바뀌어버렸어!

동네 서기가 직업인 교장네 생활은 피난살이보다 못한 형편이었어. 옥수수밥 한 그릇, 죽 한 사발도 감지덕지하는데 나야 내 입 하나 풀칠하면 그만이지만, 어린 자식 굶기지 않으랴 가난한 아이들 가르치랴! 얼마나 힘들겠어! 사람으로 할 일이 아니지……."

안타까움과 결연한 사명감으로 비장한 윤신이 앞에 영진이는 한없이 작고 부끄러웠다. 이발이 직업이라 고기반찬은 못 먹어도 보리밥에 된장국은 먹고사는 형편이 아닌가…….

사무실에 교장이 나타났다. 사무실에 오면 서기, 학교에선 교장이다. 홍천 상록중학교에서 만나 구면이었다.

"반갑습니다. 친구 보러 멀리 와주셔서 고맙습니다!"

쪼들리는 형편 같은 건 내색도 않고 여유 있게 웃는 모습이 천사의 미소였다.

"제 친구 윤신이가 학교에서 보람 있는 일을 하게 해주셔서 감사합니다."

"박 선생 고생 많으시지요! 내가 뭐 하나 해드리는 것도 없고……."

교장 허남교! 겸손하지만 결기가 느껴진다.

그 다음 몇 번 노천을 찾았는데, 허름한 빈집에 솥단지를 걸고 흙으로 구멍 난 벽을 때우고 합숙하며 공부시키던 윤신이의 열정! 손바닥 부풀어가며 벽돌을 찍고……. 동네 청년들 두들겨 패 경찰한테 혼나고……. 홍천 교회 대항전에 배구선수로 출전하고……. 젊은 날의 열정을 몽땅 노천에다 묻고, 국가의 부름 입영 영장 한 장 손에 들고 눈물을 뿌리며 윤신이는 홀연히 홍천을 떠나갔다.

윤신이가 제천 경찰서장 때 노천 허남교 교장 댁을 찾았다. 얼마 전까지만 하더라도 초가집에 솥 걸고 나무 때는 집이었는데 말끔한 양옥집으로 바뀌고 부엌도 입식이다. 아들 하나 딸들도 모두 잘되어 타지로 떠났다.

우리들은 그때 그 시절 이야기를 회상하며 이야기꽃을 피웠다. 사모님이,

"그때 정부미 한 포대에 보리쌀 서 말을 섞어서 밥을 하는데 며칠을 못가 쌀이 떨어졌어요. 겨우 아침밥을 지었는데 나 먹을 밥이 없어 솥바닥을 빡빡 긁어 누룽지를 솥 뒤에 놓고 잠깐 부엌을 비운 사이 어느 선생님이 갖다 먹어버려 아침을 쫄쫄 굶을 때도 있었어요!"

지금 들어도 눈물이 났다.

# 3부

# 희망의 노래

파랗게 파랗게 가슴은 멍들고 길고 긴 한의 세월은 흐르고 흘러 얼마나 흘렀나!

몸뚱이는 어디가고 두 다리만 남아

자식이 찾기를 얼마나 기다리셨을까

# 방위도 군인이다

## 훈련소 풍경

징병검사 하던 날 사복 경찰이 물었다.

"아버지는 언제 돌아가셨나?"

영진이는 언뜻 아버지 죽음을 알아내려는 경찰의 속셈을 재빨리 간파했다.

"6·25 때 돌아가셨습니다."

"왜 돌아가셨나?"

"병으로 돌아가셨습니다."

"무슨 병으로 돌아가셨나?"

틈을 주지 않고 업무적 감각으로 집요하게 물어왔다.

"염병으로 돌아가셨습니다!"

장티푸스라고 좀 유식하게 말하려다 큰 소리로 염병이라고 대답했다. 속으로 '염병할 세상!'

분류관 대위가 이것저것 꼬치꼬치 묻더니,

"정보주특기를 줄 테니 정보를 가라!"

영진이는 '정보'와 군대에 대해 뭔지를 대충 알고 있었다. 잘하면 중앙정보부도 갈 수 있다고……. 군대 먼저 간 친구가 말했었다. 하지만 소년병 지원서를 쓸 때부터 군대에서 싹수가 없다는 걸 알고 지원서를 찢어버렸다. 나는 연좌제 새끼니까…….

연좌제는 조선시대 이전에도 있었다. 역적으로 죽거나 몰린 당사자는 물론 처벌을 받겠지만, 본가는 물론 처가, 외가 가족 모두를 죽이는 형벌이었으며 살아남은 가족들도 감시를 받고 벼슬이나 요직에 등용될 수 없었다. 6·25전쟁으로 수많은 사람들이 이념적 혼란기에 피해를 당했다. 인민군에 끌려갔거나 월북했다고 의심받거나 북한 정권의 협조자로 처단되거나 부역 혐의가 있는 자들의 직계나 방계가족들을 감시하고 국가관리나 요직에 제약을 둘 뿐만 아니라, 심지어 사소한 직위에도 제약을 받았다. 1980년대 전 두환 정권 때 연좌제를 폐지했지만, 아직도 국가 요직이나 중요 보직에서는 제외를 받는 걸로 알고 있다.


분리관이 잘 아는 형님 친구라 좋은 병과라고 생각은 했지만, 영진이는 자기와는 거리가 멀다고 생각했다. 어차피 신원 조회에서 잘릴 게 뻔하니까…….

이용사 자격증을 숨겼다. 군대에서 머리만 깎기보다 다른 병사들과 똑같이 부딪치며 병영 생활이 하고 싶기도 했지만, 사회에서도 이발쟁이, 군대에서까지 깎새 소리를 듣는 것은 영진이의 자존심을 형편없이 뭉개버릴 것이기 때문이기도 했다.

갑종 일급을 받고 입영 영장을 받았다. 부선망독자로 영장 2회 연기에 재검을 거쳐 보충역으로 역종 변경을 받는 우여곡절을 겪으며 방위 입소를 명받았다. 현역병으로 가야 했지만, 홀어머니를 남겨두고 군대를 간다는 것이 영 내키지 않았다. 아버지 때문에 꼬여버린 인생이라고 마음 한구석에 자리 잡은 원망이 부선망독자의 병역특혜를 받게 하다니……. 운명도 해석하기 나름인가?

11사단 13연대 정문을 두리번거리며 통과했다. 모자챙에 가려진 군인의 눈매가 매섭다.

"지금부터 너희는 없다! 목숨은 국가의 소유다! 알았나! 알았나!"

"네!"

"복창소리 봐라!"

"알았나!"

"네!"

"앉아! 일어섯! 동작 봐라! 앉아! 일어섯! 앉아! 일어섯! 오리걸음으로 막사까지 이동한다! 양손을 머리에!"

발길질이 사정없이 날아온다. 정신 차릴 틈도 생각할 겨를도 없다.

카키 색깔 군복과 워커를 지급받고 하얀 바탕에 까만 글씨로 훈병이라고 쓰인 모자를 쓰고 군인이 되는 시간은 삼십 분이면 족했다.

"연병장 집합!"

도열한 훈병 앞에 계급 높은 사람들이 서있고 옆줄에도 몇 명의 군인들이 줄지어 섰다.

"대한민국 국민의 의무인 병역의무를 다하기 위해 입소한 장병들을 환영한다. 피나는 훈련으로 적과 싸워 백전백승하는 강인한 군인으로 거듭 태어나기 바란다."

연대장의 환영사로 입소식을 정신없이 마치고, 난생 처음 보리 냄새가 진하게 풍기는 식당 안에 식기를 들고 줄지어 차례를 기다렸다. 갑자기 변한 환경에 영진이는 어리둥절했다. 보리밥알은 입안에서 겉돌고 콩나물국 마늘장아찌도 맛이 없다. 반도 안 먹고 잔반통에 쏟았다. 아직 뱃속에 기름기가 남았나? 저녁식사도 잔반통이 넘쳤다.

내무반 나무마룻바닥 침상이 낯설다. 적막을 깨뜨리는 소리가 무슨 말인

268

지 알아듣기도 전에 옆의 동기가 뒤로 나가떨어지나 했는데 영진이 자신도 꽈당탕 뒤로 넘어갔다. 스프링처럼 튀어 마룻바닥 셋째 줄 3선에 오뚝 섰다. 눈 깜빡할 사이…… 어물쩍대면 조교의 군홧발이 몸통을 사정없이 짓밟는다. 밤 열 시 취침, 한 시간 불침번. 화장실은 2인 1조로 간다. 군인의 길, 불침번의 수칙, 보초의 수칙, 관등성명, 사단장 황의철 님, 연대장 리병구 님, 중대장 문영홍 님, 구대장 김화섭 님……. 암기할 수칙으로 잠잘 시간도 없이 여섯 시에 기상나팔 소리!

"연병장 집합!"

그것도 오 분 이내, 깔고 덮은 담요는 두부모처럼 관물 정돈을 하고, 군복에 탄띠를 두르면서 워커 끈도 못 졸라매고 내달려도 지각! 연병장 열 바퀴 선착순!


선잠으로 새벽 다섯 시 잠에서 깨어나 옷 입고 준비하고, 기상나팔 소리에 모포를 정리하고 워커 끈을 졸라매고 아슬아슬하게 종대로 줄을 섰다.

조교 호각소리에 발맞춰 통칭 재구대대, 11사단 13연대 3대대의 정문을 지나 북방면 성동저수지 쪽으로 달리면 개울이 흐른다. 오줌을 싸며 양치질하고 집합 소리에 개울물에 손을 덤벙! 젖은 손으로 얼굴을 문지르며 2열종대로 구보다.

"행군 간에 군가 한다! 군가는 행군의 아침!"

"동이 트는 새벽 꿈에 고향을 본 후~"

사분의 사 박자가 사분의 이 박자로 바뀌면서,

"외투 입고 투구 쓰면 맘이 새로워~ 헉헉…….'

보리밥 누린 냄새는 온데간데없고, 식기에 배식받은 밥이 눈에도 안 찼다. 밥 먹고 물 타먹으려 줄을 서면 자루 달린 물바가지가 머리를 향하며,

"복창소리 작다!"

머리통이 띵하고 얼얼하다.

정문을 통과하여 교장으로 달린다. 밥 먹은 기억도 뱃속의 감각도 진작 없어져 버렸다.

"앞에 총!" 조교에 구령 따라 행군에서 구보로, 구보에서 행군으로…….

"행군 간에 군가 한다! 군가는 진짜 사나이!"

"사나이로 태어나서 할 일도 많다만~"

"복창소리 불량! 오리걸음 실시!"

어깨에 M1소총을 양어깨에 걸치고 연대 정문을 향해 오리처럼…….

훈련 중 뭐니 뭐니 해도 구보가 제일 힘들다. 완전군장에 3.28kg짜리 M1을 앞에 총하고 조교의 호각소리에 발맞춰 달려야 한다. 후배는 훈련소 정문을 나서면 기가 죽어 징징 짠다! 워커 지급을 큰 것으로 받아 발이 헐렁거리니 무겁고 뒤꿈치가 벗겨진 데다가 작은 체격에 군장을 메고 앞에 총하고 달리니…….

조교는 호각을 인정사정없이 불어댄다. 교육장까지는 아직도 멀었는데 훌쩍훌쩍거리니……. 시골출신 훈병들은 체격은 작아도 멀쩡히 잘도 달린다.

"야! 뒤에 총 좀 받아줘!"

군말 없이 그 친구는 고맙게도 총 두 자루를 앞에 총하고 거뜬히 달린다. 힘든 농사일에 단련된 몸인가 보다. 총 없이 맨몸으로 달리는 후배는 그래도 훌쩍댄다.

"인마! 너 참."

영진이가 화난 얼굴로 째려보면서 눈치를 준다. 조교도 못 본 척 인심을 쓴다. 후배도 이제는 앞에 총하고 구보해도 훌쩍거리지 않고 발맞춰 달린다. 달리다가 오리걸음으로, 오리걸음에서 달리다가 행군하고……. 사나이로 태어나서…… 우리의 18번이다. 아침밥 먹은 것도 모자라 젖 먹은 힘까지 다해 악을 쓰는 사이 훈련장 정문을 통과하는 순간!

"높은 포복 선착순 실시!"

양팔 사이로 M1을 끼고 엉덩이를 치켜세우고 죽어라 기어서 달린다. 맨 후미 엉덩이에 조교의 군홧발이 사정없이 날아든다.

"뒤로 돌앗!"

맨 앞에 달리던 친구가 꼴찌가 되어 걷어차인다. 앞서 가도 맞고 뒤에 가도 맞고……. 모난 돌 정 맞는다, 모르면 중간이나 간다는 말이 그 말인가? 세상만사 새옹지마라더니, 이 와중에도 인생 공부 하는 건가?

PRI(Preliminary Rifle Instruction) 사격술 예비 훈련인데 '피 나고 알배고 아이고' 한다고 선배들은 피 알 아이라 불렀다.

"사격술은 서서 쏴, 앉아 쏴, 엎드려 쏴 세 자세다. M1총 반동은 30,000파운드다. GMC 트럭이 30km로 받는 힘이다. 견착 불량은 어깨가 빠지거나 부서진다! 알았나?"

"네!"

"복창 소리 봐라! 오리걸음 연병장 선착순 다섯 바퀴 실시……."

"견착, 표적을 향해 숨을 멈추고 방아쇠 1단!"

갑자기 영진이 밀착한 총개머리가 힘없이 어깨에서 빠져나갔다. 조교가 뒤에서 갑자기 총 개머리판을 꽉 눌러버리니 힘을 잔뜩 주었는데도 빠져버렸다.

"견착 불량! 쪼그려 뛰기 50회 실시!"

M1을 어깨에 걸치고 '견착 불량! 견착 불량!'을 반복하며 앉았다 뛰어오르고…….

엎드려 자세로 견착을 단단히 하고 표적을 향하고 있을 때, 저 건너편에 하얀 가운을 입은 병사 하나가 왔다 갔다 한다. 영진이 눈에는 분명 이발병이다. 아니 그는 이발병이 아니라 신선이었다. 나도 저 병사처럼 신선의 시절이 있었던가? 아침 여섯 시부터 저녁 열 시, 열한 시까지 이발소에서 일하며 힘들다고 투덜거리기도 했지만, 지금 맨땅에 엎드려 죽어라 PRI하며 얼차려받는 신세가 되어버린 영진이는 저 이발병이 한없이 부러웠다. 다 같은 '깎새'인데…….

저녁 점호시간 연대장님이 불쑥 나타났다.
"저녁 잘 먹었나?"
"네! 잘 먹었습니다!"
"뭘 먹었나?"
"돼지고기 먹었습니다!"
"많이 먹었나?"
"많이 먹었습니다!"
눈치와 순발력이 뛰어난 훈병이다. 식사는 쌀과 보리가 반반, 콩나물국이나 배추된장국에 마늘종이 단골 메뉴이고 생선 한 토막, 고기 한 점 구경도 못했다. 어느 날 둥둥 떠다니는 작은 비곗덩어리 하나를 '왕거니 건졌다'고 좋아했는데 잘도 둘러댔다. 나 같은 돌대가리는 고깃덩이 같은 건 본적도 없고, 돼지비계 한 덩이 떠다니는 건 봤다고 하고 심하게 돌았을 텐데……. 저 친구는 지혜롭고, 나는 멍청하다.

1중대와 2중대 축구 시합에서 영진이는 2중대 선수로 뛰었다. 초등학교 후보선수경력에 조기축구로 익힌 실력은 제법 통했다. 아니, 발군의 실력으로 1중대를 3:0으로 녹아웃 시켰다. 영진이가 두 골이나 넣었으니까, 그것도 멋진 중거리 숏으로……. 2중대가 환호하고 있을 때 1중대는 완전군장으로 연병장을 돌고 있었다. 그 놈의 축구시합은 왜 시켜서 같은 훈련병들을 심하게 돌리나!

2중대 제식훈련 시범은 영진이다.

"큰 걸음으로 갓! 작은 걸음으로 갓! 뒤로 돌아 갓! 좌 향 앞으로 갓! 우향 앞으로 갓! 제자리 섯!"

언제나 시범은 영진이었다. 그 뿐인가? 꽂을대를 잃어버리거나 각개전투 훈련장에서 대검과 탄띠를 잃어버려도, 울타리에 걸어놓은 양말짝이 없어져도 영진이는 해결사다. 식판까지도…….

2대대 옆을 지나 각개전투장을 향해 가파른 고개를 헐떡거리며 오른다. 두 손으로 앞에 총 하고 달리던 M1이 한 손으로도 가볍지만, 오르막길은 버겁다. 앞선 훈병은 올라가고 뒤에 훈병은 밀어오고, 떨어지지 않는 발걸음이 야속하기만 하다. 목구멍으로 숨이 마지막 넘어가는 순간, 고갯마루에서 내리막길로 정신없이 달린다. 조교의 호각소리는 귓전에서 사라지고 헐떡거리는 숨결이 멈추기도 전에 오락 시간이다. 영진이가 노래를 부른다.

'당신과 나 사이에 저 바다가 없었다면 쓰라린 이별만은 없었을 것을~'

음정 박자는 도망가고 악을 썼다. 이 형편에 박수는 무슨 박수? 고통으로 일그러진 얼굴에도 웃음꽃이 활짝 피어나고……. 빠르게 변하고 적응하는 게 생존의 법칙인가? 아니, 젊음이란 그런 건가? 이빨을 하얗게 드러내고 목젖이 보이도록 웃던 조교의 얼굴이 언제 그랬냐는 듯 성깔 더러운 여편네 얼굴로 싹 변해버렸다.

"이빨 보여! 이빨! 눈깔 돌아가는 소리! 자갈밭 자갈 굴러가는 소리! 동작 봐라! 동작!"

웃지도 숨 쉬지도 곁눈질 할 자유도 없다. 오직 미동하지 않는 마네킹이 되어야 한다. 얼차려! 등골에 땀이 고인다. 세상에서 두 번째쯤 고통스런 자세가 똑바로 서있기다.

"각개전투 준비! 1조 앞으로 낮은 포복 실시!"

M1소총을 양팔에 끼고 땅바닥에 엎드려 팔꿈치와 무릎으로 최대한 낮은 자세로 기어서 나아간다. 뒤처지면 영락없이 워커 발에 채인다.

"높은 포복!"

엉덩이를 치켜들고 팔꿈치를 세우고 능선을 향해 가파른 비탈을 오른다. 언뜻 봐도 꽤나 넓은 훈련장은 자갈과 뻘건 흙이 뒤섞이고 풀과 잔디가 탈모증 환자 머리처럼 듬성듬성 돋아있다.

"응용 포복!"

옆으로 누워 팔꿈치로 기어오른다.

"철조망 통과!"

누운 자세로 등밀이하면서 워커 뒤꿈치로 땅바닥을 밀면서 총으로 가시철망을 밀어 올리며 안간힘을 다해 통과를 한다. 등짝은 빨간 진흙으로 도배질하고, 말로만 듣던 철조망 통과가 이런가 보다. 한 바퀴를 정신없이 돌았나 싶었다.

"십 분간 휴식!"


# 박찬택 중위님


팔부 능선 외진 곳으로 영진이는 오줌을 누다가 중위계급장과 마주쳤다. 얼떨결에 앞에 총하고,

"화랑!"

장교가 빙긋 웃는다.

입소 전날 목욕탕에서 처음 만난 그와 왠지 이야기하고 싶어 말한 일이 있었다. '나 내일 방위병 훈련 받으러 간다'고 했더니 나이가 어려보이는 청년이 자기가 교관이라고 해서 그냥 농담이겠지 설마 하며 "훈련시킬 때 빡세게 돌리지 말고 잘 좀 봐주슈." 했는데, 그가 기적처럼 영진이 앞에 서있었다.

"힘들지요?"

영진이는 귀를 의심했다. 작대기 계급장 세 개한테 워커 발에 차이고 욕설을 들어가며 받는 교육장에 하사도 아닌 장교가 존댓말을 쓰다니? 영진이는 그에게 마지막 자존심은 지키고 싶었다. 큰 소리로,

"힘들지 않습니다!"

각개 전투 코스가 아직 두 바퀴나 남았는데 십 분간 휴식이 그날 훈련이 끝날 때까지 연장이다. 왜 휴식 시간이 그렇게 길었는지 훈병들은 아무도 모르고 지금까지도 영진이만 알고 있는 비밀이다.


비 오는 날 내무반에서 정신교육을 받았다.

"여러분! 훈련받으시느라 얼마나 힘드십니까?"

천사의 목소리가 영진이를 혼란스럽게 했다. 대대장님과 같은 계급의 소령이 반말 아닌 깍듯한 존댓말을 쓰다니……?

"훈련병님들의 오늘의 힘든 시련은 하나님께서 더 큰 보람과 은혜를 주시기 위한 은총이니 참고 견디어 훌륭하고 강인한 병사가 되시기를 기도하겠습니다."

목사님다운 말씀은 하나도 안 들리고 쏟아지는 잠이 원수 같다. 조교는 칼눈으로 째려보고……. 차라리 땡볕에서 사역을 하든가! 완전군장으로 뜨거운 아스팔트 도로를 달리든가! 툭하면 점호 시간에 M1 가늠쇠를 물고 얼차려받을 때나 가스 활대에 머리 박는 원산폭격이 훨씬 낫겠다. 소령급의 군

목은 존댓말로 선심을 쓰고 조교는 욕설과 워커 발로 걷어차고 군대의 이중
성은 군목의 위선이 더 맞는 것 같다. 소령도 반말과 욕설을 하면 훈병들이
어리둥절 헷갈리지는 않을 텐데……

지루하기만 했던 목사님 설교가 끝나자 중대장 문영홍 중위님이,

"건의 사항이 있으면 기탄없이 말하라!" 조용하다.

"건의사항 없나? 없는 걸로 하겠다." 영진이가 손을 들었다.

"두 가지 질문을 하겠습니다. 첫 번째, 단체로 행동하다가 잘못한 사람이
있으면 그 사람에게 책임을 물어 기합이나 얼차려를 주어야지 잘못하지 않
은 사람들한테까지 단체기합은 억울합니다.

두 번째, 비표시를 '달아라!', 달면 '떼어라!', 떼면 '달아라!' 어이없어 웃으
면 '이빨 보여! 하루에 열두 번 변하는 게 군대야! 거시기로 밤송이를 가라
면 까야지!' 하는 것은 너무 불합리적이고 반이성적입니다."

중대장님의 대답은 간단명료했다.

"중대가 매복을 나갔다가 한 사람의 병사가 실수로 적에게 발각되거나 소
리를 내면 전 중대원이 적에게 노출되어 위험에 빠지거나 몰살당할 수도 있
다. 즉 하나의 실수는 하나가 아니라 우리 모두의 실수가 되는 것이다. 모
두는 하나고 하나는 모두다! 한 사람의 잘못은 우리 모두의 잘못으로 연대
책임을 진다.

두 번째, 각각 다른 개인의 개성과 성격을 일체감으로 조화시키며, 그때
그때 변하는 상황에 대처하려면 수시로 바뀌어도 적응해야 한다. 즉 불합리
적인 것을 합리적으로 만들어나가는 것이 군대다."

육사 출신 문영홍 중대장의 명쾌한 답변을 수긍할 수밖에 없고, 군대를
이해할 것 같았다.


PRI를 혹독하게 치르고 사격측정하는 날이었다.

CR과 M1을 번갈아가며 표적을 향해 호흡을 멈추고 방아쇠 1단, 2단……. 총알은 타깃을 한참 벗어났다. CR은 조교가 크리크 조종을 해주었는데도 엉뚱한 방향으로 사라지고 M1은 12크리크를 14크리크로 조정해 주었는데도 불합격이다. 피나게 훈련받은 대가가 혹독한 기합으로 돌아왔다.

"어깨동무! 누워! 일어섯!"

합격자는 보이지 않고 모두가 불합격이다. 정신없이 뺑이치는데, 운이 좋았나? 갑자기 기합이 멈췄다. 훈병들이 연대장님 앞에 도열했다. 얼떨결에 변해버린 환경이다. 조금 전까지 심하게 돌았는데…… 연대장님의 근엄한 얼굴…….

"훈병들 수고가 많다. 오늘의 힘든 땀방울은 여러분의 생명을 지키고 나라도 지킨다. 땀 한 방울이 피 한 방울이다!"

연대장님이 무슨 지시를 했는지 사격측정을 불합격받고도 멀쩡히 끝났다. 영진이는 '나는 운이 좋은 놈인가 보다' 했다.

총검술 훈련 열여섯 개 동작도 만만치 않지만, 태권도 형과 흡사하다. 찔러 찔러, 길게 찔러, 뒤로 돌아 돌려 쳐, 좌로 돌아 좌 비껴 찔러, 우로 돌아 우 비껴 찔러, 위로 막고 발로 차…….

"길게 찔러 동작 그만!"

일 분도 버티기 힘들다. M1 끝에 착검을 하고, 총이 밑으로 처지면 '위로 올려!'…… 기합 중에 기합이다. 팔에 알이 배어 뻐근하건만 금방 잊어버린다.


정신없이 한 달이 지나갔다. 영진이는 거울 속에 비친 자기 모습이 낯설다. 새까맣고, 깡마르고…….

"야! 네가 일등이란다."

훈련병 동기가 큰 소식이나 된 듯 영진이한테 알렸지만, 사단장 표창은 영진이 몫이 아니었나 보다. 사단 부관부 중위가 훈병동기생과 인천 OOO고 등학교 동기며 절친이라 시도 때도 없이 왔었는데, 그 때문일까? 그 친구한 테 일등을 양보한 것 같다. 연대장님, 대대장님, 중대장님, 구대장님, 내무 반장님, 조교님들의 박수를 받으며 퇴소식장을 빠져나왔다. 밸도 없이 훌쩍 거리는 동기생의 속을 알 수 없어 웃으며, 훈련소 정문을 박수로 배웅을 받 으며……. 중학교 졸업 날 선생님들이 박수로 떠밀어 보냈는데, 오늘은 떠 밀리지 않고 영진이는 스스로 홀가분하게 정문을 나섰다.

---

박찬택 중위님, 전날 정말 고마웠습니다. 그 오랜 시간들이 지나가고 나 는 백발이 되었건만, 그날 중위님이 저에게 베풀어주신 마음 지금까지도 뼛 속에 간직하고 있습니다. 그 호되게 받았던 훈련은 이제 가물가물 잊혀가지 만, 중위님은 언제나 마음속에 생생히도 살아있습니다.

빡센 훈련만이 강한 군대를 만드는지는 잘 모르지만……. 따뜻한 온기가 살아있고 사랑하는 내 땅을 지키겠다고 싸우는 병사들이 이 세상에서 가장 강한 군인이 아닐까요?

박찬택 중위님, 어디서 어떻게 사시는지 기적처럼 한번 만나기를 소망합 니다.

---

## 홍천읍사무소

훈련소 퇴소 후 홍천읍사무소 호병계 행정보조병으로 복무를 시작했다. 영진이는 동기 세 명과 배치를 받았는데 구보하며 힘들어하던 후배 두열이도 끼어있었다. 계장님과 병사담당 두 명은 영진이가 이발해드리던 단골손님들이었다. 서먹한 첫 대면이 아니고 반가운 얼굴로 영진을 맞았다.

"잘 왔어! 열심히 해!"

영진이와 특별히 친했던 안상구 형님이 등을 두드리며 반겨주셨다. 평소에는 형님이라 불렀는데, 형님이라 부르기도 그렇고, '안 주사님'이라 부르기도 어색하여 고민이 되었지만 안 주사님이라 부르기로 했다. 공과 사는 분명해야 되니까…….

동기생 두 명은 명문대 출신이고 한 명은 고졸, 영진은 검정고시 출신이다. 읍사무소 행정보조업무는 고 학력자가 필요해서 특별히 읍사무소로 데려왔다고 들었다. 그때만 해도 고졸도 드물었다. 방위의 누런 마크를 왼쪽 가슴에 붙이고 거울 앞에 서있는 영진이는 군복이 어울리지 않고 어색하고 쑥스러웠다. 호병계 맨 앞자리를 배치받고, 민원인들과 마주치는 자리라서 늘 긴장하며 복무자세를 좋게 보이기 위해 최선을 다하겠다고 마음을 다잡았다.

방위병들의 업무는 주로 병사업무 보조인데 국민역대상자조사표와 징병검사대상자조사표 작성, 영장교부와 3회 독려, 동원예비군 명단 작성 및 관리, 병무심사 동위위원 서명받기 등, 단순 업무 같지만 실수해서는 절대 안 되는 업무라 늘 긴장할 수밖에 없었다. 서류에 한자가 많아 문자를 잘못 알거나 표기해도 큰일이다. 병사담당 출장으로 공석일 때는 병적증명도 발부하고 출생신고 등 기타업무도 많았다.

영진네가 배치 받은 지 사흘째 되는 날이었다. 강원도 병무청장님이 홍천읍사무소를 방문하셨다. 일선 병무업무를 직접 점검하고 독려하기 위해서란다. 읍장실로 불려 들어가기 전에 선임병인 영진이는 안 주사님께,

"안 주사님! 구호를 붙여야지요?"

"뭐 사무실 안에서 구호를 붙이나!"

안 주사님은 군대를 안 갔다 온 보충역 출신이었다. 읍장실에 쫄아서 들어섰는데, 검은 테 안경 쓴 사람이 청장인가 보다. 군수와 읍장이 읍소하는 자세로 공손히 서있었다. 방위병들이 도열하고 영진이가 차렷 하고 경례를 붙였다. 청장이,

"너희는 구호도 없냐?"

"예, 있습니다!"

"다시 해봐!"

"화랑!"

큰 소리로 구호를 외치며 거수경례를 붙였다. 청장의 빙긋 웃는 모습이 보였다. 청장이,

"김두열! 너는 방위 마크가 왜 그렇게 작으냐?"

"네, 방위 마크 규격에 규정이 없습니다."

두열이의 대단한 순발력이다. 청장님은 어이없는 표정으로,

"방위 담당!"

"예!" 대답하는 안 주사 목소리가 가늘게 떨렸다.

"방위마크 규격에 규정이 없소?" 안 주사는 대답을 못하고 얼굴만 빨개진다.

"방위병들의 복무 규칙을 잘 숙지하시오!"

조병직 병무청장은 육군 대령출신으로 꽤나 깐깐하다고 소문났으며, 이 년 동안 청장에 재임하고 있었으니 업무도 해박하리라. 안 주사는 청장한테 면박과 지적만 받았다.

"화랑!"

구호를 외치고 읍장실을 도망치듯 빠져나왔다.

"야! 두열이 너!"

어이없어 말을 잇지 못하는 안 주사님.

"방위마크 규격 규정이 정말 없나?"

"급한 바람에 얼떨결에 둘러댔습니다. 죄송합니다."

"짜아식!"

안 주사님도 웃고 우리도 웃었다.


두열이는 구보를 못해 맨날 찔끔찔끔 짰지만, 우리들이 야간점호시간에 뺑이칠 때 중대장실에서 바둑만 두면서 호강도 누렸었다. 글씨도 꼼꼼히 잘 쓰고 맡은 업무도 딱 부러지게 잘하는 후배인데 훈련 때는 왜 그리 훌쩍거렸는지……. 두열이는 영진이가 챙겨준 것을 늘 고맙다고 말했다.

두열이는 바둑의 고수다. 1급 정도 실력인데, 홍천 바닥에는 두열이를 당할 고수는 없는 것 같다.

어느 날 영진이는 두열이와 영장 교부를 나갔다. 군복 대신 바지에 티셔츠 차림새는 누가 봐도 민간인이다.

"두열아! 내가 잘 아는 선배 이발사 형이 4급이라고 꽤나 우쭐대는데 나 대신 네가 코를 좀 눌러주라! 내가 6점 바둑을 두는데 나보고 9점을 깔라는 거야. 두열이 네가 7급이라고 할 테니까 그렇다고만 해!"

박 형이라 부르는 이발사 선배는 영진이보다 두 살 위다. 대동이발관 이발사로 근무하는데, 용모가 깔끔하고 성격도 반듯했다. 횡성 집에서 밭을 매다 호미자루를 바위에 던져버렸더니 불만 번쩍하고 호미자루는 멀쩡했다고……. 그길로 집에서 뛰쳐나와 걸어온 길이 이발사가 되었다고 했다.

이발소에 들렀더니 마침 이발소에 손님이 한 명도 없었다.

"박 형! 이 친구와 바둑 한판 둬볼래요?"

원체 바둑을 좋아하는 박 형은 얼굴에 웃음이 솟구쳤다. 대동이발관 주인 열수 형님도 호기심 있게 바라본다. 그도 7급 정도 실력자지만, 박 형한테 3점 접바둑을 두면서 늘 자존심이 상해있었다. 박 형은 영진이를 이름 대신 '김'이라 불렀다.

"김은 나한테 9점은 깔아야 해!"

영진이는 옆의 두열이를 가리키며 "이 친구랑 두어보세요! 이 친구가 7급이에요." 했다. 바둑판 앞에서 박 형은 상대가 7급이라니 3점 붙이라는 눈치였다.

"초면에 접바둑은 실례잖아요! 박 형이 백 잡고 이 친구가 흑 잡으면 되지요!"

영진이가 밀어붙였다. 못마땅한 눈치의 박 형은 전초전부터 얼굴색이 안 좋다. 포석에서부터 밀리나 보다. 박 형은 얼굴이 점점 붉어지더니 하얗게 변하면서 이마에는 송골송골 땀방울이 맺힌다. 두열이는 바둑에 열중하기보다 여기저기 두리번거리며 딴청을 피우고 있다. 박 형이 불계로 패하는 건 너무 당연하다. 영진은 터져 나오는 웃음을 억지로 참으며,

"박 형, 4급 안 돼요! 나 같은 하수들한테 4급이라고 큰소리치지만, 다른 사람들한테 4급이라면 망신당해요!"

영진이가 그의 염장을 질렀다. 곁에서 구경하는 이발소 주인 열수 형님도 박 형보다 표정이 더 심각하다. 어쩜 자기도 박 형과 똑같은 처지니까……. 박 형이 4급이 안 되면 7급으로 알고 있는 자기는 뭐란 말인가?

박 형은 다시 두열이보고 손짓으로 놓으란다. 두열이는 스물한 살 앳된 방위병이니 두열이가 고수라는 걸 그들은 상상도 못하고 있었다. 콧노래까지 흥얼대며 노타임으로 놓는 두열이 앞에 박 형 얼굴이 일그러진다. 두어보나 마나한 판세를 보며 영진이가 또 초를 쳤다.

"박 형 또 졌네요! 만방 나겠어요!"

박 형 얼굴은 완전히 죽을상이고, 곁에 있는 열수 형님은 더 죽을상이다. 이발소에서 겸손한 듯 7급 정도라고 은근히 뽐냈는데 자기 실력도 형편없

다니…….

"박 형 바둑 잘 두고 갑니다!"

두 사람은 읍사무소로 향했다. 다음 날 이발소를 찾은 영진은,

"박 형은 4급 안 되겠는데요! 7급한테도 만방 났잖아요! 그 친구 말로는 자기는 7급이 약하대요. 박 형도 어디 가서 4급이라고 하면 창피당해요!"

박 형을 힐끔힐끔 보면서 놀려댔다. 박 형은 자존심이 되게 상했는지 똑바로 쳐다보지도 않는다. 영진은 하도 우쭐대며 고수라고 뽐내는 박 형의 코를 납작하게 눌러놓은 것이 통쾌하지만은 않다. 자기 실력으로 그를 제압해야 하는데 남의 실력으로 사기나 쳐서 눌렀다는 게 스스로도 비겁했다. 한 달 후, 마음 여린 영진이는 이쯤해서 박 형 마음을 풀어주자 하고 박 형한테 넌지시 말했다.

"그 친구가 1급이라고?" 박 형은 한 방 칠 것 같으면서도 안도하는 얼굴이었다.

"사람을 그렇게 속일 수가 있냐!" 그동안 자존심도 많이 구겨지고 속깨나 끓었나 보다.

"박 형이 하도 고수라고 으스대기에 그래봤어요!"

자신감을 찾은 박 형의 얼굴이 밝아졌다.


박 형이 일하는 대동이발관에 영진은 버릇처럼 무심코 들어섰는데, 이발하는 손님을 언뜻 보아도 심상치 않다. 그냥 나오려니까 이발소 주인 열수 형님이,

"인사드리게. 사단장님이셔!"

영진은 깜짝 놀라 당황했지만 순발력을 발휘했다.

"화랑!" 이발소 천정이 흔들리게 큰 소리로 구호를 외치고,

"사단장님을 이곳에서 뵙게 되어 영광입니다!" 영진이는 사단장한테 최대

한의 아부를 떨고 있었다.

"어디서 훈련 받았는가?"

"11사단 13연대에서 받았습니다!"

"응, 그래. 나한테 받았구먼! 수고하게."

영진은 그다음 또 대동이발관에서 사단장을 만났다. 도망칠 수도 없고, 어쩔 수 없이 큰 소리로 '화랑'을 외쳤다.

"방위병들이 하는 임무가 뭔가?"

사단장은 넌지시 묻지만 영진이는 잔뜩 긴장이 되었다. 맨날 이발소에 할 일 없이 놀러나 오는 한량으로 보는 것 같아 생각나는 대로 둘러댔다.

"저는 홍천읍사무소 호병계 행정보조병으로 복무하고 있습니다. 오늘 저의 임무는 영장 교부입니다!"

"그것 말고 다른 업무는?"

"입영 예비 장정들을 조사하는 국민역대상조사표와 징병검사대상자조사표 작성, 징병검사지원, 동원예비군 명단관리, 유사시 동원예비군의 신속한 배치, 영장 교부와 3회 독려, 병무심사 동위위원님들의 결제와 병적증명 발부, 출생 신고 등의 업무가 저희 방위병들의 업무입니다!"

"방위병들도 하는 업무가 많구먼! 수고하게."

"화랑!"

큰 소리로 외치고 이발소를 뛰쳐나왔다. 이등병 방위 주제에 별 둘짜리 사단장을 알게 되다니……. 이발소 주인 열수 형님은 사단장 단골 이발사다. 처음 사단장을 뵙고 왔을 때 열수 형님이 칭찬을 해주었다고 영진이한테 말해주었다. 성실하고 예의 바르고 인사성 있다고…….


영진이 동기생 두 명이 호병계 민원인으로 왔다. 까맣게 타버린 얼굴 초록색 군복이 누렇게 빛바래고, 한눈에도 그들은 방위병 생활이 힘들어 보였다. 읍사무소 뒤 느티나무 아래 벤치로 그들을 안내했다. 둘 다 훈련동 기지만 한 명은 사회 삼 년 후배다. 모처럼 만에 그들이 반가웠지만, 깨끗한 민간인 복장이 미안했다. 동기는 콩나물 공장이고 후배는 탄약 중대다.

"많이들 힘들지?"

"말도 마라! 콩 가마니 운반을 백 가마니 하는 날은 죽는 거야! 어제 백 가마니나 가대기했더니 오늘도 어깻죽지가 욱신거려!"

"콩나물도 기른다면서?"

"그거! 콩나물 물 주는 거 더럽게 힘들어. 고참한테 배워도 잘 안 돼. 조인트 까이고……. 수압을 세게 해놓고 넓은 콩나물시루에 물을 주면 콩나물이 스러지거나 자빠지지, 그러면 고참한테 뒤지게 터지는 거야! 발로 차이고 주먹에 얻어터지고……."

"지금도 그래? 물 주는 요령이 뭔데?"

"콩나물 위에서 직각으로 줘야지. 각이 안 맞으면 콩나물은 자빠져 일으켜 세울 수도 없고, 그 큰 콩나물시루에 물을 주는데 수압은 높고 가능하겠냐?"

"지금도 그래?"

"이제는 안 자빠뜨리지만 정신 똑바로 차리지 않으면 난리 나는 거야!"

"제대하면 콩나물 공장을 하든가, 못해도 콩나물공장 공장장을 해도 콩밥은 안 먹겠다."

"콩나물 콩 자도 꺼내지 마라! 난 콩나물은 보기도 싫고 밥에다 콩을 섞는 날이면 마누라는 이혼이다."

모두는 속없이 웃어넘긴다.

"철수야, 탄약병 얘기 좀 해봐라!"

"그 얘기라면 안 듣는 게 좋을 걸, 내 몸 좀 봐! 내 키에 체중이 52kg이야. 이 몸뚱이로 쌀 한 가마니 무게 80kg짜리 포탄을 멘다고 생각해봐! 처음에는 포탄을 메고 몇 걸음도 못 가 쓰러져 매대기치는데 탄약병이 어깨에 다시 올려줘 몇 걸음 못 가서 쓰러졌지! 지금은 거뜬히 메지만."

철수는 상의를 벗으며 "이 몸으로……." 바싹 마른 몸매에 갈빗대만 앙상해 너무 안쓰럽다. 저 몸뚱이로 포탄을 나르고 탄약상자를 나르는 건 불가능해 보였다. 영진도 엄살을 떨었다.

"나는 겉으로는 편해 보여도 매일매일 업무에 시달리고 볶아대는 잔소리에 스트레스 받고 눈코 뜰 사이도 없다. 차라리 군복 입고 콩나물 공장이나 포탄 나르는 게 낫겠다."

정신적 고통이 육체적 고통보다 힘들다고 그들을 위로했다.


강원도 병무청에서 각 시·군마다 장정들의 징병검사를 하는데, 홍천군으로 장정들의 징병검사를 왔다. 징병검사는 군인으로서 군복무를 할 수 있는 몸과 소양을 지녔는지 검사하는 것이다. 읍사무소 방위 네 명과 군청방위 두 명이 징병검사 보조로 차출이 되었다. 방위들의 임무는 장정들 줄 세우기, 신검 장소 안내 등 장정들 질서 유지다.

방위병 중 한 명이 병무청 직원이나 병사담당이 시키지도 않았는데 방위병들의 입소 날과 똑같이 군기를 잡는다. '앉아! 일어섯!'을 반복해 시키고 귀 잡고 쪼그려 뛰기까지 시키다가 눈에 거슬리면 주먹과 발길질이다. 장정 이백 명 정도가 그 친구한테 순식간에 잡혀버렸다. 웃을 수도 없고, 심하다고 말릴 수도 없고, 지켜볼 수밖에……. 점심식사를 하면서 군청 병사계장님이 한마디 하셨다.

"영환아! 너 그렇게 심하게 군기 잡으면 나가서 장정들한테 얻어맞을 텐데, 어쩌려고 그래!"

계장님은 폭력적인 영환이가 염려스럽고 장정들한테 심하게 하지 말라는 말씀인데도.

"그 놈들한테 왜 맞아요! 그 자식들은 그렇게 다뤄야 해요!"

영환이가 그렇게 매서운 데가 있는 줄 몰랐다. 방위라는 노란 글씨를 왼쪽 가슴에 커다랗게 달고 다니면 사람들은 괜스레 낮춰 보는 것만 같았고 무시하는 것만 같았는데, 장정들은 방위가 그렇게 끗발 있고 무서운 걸 처음 알았을 거다. 저녁식사 후 징병검사 결과를 정리하고 있었다.

'강원도 전역에 징병검사를 다녀보니 홍천군 방위병들이 최고의 자질과 능력 있는 방위'라는 징병검사 담당관 말씀에 이틀간의 피로가 풀리는 것 같아도 영환이의 폭력은 아무래도 찜찜했다.


## 여호와의 증인 군대 보내기


안 주사님이 영진이한테 특명이라면서 말했다.

"영장 교부자중에 '이O동'이를 기억하냐?"

"여러 명을 교부하다 보니 잘 기억나지 않습니다."

"O동이 말이야, 특수종교인인데 군대를 기피할 가능성이 높아. 무슨 방법을 쓰더라도 네가 책임지고 군대에 꼭 보내야 돼! 만약 O동이가 기피한다면 김영진 네 책임이야!"

이O동이 생각난다. 곱상하게 생긴 하얀 얼굴에 나이보다 어른스럽게 보였는데 영장교부를 할 때 왠지 딴청을 부리기에,

"여기다 성명을 쓰고 도장을 찍으세요!" 그래도 못 들은 척하기에,

"젊은 사람이 귀먹었어요! 빨리 이름 쓰고 도장 찍으세요!"

화난 얼굴로 큰 소리로 말하니까 마지못해 이름을 쓰고 방으로 들어가 한참 만에 도장을 가지고 왔다.

"여기다 도장 찍어요!"

"인주가 없는데……." 그의 손에서 도장을 낚아채면서,

"사무실에 가서 찍고 갖다 줄게요!"

다음 날 도장을 돌려주면서 뭔가 찜찜하다고 생각했는데, 병사담당 안 주사님이 이O동이 기피자 중요인물이라면서 입영 날짜가 한 달도 안 남았으니 철저히 동향 보고를 하라고 하셨다. 영진이는 일거리 하나가 더 추가되었지만, 자신만의 사명감으로 그를 어떻게 하든지 군대에 보내야겠다고 마음먹었다. 영진이는 출근 전에 자전거를 타고 이O동의 집 쪽으로 향했다. 이O동은 교인들이 운영하는 제빵 공장에 다니고 있었으며 매일 아침 일곱 시경이면 짐자전거를 타고 출근했다. 이O동에게 보이지 않게 먼발치에서 숨어서 봤다. 어디로 피해버리지는 않는지, 정상적인 생활은 하는지……. 집에서 매일 변함없이 직장으로 출근하는 이O동을 안 주사님께 보고했다.

영장 3회 독려란 입영 영장을 교부한 후 영장교부 사실을 본인한테 직접 3회 확인하는 절차인데, 본인의 서명을 꼭 받으면서 '몇 월 며칠 군대 가시는 거 아시지요?' 하며 상기시킨다. 만약의 경우를 방지할 목적으로 입대자들을 관리하는 것이었다.

입대 전날 마지막으로 입대자들을 독려하러 나갔는데 특별히 제일 먼저 이O동을 찾았다. 영진이는 요즘 O동이 때문에 신경이 쓰여 스트레스가 이만저만이 아니었다. 그가 어디로 사라져버리지는 않았는지 은근히 걱정되었지만, 반갑게도 그는 집에 있었다.

"안녕하세요? 이O동 씨!"

이O동이 인사도 받지 않고 어색하게 쳐다보는 모습이 좀 불편했지만, 여기서 물러설 수는 없었다.

"내일 입대준비는 잘 하고 계세요?" 그래도 말이 없다.

"나를 몇 번이나 만나셨는데 만날 때마다 왜 아무런 말도 없으세요? 내가 뭐 이〇동 씨한테 언짢게라도 했나요?" 영진이가 따지듯 말하자,

"군대를 가는 이유가 뭐요?"

퉁명스런 말투로 던진 돌발적 질문이 당황스러웠다. 안 주사님으로부터 특별관리자라는 지침을 받고 있었어도 말문이 막혔다. 잠시 뜸들인 영진이는,

"나 자신도 군대 가는 이유를 잘 모릅니다. 국민의 4대 의무중 하나인 병역의무를 피할 수 없어 영장 받고 군대에 왔을 뿐입니다. 남들이 하찮게 보는 방위병일지라도 훈련소에서 현역병과 똑같이 훈련받고 임무에 최선을 다하고 있을 뿐입니다!"

"군대 가면 싸워야 하고, 싸움은 총으로 사람을 죽이는 행위인데, 사람을 죽이는 것이 정당하고 옳다고 생각하세요? 그런 군대를 왜 가야 해요?"

도전적이고 당돌한 물음에 영진이는 어이가 없고 그를 만족시킬 답변도 궁색하지만, 두열이처럼 순발력을 발휘했다.

"군대 안 가고 군인이 없으면 나라는 누가 지키나요?"

그도 답변할 뾰족한 말이 없나 보다. 영진은 틈을 주지 않고,

"솔직히 말해 군대 가기 좋은 사람 대한민국에 한 사람도 없을 걸요! 돈이라도 한 보따리 안겨준다면 모르지만, 공짜로 가라면……. 나 자신도 군대 안 가려고 별의별 머리를 다 써봤으니까요!"

"내가 말하는 것은 인간들이 저지르는 전쟁이란 참화의 근본 문제를 말하는 거예요! 사람이 사람을 죽이는 끔찍하고 처참한 죽음을 어떤 명분으로 정당화시키나요? 그 또한 순진한 사람들을 전쟁터로 내모는 교활한 자들의 술수가 아니겠어요? 그 술수에 내가 끌려간다면 양심이 허락하겠어요? 성경 말씀에 '원수를 사랑하라'는 말씀을 알고 있는 내가 군대 가서 적을 총으로 쏜다면……. 그 사람도 그 사람 어머니와 아버지 눈에 넣어도 안 아픈

소중한 아들딸들인데 죽여야 하겠어요? 나 자신부터 군대 안 가면, 총 들고 사람 죽이는 짓을 안 한다면 이 땅에 전쟁이 사라지고 인간들은 전쟁의 공포로부터 해방되겠지요!"

"맞는 말이에요! 나도 그 말에 동감합니다. 내가 총을 안 잡고 적도 총을 안 잡아서 서로 친구가 되어 이웃으로 어울리며 살아간다면 얼마나 좋을까요? 하지만 우리가 바라는 건 우리들의 순진한 희망일 뿐이지요! 우리보다 더 힘센 놈들이 사람들을 그냥 놔둡니까? 그놈들은 그들의 이익을 국가라는 집단의 명분으로 사람들을 틀어쥐고 전쟁터로 내몰면서 '조국과 인민을 위해 목숨 바친 영웅'이라느니, '조국의 이름으로 그들은 가셨으니' 라고 꼬드기며……."

"나는 입대영장을 받고 지금까지도 고민하고 있어요! 군대에 가야 하나, 안 가야 하나? 나는 나이가 네 살이나 줄어 늦게 군대 가는 것도 그렇지만, 아까 말한 대로 원수를 사랑하라는 진리의 말씀과 '남의 피를 먹지 말라'는 교리가 내 신앙의 기본입니다! 내가 파란 카키복의 총을 든 군인이 되어 날카로운 눈빛으로 전투라는 행위에 앞장서서 사람들의 목숨을 빼앗는다면? 내 양심과 하나님의 말씀을 반하는 이중성의 인간이 된다는 게 나 스스로도 용납이 안 됩니다. 그래, 누가 뭐래도 총을 잡지 말자! 총을 안 잡으려면 군대 가지 말고 도망질치거나 교도소로 끌려갈 수밖에……. 나도 한 인간으로 어젯밤을 뜬눈으로 지새웠어요!"

영진이는 또 할 말이 궁색해졌다. 평소에 말 한마디 건네기 힘들던 그가 사람의 속내를 꿰뚫는 몇 차원 높은 인간들의 본질 문제를 갈파하고 있었다.

"나도 지금 한 말들을 제대로 이해하는지는 모르겠지만 옳다고 생각해요! 누구나 잘못된 세상을 바꿀 수 있고 바뀔 수가 있다면 더 바랄 게 없겠지요! 하지만 강자들 밑에서 쫄아 살아가는 게 인간이나 동물들의 숙명이지요! 강자와 약자라는 현실을 직시하지 못하면 도태될 수밖에 없다고 생각해요!"

"우리나라는 왜 같은 피를 이어받은 민족끼리 죽기 살기로 싸워야 하나요? 다른 나라와 전쟁을 하면 싸워도 떳떳하고 싸워야 할 명분도 또렷한데, 우리는 부모형제 혈육끼리 싸우니 남의 나라가 얼마나 우습게 보고, 우리 스스로도 얼마나 창피하나요!"

영진이는 '나는 답변할 논리나 소양도 제대로 없으니 높은 데 가서 물어보시오'라고 말하려다,

"나도 똑같이 안타깝습니다. 약육강식의 법칙이 동물의 세계에만 있는 게 아니잖아요! 강대국들이 전쟁에서 승리해 얻은 노획물을 순순히 돌려주겠어요? 반으로 쪼개놓고 이쪽은 퍼렁이 나라, 저쪽은 빨갱이 나라를 만들어 말 잘 듣는 하수인을 앞장세워 국가보안법이니 인민보안법 같은 무시무시한 법으로 윽박지르니 힘없는 백성은 어쩔 수 없이 굴종하고 따라가야지 어쩌겠어요! 그들이 시키는 대로 안 한다면 지금 누리고 있는 자유라는 최소한의 소중한 가치도 지켜질 수 없으니 총을 들 수밖에요! 나중에 우리가 힘을 키워가며 좋은 세상으로 바꾸고 가꿔나갑시다! 나 자신은 양심적이고 정당하다고 생각하는 사람들 부지기수예요! 누구는 누구만 못해 군대 가는 거 아니에요! 어쩔 수 없잖아요, 살기 위해서……. 믿겠어요! 내일 꼭 입대하세요!"

영진이는 그에게 악수를 청했다. 그도 힘을 주며 손을 꼭 잡았다. 뭔가 통했나 보다. 영진이는 그에게 손을 흔들며 그가 군대 생활을 무사히 마치도록 빌었다.

삼 년 뒤 예전과 똑같이 검은색 그 짐자전거에다 짐을 잔뜩 싣고 그때 그 모습으로 달리는 그를 보았다. 삼 년이란 세월이 양지 녘 봄눈처럼 빠르게 녹아버렸는가……!

# 첩보대

얼굴이 새까맣고 머리 짧은 젊은 사내 두 명이 민원실에서 영진이를 찾았다.

"뭐 좀 물어볼 게 있는데 다방으로 잠깐 가시죠!"

커피 한 잔을 들면서,

"우리는 육본 OO첩보대에서 나왔습니다. 우리는 현역 하삽니다."

소개하고 종이 한 장을 꺼내놓더니 다짜고짜 각서를 쓰란다. 영진이는,

"무슨 이유인지 알아야 각서를 쓸 것 아닙니까? 무조건 각서를 쓰라니 난 쓸 수가 없습니다."

"방위병도 현역인데 명령을 거역하는 거냐! 너 군법이 얼마나 무서운 줄 모르네! 인격적으로 잘 대해줄 때 말 들어! 내가 불러주는 대로 너는 받아 쓰기만 하면 돼!"


각서

업무로부터 숙지된 모든 사항을 누구에게도 절대 발설하지 않고 절대로 비밀로 할 것이며 발설할 때에는 군형법 OO조로 처벌받겠습니다.

홍천읍사무소 이병 김영진


각서를 쓰고 나자 그가 말했다.

"OO부대에서 네가 사는 동네 OO주유소로 많은 기름이 유출되고 있다는 첩보를 받고, 우리는 현장을 적발하여 증거를 확보하러 왔다. 기름 유출자는 OO과장 O대위다. 우리 두 사람과 너까지 한 팀이 되어 현장을 적발해야 한다. 우리 한 명은 OOO부대 앞 OO여인숙에서 잠복하고, 한 명은 주유소 바로 앞 OO여인숙에서 감시를 할 테니, 너는 한동네 살고 있으니까 밤이나

낮이나 동향을 잘 살피며 수단 방법을 다 해 현장 적발에 적극 협조해야 한다. 적발 시에는 OOO으로 즉시 전화하라."

O대위라면 영진네 집으로 가는 길가의 집이다. 며칠 전 일요일 삼마치 고개에서 소먹이 옥수수 섶을 리어카에 잔뜩 싣고 가파른 곳을 달려 내려가다가 죽을 뻔하고 O대위네 집 앞을 지나는데, 하필 그때 묶었던 밧줄이 끊기면서 옥수수 섶이 쏟아져 흩어졌다. 마침 현장을 목격한 O대위 부인이 영진이한테 심한 욕설을 퍼부었지만, 방위병 신분이라 꾸역꾸역 용케도 참았었다. 영진이는 속으로, '사람 우습게 보네! 지 남편이 육군대위쯤 되니 뵈는 게 없나보군.' 했다. 영진이는 젊은 여편네한테 잘못한 것도 아닌데 쌍소리로 욕먹은 게 너무 분했었다.

잠 안 자고 지키고 있다가 기름 실어다 붓는 현장을 덮쳐 그 못된 여자 남편을 옷 벗기고 영창을 보내? 몇 번이나 울분이 솟구치며 그 마누라가 엉엉 울도록 통쾌하게 복수를 하고 싶지만, 왠지 마음이 내키지 않았다. 기름 유출은 용서할 수 없는 국가의 범죄지만 망설이는 이유는 O대위 마누라 때문임은 더더욱 아니었고, 무례하게 대하는 첩보 하사들 때문도 아니었다. 우리나라에 비위를 저지르는 게 O대위뿐이겠나? 자기 손으로 가장인 그를 파멸시키는, 인간적으로 잔인한 짓은 하기 싫었다. 하루건너 영진이를 찾는 하사한테,

"아직 현장을 적발하지 못했습니다! 오늘 새벽에도 두 시간 동안이나 주유소를 지키고 있었지만, 군용 차량 같은 건 얼씬도 안 했습니다."

두열이랑 같이 복무하는 친구들이,

"저 사람 뭣 때문에 찾아오는데?"

"아무것도 아니야. 내가 아는 사람인데, 누구를 찾으니까 보면 연락해달라고."

영진이는 친한 두열이나 동기생 한형기에게도 말하지 않고 비밀로 했었

다. 영진이가 그들에게 이용당하고 있다는 걸 눈치챈 사람은 아무도 없었다. 그들이 영진이를 찾지 않고 한 달 후쯤 주유소는 문을 닫았다.

그 사건 때문이었을까? '낮은 나뭇가지에 눈 찔린다'라는 말은 누구나 흘려듣지 말고 살아야 할 인생의 교훈이라 생각했다. 하찮은 방위병도 높은 장교를 해칠 수도 있다는…….

얼마 후 이웃 사람한테 들었는데 다른 곳으로 전출 간 O대위는 소령으로 진급했다고 들었다. O대위는 불사조인가?


# 방위도 군인

1군 사령부에서 감사반이 왔다. 동원예비군 명부 등 군과 관계된 감사를 마치고 감사반장 대위가,

"방위병들의 애로 사항이나 건의 사항이 있으면 말하라." 영진이가,

"방위병도 월급을 주십시오!"

감사반과 함께 온 예비군 2중대장님이 한심하다는 눈으로,

"야! 향토예비군 설치법에도 없는 방위가 월급 달라니, 말이 되냐?"

"중대장님, 방위가 예비군이 아니잖아요! 그리고 군인이면 월급을 줘야 되는 게 아닙니까?"

"억지 주장 하지 마! 방위가 어떻게 현역과 같은 대우를 받겠다는 거냐!"

"중대장님! 방위가 군인입니까? 아닙니까?"

중대장님은 어물어물 말을 못 했다. 영진이가 한마디 더 했다.

"방위는 현역병인데 향토예비군법을 적용하려 하세요?" 난감한 얼굴의 감사반장 대위가,

"그 문제는 내가 결정할 수 없다. 상부에 건의하겠다."

어느덧 방위병도 월급을 받는다고 들었다. 세월은 지난 일들을 희미하게 지워가지만, 그때 그 자리 그 모습이 어제 일만 같아 가슴이 이상하게 설 렌다.

오 년차 보충역 면제증이 백 장쯤 두툼했다. 오 년 동안 보충역으로 대기 한 사람들을 자동으로 병역면제 혜택을 주었다. 공짜로 군대를 때운 것이 부럽기도 하지만, 한편으로는 약이 오르고 화딱지도 났다.

그 사람들한테 순순히 면제증을 주기도 싫었고, 집까지 찾아가 면제증을 교부하기는 더더욱 싫었다.

"면제증을 그놈들에게 그냥 줄 수는 없어! 사장 한 명씩 오라고 해! 내 가 면제증을 전달할 테니까 그때 너네들은 부동자세로 박수를 치는 거야!"

"뭣 때문에 박수까지 쳐야 하는데요?"

한기영이 진지한 표정으로 묻는다. 한기영은 인하공대를 졸업한 인격이 정갈한 엘리트다. 같은 사무실에서 복무를 해도 영진이한테 꼭 존대를 썼 다. 영진이가 두 살 많기 때문에 예우를 하고 있었다.

"박수치는 이유는 다 알게 돼! 선임병의 명령이야! 두열아! '신전사 밧데 리' 신 사장 오라고 해, 정확히 열한 시 삼십 분까지……."

열한 시 삼십 분, 정확히 신 사장이 왔다. 긴장되고 불안한 얼굴로…….

"사장님 오랜만이오!"

영진이가 악수를 청하고 앉기를 권하자 그는 얼굴까지 창백해졌다. 그는 보충역으로 대기하며 언제 군대에 오라고 부를지 몰라 늘 불안하게 살고 있었으리라. 그를 사무실로 오라니 가슴이 덜컥했겠지! 그의 속이 말 안 해 도 훤히 보였다.

"사장님, 그동안 병역 문제가 미결로 남아있었던데요?"

신 사장 얼굴이 일그러진다. 영진이가 그때를 놓칠 리가…….

"축하합니다! 다행히 사장님은 군대를 면제받으셨습니다."

신 사장 얼굴색이 확 변하며 입이 바소쿠리만큼이나 찢어졌다. 영진이가 손을 내밀자 두 손으로 움켜쥐고 '감사합니다! 감사합니다!'를 연발했다.

"운이 좋으신 거지요, 남들은 삼 년 동안 심하게 구르고 오는데……. 면제증을 전달할 테니 받으십시오!"

면제증
성명 신길동 1949년 6월 7일생
병역 소집을 해제합니다.
1972년 6월 10일 강원도 병무청장

방위병 네 명이 줄서서 박수를 치고 있었다. 처음부터 지켜보던 계장님과 안 주사님, 허 주사님, 박 여사가 억지로 웃음을 참고 있었다. 점심시간이다. '밧데리'도 체면이 있지 그냥 갈 수야…… 아니, 처음부터 의도적으로 분위기를 잡았으니까……. 밧데리가,

"점심식사나 같이 하시지요!"

"낮에는 바쁘고 퇴근하면 시간이 있는데요."

"여섯 시 삼십 분 한일식당으로 나오십시오."

그렇게 말하며 돌아서는 밧데리의 발걸음이 가볍다. 먹어본 적 없는 소불고기를 배 터지도록 먹었다. 훈련받으며 빠져버린 기름기가 보충되나 보다. 그래도 뒷맛이 개운치 않다. 밥 한 끼 크게 사고 삼 년치 고생을 때운 그가 얄밉기도 하지만 얻어먹는 방위병 처지가 쓸쓸했다.

영진이가 연봉 파출소에 용무를 보고 나오다가 검문소 초소 앞 헌병을 보

고 그냥 지나치자 호각을 불었다. 헌병 일병한테 끌려 침침한 초소로 들어섰다. 사복차림의 방첩대와 헌병 두 명이 앉아있었다. '차렷 경례!' 하고 일병이 구령을 붙였다.

"방위가 군인이야? 아니야?"

영진이가 머뭇머뭇하자,

"70%는 군인이고 30%는 민간인이지!"

그들의 명쾌한 결론을 들으며 방위는 이래저래 억울하구나!

방위는 '전역'이 아니라 '소집해제'다. 훈련소에서 삼 주, 읍사무소 오 개월 만에 소집해제를 받았다. 육 개월에 전역하면 '육방'이라 하고 1460시간을 복무하고 일 년짜리는 2920시간을 복무하고 소집해제를 받는데, 처음에는 평일은 여덟 시간, 토요일은 네 시간으로 쳤는데 나중에는 토요일도 하루 여덟 시간을 복무시간으로 쳐주었다.

부선망독자인 영진이는 병역법 7조의 혜택으로 1460시간의 복무를 꿈결 같이 보냈다. 호병계장님과 안 주사님, 허 주사님, 박 여사님, 동기들의 배웅을 받으며 그동안 정들었던 홍천읍사무소 문을 나섰다.

'나는 또 어디로 가야 하나?!'

# 이발관 주인에다 협회장까지

## 이발소로 돌아오다

영진이는 이발소에 취직했다. 아는 것도 없고 배운 거라고는 머리 깎는 기술뿐이라, 며칠을 골똘히 생각해봐도 뾰족한 수는 안 보이고 소가 도살장으로 끌려가는 것보다 싫은 이발소로 어쩔 수 없이 돌아올 수밖에 없었다.

홍천읍 대동이발관은 손님이 많고 지역 유지들도 많이 찾는 업소다. 영진이는 입소 전에 다른 이발소 두 곳에서 일했기 때문에 찾는 단골 고객이 많았고, 그러다 보니 눈코 뜰 새도 없었다. 손은 머리를 깎고 있는데, 머릿속은 읍사무소 방위병 때 생각이 떠나지를 않는다. '그립다!' 며칠밖에 안지나간 것 같은데…… 벌써 세 달이었다. 동기들은 아직 복무 중이고, 영진이는 하얀 가운을 걸치고 오늘도 머리털과 전쟁을 하던 중 사건이 발생했다. 예비군 훈련 시간에 대한 대화가 언쟁으로……

영진이가 '예비군 훈련을 너무 자주 받아 생업에 지장이 많다'고 하자 손님은,

"훈련 시간이 뭐 많다고 그래요? 북한 사람들은 밤낮으로 전쟁준비를 하

지 않소! 북한은 정규군을 빼놓고도 붉은청년근위대, 노농적위대 등 군인이 이백만이 넘고 어린 학생들까지 전쟁 준비를 하면서 남침의 기회만 노리는데 무슨 소리요! 우리도 훈련 시간을 더 연장해서 남침에 대비해야 하오!"

애국자다운 지당한 말씀을 하신다. 방위 훈련 때나 두 번의 예비군 훈련 때 교관도 똑같은 말씀을 되풀이해서 영진이도 달달 외우고 있는데, 얼굴이 벌겋도록 흥분하시는 손님은 자기 혼자 애국자 중의 애국자인가 보다. 영진이는 메스껍고 뒤틀리는 속을 억지로 달래며 손님이라는 예우차원에서,

"다 맞는 말씀인데요. 예비군 훈련을 너무 자주 받다 보니 이발소 공치는 날이 너무 많아 생활이 어려울 지경입니다. 훈련 시간이 연중 팔십에서 백 시간이라지만 네 시간짜리 소집점검, 어떨 땐 두 시간짜리도 있으니……. 차라리 하루 여덟 시간을 꽉 채우면 허실되는 날이 줄어들 텐데 말입니다."

손님은 영진이 말대답에 비위가 몹시 상했나 보다. 이론상으로 따지면 영진이 말도 일리가 있겠지만, 자존심을 건드린 것이었다.

"훈련하고 월급하고 무슨 상관인데 그렇게 말하시오?"

"이발소는 '와리제'입니다. 하루 수입을 놓아서 그날그날 받아가는……. 네 시간 훈련을 받기 위해 준비해야지, 오가는 시간 있지 하니까 토막 난 시간에 일하겠다면 어느 주인이 좋다고 하겠어요? 미안하고 이래저래 못 나가는 거지요! 그러다 보니 저는 어머니와 두 식구가 살면서 맨날 보리밥에 김치만 먹는데도 생활이 빠듯합니다! 한 달 동안 고기 한칼 안 사먹어도……."

주인 열수 형님까지 끌어들인 꼴도 되고, 간접적으로 불만도 드러내고……. 열수 형님이 '이발소에서 그만큼 벌어 가면 먹고살지 누구는 더 많이 버나!' 하며 염장을 지르는데 손님은 열수형님의 울력을 받아 다른 손님들과 열수 형님한테 제 주장이 맞다는 듯,

"우리나라도 훈련 시간을 늘려야 합니다! 훈련 시간을 가지고 불평불만하

면 대한민국 사람이 아니지요."영진이 속을 울컥 뒤집었다.

"나도 손님처럼 월급 받으면 365일 훈련만 받겠어요! 훈련받는다고 봉급 깎나요!"

영진이가 응수하자 손님이 의자에서 벌떡 일어나더니 영진이 정강이를 구둣발로 사정없이 걷어찼다. 영진이도 이성을 잃고 정신없이 주먹을 휘두르는데 누가 뒤에서 잡는다. 순간 아차 했다. 경찰서로 끌려간다면 국가보안법으로 빨갱이 누명을 뒤집어쓰고 처벌받고, 손님은 애국자가 될 테고…….

머리를 반쯤 깎다 말고 손님은 가버렸다. 영진이는 주인 열수 형님한테도 미안하고 이래저래 너무 속상했다. 이발소 영업이 끝날 무렵 그 손님이 손을 내밀며,

"낮에는 내가 미안하게 됐소! 이발이나 마저 합시다!"

"저도 잘한 것은 없습니다. 미안합니다!"

영진이는 반절쯤 깎다 말고 가버렸던 손님에게 이발을 정성껏 해드렸다. 이발을 마치고 선술집에서 노가리 안주로 대포 한잔을 하면서 마음을 풀었다.

손님은 영진이보다 열 살 위였고, 전매공사 차석이었는데 성격은 다혈질이라도 호방하고 남자다웠다. 우리는 형 동생 하며 친해졌는데, 어느 날 영진이를 찾아와 "동생, 나 서울로 가!" 하면서 손 한 번 잡고 떠났다. 너무 서운해서 눈물이 찔끔 나왔다. '싸워야 가까워진다'는 말이 그 말인가?


## 정치인과 논쟁

영진이는 늘 바빴다. 새벽반 태권도 도장에 갔다가 조기축구하고 이발소

출근하면 늘 꼴찌다. 방위 생활 할 때도……. 『태평양 전사』, 『오영수 문학전집』, 《사상계》 등을 읽었지만 이발소 일을 하면서 그날 신문 읽기도 바쁘다.

와중에 이발사 몇 명이 친목회처럼 가끔 모임을 갖는데, 홍천 청년지도자 토론회에 이발사를 대표해서 나가라고 했다. 농협 이 층 회의장엔 꽤 많은 젊은이들이 모여 있었다. 대부분 아는 얼굴들이었다. 영진이는 토론의 주제가 뭔지도 모르고 왔는데, 토론회보다 정치인의 자기 당 홍보차원의 설명회였다. 정치인은 원주 홍천 지역구 의원이며 공화당 원내총무 김용호 의원이었다.

"민주공화당이 정책을 개발하고 주도하며 박정희 대통령 각하 정부와 긴밀히 협조하여 조국 근대화의 기치아래 오천 년 가난의 역사를, 모두가 잘사는 부강한 나라로 탈바꿈하는데 매진하고 있습니다. 연 5~6%의 경이적인 경제 성장으로 백억 불 수출, 천 불 소득의 목표로 총력을 다하고 있으니……."

대통령 각하와 공화당을 적극 지지해달라는 요지였다. 김용호 의원이 여기 오신 분들 중에 정부나 당에 할 말을 기탄없이 말해주시면 정책으로 적극 반영하겠다고 했다. 아무도 말이 없고 조용한 시간이 흘러갔다. 영진이가 손을 들었다.

"저는 대동이발관에서 고용 이발사로 일하는 김영진입니다. 정부와 당은 장밋빛 청사진을 제시하며 지난 장면 정권이나 자유당 때보다 잘살게 되었다고 하시지만, 외형적 성장의 그늘은 너무 짙습니다. 근로자들은 저임금에 시달리며 장시간 노동을 하는데도 물가는 임금 대비 몇 배나 빠르게 상승하고 아무리 허리띠를 졸라맨다 하더라도 내 집 마련의 희망 같은 건 보이지 않습니다. 백억 불 수출의 금자탑을 세우고 국민 소득 천 불이 된다 해도 물가는 몇 배나 상승할 텐데……. 이대로라면 서민생활은 더욱더 팍팍

해지지 않을까요?”

의원은 영진이의 당돌한 질문에 허를 찔리고 당황하는 게 보였다.

“지금 하신 말씀 맞는 말씀이지만, 지금 지적하신 문제들을 보완하고 더 잘되어나가기 위해 우리 당과 정부는 국민을 위해 최선을 다해나갈 것입니다. 정부와 당을 믿고 생업에 매진해주시기를 바랍니다!”

“우리 일반 서민들은 보리 잡곡밥에 김치 된장국도 세끼 제대로 못 먹고 사는데 정치하시는 분들이나 기업체 사장님들은 우리가 보아도 너무 호화롭게 잘살고 있습니다. 수출을 많이 하고 나라가 잘살게 된다하더라도 잘사는 사람은 너무 잘살고, 없는 사람들은 세끼 밥걱정을 해야 하고, 더 큰 문제는 잘사는 사람은 소수이고 그렇지 못한 국민이 대다수라는 것입니다. 양극화가 심화되는 것을 막을 수 있는 정책과 힘을 가진 분들이 재벌이고 재벌 편이라는 것을 말씀드리는 겁니다.”

“너무 극단적으로 보시는 편견입니다. 우리 당과 정부는 그런 모든 문제점을 파악하고 시정해나가면서 국가와 국민을 위해 최선을 다하고 있으니 너무 부정적으로 보지 마시고 차분히 기다리며 열심히 일하면 우리 모두 다 잘살게 되는 날이 올 겁니다.”

의원은 질문을 두루뭉술 피해나갔다.

“저는 그런 정책의 구체성을 말씀드리는 겁니다. 그저 막연하게만 희망적으로 말씀하지 마시고, 근로자나 노동자가 근로기준법에 의한 보호와 소득 재분배로 질 좋은 삶을 어떤 정책으로 뒷받침할 것인가 방법론을 구체적으로 말씀해주십시오!”

의원은 양미간을 잔뜩 찌푸리면서 못마땅한 얼굴로,

“내 개인적으로 답변드리는 건 무리지만, 지금 우리나라 제반의 문제들을 단숨에 해결할 수는 없습니다. 소득 재분배 문제만 하더라도 인위적으로 한다면 공산당이나 다를 게 없으니 강제적으로는 더더욱 안 되고 점진적으로 해나겠습니다. 근로기준법의 문제점들도 시정·보안하도록 정책에 적극 반영하겠습니다."

의원님다운 말씀이다. 앞으로 그렇게 하고 노력한다는 번드르르한 변명을 힘으로 어쩌겠나?


"서울 사람이 피우는 청자 담배와 시골 청자 담배 맛이 다르다는데, 의원님께서도 알고 계시는지요?"

"처음 들어보는 말인데요! 그럴 리가 있습니까?"

의원이 의아한 표정을 짓자 친구 최근모가,

"제가 청자 한 보루를 사다드릴 테니까 서울 담배와 다른 이유를 전매청장한테 확실히 알아보시고 사실이면 그에 상응하는 조치와 결과를 알려주시면 감사하겠습니다."

최근모는 조선일보 홍천지국장으로 담배에 대한 입소문을 여러 사람 입으로 듣고 있었다.

이런 일이 있었다. 부사단장이 이발소에서 담배 한 갑을 떨어뜨렸다. 하얀 색깔의 처음 보는 담배다. 부사단장은 무궁화가 그려진 담배 한 개비씩을 나눠주며,

"이 담배는 국무위원급이 피우는 담배인데, 시중에 판매되지 않는 비매품입니다."

영진은 속으로 '대통령도 청자를 즐겨 피우는데 졸개인 국무위원들이 특별 제작된 담배를 피우다니' 했기 때문에 담배에 대한 의구심을 사실로 받아들이고 있었다. 영진이가 특히 소득 재분배 정책을 강하게 강조하며 열악한 저임금으로 하루 열다섯에서 열여섯 시간 강도 높은 노동을 하는 나이 어린 근로자 문제를 제기할 때는 의원은 물론 참석자 모두가 의아한 눈으로 주시했다. 당시에는 근로기준법이라는 용어조차 일반인들은 잘 모르고 있었을

때다. 그러다 보니 '영진이는 국가보안법으로 처벌받을 수 있는 이상한 사람', '빨갱이 사상을 가진 사람'이라고 생각들 하더라고 후에 친구가 말했다.

그 후 70년대 후반 YH무역 김경숙이 투신하는 사건이 일어났고, 그 몇 년 전에는 청계피복노조 전태일 분신사건이 일어났다. 영진이가 그때 집권당 실세 원내총무한테 미리 예견하고 경고했다고나 할까? 수출 제일주의를 지향하는 공화당 정권, 아니 박정희 정권은 '잘 살아보세!'라는 선동적 구호로 경제 성장의 목표를 향해 국민들을 몰고 가지만, 성장의 그늘에 가려진 근로자들의 희생은 너무나 컸다. 열악한 환경에 저임금 장시간 노동은 삶의 질을 바닥으로 추락시키고 있었다. 그 희생 위에 세워진 경제 대국으로 도약한 업적을 특정인의 전유물처럼 홍보해서는 안 된다. 누가 그 자리에 앉았더라도 그 높은 대우와 특혜를 받는 영광을 누리면서 그 정도의 일을 자랑하는 건, 지하 단칸방에서 폐결핵을 앓아가며 가족의 뒷바라지로 비참하게 살아온 여공들 앞에서는 차라리 모욕으로 들렸다.

김용호 의원이 홍천에 올 때마다 영진이를 찾았지만, 당직자들이 이런저런 핑계로 만나게 해주지를 않았다. 김용호 의원과의 정책 논쟁은 홍천 사회에서 영진이를 남다른 사람으로 평가하는 계기가 되었다.


## 이발관 주인 되고 협회장까지

영진이는 이발을 해주면서 알게 된 동갑내기 농협 대출담당한테 이발소를 차릴 테니 대출을 좀 해달라고 자존심을 접고 부탁했다. 사채도 좀 빌리고 해서 홍천읍 목욕탕 이 층에 어렵사리 시설을 하고 간판을 달았다. 상호는 '영진이발관'. 영진이는 생애 최초로 자기 이름의 이발소를 개업한다는

304

설렘으로 밤잠을 설쳤다.

　다음 날 경찰서로 오라는 연락을 받고 웬일일까 불안해하면서 보안과로 갔더니 간판 글씨에 빨강색이 7할을 넘으면 안 되니까 빨간색을 3할 이하로 줄이란다. 빨간색이 눈에 잘 띄어 빨간색으로 쓴 '이발' 두 글자가 화근이었다. 당시에는 레드 콤플렉스에 시달리다 보니 '빨' 자는 무조건 용납이 안 됐다. 빨간색은 빨갱이들의 상징적 색깔이라면서…… 없는 형편에 속상해하면서 '이발'이라는 글자를 파란색으로 바꿔 달았다.

　개업식이라고 알리지도 않았는데 손님들이 미어터지도록 찾아주셨다. 영진이가 이발해드리는 단골손님, 태권도장 선후배, 조기축구회원 등 딱 한 잔만 하시고 가신 분들이 태반인데, 막걸리 일곱 말이 다 비워졌다. 개업 선물로 들어온 성냥은 평생을 사용해도 남을 만큼 쌓였다. 고객님들은 군수, 서장, 사단장, 연대장 등 기관장님들과 사회단체장들, 유지급들이며 격의 없는 단골이 주요 고객이었다. 홍천의 이삼십대들은 영진이 손을 거쳐야 하고 특히 사단장은 영진이 아니면 이발을 안 했다.

　이발사가 커트를 하면 다음 차례는 면도사 몫이다. 면도는 기본이고 귀 청소, 손톱 깎기, 안마 등의 서비스를 한다. 안마는 지압과 거의 흡사하고, 시간이 많이 걸리는 것은 이발보다 서비스에 치중하기 때문이었다. 이발 요금이 포마드 값을 포함해 사백 원이다. 팁은 오백 원에서 천 원을 주는데 면도사들의 차지다. 많은 시간을 서비스에 빼앗기다 보니 이발 손님 숫자는 몇 명 안 될 수밖에…… 비교해보면 면도사 한 명 수입이 주인보다 많았다. 면도사 장사라고 이발업자들은 이구동성으로 말하지만, 면도사가 없으면 손님이 찾지 않으니 울며 겨자 먹기라고 푸념들을 했다.

　이발소 개업 후 두 달이 정신없이 지나갔다. 홍천 이 · 미용협회 회의에 영진이 처음 참석했는데, 협회장이 개인적인 이유로 사임하고 후임회장을 선출하는데 영진이 협회장으로 뽑힌 것이다. 후임회장 선출을 논의한 결과 영진이를 단독 후보로 추천했다. 영진이는 당황스럽고 어이가 없었다. 이용협회 회원으로 가입한지 두 달이 채 안 되었는데, 회장 후보로 추천받는다는 건 상상 밖이었다. 거절할 수 없는 난처한 입장이지만, 추천해주시는 선배들의 뜻도 그렇고……. 생각 끝에 영진은 회장직을 수락했다.

"여러모로 부족한 저를 홍천군 이·미용 협회장으로 선출해주신데 대하여 감사의 말씀을 드립니다! 저에게 막중한 책임을 맡기신 것은 나이가 제일 젊은 저에게 열심히 일해보라는 명령으로 알고 신명을 바쳐 선배 여러분들을 받들어 모시며 최선을 다하겠습니다. 낡은 구태와 관습을 벗어버리고 새롭고 희망찬 미래로 나갑시다!"

영진이 스물한 살 때 파업을 주도하고 쫓겨난 지 칠 년 후, 스물여덟에 홍천군 이·미용협회장으로 당선된 것이다. 홍천군 이용업소는 사십 개, 미용업소도 사십 개로 총 팔십 개 업소였다. 이용과 미용이 같은 협회였으며 부회장은 미용 쪽에서 맡았다.

영진이가 첫 번째 한 일은 위생연합회로부터 탈퇴해 이·미용협회를 독립적인 협회로 만들어 운영해나간 것이다. 이·미용업소들이 납부하는 회비가 이·미용 회원들을 위해 사용되기보다 위생협회장 판공비, 협회 직원 월급, 사무실 운영비 등으로 지출되고 나면 이·미용 쪽은 아무것도 없었기 때문이다. 두 번째로 협회 월 회비를 없애고, 사무실은 이발소를 사용하고 협회 업무처리는 영진이가 맡았다.

위생검열은 모두가 떨 만큼 무서웠다. 업소들은 청소하기, 페인트칠하기, 소독기구 점검과 보건증 휴대를 하며 위생복도 깨끗이 세탁해서 입고 긴장 상태로 기다린다. 위생감시원들이 옆집으로 들어가면 망을 보던 막내가 '떴어요!' 했다. 그들은 저승사자만큼이나 무섭게 다가왔다. 옷장을 열어보고 소독기구를 점검하며 청소 상태와 보건증을 확인하고 하얀 장갑을 낀 손으로 먼지가 묻나 안 묻나 창문틀이며 이곳저곳 구석까지 훑는다. 지적을 많이 받으면 경고가 아닌 영업정지 일주일이었다.

이·미용협회장인 영진이는 업소들이 위생검사를 별 탈 없이 무사히 넘기도록 성의를 다해 그들의 비위를 맞췄다. 말하자면 접대를 잘해야 하는데 협회비는 한 푼도 없어 자기 주머니를 털어가며 그들을 접대했다. 저녁식사, 2차 술자리, 아침에는 모닝커피까지……. 위생검열이 무사히 끝나도 영진이가 업소들의 보호를 위해 얼마나 힘들게 뒷바라지를 하는지 아는 업소는 한 곳도 없었다. 자기가 말하면 그들에게 공치사나 하는 것 같기도 하지만, 서로가 서로를 신뢰관계로 유지해나가야 하니까…….

면도사들을 퇴출하고 남자 이발사들만 고용하기로 업주들과 합의했지만, 자기 업소 이익부터 생각하는 바람에 몇 번의 합의는 깨어지고 면도사들을 계속 고용하게 되었다. 업주나 이발사보다 면도사 위주의 퇴폐적 영업장이 되어버린 이발업계를 정상으로 되돌리려면 면도사들을 퇴출시켜야 하고 그것만이 업주와 이발사들이 살 길이라고 업주들을 설득하느라 동분서주했지만, 자기만의 셈법을 가진 업주들의 두 얼굴을…… 영진이 힘으로는 어쩔 수 없어 안타깝게 속만 태웠다. 오히려 영진이가 면도사들을 쫓아내려 한다고 말하는 바람에 면도사들은 영진이를 보면 외면했다.

예비군 축구대항전에 영진이가 선수로 출전하던 날! 위생검사 날이었다. 위생협회장, 요식협회장 등이 위생감시원들과 동행했지만, 영진이는 축구 때문에 빠져있었다. 문제는 위생검사 얼마 후 위생감시원이 구속되는 사건이 발생했다. 큰 비리사건도 아닌 것 같은데 모 정보기관 끄나풀이 좋아하던 미장원 주인이 보관하던 인삼주와 뱀술을 위생감시원에게 주고는 '뱀술과 인삼주를 겁주고 빼앗아갔다'고 끄나풀한테 부풀려 고자질하는 바람에 사건이 되어 구속이 된 것이다.

위생감시원을 조사하면서 위생검열에 동행한 협회장들도 검찰청에 불려가 검사한테 닦달받고 혼쭐이 났다고 했다. 영진이와 친한 요식협회장 영민이 형이,

"너 참 운이 좋았다. 그날 같이 안 쫓아다니기를……. 죄 없이 검사한테 매 맞는데 죽겠더라! 바른 대로 불라고 하면서 자꾸 패는데 뭐 불 게 있어야 불지! 난생처음 많이 맞아봤지!"

영진이는 참 운이 좋았다. 예비군 축구 경기가 없었으면 영락없이 그들과 같이 다녔을 테니까, 서열상 맨 뒤에서 짤랑짤랑…….

이·미용 협회장도 군청에서 주관하는 기관·단체장회의에 참석해야 한다. 거기에 체육촉진위원으로 위촉이 되어 각종 체육행사장에 나가랴…… 영세자영업자가 버티기 힘들다. 영진이를 찾는 단골손님들도 불만이 이만저만 아니다.

"이 집 주인 출마하려고 싸돌아다니나? 아주 그 길로 나서든지……."

비아냥거리는 손님들 숫자가 나날이 늘어났다. 영진이 딴에는 퇴폐적으로 변모하는 영업환경을 바꾸고 건실한 경영으로 이발사들에게 이익을 되돌려줘야 한다는 속내와 이발업을 다른 직종만큼 사회적으로 동등한 대우를 받게 해보겠다는 야심으로 협회장 직책을 맡았지만, 생각보다 무척 힘들게 헤쳐나가고 있었다.


## 홍천군청 난동사건

이·미용협회 방위성금 액수가 정해졌는데 말이 성금이지 강제 징수라는

게 더 맞다. 이·미용 업소가 부담하기에는 버거운 액수가 할당되었다. 미용 쪽 부회장과 할당금액을 반반으로 정했지만, 이·미용 업소들이 부담하기에는 너무 벅찬 금액이었다. 영진이는 고심 끝에 부회장이 미용업소를 책임지고, 이발업소들은 정기휴일에 영업을 해서 최소한의 경비를 제외하고 성금으로 납부하기로 합의했는데……. 하루 동안 영업해서 모인 금액이 이십 만원의 칠분의 일밖에 안 되는 삼 만원이었다. 난감했다. 정기휴일은 손님들이 찾지 않는다는 것을 미처 예측하지 못했던 것이다.

돈이 없는 이발소들 사정을 이해하고 삼 만원을 들고 군청 위생계로 갔다. 담당직원한테 삼 만원밖에 모금을 못했다고 사정을 했지만 담당직원은,

"당신들 성금 핑계대고 불법 영업한 것밖에 더 되오? 삼 만원이 말이나 되오?"

영진이는 이발소가 휴일이라 주인 혼자서 일을 했지만, 한두 명밖에 이발을 못했고 영세업자들이라 성금낼 형편이 못 되니 다음에 어떻게 하든지 더 성금을 마련하겠다고 또 한 번 사정을 했다. 담당은 화를 벌컥 내면서 볼펜 끝으로 돈을 탁탁 튀겨가며,

"이게 돈이야! 누굴 뭘로 보고 장난치는 거야!"

영진이도 팔십 개 업소의 대표이며 사회단체장인데도 자존심을 접고 꾸역꾸역 치밀어오는 분노를 억지로 누르고 그의 손을 잡았지만 담당은 손을 확 뿌리치며,

"정말 형편없이 놀고 있네!"

영진이를 째려보았다. 순간 영진이는 욕설이 튀어나갔다.

"야! 새끼야, 너 지금 뭐라고 했어! 나더러 형편없는 놈이라고! 그래 나 형편없는 놈이다! 형편없는 놈이 뭔지 진짜 본때를 보여주마!"

책상 위의 서류를 바닥에 내동댕이치고 직원의 책상을 발로 걷어차고 아무거나 닥치는 대로 휘둘러댔다. 영진은 이미 제 정신이 아니고 돌아버려

직원의 멱살을 움켜잡았다. 누가 뒤에서 영진이 두 팔과 몸뚱이를 꽉 껴안았다.

"자네 왜 이러나?"

돌아보니 허 주사님이다. 영진이네 집 단골손님. 허 주사님 눈빛에 정신이 돌아오며 눈물이 쏟아졌다. 허 주사님은 영진이한테는 큰형님뻘이지만 말단 직원이었다. 영진이는 밖으로 뛰쳐나왔다. 하늘은 온통 노란색으로 물들어있었다. 하늘같은 내무과 사무실을 뒤집어엎다니……! 경찰서로 잡혀가고 영업장은 폐쇄되겠지! 난 왜 이러지? 꼬여만 가는 내 삶이 내가 생각해도 한심했다. 그날 밤 홀어머니와 단칸방에서 뒤척인다.

"무슨 걱정거리라도 생겼냐?"

"아니에요."

이틀 밤이 지나고 일주일이 지났는데도 경찰서나 군청에도 불려가지 않았다. 열흘 뒤쯤 영진이는 시외버스터미널에서 예방접종을 하는 담당직원을 만났는데 별 반응 없이 씩 웃었다. 이제는 살았나 보다! 마음이 놓였다.


이발소에 손님은 미어터지지만 실속이 없다. 지출은 생각보다 많고 면도사 결원이 생기면 서울은 물론 춘천, 횡성, 원주까지 스카우트하러 다녀야 했다. 친지나 단골손님은 물론 기관과 사회단체 사람들의 경조사까지 챙기고 치다꺼리까지 하다 보니 농협에서 대출받은 이자 갚기도 버겁다. 협회장이란 자리는 영진이의 여력으로 감당하기엔 역부족이었다.

어머니는 면도사들 밥해주랴, 소 두 마리 풀베고 여물 썰기까지 했다. 영진이가 이발소를 정리해야 하겠다고 마음먹은 건 면도사 아가씨가 어머니한테 반찬투정한 것이 원인이었다. 반찬투정이 언쟁이 되고 나중에는 자기한테 욕설까지 퍼부었다고 하시면서 어머니는,

"너 하나 때문에 나도 너무 힘들다. 서방 복 없는 년이 새끼 복이 있겠냐?"

울면서 가슴을 치시는 어머니 앞에 영진은 할 말을 잃고 정신마저 멍해졌다. 후배에게 이발소를 넘겼다. 농협 대출금과 이자까지 갚으니 몇 푼 남지 않았다. '영진이발관'이라는 상호로 야심차게 시작한 사업은 그렇게 막을 내리고 말았다.

# 안동역

## 산속에서 만난 인민군 포로

인제 현리행 버스에 무작정 올랐다. 무심코 내린 곳이 인제 상남 작은 면소재지였다. 무작정 산속을 향해 걸었다. 중천에 떠있던 해가 서산마루를 기웃거릴 때, 언덕빼기 위에 납작하게 일그러진 집의 형태가 보였다. 수풀로 뒤엉킨 오솔길을 오르니 초라한 움막만큼 늙어버린 노인이 있었다. 허름한 옷을 걸치고 머리와 수염은 덥수룩하고, 한마디로 봉두난발이다. 노인의 눈과 마주치는 순간 영진이는 후회했다. '내가 미쳤나? 뭐한테 홀렸나? 왜 내가 이곳까지 왔지? 내 정신이 아니야! 내 정신이!'

산골에 어둠은 빨리 찾아와 어디로 갈 곳도 없다.

"할아버지! 죄송한데 하룻밤만 재워주세요!"

영진이를 유심히 바라보는 눈매가 예리하다. 감자투성이로 저녁을 때우고 호롱불 곁에 앉았다. 방은 흙벽이 무너져 구석구석 흙먼지가 쌓여있고, 낮은 천장마저 곧 무너질 것만 같다. 화로를 가운데 두고 마주앉은 노인이,

"어떻게 여기까지 온 게요?"

312

굵은 사투리가 영진이를 압도했다. 아무 말도 못하고 침묵의 시간이 흐르고…….

"젊은이가 이곳까지 무턱대고 올 때는 무슨 말 못할 사정이 있겠소만, 세상사 살다 보면 별의별 일 다 겪으며 마음 상한 일도 많을 게요. 웃으며 마음 편할 날 며칠이나 되겠소!"

영진이를 꿰뚫어보는 도사가 산속에서 기다리고 있었나?

"나도 산전수전 겪으며 낡아진 몸뚱이를 버릴 수도 없고, 산중에서 눈뜨면 살았구나! 밤에 자리에 누울 때면 깨어나지 말게 해달라고 주문처럼 읊조려도 쇠심줄보다 질긴 목숨 지금까지 숨 쉬고 있소!"

"생면부지 어르신께 폐를 끼치게 되어 죄송합니다. 마음대로 안 되는 세상 머리 깎고 중이나 될까 하다가 산속에 묻혀 나물이나 뜯어먹고 살면서 세상을 잊고 살자 하면서 오다 보니 이곳까지 왔습니다."

무거운 침묵만이 방안에 가득하고…….

"어르신은 언제부터 이곳에 홀로 계시는지요?"

"…….."

천장을 멍하니 쳐다보는 노인은 긴 한숨을 토했다. 영진이는 '내가 괜스레 물어봤나?' 했다.

"죄송합니다. 그저 궁금해서 여쭤본 말씀인데, 어르신 마음을 불편하게 해드렸나봅니다."

"언제 죽을지도 모르는 늙은이가 지나간 사연들을 말한들 무슨 의미가 있겠소!"

투박한 함경도 사투리 속에는 깊은 내공이 느껴졌다.

"저는 어르신보다 짧은 삶을 살아왔는데도 기복이 많게 살아왔다고 생각하는데, 저보다는 갑절이나 되는 세상을 살아오셨으니 얼마나 많은 역경을 겪으며 살아오셨겠습니까? 일본 사람 밑에서 초근목피로 연명하다 전쟁 때

죽음의 고비도 숱하게 넘으시고……."

노인은 자기가 살아온 지난날을 이해해주는데 위안을 받았는지 깊은 상념에 빠진 듯했다.

"아직 젊고 앞날이 창창한데 무슨 속상한 일이 그리도 많아 첩첩산중까지 오셨소?"

측은한 눈빛으로 영진이를 찬찬히 훑어보며 물었다.

"사람과 사람, 인간과 인간이 부딪치며 살아오다 보니 많이 지쳤나봅니다. 남의 집에서 종업원으로 일할 때는 주인 눈치 보랴 죽어라 하고 새벽부터 밤중까지 일해도 하루 받는 일당이 쌀 몇 됫박도 안 되니 생활은 쪼들리고……. 나는 주인이 되면 사업을 잘해 넉넉히 베풀리라 했지만 막상 주인이 되고 보니 마음먹은 대로 안 되었습니다. 사람과 사람이 마음을 나누고 소통하고, 이해하며 서로 돕고 산다는 건 내 생각뿐이었지 상대는 언제나 나와 정반대의 생각을 하는 것도 모르면서 착각 속에 살아왔으니까요! 얼마나 속이 터졌던지, 구두 수선하는 사람이 부럽고 택시기사가 부러웠습니다. 그들은 누구의 지시를 받거나 지시할 일도 없이 혼자서 열심히 일하면 되니까요……. 많은 사람들과 부딪치며 일하는 일터에는 하루도 갈등 없는 날이 없었습니다. 언제부터인가 사람이 지긋지긋하게 싫어졌습니다."

"그래서 여기까지 오신 게로군, 사람을 싫어하는 대인기피증을 가진 사람이 산속으로 스며들어 이 꼴 저 꼴 안 보고 사는 염세주의자로 산다고 한들 달라지는 건 이 세상 아무것도 없을 게요! 내 사는 내 모양 내 꼴을 두 눈으로 보고 있지 않소?"

옹기 화로에 숯불은 하얗게 사그라지고, 잿불을 뒤적이며 감자 몇 톨을 끄집어내더니 거친 갈퀴손으로 꺼풀을 벗긴다. 뜨거운 감자 한 톨에도 인정이 묻어나는데, 감사할 줄도 고마워할 줄 모르고 이기적으로 변해버린 사람들 속에서 나라는 인간도 마찬가지겠지……! 감자 한 톨에 깨달음을 얻고 욕심의 껍질을 벗겨본다.

"어르신 처음 뵐 때 보다 높은 인격을 가진 분이라는 걸 느꼈습니다. 말씀도 조리 있게 하시고 박식하시네요! 고향이 북쪽 아니세요?"

노인은 자기를 추켜세우고 알아주며 칭찬해주는 게 고마웠는지 마음을 열었다.

"나는 함경북도 회령이 고향이오! 웬만한 사람은 회령이라는 곳을 잘 모를 텐데……."

"좀 알고 있습니다. 중학교 지리교과서에서, 두만강이 흐르는 우리나라 제일 북쪽 중국 땅과 소련 땅이 맞닿은 백두산맥 끝자락에……."

자기 고향을 알고 있다는 게 고향지기를 만난 만큼 반가운 얼굴이다.


"회령에서 우리 집은 조부 때부터 근면하게 열심히 사는 집으로 소문나있었고, 아버지 대에서는 우리 집이 부잣집으로 알려졌었소! 회령에는 기와집이 딱 두 채밖에 없었는데 쌍대문 달린 집은 우리 집 밖에 없었으니까…….

나는 청진 고등중학교로 유학을 가게 되었고, 집에서 보내주는 돈이 넉넉해서 내 곁에는 동무들이 늘 많았소. 내가 하숙하던 집 딸이 있었는데 이름은 진옥란. 나보다 한 살 위였는데, 생글생글 눈웃음에 예쁜 얼굴이었지! 청진의 명문 청진여학교를 다녔는데 나는 옥란이를 마음에 품었지! 친구들이 나한테 놀러온다는 핑계로 옥란이 보러 오는 속셈을 알아차리고 내가 먼저 편지를 썼지! 연애편지를……. 하얀 종이에 만년필로 정성을 다해 또박또박 써내려간 파란 글씨로 '옥란이를 좋아한다'고……. 곱게 접어 옥란이 책가방에 몰래 찔러 넣었지! 그날 가슴은 두근거리고 옥란이는 어떤 얼굴일까? 화난 얼굴로 나를 퇴짜나 놓지 않을까? 선생님 말씀은 귀에 들어오지 않았어! 사형이냐, 무죄냐? 판결을 기다리는 중죄인 가슴도 나만큼은 졸이지 않았을 거야. 우리 둘은 사랑에 빠졌지! 공부는 뒷전이고……. 내 머리와 가슴속에는 온통 옥란이로 가득 채워졌으니 공부 같은 건 비집고 들어갈 틈도 없었지!

어느 날 운동장 복판에 군용트럭이 멈춰서더니 붉은 줄을 어깨에 두른 군관이 민간인 두 명과 급히 교무실로 향했었는데⋯⋯. 종소리가 요란하게 들리고 종대로 줄지어선 학생들 앞에 교장선생님은 떨리는 목소리로, '학생 여러분, 남조선 해방전쟁에 참전해야⋯⋯.' 했지. 말끝을 못 맺고 손등으로 눈물을 훔치시고 돌아서자, 인민복을 입은 사람이 '위대한 남조선 해방전쟁에 용감한 전사로 나갈 사람은 손을 드시기우!' 했어. 곁의 사람 눈치를 보면서 하나둘씩 손을 들었는데, 내가 마지막까지 눈치만 봤던 것은 옥란이 때문이었어! 옥란이가 내 마음속에서 나를 꽉 움켜잡고 놔주질 않더군. 나 혼자 손을 안 들고 버티는데 모두가 나를 칼눈으로 째려보기에 할 수 없이 손을 들었지.

군인 트럭 몇 대가 우리들을 태우고 깜깜한 어둠 속으로 얼마나 달렸을까? 썰렁한 연병장에 내릴 때는 희뿌연 새벽이었어. 털컹거리는 차 속에서 불안과 공포에 시달린 우리들은 초주검이 됐지만, 수염이 장비처럼 덥수룩한 군관이,

'위대한 영웅 김일성 장군님이 영도하는 남조선 해방전쟁에 지원한 학도의용군 여러분을 환영한다! 짧은 시간의 훈련이지만, 강도 높은 훈련으로 백전백승 용감한 인민군으로 다시 태어나길 바란다!'

학교에서 군사훈련을 받았지만 사격술, 은폐, 엄폐, 격술, 적진돌파 등 며칠간 혹독한 훈련을 받았지.

'남조선 인민들에게 민폐를 끼치는 자는 총살이다! 여자는 여자로 보지 말라! 여자를 추행하거나 강간하는 자는 현장에서 즉결처분이다. 상관의 명령을 불복하는 자도 즉결처분이다!'

트럭에 실려 며칠을 밤낮으로 달렸는데 포성이 멀리서 간헐적으로 들려

오는 들녘은 공포로 다가오고……."

노인의 이야기는 계속 이어졌다.


# 반공 포로


듬성듬성 쓰러진 사람들의 애처로운 비명소리를 뒤로하고 앞으로 달려갔다. 미숫가루를 물에 타 마시고 따발총과 실탄을 어깨에 두르고 까마득한 고지로 향했다. 흙구덩이 속에 죽은 시체와 부상자를 밖으로 밀어내고 따발총을 산 아래로 겨누고 있었다. 쾅 하는 소리가 천둥소리보다 몇 갑절이나 크게 울리며 비명소리가 흙먼지와 뒤섞이고 새 떼처럼 파편이 하늘을 나는 아비규환의 전쟁마당에, 이제 나는 죽는구나! 반짝하는 섬광 속으로 옥란이 얼굴이 스쳐갔다. 개처럼 끌려와 죽음의 순간 앞에서 어머니보다 옥란이 생각을 하다니…….

눈을 뜨고 숨을 쉬었다. 내가 살아있다니……. 내 몸뚱이는 흙과 뒤범벅이었다. 저 산 아래 개미 떼처럼 몰려오는 국군들! 후퇴하라는 다급한 목소리에 반대쪽 산 아래로 정신없이 무너져 내렸다. 앞에서 달아나는 인민군을 죽을힘을 다해 뒤쫓아 숲속에서 대오를 정비했다. 반도 안 남은 전사 앞에서 군관의 장황한 연설이 귓등을 스쳐갔다.

"우리의 원수 미제와 유엔군 놈들이 위대한 남조선 해방전쟁을 망치고 있지만, 백전백승 불굴의 영웅 김일성 장군의 용맹한 전사들은 남조선 인민 해방을 위해 끝까지 목숨 바쳐 싸워야 하오!"

우리는 패전을 거듭하고 있었다. 낙동강 전투와 팔공산 전투에서 B29의 융단폭격으로 인민군은 괴멸되었다. 능선에 올라 구덩이를 팠다. 맨손으로 흙을 헤집으며……. 군관 한 명과 전사 두 명이 철사 줄로 우리들 다리를 옭아맸다. 흡사 잔칫날 잡는 돼지뒷다리처럼……. 말뚝을 깊이 박고 우리들 다리를 말뚝에다 꽁꽁 묶더니 탄띠 하나씩을 던져주며,

"도망치지 말고 적들과 용감히 싸워라! 적들을 물리치지 못하면 너희는 죽는다!"

그들은 도망치듯 사라졌다. 옆에 있는 전사가,

"망할 놈의 새끼들! 우리를 방패막이로 삼아 제 놈들은 도망칠 시간을 벌겠다고? 움직이지 마라!"

그는 우리들에게 총을 겨눴다.

"우리 여기서 개죽음 당할 거냐? 투항해서 살 테냐? 싸우겠다는 놈은 내가 먼저 쏴버리겠다! 투항하겠다면 총을 앞에다 버려!"

그는 꽥 소리쳤다. 나는 살고 싶었다. 옥란이를 생각했다. 어머니도 떠오르고……. 내가 누구를 위해 무엇 때문에 죽어야 하나? 살고 싶은 욕구가 가슴속에 솟구쳤다. 나는 총을 내동댕이쳤다. 옷을 벗어 따발총 끝에 걸어 구덩이 앞에 세웠다. 포탄이 떨어지고 비행기가 날고 산들은 온통 시뻘겋게 벗겨졌지만, 우리들은 기적처럼 두 손을 치켜들고 국군 포로로 살아남았다.

거제 포로수용소는 살벌했다. 포로가 포로를 죽여 뒷간에 버리고……. 북쪽 김일성 파와 반공파인 남쪽 이승만 파의 치열한 투쟁의 장이었다. 이학구 인민군 소장이 장악한 포로수용소는 반공파들을 압도했다.

그들은 치밀하고 극렬한 세력을 구축하고 있었다. 포로소장 딘 준장을 감금하는 큰 사건도 벌였다.

나는 반공포로 쪽으로 줄을 섰다. 내 두 다리를 철사 줄로 꽁꽁 묶였던 그 순간부터 나는 이미 북조선 인민도, 남조선 해방전쟁의 전사도 아니었다. 내가 북조선을 배신한 게 아니라 북조선이 나를 버렸기 때문이었다. 포로들을 북으로 송환한다면서 북쪽으로 가겠다고만 하면 고향땅으로 간다고 했

다. 나는 깊은 고민에 빠졌다.

"나를 죽음으로 내몬 북조선은 이미 내 조국이 아니다!"

옥란이, 아버지와 어머니가 기다리는 내 고향땅……! 밤새 고민은 송환거부로 결단이 났다. 나를 외면한 북녘으로 간다면 배신자 반동으로 아오지탄광행이 뻔한데……. 살아야 한다! 살아서 옥란이를 만나야지…….

반공포로를 석방한다고 넌지시 말하는 경비장교의 말을 듣고 가슴 설렌지 며칠 만에,

"오늘 밤 열 시 철조망을 끊어놓을 테니, 총소리가 울리면 철조망 울타리를 밀고 밖으로 튀어라! 밖에는 너희를 챙겨줄 사람들이 기다릴 테니……."

요란한 총성! 철조망을 밀쳤다. 찢어지는 옷가지, 떨어진 살점에서 피가 튀었다. 어디가 어딘지도 모르고 무작정 달려갔다. 어둠속의 한 무리가 뭉쳐있었다.

"반공 포로요?"

"예!"

"따라들 오시오!"

널따란 운동장엔 꽤 많은 사람들이 뭉쳐있었다.

"여러분은 지금부터 자유인이오! 이승만 대통령 각하께서 유엔과 미국의 반대를 무릅쓰고 철조망을 끊고 반공포로를 탈출시켜 석방한 것은 투철한 반공정신을 높이 평가하고 민족애로 위대한 결단을 한 것입니다. 이승만 대통령 각하께 진심으로 고마운 마음을 잊지 말고 대한민국 국민으로 잘 살아나가기를 바랍니다! 각자 갈 곳으로 마음대로 떠나시오!"

오라는 곳도 없고 가야 할 곳도 없이 막막했다. 깜깜한 오늘 밤만큼이나……. 낯설고 물 설은 타관에서 피붙이 하나 없고 어디다 의지할 곳도 없다. 포로수용소에서는 굶지는 않는데……. 웅성웅성 뭉쳐있으려니까,

"갈 곳이 없거나 남한 땅에서 살아갈 자신이 없으면 대한민국 국군으로

편입시켜주겠소!"

막막하고 처량한 신세……. 구세주의 목소리로 들렸다.

"입대 지원자들은 이쪽으로 서시오!"

서로 눈치를 보며 잠시나마 마음속으로 뜸들이던 석방자들은 몇 명만 남기고 국군으로 지원했다. 나도 입대지원자 맨 뒷줄에 섰다…….

"……인민군 제복을 입고 따발총을 쏘며 죽기 살기로 용감히 싸웠던 인민군 전사가 어느 날 포로의 신세가 되어 등판에 'PW'란 옷을 입었다가, 어느 날 또 포로의 옷을 벗어던지고 초록색 카키복에 가죽 워커를 신고 계급장 붙은 모자를 쓰고 대한민국 국군으로 다시 태어났음메!

육군 모 부대 말단 중대 본부에 배치되었는데 반공포로 출신자라고 찬밥 취급을 받아 취사반에 배치되어 무거운 쌀가마 나르기, 찬물에 식기 닦기……. 이름만 군인이지 온갖 허드렛일은 다하면서 잠잘 시간도 없었지! 부식 수령을 해오면 중대장 한칼, 인사계 한칼, 선임하사 한칼, 다 떼이고 나면 돼지가 지나간 멀건 국물에 돼지 비곗덩어리 하나 건지면 왕거니다 하고……. 밤이면 '빠따' 치는 소리! 잘 먹이고 잘 입히지도 못하면서…….

남의 귀한 자식 데려다 맨날 몽둥이찜질에다 군홧발로 조인트 까고……. 북쪽이나 남쪽이나 힘없는 놈은 후레자식에 홍어좆이라더니, 이리 채이고 저리 채이는 사이에도 국방부 시계는 쉬지 않고 잘도 돌아 오 년이 가버렸는지! 반공 포로 딱지에 중사 계급장을 달고 제대증 한 장 달랑 주머니에 쑤셔 넣고 부대정문을 나서는데 진눈깨비는 내리고 어디로 가야 하나? 이 한심한 놈의 신세……!

중국집 배달부, 노가다 잡부, 정미소 짐 나르기 등 닥치는 대로 일하는데 강원도 김 씨가 강원도 산판에 목도꾼을 하면 노가다 잡부보다 서너 곱절은 더 벌 수 있다고……. 온 곳이 강원도 인제 땅이라오! 내 뒷목 좀 만져보시오!"

노인의 뒷목에는 주먹보다 더 큰 혹이 붙어있었다.

"목도꾼 이십 년 훈장이오! 사람 사는 곳은 어디나 마찬가지지. 북조선은 조선민주주의인민공화국 인민들에게 평등사회를 구현한다며 재산을 몰수하여 '인민의 낙원을 건설한다'고 입에 침이 마르도록 선전하지만, 끗발 가진 당원이나 관리들만 잘사는 사회가 어디 평등사회인가 말이오? 대한민국은 돈이 있어야 사람이지, 돈 없으면 인간취급도 못 받지! 노예보다 못한……. 노예는 밥은 안 굶기지! 자유니 평등이니 자주니 그럴싸한 말로 외치는 건 허울뿐이고 힘없고 약한 백성 등골 빼먹는 주의가 무슨 주의지……."

밤은 자정을 훨씬 넘기고 있었다. 노인은 호롱에 석유를 붓고 있다.

"어르신 이야기를 좀 더 듣고 싶습니다."

"산판에 목도꾼을 하며 함바집에 기거했는데, 그 집 딸 얼굴이 청진 하숙집 딸 옥란이와 너무 닮아 처음에는 옥란인가 착각했으니까……. 꿈에 그리던 옥란이가 이곳에 환생했나? 볼 때마다 착각 속으로 빠져들곤 했었지! 추석 전날 함바집 내외가 명절 쇠러 떠나가면서 내일 올 테니 금분이를 잘 봐달라고 부탁까지 하고 떠났지. 금분이는 물 긷다 왼쪽 발목을 삐끗해서 부모님을 따라가지 못하고 집에 남았지만, 금분이를 달랑 두고 떠나는 부모는 미덥지 않지만 어쩔 수 없었겠지! 밤에 홀로 누워 옥란이, 어머니, 아버지, 청진중학교 동무들 생각……. 내가 어쩌다 이곳까지 굴러와 목도꾼 신세가 되었나 하는데,

'아저씨 주무세요?'

분명 옥란이 목소리였다!

'떡을 구워놓았어요!'

화로 석쇠 위에 가래떡이 구수한 냄새를 풍기며 노릇노릇 구워지는

데…….

'집에서 빚은 술 한잔하세요!'

따라주는 술잔보다 고운 금분이 손이 눈에 들어오더군. 떡을 먹고 술을 마셔 술에 취할수록 옥란이와 금분이를 착각하고 혼동하고…….

나는 어느 결에 금분이를 덮치고 있었지! 금분이는 별 저항 없이 나를 받아들였어! 아니 나보다 더 적극적이었지! 그날 밤의 정분으로 아이를 갖게 되었고, 눈치챈 부모들은 불러오는 배를 보며 전전긍긍하더니만, 맘에도 없는 뜨내기 목도꾼한테 정화수 한 그릇 떠 놓고 혼례를 올려주어 우리는 부부가 되었소! 애 아버지가 된 나는 몸이 부서져라 일하며, 눈웃음치는 예쁜 아내와 아장아장 걷는 딸아이를 보면서 행복이 뭔지를 어렴풋이나마 느꼈어…….

그것도 잠시, 박복한 놈이 행복은 무슨 행복? 금분이가 산판 서사 놈과 눈이 맞아 도망을 쳤지! 나보다 열 살 아래 놈이 얼굴 반반한 금분이를 달고 튄 거지! 그때 절망감은 하늘이 무너지고 땅이 천 길이나 꺼져버렸지! 젖먹이 딸아이를 나더러 어쩌라고……. 딸아이와 온종일 울어봐도 금분이는 돌아올 리 없고……. 몇 달 후 자식 없는 집에 몇 번이나 다짐을 받고, 찢어지는 가슴으로 수양딸로 보낸 지가 이십 년이 넘었구려! 이제는 죽어야 하는데…….”

노인의 눈에는 쭈르르 눈물이 흐른다. 영진이도 목이 메고 가슴이 아리다.

“북녘 청진 있는 옥란씨는 어떻게 하고요?”

“연이 있었으면 허망하게 끌려 왔겠소! 바람결에 흩날리는 풀씨가 인생이 아니겠소? 젊은이한테 괜한 넋두리를 늘어놨소!”

한 백 년도 못 사는 인생 사연도 많고 곡절도 많고 바람결에 날아가는 풀씨가 인생이라고 공감했다. 그 신세가 내 신세니까…… 측은하고 불쌍한 노인의 앞에 앉아있는 나라는 인간은 도대체 뭐란 말인가? 나의 삶의 방향은

이 길밖에 없는 것인가?

인기척에 눈을 떴다. 잠이 들었나 보다. 화로 위의 투박한 뚝배기에 끓는 된장 냄새가 온 방에 가득했다. 소반에 푸르뎅뎅한 김치가 놓여있고 하얀 쌀밥에서 안개처럼 김이 모락모락 피어올랐다.

"어르신, 언제 일어나 식사준비를 하셨어요?"

"찬 없는 밥이지만 조반으로 드시우!"

"고맙습니다! 맛있게 잘 먹겠습니다."

밥숟가락이 넘치도록 밥을 입에 쑤셔 넣고 된장도 듬뿍 떠 넣었다. 밥과 된장의 어우러진 맛이 오묘한 하모니를 이룬다. 어머니한테도 맛보지 못한 손맛이다. 다 쓰러져가는 움막집 부엌에서 요술을 부렸나? 영진이 눈에는 우렁각시가 차려놓은 밥상이었다.

"잘 먹었습니다! 신세 많이 지고 어르신 말씀 잘 듣고 새사람으로 떠나겠습니다."

"벌써 가려오? 평생 나하고 살 것 같더니만!"

서운한 눈치를 보이는 노인에게 지폐 몇 장을 쥐어드리고 비탈진 산길을 달리고 있었다. 마음은 저만치 앞서가고…….


# 영미

영미가 근무하는 홍천 어느 병원 원장과 바둑 친구로 자주 놀러 다니다 영미를 알게 되었다.

영진이는 이십대 후반에 일하는 직원 십여 명을 거느린 이발소 주인이며 홍천군 이·미용협회장을 맡고 있었지만, 하루도 맘 편한 날이 없고 우울해지기 시작했다. 후배에게 영진이용소를 떠넘기고 산속으로 숨어든 곳이 인제 상남 미산이었다. 화전 뙈기를 일구어 사는 노인의 움막에서 하룻밤을 보내고 상남면 소재지로 하산하고 말았다. 산속에서 살아갈 각오도 인내심도 없다는 걸 깨우쳤는지……?

이발사가 없어 휴업 중인 이발소에서 일하는데 영미가 왔다. 반가우면서도 놀라고 의아했다.

"여기는 어떻게 알고 왔어?"

"오빠가 보고 싶어 왔지!"

영미와 처음 여관에서 하룻밤을 보냈다. 어머니와 늘 단칸방에서 잠을 자고 살아왔지만, 여자와 잠을 잔건 영미가 처음이었다. 영미는 이곳에서 있겠단다. 영진이는 생활 형편이 여의치 않았지만, 안 가겠다는 영미를 억지로 떠밀어 보낼 수도 없어 외딴 암자에 방 한 칸을 얻어 영미는 자취를 했다. 용수암은 산속깊이 숨겨진 암자였지만, 암자 앞에 요란한 폭음을 내며 쏟아지는 폭포는 장관이며 숨겨진 비경이었다.

영진이가 이발소 일을 마치면 낮에도 호랑이가 나온다는 첩첩산중 오솔길을 손전등도 없이 더듬거리며 두 달쯤 다니던 어느 날! 영미가 기다리는 쪽방 문을 열었을 때, 다 죽어가는 영미를 보고 영진이는 너무 놀랐다.

"왜 그래?" 영미는 울먹이며,

"각혈을 했어요!"

각혈이라면 폐병? 하모니카 잘 불던 동욱이 형도 폐병으로 죽어 화장터로 갔는데……. 폐병은 이토록 나와 질긴 악연인가? 머릿속이 갑자기 멍해졌다. 영미는 부잣집 외동딸인데……. 영미를 꽉 껴안았다.

"걱정 마! 치료하면 되니까."

겉으로는 태연한 척했지만, 어찌해야 하나? 팔베개에 누운 영미와 뜬눈으로 밤을 지새웠다. 영미가 냉정한 얼굴로 침착하게 말했다.

"각혈을 한 건 폐에 동공이 생긴 건데 중증이에요! 약을 사오세요."

춘천행 버스를 탔다. 영미가 적어준 '황산스트렙토마이신'과 2차약 '리팜핀'을 사가지고 돌아왔을 때는 어둠이 짙어지고 있었다. 핼쑥해진 얼굴로 웃는 영미가 애처로워 보였다. 영미가 주사기에 약을 가득 채우더니 바지를 벗고 초등학교 때 담임선생님처럼 엄한 얼굴로 주사를 놓으라고 했다. 엉덩이를 사등분으로 나누어 위쪽 바깥쪽으로 놓으라면서 놓는 부위를 손가락으로 짚으며 가르쳐준다. '주사를 놓을 땐 오른손 엄지와 검지 사이로 주사기를 잡고 오른손과 왼쪽 빈손을 동시에 내려쳐야 한다'면서 시범을 보였다. 병원에서 주사를 맞아본 적은 있지만, 교육도 경험도 없는 영진이는 긴장되고 떨렸다. 오른손과 왼손이 동시에 한 동작으로 내리치지 못했나 보다. 주사바늘이 엉덩이 가죽을 뚫지 못하고 튀어 올랐다. 미안하고 안쓰럽다.

"겁내지 말고 자신 있게 놓으세요!"

정신을 가다듬어 오른손과 왼손을 동시에 내리쳤다. 성공이다! 난생처음 주사를 놔봤다. 그다음도 몇 번이나 성공했더니 주사는 으레 영진이 몫이 되었다.

"주사약을 주사기에 넣을 때는 공기가 들어가면 안 되니까, 주사약이 채워지면 주사기를 약간 밀어 올려 공기를 뺀 다음 부위에 정확히 놓아야지 잘못하면 하반신 마비가 된다."

몇 번이나 주의를 받아 이제는 돌팔이 주사쟁이가 되었다. 정성이었을까? 운이 좋았을까?

"이제 완치되었으니 약을 안 먹어도 되고 병원에 오실 필요도 없습니다."

춘천 김병열 내과원장님의 목소리는 하늘에서 내려주시는 구세주의 음성으로 들렸다.

# 울산으로

원주역에서 보따리 하나를 어깨에 걸치고 하나는 손에 들고, 콩나물시루보다 더 복잡해 발 디딜 틈도 없는 중앙선 열차에 올랐다. 숨 쉴 공간마저 없는 열차 안에서 손수건을 쥐어짜도록 울고 있는 영미의 눈물을 훔쳐주며 영진이도 속으로 눈물을 삼켰다. 꿈과 희망 같은 건 막연하기만……. 동틀 무렵 울산역에 맥없이 내렸다.

"야! 너 여기 어떻게 왔어?"

홍천군청에 근무하던 공무원 친구다. 의외였으며 반가웠다. 울산 객지에서 친구를 만나다니…….

"너는 왜 여기 있어?"

"나 현대조선소에 있는데……. 너 살려고 여기 왔으면 되돌아가! 이곳은 살 곳이 못 돼!"

영진이는 가슴이 철렁 내려앉았다.

홍천 대동이발관에서 같이 일하던 박종구 선배를 찾아갔다. 방어진 바닷가 내리막 골목길, 허름한 슬레이트 지붕에 붙어있는 이용소 간판이 눈에 들어왔다. 문을 열고 어색하게 들어섰다. 선배가 깜짝 놀라 반가우면서도 걱정스런 얼굴로,

"어떻게 여기까지 왔어?"

선배 아내도 영미 손을 덥석 잡아주셨다. 부끄럽고 한편으로는 불안했는데……. 한편 마음이 놓였다. 저녁식사를 마치고 선배를 찾아 울산까지 오게 된 사정을 이야기했다.

"걱정할 것 없다. 울산은 바닥이 넓으니까 일자리 걱정은 말고 우선 방부터 얻어보자!"

파도가 마당까지 밀려오는 쪽방 한 칸 이었지만, 영미와의 오붓한 보금자리였다. 파란 바다 위에 은빛 갈매기 떼가 날고, 금빛 모래톱에 부딪치는 아침햇살이 곱게 부서진다. 영진이가 세 들고 있는 집은 자그마한 고기잡이 목선을 만들고 있었다.

'이곳이 원조 조선소구나! 현대 중공업이 만드는 커다란 선박들의 원조도 쪽배였을 테니까……'

현대조선소 구내이용소에 취직을 했다. 현대조선소는 삼만 명이 일하는, 대한민국이 공업국으로 도약하는 상징의 현장이었다. 군청색 유니폼의 근로자들로 출퇴근 시간에는 발 디딜 틈도 없는 콩나물 버스는 터질 것만 같았다.

이발 기술이 없는 주인 김만기 씨는 약간 변덕스런 얼굴에 취기가 가시지 않았지만 사람이 속없이 좋았다. 조선소 부지를 매입할 때 매각 조건으로 이발소 독점운영권을 달라고 해서 이발소를 운영하고 있다고 했다. 현대조선 구내이용소는 이발 의자 스물다섯 개, 이발사 열두 명, 면도사 열세 명, 세발 등 서른 명이 일했다. 강원도에서 온 영진이를 그들은 비탈이라 불렀다. 화전 밭을 일구며 지게를 지고 굽이굽이 비탈길을 걸어야 했던 강원도 사람의 고달픈 삶을 그렇게 빗대어 부르나 보다. 하지만 진짜 속내인 촌놈이라고 원색적으로는 못 부르고 그저 비탈이라고 했다. 영진이와 동년배인 두 명의 전라도 친구가 있었다. 그들이 "비탈!" 하면 영진은 '더블백'이라 불렀다. 더블백은 '더플백(duffle bag)'을 잘못 부른 데서 나온 말인데, 전라도 사람을 더블백이라 부르는 것은 전라도에서 군대 간 아들을 면회하러 갔다가 고생하는 모습이 너무나 안쓰러워 더블백 속에 지고 나왔다는데서 연유되었다. 애틋한 부정의 적극성을 내포하고 있는 말이다.

"비탈은 못 당하겠다!"

그들은 영진의 이발기술만큼은 인정했다. 영진은 홍천 바닥은 물론 인근 춘천까지도 이발기술 만큼은 타의 추종을 불허할 정도였다. 정읍 출신 친구는 전국기능경기에서 동메달을 땄다고 자랑했다. 가르마 머리 드라이는 영진보다 좀 앞서지만, 전체적으로는 영진이를 넘어설 실력은 아니었다.

손님의 10% 정도는 외국인인데 선박기술자와 뱃사람들이다. 그들의 카이저수염을 가위로 다듬어 드라이를 해주면 만족하고 좋아했다. 영진이가 카이저수염을 잘 손질할 수 있었던 것은 홍천의 '털보클럽'의 여러 회원들 수염을 단골로 관리하며 실력을 쌓았기 때문이었다. 그중에도 중앙서점 아래길 형님의 멋진 수염은 그 형님의 상징이라 어찌나 신경을 쓰고 정성을 들이는지, 래길이 형님 수염 손질을 해드린 덕분에 노하우가 생겼다.

외국인 손님들은 자기는 어느 나라 사람이고 고향은 어디며 이곳에서 무슨 일을 하며 얼마쯤 근무를 더하며 취미는 무엇인지 같은 걸 얘기한다. 이발을 시작할 때마다 어떤 머리 모양을 원하는지를 자세히 묻고 정성껏 이발을 해주면 엄지손가락을 치켜들며 만족해한다. 그들은 영진이와 친해지며 자연스레 고객이 되었고, 동료 이발사들은 부러운 눈으로 영진을 바라보고들 있었다. 중학교 때 외우기 싫은 영어 단어와 숙어를 이곳에서 요긴히 써먹다니……. '그 정도 실력이면 다른 일을 하지 왜 이발을 하느냐!'는 이발사 친구들…….

외국인 손님이 왔다. 커다란 키에 청바지가 너무 멋졌다. 'Levi's(리바이스)'라는 상표가 영진이 눈에 익었다. 영진이는 이십대 초반부터 청바지만을 즐겨 입었다. 그때 젊은이들은 청바지가 유행이었으니까……. 리바이스, 캔턴, 빅스톤이 유행이었으며 쌍마표 리바이스를 제일로 선호했다. 영진이가 홍천에서 이발소를 그만두고 청옷 장사를 할까 하면서 청옷집에 들려서 '리비스' 바지 얼마냐고 물은 일이 있었다.

"아! '리바이스' 말이지요?"

점원의 말에 영진이는 좀 어리둥절했었다. 분명 리비스란 스펠링이 맞는데, 점원은 리바이스라고 부르니⋯⋯.

이발사 친구가 외국인 손님을 보며 '저 사람 청바지, 미제 오리지널이야?' 하고 묻자 영진이가,

"응, 리바이스야!"

이발소 소파에서 눈을 감고 잠자고 있나 했던 김만기 사장이,

"리비스지! 리바이스가 뭐야! 영어 스펠링도 똑바로 모르면서⋯⋯."

취기가 가시지 않는 불그레한 김만기 사장 얼굴이 벌겋게 달아오르며 큰 소리로 영진이를 망신주었다. 사장은 동아대 법학과 출신이라고 모두들 알고 있는데, 한순간에 영진이의 무식이 탄로 나나 보다⋯⋯.

의자에 앉아있는 이발소 사람들이 야릇한 표정으로 웃으며 영진이를 쳐다봤다. 순간 영진이는 속이 울컥 뒤집히며 '리바이스'라고 부르는 이유는 영어식 발음이 아니라 독일식 발음이어서라고 말하려다가 꾹 참았다. 영진이가 말하면 사장의 무지가 탄로 나고 자존심 구겨진 사장이 영진이를 곱게 볼 리가 없고, 이발소에서 쫓겨날 수도 있으니까⋯⋯.

구내이용소 식당에서 식사를 하는데 밥하는 아주머니가 고등어 대가리를 뜨물통에다 그냥 버렸다.

너무 아깝다. 예전에 어두일미 중에는 고등어 대가리가 최고로 맛있다 했다. 몸통은 시부모와 남편 밥상에 올려놓고 아낙네끼리 부엌에서 바싹 구운 고등어 대가리를 조금씩 맛만 보던 시절 며느리가 했던 말인지, 아니면 고등어 대가리만 먹는 며느리에게 시어머니가 미안해서 한 말이 연유가 되었는지는 모르지만 석쇠 위에 노랗게 구운 고등어 대가리만큼 맛있는 생선은 없는 것 같다.

"아주머니, 맛있는 고등어 대가리를 뜨물통에 그냥 버리면 아깝잖아요!"

"요즘 누가 고등어대가리를 먹기나 하나요!"

"연탄불에 노랗게 구우면 얼마나 맛있는데요!"

다음 날부터 고등어 대가리는 으레 영진이 차지였다. 바삭하게 구운 고등어 대가리 다섯 개가 밥상 위에 소복이 쌓인다. 영진이 곁에서 식사하는 동료들은 고등어 대가리에는 눈길도 안준다. 고등어 대가리를 다 먹으려면 밥 두 그릇은 비워야 하는데, 두세 개 밖에 못 먹지만 바삭바삭 씹히는 맛은 천하일미다.

'고등어를 구워서 한입에 듬뿍 뜯던 어머니, 어릴 때나 젊을 때나 얼마나 고등어가 먹고 싶었나요……?'

"고등어 대가리를 다 먹지 않고 왜 남겼어요?"

비아냥거리며 심술궂게 영진이를 은근히 골려주는 아주머니.

"아주머니! 아저씨가 그렇게 무서워요?"

식당 아주머니 남편은 체구가 작은 편인데 아주머니는 키도 크고 몸뚱이가 아저씨 곱절은 되는 것 같다. 남편은 조선소 용접공이다.

"왜 꼼짝 못하느냐고요? 다 이유가 있지요! 남편과 싸우면 남편은 벽을 피터지게 머리로 받으며 '죽을 거야! 죽을 거야!' 고래고래 소리쳐요. 이웃 사람들한테 창피하기도 하지만, 남편이 정말 죽으면 어떻게 하겠어요! 애들은 줄레줄레 많이 낳아놓고 남편이 죽으면 큰일이잖아요! 내가 혼자 새끼들을 무슨 힘으로 길러요? 내가 참고 지는 거지요! 똥이 무서워 피하나요, 더러워서 피하지. 그래서 남들은 내가 남편한테 꼼짝도 못한다고 하나 봐요!"

남편이 얕은꾀를 부리는 건지 아내가 현명한 건지, 아무튼 부부는 그렇게 살아가나 보다.

이발소 일을 마치고 영미가 기다리는 바닷가 쪽방으로 돌아오면 온종일 가족에 대한 그리움과 외로움에 찌든 영미의 얼굴을 보면서,

"오늘은 뭘 하고 보냈어?"

"오늘은 바닷가도 거닐고 선배 이발소집에도 놀러 갔다 오고……. 하루가 지루하게 길었어요!"

아침이면 일렁이는 파도에 찬란한 햇살이 부서져나간다. 작은 배들은 노를 저으며 다가와 모래톱에 배를 멈춘다. 오징어랑 이름 모를 고기들을 싣고……. 영미가 만든 초고추장에 오징어다리를 듬뿍 묻혀 한입 가득 질겅질겅 씹는다. 쪽방에는 달랑 놓인 이불 한 채, 밥솥 하나, 냄비 하나, 숟가락 두 개에도 행복이 있나 보다. 한순간, 한순간! 조각조각! 토막 난 행복…….

영미의 마음은 엄마 아빠가 기다리는 홍천 집으로 향하고 있었다. 정갈하게 비워놓은 자기 방은 언제나 주인 영미를 기다리고……. 언제나 떠날 수 있는 영미지만, 사랑하는 가족과 사랑하는 남자의 틈바귀에서 갈등하고 있는 영미의 마음을 늘 곁에서 지켜볼 수밖에…….


# 이용사 축구선수

울산시 지역별 이용사 축구경기가 있다면서 방어진, 남목, 전하동이 한 팀인데 영진이가 축구선수로 선발되었다며 영진이가 일하는 현대조선 구내이용소로 연락이 왔다. 얼마 전 남목에서 한 구역별 축구시합에서 영진이의 활약으로 전하동 팀이 우승을 했기 때문에 선수로 뽑힌 것 같다. 영진이는 초등학교 때의 축구선수의 꿈을 버리지 못하고 홍천 있을 때 조기축구를 꾸준히 하며 실력을 쌓았다.

울산시 공설운동장에 처음 들어섰지만 생각보다 넓고, 시설도 편리하게 잘 되어있었다. 꽤 많은 사람들 앞에 긴장이 되지만 기죽으면 안 된다고 스스로 마음을 다잡았다. 한 팀인데도 영진을 알아보는 사람이 별로 없었지만, 몸을 푸느라고 슈팅을 몇 번하고 드리블한 것이 눈에 띄었는지 영진이한테 주전 공격수 자리를 주었다. 속으로 뭔가를 보여줘야 하겠다고 결기를 다졌다. 응원 나온 영미를 위해서라도…….

휘슬이 울렸다. 상대팀은 의외로 발이 느리다. 패스나 어시스트를 해야 하지만 영진이는 욕심을 냈다. 두세 명의 선수들을 제치자 골대가 눈에 들어왔다. 감각적으로 슈팅을 했다. 몸을 숙이고 체중을 실어……. 공은 골문 구석으로 빨려 들어갔다. 하늘을 날아오르는 기분으로 영미가 있는 쪽으로 달렸다. 영미도 팔딱팔딱 뛰면서 좋아했다. 영진이는 종횡무진 운동장을 누비며 달렸다. 공격과 수비는 없다. 공이 있는 곳에 영진이가 있을 뿐이다. 전반 한 골, 후반 두 골. 영진의 해트트릭으로 상대팀을 삼대 일로 꺾었다. 영진네 팀 응원의 열기도 대단했다. 영진이는 갑자기 인기 선수가 되었다.


두 명의 사람이 오더니 영진이를 손으로 가리키며,

"저 사람 이발사 아니지! 어디서 부정선수를 불러 왔노!"

소리치며 영진네 팀 감독의 멱살을 잡았다. 울산 지역에서 서로 잘 아는 사이 같은데 안면몰수다. 영진네 감독도 영진이가 방어진인지 전하동 무슨 이발소인지 영진이가 근무하는 곳도 잘 모르는 것 같다. 남목에서 시합 때 영진을 처음 보고 오늘이 두 번째라 그런지 어물어물 수세에 몰렸다. 영진이한테 한 사람이 험한 얼굴로 윽박지른다.

"당신 이발사 아니지? 바른대로 말해! 이발사들 경기에 부정 선수라는 놈이 끼어!"

영진이는 이곳이 객지이기도 했지만 내가 이발사인데 저들이 어쩌랴 참고 있다가 자기한테 마구잡이로 대하는데 열 받아,

"나 이발쟁이야! 뭐가 잘못됐어? 확인해보면 될 것 아냐! 현대조선 구내

이용소로! 주인이 김만기야!"

영진보다 열 살쯤 위로 보이는 사람이 반말로 받아치는 사나운 표정에 주
춤하더니, 본부석에 가더니 다시 와서 뭐라고 말하고 사라졌다.

다음 경기는 쉬웠다. 영진은 한풀이하듯 달리고 또 달렸다. 영진이가 두
골, 누군가 한 골을 넣어 삼대 일로 이겼다. 다음은 결승전이다. 두 게임 열
심히 뛰어 지쳐있었다. 상대팀 선수들도 지쳐있었다. 휘슬이 길게 울렸다.
영미를 위해 영진이는 젖 먹던 힘까지 다해 죽어라 하고 운동장을 헤집고
달렸지만, 영진네 팀은 삼대 이 역전패였다. 실력차이는 비슷해 우승을 못
해 억울하지만 어쩔 수 없었다. 축구는 혼자만의 경기가 아니라 열한 명의
팀플레이로 하는 경기이니까…….


울산시 이용협회 축구 관계자들인 것 같다.

"울산시 이용사 축구선수로 선발되었으니 앞으로 같이 시합을 나갑시다!
연습도 같이 하고…….'

영진이는 울산시 이용사회 축구선수로 스카우트된 것이다. 경상남도에는
동부 울산, 서부 마산·창원 정기교류전이 있었고, 다른 지역 팀들과도 교
류경기가 있는데 이용소 업주들만 선수자격을 갖는다고 했다. 영진이는 업
주가 아닌데도 선수로 받아주겠다는 파격적인 제의를 받고 동의를 했지만,
그렇게는 안 될 거라고 생각했다. 영미와 언제 떠날지 모르는 부평초 신세
니까……. 대답도 건성으로,

"선수로 기용해주셔서 감사합니다. 열심히 해보겠습니다."


저녁식사자리에 구역장이라는 사람이 입이 귀에 걸려 영진이를 자기 옆
으로 오라고 했다. 구역장이 따라주는 술잔을 엉거주춤 무릎을 꿇은 채로
두 손으로 받았다.

"조선소 구내이용소에서 일한다지?"

"예."

"구내이용소에서 일한 지 얼마나 됐나?" 다짜고짜 반말이다.

"넉 달 정도 되었습니다."

"전에는 어디 있었는데?"

"강원도 홍천에 있었습니다."

영진이는 몇 년 전만 해도 홍천군 이·미용협회장으로 팔십 개 업소의 대표로서 군 체육회 이사까지 맡으며 사회단체장과 유지 반열에 끼었는데, 객지라는 곳에서 타관살이 설움을 톡톡히 당하며 자존심 같은 건 땅바닥으로 추락하고…….

"앞으로 우리 구역 축구는 자네가 책임져줘야겠어!"

"네! 알겠습니다. 사정이 허락하는 대로…….'"

겉으로 대답하지만 속으로는 건성이다. 뿌리 없는 부평초 신세…… 영미와 보따리 하나 달랑 들고서 어디로 흘러갈지도 모르는…….


## 예비군 훈련


예비군 훈련으로 총을 메고 바닷가 경계를 서고 있다. 푸른 바다 저 멀리가 현해탄! 날씨가 맑으면 대마도가 보인다는데…….

'나는 총을 잡고 누구를 지키려 이곳에 서있나? 언제 침략할지 모를 일본인가? 우회해 남침하는 북한 특공대를 경계하는가? 나는 왜 현해탄을 바라보며 엉뚱한 운명의 틀 속에 갇혀 살아야만 하는가?'

방어진 숲 속에 높다랗게 서있는 울기등대 비릿한 바다 내음이 바람에 실려 코끝을 스친다. 홍천에 계시는 홀어머니는 아들 걱정에 밤을 지새우실 텐데……. 나를 믿고 바라보는 영미! 한심하고 능력 없는 나라는 인간은 도대체 뭐란 말인가?

영진이는 이발소 일이 바빠서 예비군 훈련에 한 번 불참했다. 보충훈련 통지서를 받고 울산경비사단 연병장으로 집합했다. 교관 중위가,

"훈련에 불참하고 오신 여러분! 돈도 빽도 없어 오신 줄 압니다. 돈 없고 빽도 없는 게 얼마나 힘들고 억울한지 오늘 한번 겪어보시지요!"

교관 말이 옳은 말인지 빈정거리는 말인지 헷갈리지만, 돈도 빽도 없다는 말은 맞는 것 같다. 처음부터 대꾸할 용기나 기백은 물 건너갔다. 교관의 명령 따라 기고 뒹굴고 PT체조……. 일 년보다 긴 하루가 갔다. 살아갈수록 모르는 게 세상살인가?

홍천 예비군 때에 잘 아는 형님이 예비군 중대장이라 '중대장님, 저 분대장 좀 시켜주세요!' 하며 뇌물 없는 청탁을 했다. 갑같은 표정의 중대장이,

"하사나 병장 출신도 허다한데 넌 방위병 출신이 아니냐! 그것도 반 년짜리 6방!"

영진이는 머쓱했다. 안 될 걸 뻔히 알면서도 중대장 빽으로 분대장 한번 해봤으면 하는 희망이었지만 보기 좋게 면박만 당했었다.

울산 예비군 중대 영진이가 소속된 2소대장은 방위병 출신이다. 방위는 분대장을 못하는 걸로 알고 있는데, 하사나 중사 출신이 뒤섞여있는 소대에 방위병 출신이 감히 소대장을 하다니……. 의아한 영진이었지만 곧 수수께끼가 풀렸다. 예비군들은 대부분 타지에서 전입해 온 사람들이며 현대중공업 하청회사는 직장 중대가 없었다. 그러다 보니 타관 객지에서 온 사람들은 군대 계급이 높더라도 중대장이 임명한 토박이 방위병 출신 소대장 지휘를 받아야 했다. 말도 못하고 속이 뒤틀려도 어쩔 수 없었다. 살아갈수

록 세상 이치를 모르겠다.


## 안동역

이발소 일을 마치고 영미가 기다리는 바닷가, 둘만의 보금자리 쪽방으로 왔다. 늘 이맘때면 영진이를 기다리는 영미의 마음처럼 가지런히 놓여있어야 할 영미의 신발이 없다. 영진이는 가슴이 철렁 내려앉았다. 방문을 열어젖히자 방안은 썰렁하게 텅 비어있었다.

'영미가 떠났어! 영미를 잡으러 울산역으로 가야 한다. 영미가 상행선 열차를 탔을 테니까……'

선배 이발소를 향해 소리쳤다.

"영미가 떠났어요! 영미 찾으러 울산역으로 가요!"

언덕배기를 치달았다. 쉼 없이 밀려오는 버스가 오지를 않는다. 다급한 마음에 달려오는 승용차를 두 팔을 치켜들고 막아섰다.

"울산역까지 태워주세요! 청량리행 열차를 타야 합니다." 절규하는 영진이를 차에 오르게 했다.

"왜 그렇게 바쁘세요?"

"상행선 열차로 떠나가는 제 여자를 꼭 만나야 합니다."

목소리마저 다급했다. 한 사람은 사장 같고 운전하는 사람은 기사인지 사장이 기사를 재촉했다.

"빨리 가자!"

울산 역에 도착하기도 전에 중앙선 서울행 열차가 맞은편에서 달려오고 있었다. 사장이 '어!' 하더니,

"불국사 역으로 가자!"

앞서가는 차들이 왜 그리 느리기만 한지…… 목이 탄다. 가슴도 탄다. 영진이는 불국사역으로 미친 듯 뛰었다.

"열차가 떠난 지 오 분이 지났습니다."

낙담하고 돌아선 영진이를 연민과 동정의 눈으로 바라보는 두 사람의 모습이 눈물에 가려 어른거렸다.

"경주로 가자!"

경주역에 도착하자 매정한 열차는 떠나가고 있었다. 저 달리는 열차가 내 마음을 어찌 알까? 사랑하는 내 여자 영미를 싣고…… 우리의 아픈 사연 알 턱이 없지!

"영천으로 가자!"

사장이 다급하게 외쳤다. 맹렬히 달리는 차 속에도 그래도 여유가 있나 보다. 클래식 음악인데 귀에 들리지도 않고, 무슨 곡인지도 모른다는 게 솔직한 것 같다. 음악에 대한 무지가 내심 부끄럽고 한마디쯤 끼어들 엄두도 못 내면서, 중학교 때 음악시간을 싫어하고 음악선생님을 미워했던 것이 후회가 되었다.

사장은 대구 3공단 동화기업 사장이라고 말해주었고, 운전하는 기사는 회사 부장이라고 했다. 사장과 부장은 영진이 하소연을 들어주는 상대가 되었다. 영진이는 영미와의 사연을 울먹이며 말하고 있었다. 사장은 꽤나 심각한 얼굴로 위로해주었다.

"사람이 살다 보면 별의별 시련과 아픔의 사연들을 겪으면서 살아간다오! 이 다음 먼 훗날 아름다운 추억이 될 거요!"

위로하는 사장의 말이 건성으로 들렸다. 영천역이다! 인사할 겨를도 없었다.

"내 못다 한 사랑을 당신이 대신해주오!"

사장의 외침을 등 뒤로 흘리면서 안동행 기차표를 빼앗듯 낚아채어 개찰구로 뛰었다.

숨 한번 돌릴 겨를도 없이 열차가 도착했다. 열차 맨 뒤 칸 화장실부터 샅샅이 뒤져나갔다. 의자에 깊이 묻혀있는 영미를 빠뜨리지나 않을까 두 번씩이나 이 잡듯 왕복했다. 화장실 문은 죄다 열어젖히면서……. 슬픈 눈망울의 영미가 나를 원망하며 펑펑 울고 있을 텐데……. 열차 안에 승객은 눈에 보이지 않고 오직 영미만을 찾으려고 마지막 화장실 문을 열어도 영미는 없었다. 이 열차 안에 꼭 있어야 할 영미가 없다니……?

"안동역입니다."

송두리째 뒤엉켜버린 절망과 실망을 안고 안동역에 맥없이 내려야 했다.


황량하게 다가오는 안동역 광장은 휑하니 썰렁했다. 희끄무레한 가로등은 여기저기 띄엄띄엄 졸고 있고 싸늘한 바람만이 귓등을 스쳐간다.

"영미야! 어디로 사라졌니? 너를 찾아 안동까지 왔는데, 떠난다는 한마디 말도 없이 가버리면 나는 어떡하라고! 영미 너한테 할 말이 있어! '영미야! 미안해!'라는 말 한마디를…….

바람이 매섭게 싸늘한 어느 겨울날이었어! 얄따란 스웨터 하나 걸치고 아무렇지도 않은 얼굴로 재잘대던 영미. 그날 나는 얼마나 나를 원망했던지…….

'두툼한 외투 한 벌 걸쳐주지 못한 무능한 나! 왜 왔어! 뭣 하러 날건달 따라서…….'

저 하늘의 별처럼 반짝이는 수많은 집들이 즐비한데 너와 내가 오롯이 머물 수 있는 아담한 집 한 채도 방 한 칸도 없다는 현실에 참담하고 절망했었다."

멍하다. 내가 왜 이곳에? 영미의 허상을 쫓아 지푸라기라도 잡으려고?

물에 빠진 몰골로!

'김영진, 너는 도대체 뭐하는 놈이냐?'

눈물에 가려버린 안동역사는 침침하게 어두웠다.

불 켜진 여인숙 간판이 눈에 들어왔다. 꿈속을 헤매는 몽유병 환자처럼 우두커니 서있었다. 주머니를 뒤졌다. 울산행 열차표 값 달랑 오천 원, 또 한 번 절망했다. 기차역 대합실에서 노숙할까……? 무작정 여인숙 문을 밀치고 들어섰다.

"계세요!"

허름한 잠바차림에 게슴츠레한 눈망울의 중년을 넘긴 아저씨.

"어서 오씨오!"

강한 억양의 경상도 말씨에 갑자기 영진이는 말더듬이가 되어,

"죄송합니다. 저는 돈이 없는데 하룻밤만 재워주시면 안 되시겠어요?"

주인은 아래위로 훑어보더니,

"그리하씨오!"

의외로 선선히 허락해주셨다. 영진이는 코가 땅에 닿을 만큼 허리를 굽혔다. 구세주를 만난 것이 뼛속이 사무치도록 고마웠다. 어린 시절 문전걸식을 했지만 오늘 또 동냥 잠을 자야 하다니…….

생명들은 극한 상황 속에서도 잠을 잔다더니만 깜빡 선잠을 잤나 보다. 영진이는 울산행 하행선 열차를 타야만 했다. 주인아저씨한테 고맙다는 인사 한마디 못하고 몰래 도망쳐 나왔다. 곤한 잠 깨우기가 죄송스러워서…….

방어진 바닷가 언덕길을 휘청걸음으로 내려왔다. 쪽방 대뜰 위에 가지런히 놓인 낯익은 신발. 엉겁결에 문을 당겼다. 영미가 울고 있었다. 사랑하는 영미가…….

영미를 와락 안았다. 영미가 흐느끼고 영진도 흐느꼈다. 선배한테 영미 찾으러 간다고 소리친 걸 선배가 영미한테 말해줬단다. 지나간 하룻밤은 영진이 혼자 안동역까지 꿈속을 헤매다 왔나 보다.

---

**동화기업 사장님께 올립니다.**

햇수로 삼십칠 년의 세월은 아스라이 멀어져갔습니다. 헤아릴 수 없는 날들이 지나갔지만, 저는 사장님을 어제처럼 또렷이 기억합니다. 조수석에 앉아 뒤돌아볼 수 없었던 이유도 있었지만, 저만의 조바심에 사장님을 뵐 겨를도 없었습니다. 둥근 얼굴에 검정색 재킷이 스쳤을 뿐입니다. 세상이 나를 버렸다고, 세상이 나를 외면했다고, 내 뒤틀린 인생은 남의 탓이라는…… 편견만이 온통 나를 지배했습니다.

"세상은 다 그런 게 아니란다. 남이 너에게 베풀어주기를 바라기보다 네가 먼저 베풀 수 있는 마음을 가져라!"

사장님은 그날 저의 뒤틀린 눈을 교정해주셨습니다. 저도 주변을 돌아보면서 사장님의 넉넉한 인품을 만분의 일이라도 닮아보려고 애쓰며 살아가고 있습니다.

사장님! 전화 한 통 드리지도 못한 융통성 없는 제가 이제 안부를 여쭙는 게 염치없지만, 그래도 마음속엔 언제나 사장님이 자리하고 계십니다. 지금쯤은 아마 그곳에 안 계시리라 생각됩니다. 연세도 여든은 넘으셨을 거라고 짐작됩니다. 사장님께서 울산에서 영천역까지 데려다주신 불쌍한 한 젊은이를 기억해주신다면 저 또한 영광이겠습니다. 사장님을 뵙지 못하더라도 너그러이 이해하여주십시오!

건강하시고 평안한 노후가 되시기를 두 손 모아 간절히 기도합니다.


**안동역 앞 영천여인숙 주인아저씨!**

태산 같은 신세를 지고 도망쳐 나온 뒤 삼십칠 년이라는 세월은 꿈결같이 지나가버렸지만, 안동역 앞 아저씨가 계시는 영천여인숙을 아직도 못가고 있습니다. 고마운 마음만 간직하고 지금까지 살아온 것이 죄스러울 뿐입니다. 세상을 떠나는 날까지도 아저씨가 베풀어 주신 은혜 잊지 않겠습니다.

휴가 갔다 온 장병한테 안동역 앞 영천여인숙을 물었더니 지금 그곳은 다르게 변했고 영천여인숙은 없다고 들었습니다. 세월이 너무 많이 흘러가 버렸습니다. 뵙지 못하더라도 아저씨의 만수무강을 기도합니다.

강원도 양구에서 김영진 올림

# 화천에서

## 사방거리

영미 아버지와 고모부가 오셨다. 영진은 힘 한번 못 쓰고 맥없이 무너졌다. 어두침침한 쪽방에서 꾀죄죄한 살림살이…… 영진이는 할 말을 잃고 그들에게 항복했다. 젖은 눈의 영미가,

"가겠어요!"

형사한테 잡혀가는 죄인처럼 영미는 그렇게 떠나갔다. 영미가 없는 텅 빈 방은 영진을 미치도록 했다. 모래톱으로 밀려오는 밀물도, 솟아오르는 저 붉은 태양마저도 아무런 상관이 없다. 방어진 등대 아래 영미와 사랑을 속삭이던 저 벤치……. 커다란 몸집으로 우람하게 서있는 등대는 우리들의 아픈 사연을 아는지 모르는지……. 새들의 지저귀는 노랫소리도 현해탄 너머 돌진하는 파도의 성난 얼굴도 내게는 아무런 의미가 없었다.

울산은 나에게 짠한 아픔만 준 잔인한 땅인가? 영미와의 알콩달콩한 사랑은 애초부터 허망한 꿈이었나? 영미가 떠나버린 울산에 영진이가 있어야 할 이유도 없다. 돌아가자…… 어머니가 기다리시고 영미가 숨 쉬는 홍천으

로……. 보따리 하나 없이 맨 몸뚱이로 선배 형과 형수한테 눈물을 보이면서 서울행 중앙선 열차에 맥 빠진 몸을 실었다.


홍천읍 갈마곡리 단칸방에서 아들 하나를 밤낮으로 학수고대 기다리는 어머니한테로 왔다. 가방 하나 없이 맨몸뚱이로 돌아왔건만, 별 탈 없이 집으로 돌아온 아들을 변함없이 반겨주셨다. 정성이 깃든 저녁상이 눈물겨웠다. 어머니가 지어주시는 밥은 언제나 목이 멘다.

"일찍 자거라!"

엄마라고 부르며 엄마 품속에서 잠들던 영진이. 언제부터인가? 요 두 장, 이불 두 채. 그렇게 나란히 누웠다. 엄마 품은 언제나 따뜻했는데……. 어린 날 그때가 그리워졌다.

어떻게 지냈는지, 어떻게 살았는지 어머니는 아무 말도 내색도 없으시다. 아들의 초라한 몰골에 어떻게 살았는지 묻지 않아도 알고 계시리라…….

"어머니, 춘천에 좀 다녀오겠습니다."

"영미는 어떻게 되었느냐?"

조심스레 물으셨다. 아무 대답도 못 하는 아들에게 더 묻지 않으시고 '잘 갔다 와라!' 하셨다.


춘천 KBS 방송국 앞 호반이용소에서 일하는 도상이 형한테 염치불구하고 일자리를 부탁했다.

"형님! 어떻게 살다 보니, 형님한테 취직 자리를 마련해달라고 부탁드리는 형편이 되어버렸습니다. 죄송합니다. 어쩌겠어요! 형님이 저를 챙겨주셔야지요."

도상이 형님이 일하는 호반이용소에서 일하면서 식사 세끼를 중앙시장 순대국밥으로 때우고 잠은 도상이 형네 단칸방에서 신세를 졌다. 이곳은 임시로 머물지만 어디론가 떠나야 했다. 홍천에서 잘 아는 단골손님들을 왜 그렇게 자주 만나게 되는지……. 영진이는 자기 형편과 사정을 아는 것도 그렇고…….

아는 이발사 선배한테 화천 사방거리 이발소를 소개받았다.

"형님 사방거리를 어떻게 찾아가야 되나요?"

"화천 가는 버스를 타고 내리면 버스 앞 유리에 '사방거리'라고 붙인 차만 타면 돼. 이발소는 그곳에 하나뿐이야!"


화천 시외버스 터미널에서 사방거리 완행버스에 올랐다. 1979년 11월 30일, 덜컹거리는 비포장도로 위를 달리는 차창 밖으로 하얗게 눈 덮인 벌판이 황량하게 펼쳐진다. 왜 낯선 이곳까지 와야만 하나! 차가운 차창에 눈물을 뿌리며 영진이는 자기 자신을 질책하며 자위했다.

'김영진 너는 현역병으로 전방에 철책근무도, 강도 높은 유격훈련도, 천리행군이 뭔지도 모르고 방위병으로 편하게 군대를 때웠잖아! 지금부터 휴전선에서 빡센 군대생활 삼 년을 한다고 굳세게 마음먹어!'

"이발사를 구하신다고 해서 왔습니다."

"예. 어서 오세요!"

자그만 키에 삼십대 후반으로 보이는 주인은,

"이발사를 구하지만 어떻게 알고 오셨나요?"

"박 씨 형한테 소개받았습니다."

"아! 며칠 전에 놀러온 박 씨한테 부탁했더니만……."

몇 살쯤 아래로 보이는 이발사와 면도사 아가씨를 인사시켰다. 손님이 좁다란 이발소를 비좁게 꽉 채웠다. 고객은 군인 간부들이 대부분이다. 저녁밥을 주인집에서 먹고 냉방에서 소금을 몇 말이나 고았던지……. 첫 밤은 못난 자신이 너무 서러웠다. 정부미에 보리쌀이 반반 섞인 밥이지만 고마웠다. 생선 한 토막 구경 못했다고 투덜대면 안 된다.

'네 주제와 처지를 알라!'


# 상서축구회장

아침마다 초등학교에서 축구를 했다. 지역 청년들과 군인들이 반반으로 뒤섞여 운동장은 활력과 젊음이 넘쳤다. 축구회 월례회 날이다. 영진이가 축구회에 가입한 지 여섯 달도 안 됐는데 축구회장을 맡으란다. 영진이는 어이가 없었다.

"아니 축구회장 할 사람이 그렇게도 없습니까? 나는 이곳에 온 지도 얼마 안 되었고, 입회한 지도 여섯 달밖에 안 되고, 더군다나 이발소 주인도 아니고 남의 집에서 일하는 이발사가 회장을 맡는다는 게 말이나 됩니까!"

영진이는 이건 아니라고 생각했다. 리더의 덕목이나 조건도 갖추지 못한 떠돌이가……. 이 사람들이 나를 놀리는 것 같지는 않고……. 잠깐이나마 당황스럽고 머릿속도 혼란스러웠다. 이곳 토박이들도 다 자기 몫을 하는 똑똑한 사람들인데…….

"아니! 누가 사정을 모르고 회장을 하시라는 겁니까? 우리들이 몇 달 동안 같이 공차며 지켜봤는데 회장감으로 충분하다고 공감하고, 우리들끼리 몇 번의 논의를 거쳐 회장으로 추천했습니다. 스스로를 너무 깎거나 비하하지 마시고 우리들의 뜻을 수락하십시오!"

그들이 오히려 완강하게 나왔다.

"잠시 십 분만 시간을 주십시오!"

화장실 창밖으로 검은 산등성 너머 별들이 무수히 돋아나있었다. 별들은 영진이 어릴 때나 지금이나 그때 그 모습으로 여전히 반짝거리고 있었다. 결단할 시간은 채 십 분이 걸리지 않았다. 나라는 인간도 쓸 데가 있나?

"자격도 능력도 없는 사람을 상서축구회장으로 추대하여 주신 데 대하여 감사드립니다. 부족한 점은 많지만, 영광으로 알고 열과 성의를 다해서 상서축구 발전에 혼신의 힘을 다하겠습니다!"

"역시 우리 회장감이야! 우리가 회장은 바로 뽑았어!"

영진이가 상서축구회장이 된 것이다. 6월에 회장에 취임하고 몇 번의 회의를 거쳐 10월에 제1회 상서축구회장컵 대회를 개최하기로 결정했다. 대회 기간을 며칠 앞두고 이발소 일하랴, 대회 준비하랴 몸도 마음도 바빴다. 이발소 주인 눈치까지 봐가면서……. 영진이 사정을 알고 있는 총무와 간부들이 늦은 밤까지 기다려주며 대회 준비에 만전을 다했다. 축구경기장은 산양초교와 인근 부대 연병장을 사용하도록 협조를 받았다.


군부대 연병장을 사용할 수 있게 된 것은 영진이 연대 보안반장 강 대위와 평소 가까운 사이라 강 대위한테 부탁했기 때문이었다. 강 대위 배려로 군인 목욕탕 등 군부대시설도 이용했었다. 어느 날인가? 강 대위가,

"형님 방 구경 좀 했어요!"

"방 구경해봤자 뭘 볼 게 있었겠어? 꾀죄죄한 여인숙 방 쿠린 홀아비 냄새만 날 텐데, 뭐 볼 게 있다고?"

"사람들한테 신고가 많이 들어와서요!"

"무슨 신고를?"

"형님이 수상쩍대요!"

"뭐가 수상쩍대? 내가 간첩이라도 되나?"

"똑똑한 사람이 왜 하필 사방거리 전방까지 왔으며 광주 사태에 비판적이고, 장가갈 나이에 장가도 안 가고, 한마디로 사방거리에 안 어울리는 사람

이 와있다는 게 수상쩍다는 거죠!"

"그래, 뒷조사해보니까 내가 간첩이야? 이왕 간첩으로 붙들릴 거면 강 대위한테 잡혀서 1계급 특진이라도 시켜줘야지. 안다는 거 좋다는 게 뭐 있어! 그렇게나마 도와줘야지!"

"그랬으면 좋겠는데 형님이 간첩이 아니라서 나도 유감이네요!"


축구회는 사무실이 없는 형편이라 이발소로 찾아오는 팀들의 참가 신청과 대회 요강의 설명도 해야 하고, 주인 눈치가 달갑지 않지만 모른 체했다. 사회단체 여덟 개 팀, 군부대 여덟 개 팀이 신청했다. 내빈 축사를 먼저 했다. 면장, 교장, 부대장 등 순으로……. 영진이는 연단에 섰다.

"기관단체장님과 사회단체장님 지역 선후배 여러분을 모시고 축구의 오지 상서면에서 많은 성원 속에 제1회 상서축구회장컵 대회를 개최하게 되어 감개무량합니다. 민과 군의 화합의 축제장으로 승화시켜 지역발전에 앞장서겠습니다……. 1980년 10월 1일, 상서축구회장 김영진."

시상대 앞에 선 영진이는 지나간 날들을 떠올리며 새로운 감회에 젖는다. 축구대회가 끝나고 손님들도 영진이를 대하는 게 좀 달라진 느낌이다. 어느 손님은 회장이라고 부르기도 하고, 어느 손님은 김 씨라고도 했다.

"이 집 이발사 김 씨는 언제부터 연설을 그리 잘하오? 말솜씨가 보통이 아니던데요!"

영진이는 계면쩍어 웃으며, 사람들이 나를 쉽게 대하지 않고 좀 어렵게 대하나 했다. 세월처럼 빠른 게 없다지만, 영진이가 사방거리 온 지 일 년 반이 훌쩍 넘어가던 어느 날…….

# 똥차

홍천에서 가장 친했던 귀선이를 길에서 우연히 만났다.

"야! 귀선아!"

영진도 놀라고 귀선이도 놀라고……. 폐차가 된 지프차 위에 경운기 엔진을 장착했는데 뒤에는 커다란 탱크가 실려있었다. 퀴퀴한 냄새가 풍기는 이상한 모양을 한 차가 '똥차'라는 걸 직감적으로 알았다.

"이곳에 똥 풀게 있다고 해서 수거하러 왔어!"

귀선이는 아무렇지 않은 얼굴로 태연히 말했다. 귀선이한테 떠난다는 말 한마디 없이 홍천을 떠나 귀선이를 잊고 살았는데, 사방거리 낯선 곳에서 귀선이를 만나다니……. 너무 반갑기도 하지만, 이곳에서 만난 건 우연치고 너무 우연이었다.

다방에서 서로 살아온 이야기를 주고받았다. 영진이는 구차하게 살아왔다고…… 친구에게 말하고 싶지 않았다. 귀선이는 홍천을 떠나 화천에서 똥 푸는 똥 장사를 하는데, 수입은 짭짤하지만 혼자하기 버거워 한 사람 구했으면 하는데 마땅한 사람이 없다고 했다. 영진이는,

"내가 그일 같이 하면 안 되겠니?"

"똥 푸는 거 아무나 하냐! 너는 머리나 깎아! 좋은 이발기술 두고. 내가 이발기술자라면 똥 푸는 거 하겠나?"

"이발도 쉬운 일 아니야. 눈뜨면 하루 종일 이발소에 갇혀서 꼼짝달싹 못하는 창살 없는 감옥이지! 못 먹고 못살아도 자유가 그리워! 평생 지금까지 징역살이하고 있잖아! 전생에 무슨 큰 죄를 지은 업보가 아직도 안 끝났나 봐!"

영진이의 진심어린 호소와 설득으로 지분 반을 투자해서 동업하기로 했다. 영진이는 미운 정 고운 정의 이발소와 축구회장직을 벗어던지고 똥차

를 타고 사방거리를 떠났다.

똥차!

1990년대까지 중소도시에는 드럼통 등을 묻어놓은 푸세식 변소가 대부분이었다. 똥을 풀 때면 물지게 모양의 똥지게로 날랐다. 리어카 위에 드럼통을 얹어 끌고 다닌 것은 많이 발전한 수거 수단이지만, 차 위에 트렁크를 설치한 시설은 첨단의 발전이다.

영진이는 친구 귀선이한테 교육을 받는데, 실습이 교육이다. 똥냄새가 속을 울컥 뒤집지만, 지저분한 변소가 더 메스껍다. 똥차에서 기다란 호스를 변소까지 끌고 와 똥통 안에 밀어 넣으면 똥이 호스 속을 타고 트렁크까지 잘 빨려나간다. 똥이 잘 빨려나가려면 똥이 죽처럼 묽어야 하는데 대부분의 변소가 진흙처럼 딱딱하게 굳어있다. 드럼통이 오래되다 보니 부식되어 구멍이 뚫린 바람에 오줌등 물기가 빠져나가기 때문이다. 똥 푸기 전에 물을 한 양동이 퍼다가 부으며 밀대로 섞으며 똥을 죽처럼 풀어줘야 한다.

"해봐!"

친구 귀선이가 명령했다. 다정한 친구 같은 건 없다. 공과 사, 기사와 조수만 존재할 뿐이다. 영진이는 물을 붓고 똥을 휘저었다. 딱딱하게 굳어버린 똥은 쉽게 풀어지지 않는다. 곁에 지켜보던 귀선이가 밀대를 잡고 시범을 보이면서,

"똥을 한 번에 풀려고 하면 풀리냐? 물을 조금씩 부으면서 위에서부터 차근차근 풀어나가야지! 급하게 하지 말고, 하다 보면 요령을 터득하게 되지!"

친구는 똥 푸는 데는 노하우가 생긴 달인이 되어있었다.

또 문제가 발생하고 말았다. 똥을 빨아들이는 호스에 생리대, 짚수세미, 신발짝 등 이물질이 함께 빨려 들어가 호스가 꽉 막혀버렸다. 탱크 안에 똥

을 반대로 불어내지만, 이물질은 잘 빠지지 않는다. 호스를 변소 바닥에 두들겼다. 퍽! 소리와 함께 똥은 변소바닥으로 쏟아졌지만 똥물에 옷이 흠뻑 젖었다. 얼굴과 머리에도 똥물이 줄줄 흐르지만, 변소 바닥의 똥을 물로 깨끗이 씻어내고 호스로 빨아내어 깨끗이 청소를 했다. 똥투성이 몰골을 몇 번씩이나 겪었다.

앞창이 없는 똥차 오픈카에 앉은 영진이는 자기 모습이 창피해서 처음에는 모자와 마스크로 얼굴을 가리고 허리를 잔뜩 구부리고 다녔는데, 언제부터인지 모자랑 마스크도 없이 뻔뻔한 민낯으로 똥차에 앉아 잘도 달려간다. 딸딸딸 소리를 내면서…… 사람들은 '딸딸이 똥차'라고 불렀다.

똥 푸는 수거비가 한 드럼에 삼천 원인데 하루에 보통 이십 드럼 수거하면 육만 원쯤 되고, 기름값 등 만 원을 제하면 오만 원이며 반반으로 나누면 이만오천 원 정도 수입이다. 이발소 벌이 하루 칠팔천 원 보다 네 곱 정도의 수입이지만, 아침 일찍 시작해 서너 시간이면 일을 마치기 때문에 시간의 여유가 많았다. 학교, 군청, 경찰서, 우체국 등 관공서 건물들을 수거하면 하루 오십만 원을 벌 때도 있었다. 학교 같은 곳은 예산 때문에 반절 정도만 풀 때도 있었다.

처음 변소 문을 열고 들어갔을 때는 쿠리고 퀴퀴한 냄새가 속을 울컥 뒤집었지만, 이제는 똥냄새가 구수하고 누런 똥이 황금 색깔로 보이니 똥독이 아닌 돈독이 올랐나 보다.


"우리 집 변소 바닥이 주저앉아요! 어떻게 해볼 수 없어요?"

주인 여자가 울상이 되어 묻는다. 이집은 드럼통 아닌 콘크리트 통인데 바닥 철근이 부식되어 움푹 주저앉는다.

"수리비가 삼만 원 들겠어요!"

"그럼 고쳐주세요!"

영진이는 똥통 속으로 들어가 대각선으로 자른 튼튼한 나무 기둥을 바닥과 천정으로 받히고 망치로 몇 번인가 힘껏 쳤더니, 주저앉았던 바닥이 솟구치며 평평하게 균형을 잡았다. 삼십 분 만에 삼만 원 하루 품삯을 벌었다.

화천 우체국 똥을 다 퍼낸 다음 똥통 안으로 들어갔다. 오십 평도 더 되게 넓다. 우체국 서무계장이 장화를 신고 들어왔다.

"아니! 형님은 똥통에는 왜 들어왔어요?"

"지하 똥통 구조가 어떻게 생겼나 궁금해서 들어와봤어!"

계장은 국현이 형과 친구 사이라 형으로 부르고 있는 사이였다.

"똥통 속에 들어와 똥 귀신 붙으면 어쩌려고 그래요! 지독히 안 떨어지는 게 똥 귀신인데!"

"뭐 나도 잘리면 별 수 있나! 똥이나 푸러 다녀야지!"

"그런 일 없을 거예요! 앞으로 화천우체국장보다 훨씬 높아질 테니까요!"

"내가?"

"그럼요!

훗날 영진이가 양구에 왔을 때 계장은 양구우체국 감사를 나왔다며 들렸다. 원주체신청 감사계장이라 했는데, 나중에 더 높이 승진했다고 들었다. 영진이는 똥통 안으로 들어올 수 있는 공직자의 됨됨이로 그의 미래를 예측한 것이다.


똥을 버릴 때는 인분처리장으로 간다. 인분처리장 건물은 깨끗하지만 쿠리쿠리한 냄새가 은근히 영진이 속을 메스껍게 뒤집고 머리까지 아프게 했는데, 요즘은 냄새가 별로 나지 않는다. 코가 똥냄새와 사돈이라도 맺었나?

인분처리장 구멍에 똥차 호스를 집어넣고 차 트렁크에 실린 똥을 내보내면 똥이 호스를 타고 처리시설로 빠져나간다. 잘못해서 똥차 호스가 빠지는 날엔 똥차에서 뿜어내는 압력 때문에 호스는 하늘로 뻗히고 똥물은 우산살처럼 퍼지며 굵은 소나기처럼 쏟아지는데, 한 달에도 몇 번씩이나 똥벼락을 맞는다. 아무리 조심해도 돈벼락 아닌 똥벼락을……. 똥벼락을 맞으면 뒷도랑으로 달려가 몸을 깨끗이 씻고 새 옷으로 갈아입지만 몸에서 풍기는 퀴퀴한 냄새는 어쩔 수 없다. 예전에는 똥통에 빠지면 떡을 먹어야 귀신을 쫓을 수 있다고 했는데, 돼지고기를 구워 먹으며 귀신을 쫓았다.

시간 있을 때는 아침에 화천실업고등학교에서 조기축구를 했다. 얼마쯤 축구를 하다 보니 회원들과 친한 사이가 되었다. 준배 형, 빠빠 형, 영배형, 후배 종식이, 치상이, 길 선배…….
"김영진 씨는 뭘 하세요?"
"그냥 놀고 있는 실업잡니다."
"한창 일할 나인데…….""
"할 일이 마땅치 않아서…….""
얼마 안 가서 직업이 똥 장사라는 게 들통 났지만, 그들은 모른 체 덮어줬다. 양구에 올 때도 돈을 모아주셨다. 너무 고마웠다.
축구회원 중에 김근배라는 사람이 있었다. 민정당 연락소장이지만, 우리는 정치 얘기는 한 번도 안 했었다. 소탈한 성격에 영진을 많이 챙겨주고 배려했는데 군수선거 실패와 지병으로 젊은 나이에 세상을 떴다. 너무 아까운 사람이었는데 많이 안타까웠다.
"찔레꽃 붉게 피는 남쪽 나라 내 고향…….""
〈찔레꽃〉 노래를 들을 때마다 생각나는 사람 김근배!

이삼 년 똥 푸다 보면 그럴싸한 집도 마련할 것 같고, 영미가 떠나버린 빈자리를 채워줄 여자도 만날 수 있다는 막연한 희망도 해보고……. 그러나 그 꿈은 한순간의 일장춘몽으로 끝이 났다.

인분 수거 입찰 공고가 군청 게시판에 붙었다. 차량은 사업자 부담, 예정 단가는 한 드럼에 구백 원. 귀선이와 영진이는 입찰을 포기했다. 남들이 하기 싫은 일을 하는 것은 돈을 벌어보겠다는 생각에서였는데, 어차피 돈도 안 되는 똥 푸는 직업은 때려치우기로 했다.

# 포장마차 0번지

똥차 트렁크 떼어버린 중고 딸딸이가 영진이 전 재산! 투자비 절반을 외상으로 했는데 투자비를 다 갚던 날 똥 푸는 사업도 폐업했다. 하루아침에 실업자가 되어버린 영진이는 살아갈 길이 막막했다. 친구 귀선이는 영진이의 권유로 진작부터 전당포를 시작했는데 똥차를 안 해도 안정된 직업의 사장이다. 영진이는 며칠 밤낮으로 생각한 사업이 포장마차였다. 리어카 위에 널빤지를 얹고 비닐천막을 쳤다. 포장마차 이름은 '0번지'! 번지 없는 포장마차 0번지로 작명했다. 다른 곳 포장마차를 몇 군데나 들러봤지만 막상 포장마차를 하려니까 뭘 모르겠다.

포장마차 18번 메뉴는 오뎅, 가락국수, 닭발, 고추장 삼겹살, 삶은 계란, 소주, 막걸리 등이다. 포장마차는 뭐니 뭐니 해도 오뎅 국물이 맛있어야 한다. 무를 토막 쳐 넣고 무가 잠기도록 물을 붓고 헝겊이나 멸치 통에 멸치를 듬뿍 넣고 간장을 검은색이 나도록 부어서 하얀 무가 까만색이 될 때까지 중불로 끓인다. 그다음 원하는 양만큼 물을 붓고 조미료와 소금으로 간을 맞춘다.

오뎅은 대나무 꼬치에 꿰어서 뜨거운 국물에 담그고, 가락국수는 삶아놓은 국수를 오뎅 국물에 말아내어 후춧가루를 뿌리는 간단한 요리지만……
손님은 발 디딜 틈 없이 밀려들었다.

"오뎅국 끓이는 것 좀 가르쳐주라! 마누라가 배워 오란다."

오뎅 한 봉지와 무 하나만 달랑 들고 온 국현이 형은 홍천서부터 친했는데
화천에 와서 간판점을 하고 있었다. 서른이 훨씬 넘어 선을 보게 되었는데,
나이를 솔직히 말하면 안 될 것 같아 열 살을 깎았다고 했다.

"스물다섯입니다." 여자는,

"나이가 훨씬 많아 보이는데요!"

"겉늙어서 그렇습니다. 고생도 많이 했지만, 원래 주름이 많은 집안이라!"

그렇게 속이고 늦장가를 가다 보니 공처가인지 애처가인지가 되고 말았
나 보다. 오뎅국 끓이는 방법을 알려주었는데도 제 맛이 안 난다고 다시 배
우러 왔다.


이 바닥에서 사귄 형들, 친구, 후배……. 하룻밤 장사하면 재고도 없이 몽
땅 떨이다. 팔면 뭣하나? 먹으면 외상인데…….

"달아놔! 며칠 있다가 계산할게!"

'공짜로 먹어 고맙다'가 솔직한 말이지! 먹고 외상이라는데 죽일 수도 없
고 파출소에 신고할 수도 없고……. 포장마차 0번지는 폐업 신고도 없이 폐
업했다. 허가 같은 건 애초부터 없었으니까…….


영진이는 땔나무 지게를 지고 산에 오른다. 얼마 만에 져보는 지게인가?
어릴 때 지게 지던 생각에 감회가 새롭다. 나와 지게는 뗄 수 없는 인연인
가? 운명인가? 어릴 때 나무하던 솜씨는 아직도 살아있나 보다. 아카시아
등 잡목을 단으로 묶어 쌓아놓고 아침마다 나르면서,

"내가 지금 뭐하는 거야? 하루 머리 깎아 연탄 백 장이면 열흘은 따뜻하

게 살 텐데……. 맨날 나무 지게만 지고. 한심하구나!"

# 양구

## 양구군청 구내이용소

영진이는 답답한 마음에 춘천 도상이 형을 찾아갔다.

"송충이는 솔잎 먹고 갈충이는 갈잎 먹어."

도상이 형 말 한마디가 영진이 오장육부를 꺼내어 훤히 보는 것 같아 부끄럽고 창피했다. 사방거리까지 간다고 갔는데 돌고 돌아 또 제자리로 왔으니…….

"양구로 가봐! 도청 구내이발소에 있던 박 양이 양구군청 이발소를 하는데 가게를 내놨다고 하더라."

외사촌 누나한테 이백만 원을 2부이자로 빌리고, 도상이 형 통장에서 오십만 원을 인출했다. 가방 노트 갈피 속의 빛바랜 이용사 면허증을 꺼냈다. 사진 속에 곱상한 얼굴은 변함없이 웃는 모습으로 반긴다. 영진이는 면허증 보기가 미안하고 부끄러웠다.

"너를 노트 갈피 속에 묻어둔 세월이 몇 해이던가? 나는 뻔뻔하고 이기적

인간이구나! 너 없이 잘 먹고 잘 살고 너 같은 건 나와 상관도 없다고 자신만만했던 내가 너를 다시 찾다니……."

소양강 선착장에서 양구로 향하는 쾌룡호에 올랐다. 저수량 29억 톤 동양 최대의 사력댐은 바다처럼 넓었다. 쾌속선은 빠르게 헤엄쳐나간다. 나는 왜 또 양구로 가야 하나? 인공호수가 양쪽으로 가로막은 오지의 땅 양구! 양구는 나에게 낯설지만은 않은 땅이다. 친구 수환이가 장가들 때 와본 곳이기도 하지만, 아버지가 일본 징용을 피하려고 명오지 광산에서 머물렀고, 고모부는 양구경찰서 일본 순사로 유도를 가르치는 사범으로서 위세가 대단했다고 어머니는 늘 말씀하셨다.

조카 형선이와 양구 시외버스터미널 주변을 살펴보고 있는데 경찰 두 명이 다가와 경례를 붙이더니,

"신분증을 보여주십시오!"

영진이는 신분증을 꺼냈다. 주민등록증을 유심히 살펴보면서,

"양구에 왜 오셨어요?"

갑자기 대답이 궁색했다.

"그저…… 이곳에서 뭐 좀 해볼까 해서 왔습니다."

주민등록증을 돌려주고 경찰은 경례를 붙이고 돌아섰다.

"삼촌은 왜 자꾸만 여기저기 두리번거려 검문을 받아요?"

"난 원래 간첩 스타일인가 봐! 여기 가도 수상쩍다고 신고, 저기 가도 신고, 이곳에서도 검문……. 간첩처럼 보이는 것도 아무나 하는 거 아니야!"

"삼촌, 지금 농담할 때예요?"

"우리가 지금 이곳에 처음 발을 디뎠잖아! 이곳이 어떤지를 관찰해야지! 주변에 이발소는 몇 개나 있나? 이동 인구의 흐름은 어떻고 목은 어디가 좋을까? 유심히 살피다 보니 경찰 눈에는 내가 수상쩍게 보였겠지!"

영진이는 양구군청 담장 위에 제비집처럼 지어진 군청 구내이용소에서 새로운 삶을 시작했다. 하루 종일 두 명의 손님을 이발을 했다. 군청 공무원들이 주 고객이지만, 먼저 주인이 문 닫는 날도 많았고, 손님들한테 소홀했던 것이 원인인 것 같다. 용환중 보건소장님을 만났다. 용 소장님은 홍천보건소 위생계장님이셨을 때 아침마다 조기축구를 하며 친하게 지냈었는데 여기서 만나다니 너무 반가웠다.

"어떻게 양구까지 온 거요?"

"그저 살다 보니 왔습니다."

"계장님은 언제 양구로 오셨습니까?"

"지난해 양구보건소장으로 왔어요!"

"축하드립니다."

영진이는 소장님 앞에 작고 초라하게만 느껴지는 걸 어쩔 수 없었다. 용 소장님이 군수님과 과장님들을 소개시켜주셔서 많은 힘이 되었지만, 하루 다섯 명 손님 이발하기도 어려웠다.

## 결혼을 하고

영진이 양구로 오기 전, 제자이자 후배인 동생 영길이가 서울 마포가든호텔 사우나 이발실에서 근무를 했다.

"구내식당에서 만난 누나가 형님과 잘 맞을 것 같아요! 식당, 화장품, 액세서리까지 관리하는 지배인인데 제가 소개할 테니 한번 만나보세요!"

영길이의 전화를 받고 난감했다. 영진이는 똥차를 그만두고 땔나무를 하면서 완전히 코너에 몰려있었다.

"난 요즘 백수건달 위의 천수건달이야! 아무것도 가진 것도 없는 놈팡이 주제에 여자는 무슨 여자?"

"형님, 저는 믿어요! 지금은 그로기 상태에 빠져 잠시 허우적거리시지만, 잠재력이 무궁무진한 형님은 곧 원상회복을 하실 거예요! 저는 형님을 잘 알잖아요! 한강 모래 백사장에다 팽개쳐도 살아남으실 거라는 걸!"

"과찬하지 마라! 넌 내 허상만 봤지, 속 빈 강정이야!"

"그래도 한번 만나보세요! 밑져야 본전 아니겠어요? 남녀 혼사에 뻥 안 치고 되는 일 어디 있어요? 남자가 배짱이라곤 벼룩의 간만큼도 없으니……. 원 참!"

"난 심장에 털도 안 나고 얼굴에 탈도 못쓰고, 벼룩의 간보다 작은 걸 이제 알겠냐!"

"언젠가는 형님이 남들 못지않게 잘되고 잘살 텐데……. 도대체 형님답지 않게 자기비하와 열등감이라니? 제가 제일 존경하는 형님이 저를 더 실망시키면 절대로 그 꼴 못 봅니다."

영진이는 영길이 성화에 헛일 삼아 그녀를 만나보기로 했다.


마포가든호텔은 이천 명의 내국인만 출입할 수 있는 외국인 전용 호텔이다.

"출입 패스가 없는 형님은 깔끔한 양복차림으로 경비가 감히 패스를 보자고 못할 정도로 눈길도 주지 말고 도도히 걸어 들어와요! 쭈뼛쭈뼛하다가는 망신당하고 쫓겨나요!"

몇 년 동안 농 속에 처박아놨던 하늘색 양복을 세탁소에 맡겼다. 세탁소 주인아주머니가,

"유행은 지났지만 잘 어울리시네요! 옷걸이도 좋으시고 선보러 가셔도 되겠네요!"

뿔테 안경을 쓰고 폼 잡는 영진이를 띄워주며 선보러 간다는 걸 족집게처럼 맞히다니……. 한 번밖에 안 신은 구두를 춘천 버스터미널에서 광을 냈다. 난생처음 호텔 앞에 섰다. 어제는 나무 지게를 졌던 내가……. 떨리는 가슴으로 회전문을 통과하다 이마를 부딪쳤지만, 앞만 보고 가슴을 펴고 당당히 걸었다.

"어서 오세요! 일찍 오시느라 고생이 많으셨네요! 형님은 역시 멋지세요!"

영진이를 기다리던 동생 영길이가 반겨줬다.

호텔 커피숍에서 아내 될 사람을 처음 만났다. 아담하고 곱상한 얼굴에 귀티 나는 여자는 생각보다 과분하게 보였다.

"제가 말씀드린 화천에서 오신 형님이세요! 이분은 호텔에서 같이 근무하는 누나시고요!"

두 사람은 목례로 인사를 했다.

"제가 몇 번이나 말씀드렸지만 형님은 참 좋으신 분이에요! 예전에는 저한테 기술을 가르쳐주신 사부님이신데, 지금은 젖소를 백 마리도 넘게 사육하는 목장 주인이세요!"

영진은 속으로 깜짝 놀랐다. 웬 젖소? 엄청나게 뻥을 치는 영길이 놈이 어이가 없다. 맞선을 보는 아가씨 앞에서 아니라고 할 수도 없고……. 두 놈 다 사기꾼이 되는구나……! 커피값은 열 곱은 비쌌지만 어쩔 수 없다. 얼굴만 보고 헤어졌다. 영진이는 여자와 만남을 없던 일로 마음을 정리했다. 곰곰이 생각해도 되지 않을 일……. 젖소 같은 건 한 마리도 없다 해도, 남의 땅에 구들장 놓고 불 때는 허름한 슬레이트 집 한 칸……. 살아가는 형편과 몰골에 한숨만 나왔다. 영길이한테 연락이 왔다. 서울에 한 번 더 오라는…….

신림동 어느 카페에서 만난 그녀가 눈에 익었다. 어떻게 잔인한 말을 해야 하나? 잠시 망설이던 영진이는 냉정하게 말했다.

"먼젓번 처음 뵌 분께 너무 큰 실례를 저질러 죄송합니다. 저는 젖소도 한 우도 한 마리 없는 백수건달입니다. 미안합니다!"

자리를 박차고 일어섰다. 카운터에 찻값을 계산하고 뒤돌아보지 않고 밖으로 빠져나왔다. 5월의 태양은 짜증나게 눈부셨다. 서너 명의 승객만을 실은 화천행 버스는 쉬지 않고 달렸다. 삼십칠 년이란 세월을 흔들리는 버스만큼이나 가파른 고갯길을 헐떡거리며 쉼 없이 오르지만, 뒤틀려버린 엉뚱한 날을 빼고 나면 아무것도 남는 게 없는 것 같다. 내 주제에 여자를 만난다는 허망한 생각 속으로 빠졌었다니……. 내 인생살이는 슬픈 계절의 연속일까?

며칠 후 영길이한테 그녀가 다시 만나자고 했다는 전화를 받고 영진이는 하루쯤 망설이다가 마음 가는 대로 몸을 맡겼다. 덕수궁 돌담길을 말없이 걸었다. 새까맣게 말라버린 앙상한 고목나무는 속절없이 늙어간 궁녀의 모습인가? 애처로운 한의 세월은 몇 백 년이나 스쳐갔나?

그녀에게 변명할 염치조차 없다. 그녀의 동생 집에서 부모님을 처음 뵈었다.

"젖소가 많다면서?" 그녀의 아버지가 물으셨다.

"젖소가 아니라 한우입니다." 곁에 있던 어머니가,

"젖소면 어떻고 한우면 어떻소! 그런 것까지 꼬치꼬치 물어요!"

퉁명스럽게 남편을 면박했다. 덕분에 영진이는 궁색한 거짓말은 피할 수 있었다. 그녀가 부모님을 뵈러 갈 때면 '한우가 백 마리쯤 된다'고 말하라고 일러주는 게 고마웠다.

양구군청 구내이용소 정기 휴일! 청첩장 한 장 없이 양가 부모님을 모시고 화천에서 조촐하게 결혼식을 올렸다. 단칸 셋방에서 신접살림을 차리고 아내는 이발소 일을 도왔다. 머리 염색서부터 손님 얼굴 면도까지 면도사 아닌 면도사 일을 했다. 이발요금은 이천 원이지만 육십오 세 이상은 반값 요금 천 원이다. 이규동 대한노인회장이 노인들 이발요금을 반값으로 해달 라고 건의해서 반절 값만 받으라고 했단다. 시골에는 노인 손님이 대부분인 데 사오십 분 이발시간이 걸리다 보니 하루벌이가 일이 만원이 고작이었다.

방위병들 이발을 했다. 관공서, 인근 부대, 기동타격대, 예비군 대대 이발 요금은 천 원이지만 어르신 한 명 이발할 시간이면 네 명을 깎는다. 어느 날 인가? 삼만 원을 벌었다. 꿈만 같다.

"내가 삼만 원을 벌었다니!"

영진이는 희망이 보이기 시작했다.

# 집 사고, 어머니는 돌아가시고

1985년에 낳은 딸이 세 살이 되던 해, 셋방살이 긴 터널을 빠져나와 양구 읍내 점포가 딸린 집을 샀다. 계약금을 걸고 잔금을 치르기 전에 도둑처럼 이사할 집을 훔쳐보곤 했는데, 집주인 할머니가 어찌나 무서운지 근방에는 얼씬도 못 하게 한다고 했다. 김영진이란 이름으로 등기가 된, 꿈에 그리던 집으로 이사를 왔다. 실감나지 않아 벽을 어루만져본다. 셋방살이를 얼마 나 전전했던가? 셀 수 없이 많은 이사를 하고……. 벽돌 한 장 한 장이 이 발소에서 머리 깎아주신 분들의 돈인데……. 그분들의 고마운 선물이다.

어머니가 세상을 떠나가셨다.

어머니가 홍천 아산병원으로 가셨다는 연락을 받고 병원에 도착했을 때 는 어머니의 의식이 없으셨다.

"뇌출혈입니다." 간호사의 말에 기가 막혔다.

"어머니가 뇌출혈이라니? 품팔이 갔다 이 지경이 되시도록, 자식인 나는 어찌 그리 무심했던가? 나는 어머니 아들이 맞나? 이 못난 불효자식!"

어머니는 내면 감자밭으로 품팔이 갔다 밭에서 쓰러지셨다. '돈도 필요하고 친구들과 어울려 다니는 게 좋아 다닌다'고 하셨다. 변변치 못한 아들이라 호강은 못 시켜드려도 집에서 같이 계셨더라면 남의 밭에 쓰러지셨을까? 어머니 나이 칠십일 세 신유년 닭띠!

"시집 와서 한평생을 고생만 하시다가 쓰러진 어머니! 무슨 말로 어머니께 용서를 빌어야 합니까?"

중환자실 침대 위에 영혼은 사라지고 맨몸뚱이로, 초점 잃은 멍한 어머니 눈망울이 영진이를 슬프게 울렸다.

"어머니! 제발 일어나시어 못난 자식 마지막 효도의 기회를 주세요! 사랑이라고는 눈곱만큼도 못 받아 보시고 가시밭길을 맨발로 걸어오셨잖아요! 시어머니와 남편, 자식을 위해! 저는 어머니 은공을 만분의 일도 알지 못합니다."

어느 날이었다. 어머니가 영진이에게 한 맺힌 말씀을 퍼부으셨다.

"내가 김 서방네 집으로 시집와서 호강은커녕 밖으로 싸돌아다니던 잘난 서방마저 비명횡사를 하고, 지금까지 뼈 빠지게 살아온 것이 너무 억울하고 분하다!"

증오의 눈빛으로 영진이를 노려보셨다. 영진이는 아버지와 김 씨네 가문을 대표해서 어머니의 한 맺힌 넋두리를 받아야 했다.

"미안합니다! 죄송합니다."

"이년의 팔자가 기구한 건지 박복한 건지, 뭐가 못돼 천대받는 무당까지 되어 이 모양으로 살아가는 내가……."

흐느끼던 울음이 엉엉 소리치며 통곡으로 바뀌던 날, 영진이도 가슴으로 통곡했다.

어머니! 어머니!

세상에 죄업은 몽땅 다 당신의 몫이었나요

슬픔이란 슬픔도 당신 것이었나요

가슴은 숯덩이처럼 새까맣게 타버리고

마디마디 골수에 맺힌 한을

남편이 알랴, 자식이 알랴


어머니는 작두를 탔다. 단을 쌓고 물동이 위에 시퍼런 작두날에 맨발로 섰다. 발바닥 반절쯤 작두날이 파고들어 발이 두 동강으로 잘리는 것 같아 가슴이 조마조마했다.

"이년이 박복하여 무당이 되는구나! 후휴~ 천지신명 북두칠성 팔도명산 신령님과 사해용왕님 대감님이 왕림하셨구나! 어이~ 기분 좋다……!"

징소리며 북소리가 귀를 찢는다. 내림굿이 이토록 호될 줄이야! 동짓달 한겨울 새벽녘에 얼음 깨고 목욕재계하고 신한테 시달리는 어머니는 어머니 모습이 아니었다. 눈동자마저 곧추 박힌 어머니는 사람의 형상이 아니다.

쿵쿵! 쿵덕쿵! 쿵쿵! 쿵덕쿵!

알록달록 오색의 장삼을 걸치고 머리 위에 갓을 비끄러매고 열두거리 굿 거리장단에 대감님과 조상님이 어우러져 덩실덩실 춤을 춘다. 가냘픈 몸매의 안쓰러운 노씨! 어머니는 신에게 호된 신고식을 하고 무당이 되었다.

오십대 초반의 나이로 어머니는 천수경, 반야심경, 신묘장구대다라니경 등을 염불하셨다. 초 한 가락, 쌀 한 됫박의 소박한 불전을 시주받으면 정성을 다해 재앙을 소멸하고 복을 빌어주시던 어머니는 참인간의 양심이었다.

"옆집 순국이네 집에 국수 한 관 사줬다. 며칠째 굶는 것 같더라."

남의 어려움을 그냥 못 지나치시는 인정과 여린 마음씨. 우리 집 쌀독도 비었는데……. 그런 어머니였다. 영진이의 누나이자 어머니의 딸인 옥진이는 '엄마 죽으면 못 산다'고 어머니한테 못다 한 양심 울고 또 울었다.

영진이는 양구에서 이발소 일을 마치고 막차로 홍천병원 중환자실로 퇴근했다. 아내는 집으로 왔다가 아침에 병원으로 가며 사십오 일 동안 서로 맞교대하며 왕복했다. 의사가,

"퇴원하셔야 합니다. 집에서 마지막을 준비하십시오!"

일주일 후 사촌 형, 누나, 아내 넷이서 어머니의 마지막 운명의 길을 배웅했다. 어머니는 칠십일 년의 한 많은 세상을 조용히 떠나셨다. 영진이의 애통한 슬픔은 어디다 비하랴! 고향 마을 양지 녘 공동묘지에 어머니를 모셨다.


## 아버지 뼈를 찾다

이 년 전 동우골 어귀에서 어머니 발걸음이 얼어붙었다.

"나는 가슴 떨리고 오금이 저려 더는 못가겠다."

"세상이 바뀌었습니다. 무서워하거나 겁낼 것은 없습니다. 제가 옆에 있고 며느리도 같이 있잖아요!"

"말도 마라! 그때를 생각만 해도 무섭게 소름끼치고 그 사람들이 쫓아올 것만 같아. 우리가 뼈라도 찾겠다고 어정거리면 그 사람들이 또 무슨 짓을 할지 누가 알겠느냐!"

어머니는 아버지가 죽고 나서 어쩌다 동창이란 말만 들어도 부르르 진저리 쳤다. 시뻘건 흙구덩이 앞에서 구사일생으로 살아났지만, 혹시라도 자

식이 무슨 일이라도 당할까봐 멀리멀리 도망쳐 동창으로는 머리도 두지 않았었다. 그때 생각만 해도 무섭고 치를 떨던 어머니……!

영진이가 아버지 뼈를 찾겠다고 어머니를 설득하고 달래고 억지로 모시고 와서 동우골 골짜기를 더듬지만, 어머니 눈길은 다른 곳을 향하고 있었다.

"어머니 짐작 가는 곳이라도 있으세요?"

"모르겠어! 워낙 경황이 없어 그냥 지나쳤으니까……. 나무하러 왔었는데 옥남이 엄마가 저기가 옥진이 아버지 묻힌 곳이라고 손으로 가리키는데 겁나고 무서워 힐끗 쳐다보니 뻘건 흙무덤이었다는 것밖에 기억이 없어!"

어머니는 동우골을 빠져나갈 마음뿐이시나 보다. 영진이 손목을 잡아끌어 당기셨다.


영진이는 어머니가 돌아가시고 이듬해 봄 어느 날, 홍천행 버스를 타고 가다 철정에서 내려 한 시간쯤 기다리다 동창 가는 완행버스에 올랐다. 동창에서 내린 영진이는 빠른 걸음으로 동우골 어귀로 향했다. 어머니가 가리키신 야트막한 골짜기를 샅샅이 훑어보지만, 어디에도 무덤의 흔적 같은 건 보이지 않았다. 세 번째 동창으로 가는 버스에서 옆자리 노인과 이런저런 이야기를 하던 중에,

"어르신 동창에 사신 지 오래되셨나요?"

"동창이 고향이오!"

"6·25 난리 때도 동창에 사셨나요?" 영진이 얼굴로 시선을 옮기며,

"그때도 동창에 살았소!"

"동창에 있었던 사건들을 많이 알고 계시겠습니다. 뭐 좀 여쭤봐도 되겠습니까?"

"뭘 물어보시겠다는 건지요?"

"6·25 때 제 아버지가 동창 인민위원장을 하다 동우골에서 사망했는데

뼈라도 찾으려고 세 번째 오는 길입니다. 말만 듣고 골짜기 여기저기를 살피고 찾아보지만, 어디가 어딘지 모르겠습니다. 어르신께서 그때 그 일을 알고 계시든가 묻힌 자리를 혹시라도 알고 계시나 해서 말씀드려봅니다."

"알 것 같은데 알아보지요!"

"너무 고맙습니다."

이제 아버지 무덤을 찾나 보다! 기대에 부풀어 동창학교 못 미쳐 마을 어귀에 노인과 같이 하차했지만, 빠른 걸음으로 도망치는 노인을 억지로 잡을 수는 없었다.

"어르신! 어르신!"

몇 번이나 소리쳐보았지만 뒤도 돌아보지 않는다. 저분은 그때 그 일로 해코지 당할까봐……. 후환 때문일 거라고 생각하며 영진이는 어릴 때 살았던 비석거리로 향했다. 그날도 헛걸음으로 돌아왔다.


네 번째 가는 날은 물걸리 경로당을 찾았다. 할머니 몇 분과 할아버지 세 분이 계셨다.

"처음 뵙겠습니다. 초면에 실례를 무릅쓰고 뭐 좀 여쭤보러 들렸습니다. 혹시 알고 계시는 분이 계실까 해서……."

제일 젊어 보이는 노인이,

"뭘 물어보려고 하시는데요?"

"여쭤보기 어려운 일이지만, 제 아버지가 6·25 난리 때 동우골에서 사망했습니다. 아버지 뼈라도 찾을까 해서 몇 번이나 이곳에 왔었는데 이곳저곳 여쭤보고 동우골도 가보았지만 아는 분이 없으셔서 혹시나 하고 들렸습니다."

머리 하얀 노인이,

"아버님 성함이 뉘시오?"

"김 자, 윤 자, 범 자이고 당시 이곳에서 인민위원장을 하다가 동우골에서 사망했습니다."

잠자코 있던 노인은,

"그 이야기는 이곳 웬만한 사람들은 알고 있지요! 하지만 오래된 일이고 우리는 말만 들었지 동우골 어디에 묻히셨는지 모르오!"

안됐다는 표정으로 모른다고 하는데 어쩔 수 없이 돌아올 수밖에 없었다.


여섯 번째 그날도 동우골 골짜기를 샅샅이 뒤지며 헤매고 다녔지만, 무덤의 흔적 같은 건 눈에 띄지도 않았다. 아버지가 마지막 끌려왔을 길을 더듬으며 힘없는 발걸음으로 마을로 접어들다 무심코 길가의 집으로 들어섰다.

"계세요?"

방문을 열고 나오는 주인은 영진이보다 몇 살 위로 보이며 푸근한 인상이었다. 곧바로 안주인도 따라 나왔다.

"처음 뵙겠습니다. 지나가다 지푸라기라도 잡는 심정으로 무턱대고 들렸는데 뭐 좀 여쭤봐도 될까 해서……."

"무슨 말씀인지는 몰라도 들어오시지요!"

영진이는 마루에 걸터앉아 '동창을 여섯 번째 오게 됐지만 아직도 아버지 묻힌 곳을 찾지 못했다'고 하소연과 넋두리를 늘어놨다.

"나도 어려서 들은 얘기지만 그때 그 사건은 동창에서 워낙 큰 사건이라서, 이곳 사람들은 거의가 알고 있지요! 내 힘닿는 대로 알아볼 테니 연락처를 적어놓고 가세요!"

"너무 고맙습니다! 생면부지에 어려운 부탁을 드렸습니다. 힘드시겠지만 저의 아버지를 꼭 좀 찾도록 도와주십시오!"

"너무 염려 말고 집에 가서 기다리세요!"

두 분 목소리가 합창으로 들렸다. 주인 분 성함은 채수현 씨!

동창에서 소식이 오기만을 기다리는데 전화가 왔다. 아버지 무덤을 찾았다고……. 영진이는 한달음에 달려갔다. 채수현 씨가 연규영 씨를 소개했다. 연규영 씨는,

"자식이 부모를 찾겠다는데 협조해주는 게 도리가 아니겠소! 내가 생존해 계시는 몇 분들께 알아봤는데, 누가 가르쳐줬다는 걸 비밀로 하는 조건으로 아버지 묻힌 곳을 알려주었소!"

채수현 씨는,

"다른 사람한테 부탁했으면 어림도 없었겠지만 이 분은 이장도 오래 하시고 이 지역의 신망도 두터워서 이번 일이 가능했습니다."

연규영 씨는 옥진이 누나와 동창학교 4학년 같은 반이었으며 연규영 씨가 반장이었다고 했다.


어머니가 가리키던 동우골 아늑한 골짜기를 몇 번씩이나 누비고 다녔는데도 아무런 흔적도 없던 곳을 아버지 무덤이라니…….

'아버지! 처참하게 죽어간 당신의 처지를 비통해하면서 기나긴 세월 얼마나 괴로운 비탄의 나날이었습니까? 저는 알고 있습니다! 아버지의 마음을……. 어머니한테는 자식의 도리를, 아내에게는 남편의 구실을 제대로 못하고 어린 새끼들 데리고 고생만 시킨 것이 얼마나 가슴 터지게 아팠는지를……. 말 안 하셔도 저는 알고 있습니다!'

흔적 없는 아버지 산소에 이 년 동안 벌초를 다니고 삼 년째에 이장을 했다. 수연이 형님과 규영이 형님 두 분을 언제부턴가 형님으로 불렀다. 수연이 형님, 규영이 형님, 사촌 형, 사촌 매형, 고모사촌 매형, 옥진이 누나와 매형 등 가족들과 함께 아버지 무덤을 아무리 깊이 파고 헤집어도 뼛조각 하나 나오지 않았다. 골짜기 아래서부터 위쪽으로 괭이질과 삽질을 하며 땀

을 뻘뻘 흘릴 때, 누군가 소리쳤다.

"여기로 와 봐요!" 달려갔더니 기다란 뼈 두 개만 보였다.

"큰 돌이 있기에 무심코 뒤집었더니 유골이 보였어요!"

영진이는 알았다, 아버지의 뼈라는 것을. 파랗게 녹슬어버린 허리띠 장석이 눈에 익었다. 영진이가 다섯 살 무렵에 아버지 허리띠가 유일한 장난감이었다. 허리띠 장석 부분부터 똘똘 말아 힘껏 펼치면, 허리띠가 한순간 쫙 펼쳐지는 게 너무 재미있었다. 어느 날 허리띠를 획 하고 펼치는 순간 방에 걸린 남포등이 허리띠 장석에 박살났다. 아버지한테 야단맞고 혼날 줄 알았는데 아버지는 눈만 커다랗게 떴다가 그냥 잠만 잤다.

> 아버지 두 팔에 안기던 기억이 어제처럼 생생한데……
> 눈앞에 나타난 장석에 가슴이 메었다
> 파랗게 파랗게 가슴은 멍들고 길고 긴 한의 세월은 흐르고 흘러 얼마나 흘렀나!
> 몸뚱이는 어디가고 두 다리만 남아
> 자식이 찾기를 얼마나 기다리셨을까

'네 아버지는 세워서 묻었단다.'

누군가 흘린 말을 듣고 어머니가 동우골에 오시던 날 하신 말씀이었다. 구덩이를 얼마나 깊이 파서 세워서 묻었을까? 궁금증이 가시지 않았지만 이제야 알겠다.

죽은 자가 산비탈로 굴러 내리니까 구르지 못하게 큰 돌을 다리 위에 얹어놓으니까 상체는 위로 서서 앉아버리고, 시체가 안 보이게 흙을 끼얹어 무덤이 되고, 비바람에 씻겨버린 흙더미는 사라지고, 덩그렇게 남은 몸뚱이는 야생 동물의 먹잇감으로 사라지고…….

아무리 싫더라도, 아무리 밉더라도 죽은 자인데 구덩이 깊이 파고 뉘여서 묻었던들 가슴이 이토록 찢어지게 아프진 않을 텐데…….

칠성판 위에 두 다리를 올려놓고 창호지와 삼베로 염습을 한 뒤 사촌형이 앞서고 영진이는 뒤에서 장남 어머니 곁으로 모셔왔다. 하관 후 산소의 봉분이 만들어지고, 사용했던 부장품에 스님의 독경과 목탁소리를 들으며 불을 붙였다. 펑 소리와 함께 불과 연기가 하늘 저 멀리 까맣게 솟아오른다. 신비하고 신기했다.

"망인께서 얼마나 좋으시면 불길이 저토록 높이 오르겠습니까!"

스님께서 조용히 말씀하셨다.

'아버지는 한 많은 세상을 하직하시고 하늘나라 저 멀리 떠나가셨으리라!'

해마다 벌초 때면 매형과 누나가 열심히 벌초를 해드린다. 아들인 내 차지가 아니라 사위와 딸이 벌초하는 모습이 아들인 영진이보다 더한 효심이었다.

이미 다 끝나버린 일인데, 다 지나간 일인데…….

곱씹어본들 부질없는 일인데…… 하면서도 가슴은 늘 먹먹하기만 하다

세월을 한탄한들 세상을 원망한들…… 알면서도 알면서도

힘없는 민초들은 이념의 덫에 걸려 희생되고 파멸된 것이 온전히 우리 가족의 몫이었다니

하늘과 땅이 안들 이제 와서 어찌하리오!

잊어야지, 잊어버려야지!

영진이가 어릴 때 아버지 죽은 무덤을 꼭 찾고 말겠다는 다짐을 하곤 했

지만 어머니는,

"동창 쪽은 쳐다보지도 말아라!"

치를 떨었지만, 내 아버지가 묻혀있는 동창인데…….

이제 마음이 편합니다.

채수현 형님, 연규영 형님 정말로 고맙고 감사합니다.


## 아내의 출가


아내가 출가하겠다는 말을 듣고 영진이는 귀를 의심했다.

"출가라니? 무슨 말이오!" 아내는 단호하게,

"부처님 계시는 곳으로 떠나겠어요!"

머릿속이 멍해진다. 제일 먼저 걱정은 딸 둘이었다. 초등학교 1학년과 4학년인데 혼자서 어린 딸들을 감당할까? 엄마가 가장 필요한 나이인데…….
못 가게 잡을 수도, 가라고 보낼 수도 없고, 아이들 키울 자신도 없다.

아내는 시집올 때부터 성경을 가방에 챙기고 일요일이면 정갈한 차림새로 교회에 나갔다. 어머니는 무속인이었기 때문에 결혼 전부터 종교 문제로 갈등을 염려했었다. 영진이는 아내더러 교회에 나가지 말라고 말은 못하고 혼자서 속을 끓이고 있는데, 장모님이 집에 오셔서 성경책을 치워버리셨다.

"시집왔으면 시집의 법도를 따라야지! 시집은 부처님을 믿는 불교 집안인데 한집에 두 가지 믿음으로 서로 갈리면 되겠느냐!"

아내를 닦달하고 나무라셨다. 아내는 교회를 그만두고 절에 다니게 되었는데, 너무 열심히 다니다 보니 부처님 경전에 심취했나 보다. 아내는 시집온 후 이발소 일 하랴 통닭집 하랴 힘들게 살아왔는데 불교대학을 다니겠다는 걸 반대할 양심은 없었다.

어느 날인가 아내는 아파트 창고에 있는 부처님을 방으로 모셔왔다. 부처님을 집에다 모신 날부터 영진이는 아내 곁을 가지 않았다. 한방에서 아랫목 윗목 별거를 하던 어느 날, '부처님 모시고 출가하겠다'고 아내가 말했다. 절에 다니는 신앙심 깊은 여신도들을 보살이라 하며 기도하는 게 평범한 신앙생활인데, 아내는 스님의 길로 간다니? 기가 막혔다.

'아내는 왜 하필이면 스님의 길로 가야만 할까? 어머니가 무당이었기 때문에 신맞이를 피하려고 스님의 길로 가는 걸까? 팔자가 스님일까?'

영진이는 아내가 나와 결혼 안 했더라면 스님은 절대로 안 될 거라고 생각했다. 아내가 스님이 되겠다는 건 전적으로 자기 책임이라고 생각했다.


영진이가 서른 살 무렵 치질 수술을 받으러 전북 정읍에 갔을 때 수술받으러 오신 높은 스님이 있었다. 그 스님을 따르는 행자스님이 고창 건달 출신인데 나이가 동갑이라 하루 만에 친구가 되었다. 영진이 승이 되고 싶다고 했더니 그 친구가 "승 자리 좋은 곳을 말해줄 테니 와라!"라고 했다.

"처음은 행자 생활 삼 년 정도를 해야 하는데 청소하기, 공양 올리기, 빨래, 허드렛일, 스님들 심부름, 수발들기 등을 하는데, 잘하면 빨리 행자를 면하지……."

행자스님의 법명은 '장명'이라고 하는데 내장사에서 이 년째 행자 생활을 하고 있다며,

"고창이나 전주 형사들이 나만 보면 고맙다고 하지! 내가 꽤나 말썽부리고 그들을 귀찮게 했나 봐!"

중이 되어 조용히 있으니 형사들이 편해져서 하는 말이라고 자기는 자랑스레 말하지만 망나니 조무래기 건달 놈이 스님으로 사람 된 것을 형사들이 인간적으로 한 말이라고는 아직 모르니, 스님의 길은 아직 멀어보였다.

영진이는 집으로 오는 즉시 장명스님한테 편지를 썼다. 중이 되려고 내장사로 갈 테니 승 자리를 마련해주면 고맙겠다고……. 편지를 우체통에 넣으려는 순간 홀어머니가 목과 가슴에 걸렸다.

"못난 자식을 위해 한평생 고생만 하시고 나만을 바라보고 사시는 어머니를 홀로 두고 뭣 하는 짓인가?"

편지를 찢어 휴지통에 버리는 찰나 영진이의 부처님과의 연은 끊기고 말았다. 그때 출가해서 중이 되었더라면 아내를 만날 수도 없고, 아내가 중 될 일도 없었을 텐데…….

춘천 도상이 형한테 아내의 출가와 가정 형편을 털어놓았다.

"흘러가는 강물을 막겠다고 아무리 둑을 높이 쌓아봐라! 그 둑이 배겨나겠니? 언젠가는 터지고 말 텐데, 물이 흘러가도록 물길을 터줘라! 그게 현명한 거야!"

아내의 출가를 돕기 위해 홍천읍 삼마치를 찾아 삼마치리 이장이자 홍천군 장애인협회장 권혁철 선배님의 도움으로 삼마치로 자리를 정했다. 아내가 필요한 짐을 아이들이 잠들어있는 새벽에 트럭에 실었다. 짐 보따리를 옮기며,

'내가 지금 뭐하는 짓인가? 떠나는 아내를 가지 말라고 붙잡고 매달리진 못할 마당에…….'

출가를 허락하고 독하게 마음을 다잡았지만, 흔들리는 마음은 주체할 길 없었다.

잿빛 옷에 하얀 목도리를 두르고 눈길 한번 안 주고 눈물 한 방울 안 뿌리며 아내는 매정스레 어둠 속으로 사라졌다. 아내가 떠나던 날 가슴은 아리다 못해 쥐어짜도록 아파 며칠 밤을 지새웠다.

'난파선에 무인도로 내동댕이쳐버린 삶……. 어떻게 버텨야 하나?'

영진이는 소설 속에도 없는 주인공이 자기라니 스스로도 믿기지 않았다.

두 딸을 씻기고 밥을 먹인다. 아내가 서울로 불교대학을 갈 때면 가끔씩 땜빵 살림을 했지만, 아내가 없는 살림은 정말 힘들었다. 이발소는 밀려오는 손님으로 눈코 뜰 새 없이 바쁘다. 청소하기, 밥하기, 아이들 도시락 챙기는 것도 만만치 않다. 멸치볶음에 쥐포, 오징어무침, 장아찌, 동그랑땡, 계란프라이…….

# 자서전

# 어린이축구교실

## 양구축구회장

영진이 양구초등학교 운동장에 첫발을 디딘 지 십오 년 만에 양구축구회장에 선출되어 취임식을 치렀다. 화천 상서축구회보다 규모나 회원 수는 비교할 수 없을 만큼 큰 단체였다.

처음 양구초등학교로 축구하러 가던 날이 떠올랐다. '빨간 펜' 티셔츠에 노란색의 유니폼으로 날리는 선수가 눈에 들어왔다. 그는 굵은 톤의 목소리에 덩치가 좋았으며 얼굴도 잘생겼다. 커다란 눈에 콧날도 오뚝하고……

"양구 군청구내이발소에 새로 이사 온 김영진입니다." 빨간 펜 티셔츠도 손을 내밀며,

"잘 오셨습니다. 최 상철입니다." 그렇게 만난 최상철은 삼십 년간 흉금을 털어놓고 이야기하는 막역한 친구로, 양구 지역 사회단체장과 지방 정치인의 유지였는데, 젊은 나이에 너무 아쉽게 세상을 뜨고 말았다. 최상철이 생각날 때마다 마음이 짠하다.

전임 최득주 회장께서 십구 년 동안 5대 양구축구회장으로서 헌신하고 물

러나시고 영진이는 6대 회장으로 취임을 했다. 이사회의에서 정관을 수정하고 몇 가지가 새로 추인되었다. 운동장은 화려한 유니폼으로 젊음이 넘친다. 축구회원의 리더로 양구 축구를 위해 최선을 다해야지!

제19대 양구 조기축구회장기 대회에는 기관 여섯 개 팀, 사회단체 열 개 팀이 참가 신청을 했다. 대회 예산은 삼백만 원이었다.(회장 출연 100만 원, 부회장 및 회원출연 150만 원, 양구군청 50만 원 협찬.) 식사는 내빈과 참가팀 모두 소머리국밥을 무료로 제공하기로 했다. 소머리 세 개에 쌀, 기타 부식……. 축구회 가족들이 무료 봉사로 준비에 만전을 다했다. 이해천 전 도의원님이 돼지 한 마리를 쾌척하기도 했다.

개막식 팡파르가 울리고 사단 군악대와 발을 맞춰 군수와 함께 입장했다. 결혼식보다 화려한 분에 넘치는 예우였다. 영진이가 단상에 섰다. 기관 및 사회단체장들이 내빈석에 앉아있고, 줄을 서있는 선수들을 보니 감개무량하다. 내가 이 자리에 서다니……. 영진이는 직접 쓴 대회사를 읽어나갔다.

대회사
…… 끝으로 본 대회를 위해 협조하여주신 양구초등학교와 양구종합고등학교에 깊은 감사를 드리며, 행사 준비를 위해 애써주신 본회 임원진 및 회원 여러분께 다시 한 번 경의를 표하며 대회사를 가름합니다.
1998년 9월 5일 양구 조기축구회장 김영진

군더더기 없이 꼭 필요한 말만 썼는데도 왜 이렇게 길게만 느껴지는지……. 해안축구회가 우승기를 가져갔다. 해안은 축제분위기였다. 양구 조기축구회장기는 부상자 없이 성황리에 끝났다.

# 어린이 축구교실 창단

'양구에도 어린이 축구교실을 만드는 건 어떻겠느냐'는 허범구 부회장의 제안이 어린이 축구교실 창단의 시발점이 되었다.

"예산 규모라든지 재원 마련은 어떻게 할지 계획을 세우고 이사회에 상정해서 협의해봅시다. 재정 문제는 허 부회장이 이석원 총무와 협의하여 필요 경비를 산출해주시고, 교실이나 어린이 문제는 박광조 이사가 계획 프로그램을 맡아주세요."

그러나 어린이 교실 일 년 예산 1,000만 원을 양구축구회에서 출연금으로 어떻게 마련할지, 지도자 영입은 어떻게 할지에 대해 이사회에서 격론한 끝에 어린이 교실 창단 건은 부결되었다. 김영진 회장은 부결된 안을 보완해서 재상정했다.

1. 예산 1,000만 원, 부족한 금액은 회장이 책임진다.
2. 감독은 대학 축구선수 출신 박광조 기술이사가 무급으로 한다.

이사회의는 찬성과 반대가 반반이었다. 김영진 회장의 설득과 결단으로 가결되어, 본회의에서 양구 어린이 교실 창단 안은 만장일치로 통과되어 양구축구역사의 한 페이지를 열었다. 강원도에는 춘천 박종환 교실과 영월 어린이 축구교실이 있었지만 이름뿐이었다. 양구 어린이 교실 창단은 자부심도 대단했다.

양구 초등학교 운동장에서 양구 관내 초등학생 120명 참가로 일주일동안 훈련을 시작했다. 박광조 감독의 지도로 어린이들 얼굴이 빨갛게 익어가고 구슬땀을 흘려가며 훈련에 열중했다. 패스, 킥, 트래핑, 드리블, 전술 훈련 등……. 학교 축구부가 없는 양구에서 한국 축구 미래의 초석을 다짐하는 양구축구회원들과 박광조 감독의 열의는 대단했다. 박광조 감독은 축구를 왜 하는지를 알기 쉽게 이해시켰다. 박광조 감독은 축구보다 사람을 만들 줄 아는 지도자였다.

## 어린이 교실 성공 개최에 따른 결과 보고

어린이 축구교실을 1998년 8월 8일~10일(3일간)개최한 결과 성황리에 성공적으로 마쳤음을 결과 보고 드리며 본 행사를 위하여 힘써주신 임원 및 회원 여러분의 적극적인 호응에 감사드립니다.


※강사진 약력

· 동기일: 광운공대 축구선수로 활약

1982~1984년(3년간) 서독 프로축구 켈론팀 선수 생활

현재 춘천 거주, 다년간 어린이 축구교실 운영 경험

· 안영균: 아주대 축구선수로 활약

현 관동대 트레이너로 활동 중

· 박광조: 아주대 축구선수로 활약

이번 행사감독


※참가: 초 · 중생 105명이 접수했으나 우천 관계로 전원 참석지 못함

8월 8일(86명), 8월 9일(80명), 8월 10일(85명) 총 251명

※성과: 양구 관내에서 처음 실시한 본 행사로 인해 본 조축의 위상과 초 · 중생들의

축구에 대한 관심도가 한층 높아졌을 뿐 아니라 외부 유명 축구인을 초청하므로

축구의 기본기와 축구를 이해하는 계기가 되었음.

※행사를 위해 적극적으로 협조하신 분

· 8월 8일: 회장 김영진(유니폼 상의 100벌 50만원 상당)

부회장 허범구(각종 유인물 제작 배포 및 축구공 3개 강사진 중식 15만원 상당)

박광조 감독(강사진 섭외 및 축구공 10개 25만원 상당)

이석원 총무(게토레이 1.5L PET(12개) 3박스 5만원 상당

부회장 손종표 외 우체국 일동(축구공 7개)

박광용 회원(축구공 1개 3만원 상당)

· 8월 9일: 회장 김영진 (빵100개 요구르트 200개 강사진 중식 15만원)

강사 동기일(축구공 10개 25만원 상당)

고문 최득주(축구공 5개 15만원 상당)

부회장 김영환(스파클 1.5L PET(12박스 2개)

· 8월 10일: 회장 김영진(빵 100개 요구르트 100개)

김종배 이사(강사진 중식 제공 15만원 상당 VTR촬영)

회원 문상두(사과 1박스)

이종성 이사(사과 반 박스)


※어린이 축구공 32개는 초등학생에게 추첨 지급, 성인 구 3개 중학생에게 지급함

※보조요원으로 수고해주신 최학순 전무님, 이순일, 이상구 이사님께 감사드리며 앞으로도 여러분들의 적극적인 협조 부탁드리며 결과 보고를 마칩니다.

어린이 축구교실 총무 이종성

# 국가대표 출신 김진국 감독

월례회의에서 박광조 감독이 어린이 교실 경과보고를 한 다음,

"왕년의 국가대표선수 김진국 감독이 서울 목동에서 '김진국 어린이 교실'을 열고 있습니다. 김진국 감독의 도움을 받을까 하는데 어떻게 생각하시는지요?"

김진국 감독은 70년대 최고의 축구스타로 이름을 날리던 선수다. 작은 키에 왼발의 달인으로 폭 넓은 페인팅, 자로 잰 듯 정확한 크로스, 화려한 개인기를 갖춘 당대의 최고 테크니션이었다. 이석원 총무가,

"그 유명한 김진국 선수를 어떻게 알며 어떤 도움을 받겠다는 겁니까?"

"김진국 감독은 아주대에서 축구할 때 알게 되었습니다. 제 나름대로 열심히 지도하고 있지만, 부족한 저의 한계를 느낍니다. 김진국 감독 이름으로 어린이 교실을 개강하면 유명 축구교실로 알려질 겁니다. 또 그분은 축구협회 중요 직책도 맡고 계시기도 하지만, 목동 고수부지에 전용훈련장도 있으니까 그분의 도움을 받기만 하면 작은 도랑 물고기가 큰 강물로 나갈 수 있는 기회가 되지요!"

손종표 부회장이 가능하냐고 묻자 박광조 감독이 말했다.

"확실히 장담 못 해도 어느 정도 가능하니까 제안하는 겁니다."

양구축구회는 김진국 감독의 도움을 전제로 일체를 박광조 감독에게 일임했다. 김영진 회장은 반신반의했다. 유명 축구스타 출신 김진국 감독이 강원도 오지에 김진국 교실을 개강할 수 있을까? 하는 의구심이 들었고 일년에 1,000만 원 예산을 어떻게 마련할지도 걱정되었지만, 그 생각이 기우라는 듯, 양구 김진국 축구교실은 현실로 다가왔다.

박광조 감독의 섭외로 김영진 회장은 축구회 임원들과 양구읍 웅진리 음

식점에서 김진국 감독을 처음 만났다. TV에서 보던 모습과 똑같았다. 김진국 감독과 악수를 하면서도 실감나지 않았다. 그 유명한 김진국 선수가 눈 앞에 있다니……. 박광조 감독의 소개로 김진국 감독이 양구축구회 이사들과 인사를 나누자 김영진 회장은,

"양구 어린이 축구교실은 김진국 감독님의 도움이 필요합니다. 여건이 되신다면 축구의 불모지나 다름없는 강원도 오지 양구 어린이 축구교실을 도와주셨으면 합니다."

"어려운 여건에도 불구하고 양구축구회원님들이 자체적으로 어린이 교실을 창단하고 교실을 운영하시는데 대해 감동하고 놀랐습니다. 힘닿는 데까지 협조하고 적극적으로 돕겠습니다."

김진국 감독은 양구 김진국 축구교실 개강을 흔쾌히 수락하고 양구에 김진국 교실을 창단했다.


김진국 감독과 양구축구회와의 협약 내용

1. 김진국 양구 어린이 축구교실로 한다.

2. 서울 어린이 교실과 양구 어린이 교실은 연 4회, 서울 2회 양구 2회 합동훈련을 한다.

3. 양구 교실과 서울교실은 동등한 자격으로 훈련과 지도를 받는다.

4. 서울 교실은 양구교실에 연 축구공 300개와 기타 물품을 지원한다.

5. 필요 사항은 수시로 협의한다.


김진국 양구어린이교실을 창단하고 업무협약을 맺었지만, 걱정은 관내 어린이들의 지속적 참여였다. 양구초등학교와 비봉초등학교는 가까운 읍내 소재지였지만, 남면, 동면, 방산, 해안은 읍내에서 멀기도 하고 학생 수가 몇 십 명밖에 안 돼 분교가 될 위기의 학교들이다. 도시의 큰 학교들은

축구 지망생도 많고 재정적으로 든든한 후원을 받으며 학부모들의 열의도 대단하지만 양구 같은 시골 어린이들은 뒷받침도 없는 열악한 환경 속에 있는, 한마디로 축구에서 소외된 고아들이다.

김영진 회장은 양구 관내 학교를 방문하여 어린이 축구 세일즈맨이 되기로 했다. 읍면 단위 학교마다 '양구 김진국 축구교실 모집' 현수막을 붙이고 학교장과 선생님들에게 어린이 축구교실 창단 목적을 설명했다. 선생님들과 교장은 흔쾌히 동의하고 협조하기로 했다.

김영진 회장이 처음 학교를 방문했을 때 교무실 밖에서,

"내가 지금 뭣 하는 짓인가? 이발소 문을 처닫고. 무슨 애국자라고! 누가 알아주는 것도 아닌데…….."

혼란스러운 생각을 밀어내고 교무실 문을 열고 들어섰다. 선생님들의 시선을 한 몸에 받으며…….

"저는 양구축구회장 김영진입니다. 양구에도 김진국 양구 어린이 축구교실이 개강되었습니다. 지금까지는 저희 양구축구회 자체적으로 감독과 코치를 영입하여 양구 어린이 축구교실을 운영하고 있었지만, 국가대표 출신 김진국 감독과 양구축구교실이 협약을 맺어 서울과 양구를 번갈아가며 훈련하고 경기를 갖기로 했습니다. 미래의 축구 꿈나무들과 한국 축구의 장래를 위해 선생님들의 성원과 협조를 부탁드립니다!"

어느덧 김영진 회장의 목소리는 높아만 가고 있었다.


양구와 서울 교실이 오가며 훈련을 했다. 서울 어린이 교실과 양구 교실이 양구에서 3박 4일 합동훈련 계획으로 바빴다. 양구축구회원들은 준비에 최선을 다해나갔다. 훈련장, 잠자리, 식사 등……. 서울 교실 60명, 양구교실 60명. 학부모들의 3박 4일 체류는 만만치 않지만 회원들은 만사를 제쳐놓고 준비를 착착 해나갔다.

김진국 어린이 축구교실 현수막을 붙인 버스 두 대가 오전 아홉 시 양구 종합운동장에 도착했다. 모두들 열렬히 환영하고 뜨겁게 포옹했다. 양구와 서울은 이제 남남이 아니었다. 그렇게 서울에서 양구로, 양구에서 서울로 오 년 동안 오가며 훈련을 하던 이야기를 몇 페이지만 옮긴다.

양구교실과 서울교실 어린이들이 저녁은 한식 불고기 백반으로 배를 채우고 버스로 남산타워로 향했다. 김영진 회장도 남산 위에 등대처럼 솟아있는 타워를 멀리서 바라보기만 했지 남산에 올라본 적도 없었다. 타워 위에서 바라보는 서울의 밤풍경은 불바다였다. 바다가 수평선이라면 서울의 밤은 끝없는 '불평선'으로 끝도 없이 펼쳐나갔다. 어린이들은 탄성을 지르며 서울의 밤을 환호했다. 양구 어린이들은 타워 위에서 화려하고 아름다운 불빛에 자리를 뜰 줄 몰랐다.

"이제 내려가자!"

아쉬운 발걸음은 아래로 향했다. 김진국 감독이,

"김 회장님은 남산타워 오를 때도 축구화를 신으세요?"

김영진 회장은 축구화를 신고 있었다. 솔직히 말하자면 축구화를 벗을 겨를도 없었다.

"진정한 축구인은 어디를 가더라도 축구화를 신고 다녀야 합니다."

능청스런 대답에 감독은 어이없는 얼굴로 웃는다. 굽이굽이 내려가는 길 가에는 벚꽃이 불빛 아래 흐드러진 자태를 뽐내고 있다.

코는 꽃내음에 취하고
눈은 꽃잎새에 멀었나
헷갈리는 내 맘을
아는지 모르는지

무정한 버스는 잘도 굴러 가는구나

김진국 감독이 야릇한 표정으로,

"김 회장님! 말은 역시 국가대표예요!"

"아니! 말은 국가대표인데 발은 국가대표가 아니라는 말로 들리는데 솔직히 그 말은 맞네요! 그러니까 김 감독님 발 좀 빌려주세요! 왼발잡이로 국가대표 한번 해보는 게 소원입니다."

서울 부모들이 깔깔 웃는다. 김 회장의 절친 병욱이 아빠가,

"양천구는 인구가 50만인데 양구는 인구가 얼마나 됩니까?"

그들은 양구에 자주 왔기에 자그마한 소도시 양구를 잘 알면서 기죽이겠다는 짓궂은 심보로…….

"한 200만 명쯤 됩니다."

시치미를 떼고 정색을 하고 말하는 회장한테 기가 질렸는지 말문이 막혔는지 어이가 없는지 차 안에는 헛웃음만 가득했다.

양구교실 어린이들은 서울교실 어린이 집에서 각각 나뉘어 하룻밤을 보내고, 깨끗한 옷차림으로 환하게 웃으며 축구훈련장으로 나왔다. 서울교실 부모님들은 양구교실 어린이들에게 맛있는 음식과 편안한 잠자리를 주고 옷가지도 말끔히 빨아 입혔다. 서울 어린이들과 양구어린이들은 하룻밤 사이에 더 가까운 사이가 되었다.

김진국 감독과 박광조 감독, 박미숙 코치도 구슬땀을 흘리며 열심히 지도해나갔고 어린 선수들도 개인기, 포지션, 부분 전술 등을 이해하며 숙지하는 훈련으로 1박 2일 훈련을 자투리 없이 소화했다. 서울 부모들은 먹을 음식을 차에 가득 실어주셨다. 남산 타워를 구경하고 가정집에서 보낸 하룻밤은 정말 잊을 수 없다.

# 양구 축구교실, 서울시 유명 축구교실대회 우승

서울시 유명 축구교실 축구대회가 서울시 축구협회 주관으로 개최되었다. 양구축구회원들과 양구 김진국 축구교실은 새벽 일찍 서울로 향했다. 서울과 경기 지역에서 참가한 선수들과 부모들로 김진국 축구장이 빈틈없이 꽉 들어찼다. 양구 교실도 축구장 한쪽에 자리 잡았다.

참가팀은 서울의 이태엽 교실, 최경식 교실, 이기근 교실, 이영민 교실, 김진국 교실 등 여섯 개 팀이고, 인천·경기 교실까지 열두 개 교실이 참가했으며 대부분 국가대표 출신 선수들이 감독을 맡아 지도하고 있었다. 양구 교실 어린이들은 긴장한 얼굴로 웃음이 사라졌다.

대회 개회식을 마치고 토너먼트로 치러지는 경기에서 첫 경기부터 이기며 양구 교실은 서울 교실과 경기 OO교실 등을 이기고 준결승에 진출했다. 양구 교실은 6학년 두 명, 제일 막내는 2학년 이재관이고 4~5학년이 주축이다. 양구 교실 어린이들은 사람들이 많은 곳에서 하는 공식 경기는 처음이고, 서울 교실 등의 화려한 유니폼과 유연한 몸놀림에 주눅들까봐 걱정했는데 의외로 잘 싸우고 있었다.

이영민 교실과의 준결승전은 물러설 수 없는 한판 승부였다. 양구 교실이 결승전에 오른 것도 기적이지만, 또 하나의 기적을 만들고 싶었다. 박광조 감독도 흥분된 표정이 역력하고, 김진국 감독은 자기가 지도한 양구 김진국 교실이 결승전에 올라간 것이 여간 대견스럽지 않은 모양이었다.

결국 양구 교실은 서울 최경식 교실을 사대 일로 물리치고 감격의 우승으로 트로피를 치켜들고 팔딱팔딱 뛰면서 춤을 추었고, 다른 교실 어린이들은 부러운 눈으로 바라보았다. 서울 유명 교실 감독들은 양구 교실 플레이에 감동했다며 진심으로 칭찬을 아끼지 않았다. 김진국 감독도 기대 밖의 양구 김진국 교실 우승을 기뻐했다. 양구 교실은 김진국 교실 어린이들과 학부모

# 양구 어린이축구 전국 '짱'

## 유명인어린이축구 김진국축구교실 서울팀 연파…우승 차지

농촌마을 어린이 축구팀이 서울의 대표팀들을 누르고 우승을 차지해 관심을 모으고 있다.

양구 김진국축구교실은 16일 서울 양천구 목동구장에서 열린 제4회 유명인어린이축구대회에 참가, 우승을 차지하는 기염을 토했다.

김진국축구교실(감독 朴光鵬·사진)은 이번대회 첫 경기에서 이태엽축구교실을 3대0으로 완파한 후 준결승에 진출, 이영민축구교실을 4대1로 제압했으며 결승전에서도 최경식축구교실을 4대1로 누르고 우승을 차지했다.

김진국축구교실의 이번대회 우승은 진학을 목표로 하고 있는 서울 유명축구교실 팀을 능가하는 실력을 갖췄다는 점에서 지역 체육인들 사이에서 파란으로 받아들여지고 있다.

이번 우승은 김진국축구교실

감독을 맡고 있는 朴감독의 숨은 노력이 결실을 맺은 것.

전북체고와 광운공대 출신의 朴감독은 축구의 불모지나 다름없는 양구지역에서 어린학생들을 가르치고 있는 지역의 숨은 지도자.

朴감독은 양구지역에서 축구에 관심있는 어린이들에게 비록 취미활동이지만 제대로 기본기를 연마시켜주겠다는 판단에서 축구팀을 지도하고 있다.

그결과 김진국축구교실은 지난 2, 3회대회에는 부진을 보였으나 올해 우승을 차지하는 등 기량이 크게 향상된 것으로 나

타났다.

특히 양구 김진국축구교실 출신의 선수들 가운데 이미 2명이 서울 신북초등학교로 옮겨가 서울유소년대표로 활동하고 있는 등 이미 그 실력을 서울지역에서도 인정받고 있다.

이처럼 김진국축구교실이 두각을 나타내고 있는 것은 朴감독의 헌신적인 노력과 함께 어린이들이 천연잔디가 깔린 양구종합운동장에서 정기적인 훈련을 할 수 있기 때문인 것으로 풀이되고 있다.

朴감독은 "축구인 김진국씨의 후원과 지역 체육인들의 많은 관심이 어린 축구선수들의 기량 향상에 큰 도움이 되고 있다"며 "양구지역에서 보다 훌륭한 축구인이 탄생할 수 있도록 어린학생들에게 기본기 지도를 할 계획"이라고 말했다.

楊口/崔 勳

들의 환송을 받으며 양구로 금의환향했다. 지방신문에 '양구 김진국 축구교실 우승'이란 제목과 박광조 감독의 사진이 크게 실렸다.

"잘 몰랐습니다. 미안합니다. 늦게나마 우승을 축하합니다."

한장수 교육장의 전화를 받았다.

---

**양구 김진국 축구교실 우승의 주역들**

이상진 최진탁 박영효 함인균 원상현 원준현 김여민 김동혁 이재관 고만석 허상태 박주형 박용민(비봉초)

김영진 이병수 이병헌 추대호 이창호 임형준(양구초)

김현섭 박지훈(한전초)

---

김영환 이용대(용화초)

김창용(임당초)

허남훈(팔랑초)

그 밖의 양구교실 주역들······. (기억 못해 미안합니다.)

## 박광조 감독의 헌신

양구로 향하는 차 안에서 잠을 자는 어린이와 이야기하는 어린이······. 어린이 한 명이 갑자기 토한다. 먹은 음식을 버스 바닥에 몽땅 토해버리니 어린이들은 얼굴을 찡그리며 고개를 돌리고, 토하는 어린이는 고통스러워한다.

박 감독은 잽싸게 토하는 어린이 등을 두드리며 입과 옷에 묻은 음식물을 닦아주고, 버스 바닥에 흥건한 토사물을 비닐 봉투에 쓸어 담는다.

"어떻게 저럴 수가? 자기 아들이 토해버려도 맨손으로 저렇게는 못할 텐데······."

바닥을 말끔히 닦아내고 자기 손을 휴지로 쓱쓱 문지르고 아무렇지도 않은 듯 토한 어린이 곁으로 다가가 '이제 괜찮니?' 묻는 박광조 감독의 어린이 사랑은 헤아리지 못하겠다. 박광조가 있기에 양구 축구교실이 잘 나가고······. 양구축구회의 뒷받침으로 어린이들은 축구선수의 꿈으로 달려가고······.

# 축구교실에 협조한 분들

이정구 회장님은 도명상사를 경영하시며 양구군 바르게살기 회장 등의 직책도 맡고 계시는 분이었다. 양구 교실과 서울 교실이 경기할 때마다 참석하여 격려와 응원을 해주셨다. 양구 교실과 서울 교실이 경기하던 날 양구 교실이 골을 넣자 손뼉을 치며 얼마나 좋아하시던지……

양구 교실이 훈련할 때나 행사가 있을 때는 물과 음료수를 협찬해주셨다. 지금은 양구를 떠나시고, 근황이 좀 어려우시다고 듣고 가슴이 아프다. 회장님이 잘되시기를 진심으로 빌어본다.

선우 영 박사님은 김영진 회장이 축구회장에 취임하자 팀 닥터를 자원하셨다.

"아우가 축구회장이 되었는데 내가 뭐 도와줄 게 있겠나! 부상 선수가 생기면 무료로 치료해줄 테니 부담 갖지 말고 오라고!"

회원들의 부상 등을 무료로 진료하고 치료해주셨다.

양구목장의 임형준 할머니는 돼지 한 마리를 쾌척하셨다.

김용길 코치는 박광조 감독 밑에서 열심히 어린이들을 지도하며 헌신했다.

이오현 회장은 축구선수 출신으로 어린이 교실에 참여하여 지도해주셨다.

박현수 님은 건설업을 했다. 양구 축구교실을 4회에 걸쳐 1회 30만 원씩 후원했다.

"우리나라 축구가 세계 무대에서 경쟁하려면 어린 꿈나무들을 잘 키워야 합니다. 적은 돈이지만, 양구 축구교실의 발전을 염원합니다."

박현수 님 고맙습니다. 누구도 선뜻 후원하기 어려운데 사업이 넉넉한 형편도 아닌 박현수 님한테는 거금이었다. 좋은 일 하시는 박현수 님의 앞날에 좋은 일만 있으시기를 늘 기원한다.

문익경 회원은 어려운 형편에도 중식으로 자장면 100그릇(50만 원 상당)과

그밖에도 많은 협찬을 하셨다.

서흥원 신협 이사장님은 체육용품을 기증하셨다. 훗날 어린이교실을 운영했다.

며칠 전 서울 축구교실이 양구로 전지훈련을 오는데 간식거리가 마땅치 않다고 하자, 만석이 아버지가 '옥수수 두어 접을 주겠다'고 했다. 김영진 회장은 이른 새벽 축구교실에 다니는 월명리 고만석네 집으로 향했다. 만석이네 집은 강원도 산골 중에 산골이었다. 강원도에도 이런 오지가 있었다니? 만석이 아버지가 옥수수 세 접(300개)을 주면서,

"오늘 새벽에 꺾었으니까 맛이 괜찮을 거요!"

"고맙습니다."

시내 몇 층집에서도 안 나오는 인심이 산골짜기 허름한 집에서 옹달샘처럼 흘러나온다. 해안 땅굴을 향해 대암산 굽잇길을 돌고 돌아 땅굴 앞에서 옥수수를 먹었다.

"회장님 이 옥수수 어디서 났어요?"

"양구 고만석 아버지가 주셨어!"

"너무 맛있어요."

## 마지막 만찬과 낡은 창고에서의 추억

양구에서 훈련하던 날 김진국 감독은 김영진 회장의 낡은 스텔라에 올랐다.

"감독님은 히터도 안 들어오는 고물차를 타세요? 다른 승용차나 버스로

390

오시지요!"

"이 차가 어때서 그러세요! 이 차는 벤츠예요! 예전에는······"

중고차만 타고 이발소 하는 형편을 말 안 해도 모두가 잘 알고 있었으리라······. 3월 초의 아침은 제법 쌀쌀했다. 김영진 회장은 김진국 감독의 깊은 속마음을 알 것만 같다.

오전 훈련을 빡세게 하고 양구축구회 어머니들이 준비한 점심을 맛있게 먹고, 오후 훈련을 마친 뒤 인제 가리펜션으로 향했다.

민물고기를 좋아하는 김진국 감독한테 김영진 회장은 매운탕 실력을 뽐내 보이려고 민물고기 8kg, 미나리, 부추, 파, 마늘, 깻잎, 고추장, 고춧가루 등을 빠짐없이 챙겼다. 물고기와 야채 비율은 잘 맞춘 것 같은데, 커다란 가마솥이라는 걸 깜빡 잊고 물 대중을 못한 것이 탈이었다. 처음에는 솥 위로 솟아 많아 보이던 야채가, 끓기 시작하자 고기와 야채는 풀어져 흔적도 없고 국물만이 휑했다. 김진국 감독은,

"앞으로는 김 회장님이 끓여주는 매운탕은 절대로 먹지 않겠습니다."

김영진 회장 솜씨는 엉망이 되었지만, 김 감독은 매운탕을 커다란 그릇으로 두 그릇이나 비웠다. 말이 씨가 되었을까? 김진국 감독은 그날 김영진 회장이 끓인 매운탕을 마지막으로 먹을 줄이야······.


어린이들은 잠자리에 들고, 민박집 낡은 노래방 기계 반주에 맞춰가며 노래와 춤판이 벌어졌다. 흥이 한창 올라 노래 한자락씩 뽑아댄다. 낡은 창고의 휴게실에 서울 교실 부모들과 양구 축구회원들이 엉클어져 춤을 춘다. 우리의 호프이자 총무 허형용이 〈사람이 꽃보다 아름다워〉를 멋지게 불러 젖혀 서울 부모들의 기를 죽였다. 허형용은 가수협회에 등록된 가수다. 허형용의 노래 솜씨와 김영진 회장의 디스코 춤 솜씨에 어떤 아줌마가 요란한 음악소리에 찢어지는 목소리로,

"회장님 일찍 가위를 버리고 이 길로 나갈 걸 그랬어요!"

"그렇게 됐다면 나는 지그재그 인생길을 가고 있겠지요!"

김영진 회장은 악을 쓰며 대답했다. 웃으며 춤추고 노래를 불렀다. 값비싼 카바레도. 스탠드바도 아닌 공짜 휴게실 창고의 밤은 환희와 아름다운 하모니로 깊어만 갔다.


김영진 회장은 김진국 감독과 어제 남은 물고기 배를 따면서, 물을 튕기고 물장난을 치며 어린 동심으로 돌아갔다. 김진국 감독은 대한축구협회 기술위원장이었다. 김 감독과 사모님 셋이서 커피 한잔하면서 그간의 사정을 진솔하게 이야기했다.

"조그만 읍 단위 축구회에서 축구회원들의 십시일반으로 어렵사리 축구교실을 운영하고 있는데 우리의 출연금만으로는 많이 부족합니다. 군청에서 지원 좀 받으려고 의원들한테 부탁했더니 '군청에서 예산만 세우면 승인하겠다'해서 기획감사실을 두 번이나 찾아가 일 년에 1,000만 원씩만 도와달라고 구걸하다시피 사정했지만, 돈 한 푼 물 한 병도 없었습니다."

김 회장이 회장을 마치고, 이제는 김진국 축구교실은 역사 속으로 사라지고……. 낯모르는 지도자와 어린이들이 훈련에 땀을 흘리며 축구장을 달린다.


## 어린이 축구교실을 같이한 우리 회원님들

(가나다 순)

고광섭 김영생 김영환 김호선 김종배 김창일 김동섭 김봉규 김영도 김영

철 김희준 김재혁 김봉섭 김영진
　문상두 문익경
　박광조 박광용 박종학 박순철 박상수 방영수 변수철
　서철구 서정민 손종표 손창남
　이석원 이종성 이희준 이주형 이순일 이상구 이성년 이창윤 이정옥 이성
실 이창복 이태호 이상열 이규필 이의석 이철래 이복선 이 경 이성호 임창
신 유재영
　장덕훈 정천섭 정상모 조영기 조형규 조병호
　최학순
　허형용 허남열 홍성기 황근중

　감독: 박광조
　코치: 김용길
　총무: 이종성, 허형용

　역대 양구축구회장 명단
　초대 김원영, 2대 권순국, 3대 유부수, 4대 최득주, 5대 김영진,
　6대 손종표, 7대 이창복, 8대 허범구, 9대 최학순, 10대 이상구,
　11대 이석원, 12대 조병호, 13대 손창남, 14대 고광섭
　현 회장 이주형

　한국 축구의 장래를 위해 바쁜 시간을 쪼개가며 물심양면으로 협조하신
양구축구회원님들 너무나 장한 일을 하셨습니다. 우리들의 성의가 하늘에
닿아 한국 축구의 초석이 될 것입니다.

# 우리나라 축구의 현주소는?

5년 동안 어린이 축구교실 회장을 하면서 보고 느낀 것은 축구하는 어린이가 별로 없다는 것이다. 인구 2만3천 명의 양구군에 어린이 축구지망생들이 50명을 넘지 못했다. 그나마 30명 정도는 훈련시간에 출석하지만, 20명 정도는 출석과 결석을 반반쯤 했다.

어린이들은 운동할 시간이 거의 없을 정도로 공부하는 시간으로 채워져 있다. 아침에 일어나 세수하고 밥 먹기가 바쁘고 학교 수업이 끝나면 방과 후 수업, 학원 세 곳쯤을 거치고 녹초가 된다. 집에 오면 밥 먹고 졸면서 숙제하다 보면 열두 시가 훌쩍 넘는다. 수면 시간도 없이 하루 시간표에 운동할 시간은 거의 없다.

부모들 생각은 앞날이 보장 안 되는 운동선수보다 공부해서 좋은 직장에 취직하는 것이 안전한 장래라고 생각한다. 국가대표 선수나 프로선수가 되기는 하늘의 별따기지만, 태극 마크를 달고 경쟁 속에서 선수 생활이 끝나면 별 볼 일 없고 아픔만이 기다리는 것이 현실이니까…….

어린이들에게 축구를 안 하는 이유를 물어봤다. 축구할 시간이 없어요, 엄마가 공부하래요, 축구하기 싫어요, 축구할 애들이 없어요, 축구보다 컴퓨터가 좋아요, 축구는 너무 힘들어요, 교회 가야돼요…….

예전에는 산골 초등학교에도 축구부는 있었다. 어쩌다 고무공이 아닌 가죽 공으로 축구를 하다 공이 낡아져 구멍이 뚫리면 고무 같은 것을 쑤셔 넣고 바람을 넣으면 짱구가 되어 럭비공처럼 제멋대로 튀어가고……. 축구화는 구경도 못 하고 운동화도 없어 발바닥 부르트는 줄도 모르고 맨발로 공을 찼지만 즐겁고 재미있었다. 그때 그 시절은 놀이가 축구밖에 없어서일까?

축구가 국기랄 만큼 국민 모두가, 아니 남자들은 축구를 즐겼는데 언제

394

부터인가 학교에 축구부도 없어지고 1990년대는 강원도에서 축구부가 있는 초등학교는 몇 손가락에 꼽을 정도다. 춘천의 박종환 교실이나 영월 교실도 이름뿐이었지, 강원도에 유일한 어린이 축구교실은 양구밖에 없었다.

일본에 유학 간 대학생이 양구 집에 왔을 때 말했다.

"일본은 공인된 어린이 축구교실이 2,000개 정도며 등록 안 된 축구교실은 수없이 많다."

우리나라는 전국에 축구부가 있는 초등학교도 손가락에 꼽을 정도고, 서울이나 경기 등 학생 수가 많은 학교들도 축구부가 있는 곳은 몇 개밖에 없는 실정을, 같은 나라 사람인 그에게 말하기도 부끄러웠다. 축구하는 초등학교나 고등학교, 대학도 몇몇 학교밖에 없는 현실에 그나마 엘리트 축구로 집중 투자한 결과 멕시코청소년월드컵 4강, 2002년 한일월드컵 4강, 런던 올림픽 동메달의 금자탑을 세웠다.

아프리카는 궁핍한 환경에서도 어린이들이 흙바닥에서 축구를 한다. 온 나라 국민들이 축구를 즐기며 축구에 대한 열정도 대단하다. 벌거벗은 몸에 맨발이지만 다리가 길고 유연한 몸놀림은 선천적으로 축구를 잘하도록 만들어진 몸이랄까?

우리나라는 길거리 축구를 하거나 빈 공터에서 공을 차는 일은 사라진 지 오래다. 어린이들이 공부에 매진하고 다른 취미활동에 빠진 것도 원인이지만 '헝그리 정신'이 없는 것이 문제이다. 예전에는 어린이들이 야생동물처럼 척박한 환경을 극복하고 강인하게 성장했는데 지금은 어린이들을 온실 속에서 식물처럼 기르고 있다.

교육의 3대 목표가 지덕체라면 체육에 30%를 투자해야 하며 축구하는 교육 환경이 되기를 바라는 마음 간절하다. 도시 학교는 작은 운동장에 많은 수의 학생들로 축구할 여건이 안 되고, 시골 학교는 학생들이 몇 명밖에에 안되니 그렇고……. 어린이들이 축구를 하면서 성장하고 선수 생활을 은 퇴한 후 직장 걱정이 없도록 국가적으로 지원하는 것이 축구강국으로 가 는 길이다.

외국 유명선수 한 명이 우리나라 선수 몽땅 합친 금액보다 더 많이 받는 다. 이런 현실을 외면하고 월드컵 16강, 8강이 목표라느니……. 축구관계자 나 국민이나 뭘 모르는 건지 뻔뻔스러운 건지, 밭 갈고 거름 주고 씨 뿌리고 풀 뽑고 가꾸어야 좋은 열매를 맺는다는 건 알고 있을 텐데……. 국가는 아 이들이 마음껏 뛰놀며 공부하고 축구도 하는 건강한 어린이로 자라나게 해 야 한다. 경쟁만 부추기는 성적 위주의 주입식 교육으로 다양성과 창의력이 부족한 아이가 국가나 사회의 지도층이 되는 것이야말로 나라를 불행하게 만들지는 않을까 걱정스럽다.


## 마지막 소회

김영진 회장은 다른 사람 땅을 임대해서 농사를 지으러 다니는 길옆에 팔 아먹은 땅과 마주친다. 논 1,200평인데 그때는 땅값이 쌌지만, 지금은 스무 배 정도로 올라 꽤 큰돈이다. 축구회장과 어린이 교실 일에 매달리다 보니 쪼들려서 팔았다면 누가 믿어주겠냐마는 아무튼 돈에 쪼들려 팔았다. 아침 마다 그곳으로 지날 때면 씁쓸하지만 후회는 없다. 김영진 회장이 어린이 교실과 축구회에 바쳤던 열정은 저 하늘과 땅만큼은 알고 계실 테니까……. 돈이란 있다가도 없는 서천에 뜬 구름인 것을…….
생활체육연합회가 주관하는 양구축구교실이 주말에 열린다. 코치를 영입

해서 훈련에 열중한다. 김영진 회장은 어린이들을 모른다. 코치도 모른다. 그들도 나를 모른다. 어린이 교실을 창단하여 정신없이 뛰었던 5년 세월은 그렇게 빛바래며 잊히는가!? 인생은 다 그런 것이 아니던가······.

## 남과 북, 유소년 축구가 쓴 갈등을 넘어선 희망과 통일의 노래

지난 15일 중국 운남성 곤명시 홍타 스포츠센터 잔디구장에서 남과 북의 유소년 축구팀이 국제 유소년축구대회 개막전에서 맞붙었다. 경기는 북측이 삼대 일로 이겼지만, 승패를 떠나 같이 섞여 밝은 표정으로 사진 찍는 모습이 정겹다. 감독들도 십년지기처럼 어울렸고 선수 대표인 주장들의 인터뷰는 돋보였다. 서로 상대를 칭찬하고 격려하는 모습이 우리가 어릴 때라면 상상할 수 없는 광경이다.

우리는 어려서부터 반공, 방일, 북진 통일이라는 구호 아래서 북한 사람들은 머리에 뿔이 난 도깨비나 마귀처럼 생긴 철천지원수라는 말을 귀에 딱지가 앉도록 듣고 자랐다. 그러다 보니 지금 우리 어른들의 사고는 철저한 반공 반북 대결의식으로 굳어져있다. 도대체 언제까지 반목하고 대결하고 싸우겠다는 것인지, 수치스런 분단조국을 다음 세대까지 유산이랍시고 넘겨줘서는 안 되는데 민족의 통일 시계는 안타깝게도 멈춰버린 지 오래인 듯하다.

그런데 오늘 나는 희망을 보았다. 우리 어른들의 언 가슴을 따뜻이 녹여줄 불씨를! 요즘 젊은이들은 지역감정 같은 건 없다. 예전에는 경상도, 전라도끼리 뭉쳐 싸우는 일이 비일비재했다. 특히 이런 현상은 군대 안에서 심하게 나타나 군대를 거쳐 나오면 고정관념처럼 굳어졌다. 그러나 요즘 젊은 군인들에게서는 그런 추한 모습은 찾아볼 수 없다. 편을 가르고 다투기를 좋아하는 사람들은 대부분 나이 많이 먹은 세대에서 발견된다.

내가 하는 이발소의 단골손님은 나이 든 축이 많아 손님과의 대화가 여간 조심스러울 수밖에 없다. 대화를 하자면 우선 손님이 어느 지역 출신인가부터 파악해야 한다. 손님 말씨가 전라도라면 야당 편을 들고 그쪽을 지지하는 이야기를 해야지 여당이나 보수정당의 인물들을 좋게 말하면 거울 속에서 인상이 달라진다. 반대 측도 마찬가지다.

지금 젊은 세대는 지역감정도 이념 갈등도 달가워하지 않는다. 어찌 보면 남남갈등은 편 갈라 싸우는 데 익숙한 우리 세대와 편견과 고정관념에서 자유로운 젊은 세대 사이에서 벌어지고 있다고 할 수 있다. 지게 지고 산과 들을 누비던 어린 시절이 엊그제 같은데 어느새 세월이 흘러 육십 고개를 넘고 칠십 줄을 바라보는 나이지만 나는 젊은 세대의 생각이 바르고 예쁘게 보인다. 내가 늙어 총기를 완전히 잊어버린다면 모를까, 나는 살아 있는 한 끝까지 젊은이들을 지지할 것이다. 모든 국민이 곧 민족의 동질성을 회복하고 지역감정을 극복하길 염원하며, 어린 우리의 새싹들이 어른들, 선배들의 옳지 못한 편견에 전염되지 않고 민족과 이웃을 사랑하고 아무도 미워하지 않는 따뜻한 마음으로 삼천리 방방곡곡 칠천만 동포의 가슴을 녹여주길 바란다.

유소년 축구단이여 정말 고맙다. 너희가 이 늙은이에게 희망을 전해줬다.

(2011년 3월 1일 지역신문에 쓴 칼럼이다.)

# 시민단체 창립

군수는 카리스마가 넘친다. 그의 한마디는 법으로 통했다. 그의 앞에서 'NO'라는 단어는 없다. 우리는 분연히 일어났다. 강원도 오지에서 우여곡절을 겪어가며 드디어 시민단체는 탄생했다. 발기인 모두가 정의감으로 똘똘 뭉친 동지들이었다. 빛과 소금이 되겠다고 다짐하며 깨어있는 의식으로 불의에 정정당당 맞서며 소외된 약자의 편에 설 것을 결의했다. 지방 신문들도 우리의 출발을 알렸다. '양구에 시민단체 출범'이란 타이틀로 척박한 오지에 시민단체가 탄생하게 된 배경과 앞으로 역할을 기대했다. 우리는 무한한 책임감을 느끼며 이 땅의 사람들이 진정 주인이 되는 삶을 실현하기 위해 열정과 지혜를 모았다.

초대 회장은 정종진 씨가 선출되었다. 직제는 운영, 사회(복지), 농림, 감시, 의정(정치) 등으로 편성하고 영진이는 운영위원장을 맡았다. 양구주민참여연대 창립선언문은 다음과 같았다.

창립선언문
더불어 잘 사는 양구 만들기를 위한 노력은 계속되어야 할 것입니다.

서로 믿고 존중하며 보통 사람이 주인이 되는 '참 주민자치'를 실현해야 만 합니다. 우리는 다수 주민들의 자주적인 참여에 의해 주인의 권리가 보장되는 지역공동체를 이룩하기 위한 노력에 앞장설 것입니다.

우리는 편견과 독선, 소외와 대립을 반대하며, 보통사람들의 건전한 의견을 결집시켜 이를 실현하도록 노력하겠습니다. 또한 타 지역의 민주적 시민단체와 유기적인 연대를 통해, 부족한 우리의 역량을 발전시켜 우리 고장의 열린 가치를 실현하는 데 앞장설 것입니다.

지방자치단체 등 우리 고장의 여러 공적기관에서도 따뜻한 가슴과, 냉철한 머리로 호흡을 함께하리라 기대합니다.

양구주민참여연대의 창립은 참여를 통한 주민자치 역량을 확대하고 실현하는 새로운 출발점이 될 것입니다. 뜻있는 분들의 참여를 기대하며 양구주민참여연대의 창립을 널리 알리는 바입니다.

2001년 7월 27일
양구 주민 참여연대
정종진 김영진 박경만 김선균 이준기 이종환 손하영 오용석 정창수 김동준 김영림


우리는 맑고 투명한 양구가 되는데 열정을 다했다.

밤섬골 댐 반대 투쟁으로 현수막을 걸고 전국 열두 곳 댐 반대 시군과 연대해 서울문화공원과 국회의사당에 상경 투쟁을 했다. SOFA 비준 반대시위에 주도적으로 참여하고, 쌀 개방 반대 서명과 시위에 주도적 역할을 했다. 군정 의정 감시와 비판을 대안을 제시하고, 건설공사 부실과 소외계층 챙기기를 게을리 하지 않았다. 그밖에 뜻있는 일을 많이 했지만, 간단히 줄인다.

정종진 1대 회장 후임에 김영진 2대 회장이, 3대는 이준기 회장이다. 2003년 6월 1일 제2대 양구주민참여연대 대표로 김영진 운영위원장이 취임했다. 음식점에서 삼십여 명의 회원들이 참석한 가운데 취임식을 치렀다.

# 백범 김구 선생 비석 정비

백범 김구 선생(白凡 金九)

곽태영 의사

남궁 경 지사

김영진 대표는 '평생염원 오국독립(平生念源 悟國獨立)'이라는 글귀가 선명한 백범 김구 선생님의 비석이 가시덤불 속에 방치된 것을 주민연대 회원들과 정비하기로 했다. 김규호 공무원노조 양구지부장도 비석 정비에 동참했

다. 그렇게 모인 단체가 양구주민참여연대, 공무원노조 양구지부, 양구청년회의소, 양구사랑회, 양구농민회까지 다섯 개 단체가 출연하여 총 사업비 440만원으로 정비를 완료했다.

양구 주민연대는 기금도 부족했지만, 지역 주민들에게 홍보하는 의미에서 성금을 모금했다.

2004년 8월 15일, 곽태영 의사님, 남궁 경 지사님, 홍주범 지사님, 4월혁명동지회, 유호성 교육장, 충주와 원주에서 오신 독립유공자 후손들과 양구 다섯 개 단체 및 지역 주민 등 150여 명이 참석하신 가운데 성황리에 정비준공식을 가졌다.

## 곽태영 의사 증언과 남궁 경 지사

"백범 김구 선생님의 시해범 안두희를 이곳에서 비수로 응징했지만, 죽이지는 못했습니다. 민족의 반역자 안두희가 어떻게 단죄받지 않고 이 땅에 떵떵거리며 살 수 있단 말입니까? 나는 김구 선생의 묘역에서 안두희를 응징하기로 맹세하고 10년 동안 보따리 장사를 하면서 안두희를 추적했습니다.

안두희가 이곳에 살고 있는 걸 알고 저 오른쪽 언덕배기에 염소를 기르는 집에 하숙을 하면서 백범 선생님 시해의 배후를 밝히고 안두희를 처단하려고 기회를 엿보던 중 1965년 12월 22일 아침에 안두희가 세수를 하려고 목에다 수건을 걸치고 양치질을 하면서 앞마당 쪽으로 걸어 나왔습니다. 내가 안두희에게 다가가 목에다 비수를 겨누며 '백범 선생님 시해 배후를 밝혀라' 하고 윽박지르자 안두희가 뒷걸음치며 방어하는 자세를 취하기에 비

402

수로 목을 찔렀습니다. 그러나 유도 3단 당수 3단의 안두희에게 오히려 되잡혀 안두희 밑에 깔려 목을 졸리고 의식이 가물가물하는데 백범 선생님 얼굴이 떠올랐습니다. 나는 온 힘을 다해 안두희 낭심을 힘껏 올려 찼어요! 안두희가 주춤하는 사이 엎치락뒤치락하다, 의식을 잃은 안두희의 머리를 머리통만한 돌로 내리치고 기절한 안두희를 발로 차며 '이제 죽었구나!' 하고 있는데 사람들이 삽과 괭이, 몽둥이를 들고 다가왔어요!

'나는 백범 김구 선생님 시해범 안두희를 응징하러 왔소! 누구든 나를 건드리면 그냥 두지 않을 거요!'라고 소리치자, 사람들은 김구 선생님이라는 말에 더 다가오지 못하고 머뭇머뭇하는 사이 저는 경찰들한테 체포되어 경찰서로 잡혀갔습니다. 안두희는 정찰기로 성모병원으로 옮겨져 두 차례나 수술을 받고 겨우 목숨을 건졌다고 들었습니다. 안두희를 응징한 장소에 민족정기소생협회 33인이 주머니를 털어 백범 선생님 비석과 저의 비를 세워주었습니다. 붉은 돌의 비석은 홍천에 거주하시던 남궁 경 지사께서 소달구지로 비석을 운반하여 세웠습니다."

남궁 경 지사는,
"지금은 원주 귀래면에 살고 있지만, 당시 홍천 북방면에 있을 때 곽태영 의사님의 장거를 방송으로 전해 듣고 그때의 감정은 뭐라고 표현할 수 없는 감격과 감동이었습니다. 우리나라 국민의 한 사람으로 정의와 양심에 억울하고 분한 마음을 속으로 새기며 살아왔는데, 곽태영 의사님이 정의의 비수로 불의를 응징하여 우리의 기개를 만방에 드높이고 우리의 정신을 일깨우셨습니다. 이 쾌거를 기리려 비석을 건립하겠다는 생각만으로 양구를 찾아와 홍주범 지사께 말씀드렸더니, 선뜻 땅을 내주시면서 한마음 한뜻으로 잘 해보자고 부지를 쾌척하셨습니다."

이날의 행사는 홍주범 지사님의 말씀과 4월혁명동지회장의 축사와 유호성 교육장의 격려사, 정비사업을 주관한 다섯 개 단체 대표 인사말과 홍주범 지사님의 선창으로 만세 삼창을 부르고 끝났다. 김 대표는 지금까지 외쳐 부르던 만세 삼창보다 가장 감격스럽고 마음에서 우러나오는 만세 삼창을 목청껏 불렀다.

비석이 서계시는 곳은 양구 교육청 부지이며, 비석 정비 전 유호성 교육장 부지 사용 승낙을 받았다.

## 비석 뒤에 얽힌 이야기

포병 소위 안두희가 경교장에서 백범 김구 선생님을 시해하고 구속되자 한민당, 서북청년단 등이 안두희 석방운동을 하며 '애국자 안두희를 석방하라'고 대대적으로 시위를 했다. 안두희는 복역 중 6·25전쟁이 터지자 사면 복권이 되어 군에 복귀하여 중령으로 예편한 뒤 강원도 양구에서 3군단 예하 2개 사단의 군납업을 했는데, 강원도 납세 실적 2위로 성장했었다. 자유당 고관들이 자주 찾았으며 사단장들은 새로 취임하면 안두희에게 먼저 인사를 왔다. 집 앞에는 커다란 연못을 만들고 연못 가운데 정자를 짓고 호화로운 생활을 했었다.

인제에서 김대중 민주당 후보와 전형산 자유당 후보의 국회의원 선거전이 치열할 때, 자유당 이재학 국회부의장이 양구 광신여관에 투숙해서 자유당 후보를 지원하면서 안두희를 은밀히 부른 다음 장기를 두면서 밤새도록 무슨 이야기인지 주고받았다고 했다. 안두희는 자유당 실세들의 비호를 받으며 사업이 성공했다. 안두희 군납공장 경리책임자인 지인은 공화당 정권

이곳은 1965년 12월 22일 곽태영의사가 친일분단세력을 정의의 칼날로 심판하여
민족혼을 일깨우고 민족정기를 되살린 민족의 성지다.
1960년대 중반 김구선생님을 시해한 안두희는 권력의 비호 하에 군납업으로 호의호식하며
이곳에서 살고 있었다. 그로부터 10년 전 김구선생의 요역에서 안두희를 응징하기로 맹세한 열혈청년
곽태영은 보따리 장사로 위장해 안두희의 군납공장이 있던 이곳까지 추적해와 비수로 안두희를 응징했다.
곽태영은 신고를 받고 달려온 경찰에 연행되고 안두희는 서울 성모병원으로 옮겨져
두 차례나 뇌수술을 받고서야 겨우 목숨을 부지했다.
홍천에 거주했던 남궁경선생은 곽태영의 쾌거를 기리기 위해 돌비석을 수레에 싣고 와
땅주인 홍주범 지사와 한동으로 이곳에 최초로 비석을 세웠고 그 후 민족정기 소생협의회 33인이
주머니 돈을 털어가며 '평생염원 오국독립'이란 김구선생의 염원이 담긴 비석을 곽태영 의거비 옆에 세웠다.
이후 특정 정권에 의해 비석이 방치, 훼손된 것을 2003년 양구 주민연대, 양구농민회, 양구 사랑회,
제이씨. 공무원 노조 양구군 지부에서 십시일반으로 출연금을 모아 이곳을 정비하였고 양구군의 도움으로
2차 3차 정비 후 현재 모습으로 단장되었다.

### 양구광복절기념식조직위원회

　　민정당 때 모 기관 정보책임자가 홍주범 지사님에게 김구 선생님과 곽태
영 의사님, 남궁 경 지사 비(碑)를 치우라고 압력을 넣어 지금의 자리인 교
육청 부지로 옮겨놓았다고 홍주범 지사님이 말씀하셨다. 그때 그 정보책임

자도 누구인지 밝혀주셨다.

강원도 양구군 양구읍 중리에 박정희 대통령이 5사단장으로 있던 관사가 잘 정비되어있고, 비석도 세워져있다. 박 전 대통령 내외분 영정도 모셔놓고 관사를 기념관으로 개방했다. 양구읍 중리 65번지에는 백범 김구 선생님의 비가 서계시고 있다.

박정희 대통령과 백범 선생님은 각각 다른 상징적 인물이시다. 백범 김구 선생님은 중국에서 대한민국 독립을 위해 일본과 싸웠고, 박정희 대통령은 만주 일본 육사를 나와 독립군 토벌작전을 했으니 그때는 서로가 적이었을 텐데…….

훗날에는 우리나라 최고의 상징적 인물들이 되셨는데, 공교롭게도 같은 양구 중리에 두 분의 상징물도 나란히 계시는 아이러니라니……. 상해임시정부를 대한민국의 법통으로 하는 민족세력의 광복절과, 이승만의 친일세력의 건국절이 양립하는 역사의 두 물줄기가 오늘도 아직 그대로 흐르며 갈등하고 있으니…….


# 8 · 15광복절 기념행사

우리는 해마다 8 · 15광복절 기념행사를 백범 김구 선생님 비와 곽태영 의사 의거기념 비 앞에서 거행한다. 주관 단체들과 기관 및 사회단체, 주민들이 참여하는 뜻 깊은 행사다.

가시덤불로 뒤엉킨 비석이 이제는 말끔히 정돈된 모습으로 파란 잔디 위에 나란히 서계시다. 성지는 1차 정비 후, 2차 정비 때는 냉천골 약수터길 정비 때 양구군의 협조로 상주하면서 정비를 마쳤는데, 홍 주범 지사님이 집에 있는 주목, 단풍나무, 회양목 등 다수를 옮겨다 직접 식재를 하셨다. 3차 정비는 냉천골이 약수터 공원이 되면서 지금의 모습으로 양구군에서 새롭게 단장을 했다.

※비석 건립과 진행의 연력 보고

포병 소위 안두희가 1949년 6월 23일 경교장에서 백범 김구 선생을 백주(낮)에 권총으로 시해.

특무대장 김창용 등 정권의 비호로 종신형에서 감형, 잔형 면제, 군대 복직 중령예편.

양구 중리 65번지에서 3군단 예하부대 식료품 납품업을 했음.

곽태영(당시 29세) 10년간 안두희를 보따리 장사로 추적.

곽태영 1965년 12월 10일 오전 9시경 안두희 집 앞마당에서 백범 시해 자백을 받으려 비수로 응징, 미수로 그침. 정치 사회의 큰 파장. 한국사의 큰 파장을 불러옴.

곽태영 의사 석방운동 전국적으로 벌어짐.

곽태영 의사 장거에 감명받은 남궁 경 지사가 바윗돌을 수레로 싣고와, 땅 주인 홍주범 지사님과 중리에 최초의 비석을 세움.

공화당 정권과 민정당 정권의 집요한 비석 철거 회유로 현 위치로 이전 방치됨.

2004년 교육청 부지사용 승낙(교육장 유호성)을 받아, 양구주민참여연대, 양구사랑회, 양구청년회의소, 공무원노조 양구군지부, 농민회, 양구 주민의 성금으로 1차 비석부지 정비.

2004년 8월 15일 곽태영 의사, 홍주범 지사, 남궁 경 지사, 4월혁명동지회, 독립유공자 후손 등과 원주에서 주민 다수 참석. 유호성 교육장과 다섯 개 단체회원들, 다수의 양구 주민 등 150여 명이 광복절 기념행사와 비석부지 정비준공식을 거행.

2005년~2008년 광복절 기념행사, 양구주민참여연대 대표와 사무국장 곽원일이 화환으로 조촐한 행사.

2009년부터 8·15광복절 기념행사. 군수, 도의원, 군의원, 사회단체장, 주민연대, 공무원 노조, 농민회, 기독교연합, 교원노조, 《양구신문》, 일반 주민들 성황리 참석.

2013년 8월 양구군 지원으로 2~3차 정비 완료.


※스폰 내역
· 안내판 교체: 양구 공무원노조 100만 원 상당 중식 제공
· 이영기 전 양구군 의원 연 30만 원 5년간 150만 원 상당
· 전창범 양구군수 화환 증정
· 김창현 20만 원 상당
· 이기찬 전 도의원 중식 제공
· 곽원일 전 주민연대 사무국장 5년간 화환 증정
· 남궁 경 지사 기생충약 몇 년간, 명아주 지팡이 제공
· 김영진 화환 및 중식 제공
· 2016년 안내판 교체: 양구농민회 20만 원, 양구 공무원노조 20만 원, 곽원일 전 주민연대 사무국장 5만 원, 박창연 5만 원, 김영진 10만 원, 중식 20만 원 제공.


작성 보고자: 김영진
위의 기록은 우리의 소중한 역사 기록의 자료입니다.


곽태영 의사님의 전화를 자주 받았다. 그분의 목소리는 언제나 정의감으

로 넘쳐나고 있었다. 박정희기념관 건립반대투쟁위원장으로 기념관 건립을 앞장서 저지시키신 곽태영 의사님은 백범 선생님의 아드님이신 김신(백범기념관 관장)에 대해 '아버지는 어떻게 살아오셨는데 그놈(김신)은 친일파 밑에 빌붙어 살아가……' 하시면서 늘 분노하셨다. 너무 빨리 작고하신 곽태영 의사님의 말씀이 아직도 귀에 쟁쟁하다.

백범기념관 홍소연 자료실장이 퇴직하여 많이 아쉽다. 역사를 바로 세우고 정의로운 생각을 실천하시는 분이신데……. 백범기념관에서 《백범회보》와 함께 행사 때마다 초청장을 받지만, 아직 한 번도 참석하지 못했다.

### 광복 71주년 기념 경축사

빼앗긴 나라를 되찾겠다고 풍찬노숙하며 평생을 몸 바친 선열님들 앞에 부끄러운 마음으로 이 자리에 섰습니다. 해마다 광복의 의미를 되새기지만, 올해는 더 참담한 마음입니다. 역사는 진보하고 발전하지만, 우리는 한 발자국도 내딛지 못하고 뒷걸음질치고 있습니다.

일본으로부터 치욕의 식민지에서 벗어나나 했더니 나라는 둘로 갈라지고 대양세력과 대륙세력의 다툼으로 남과 북의 백성들은 하루도 맘 편할 날이 없습니다. 강대국에 자주권을 빼앗기고 이리저리 휘둘려야하는 우리의 현실이 참으로 비통합니다. 독도가 자기네 땅이라고 영토권 주장을 하고 있는 일본은 아직도 내놓지 않은 100억 엔의 돈으로 재단을 설립하겠다며 위안부 배상금이 아닌 위로금과 유학생의 장려금 명목으로 책임을 교묘히 회피하며 소녀상까지 욕하는 무례를 저지르고 있습니다. 위안부 당사자는 물론 국민 아무도 모르는 밀실협정은, 1965년 굴욕의 한일협정 후 또 하나의 치욕의 협정으로 위안부는 물론 우리의 자존심과 국격을 훼손한 굴욕적 협정이므로 무효입니다.

아베 신조 정권은 평화헌법을 전쟁헌법으로 부활시켜 침략의 근성을 노골화하고 있습니다. 한미일 정보공유약정을 구실로 한미일 군사동맹을 구축하여 우리 민족을 말살하려는 책략을 경계해야 합니다. 한반도가 외세들의 각축장으로 대량살상무기의 전쟁터가 되어서는 안 됩니다. 나라가 잘못되는 것을 바로잡겠다고 나서는 사람들을 외부세력이라고 합니다. 외세에 기대어 나라를 망치려는 사람들이 진짜 외부세력이 아닌지 되묻고 싶습니다.

한반도의 사드 배치는 국가의 명운과 국민의 안위가 걸린 중차대한 문제입니다. 북핵과 미사일 위협을 빌미로 국민적 동의 없이 사드 배치를 기정사실화하고, 북한의 핵과 미사일을 막아내는 만병통치약이라고 말합니다. 절반의 국토와 절반의 국민밖에 지키지 못하면서 북한의 핵과 미사일 개발에 명분을 주고 MD 배치라는 반발과 국제관계 악화로 한반도 안정에 분란만 일으키는 사드 배치를 단호히 반대합니다.

대통령께서 '북한의 핵과 미사일을 방어하는 최선의 무기가 사드인데 사드 배치를 반대한다면 그 대안을 내놓으라'고 했습니다. 북핵 포기의 조건으로 북한이 제시한 평화협정과 종전선언은 남북 정상이 합의한 6·15공동선언의 핵심이며 근간입니다. 남과 북이 진정성을 가지고 공동선언을 실천하는 것이 답이며 핵과 미사일의 위협으로부터 벗어나는 길이라고 확신합니다.

우리 모두 소중한 쌀을 식량난으로 어려움을 겪는 북한동포에게 보냅시다. 수입쌀 관세화와 무차별로 수입되는 농산물로 우리 농업 기반은 무너지고 있습니다. 창고에 쌓여가는 쌀을 북한에 보내고 쌀값 안정화로 우리의 농업을 살려나갑시다. 1984년 수해로 많은 피해를 당했을 때, 식량난으로 어려운 북한이 쌀과 시멘트를 우리에게 보내준 고마움을 상기해야 합니다.

남과 북 모두 서로의 비방을 자제합시다. 서로 탓하면서 서로 흉보고 욕하는 짓은 남의 나라 보기에도 창피하고 국격을 떨어뜨리는 저급한 행위입니다. 이제 우리 깨어나 남과 북이 화해하고 동질성을 회복하여 민족번영의 길로 나갑시다.

행사에 참여하신 우리 모두에게 감사드리며, 성지를 정비하고 관리해주시는 양구군에 깊은 감사의 말씀을 드립니다.

2016년 8월 15일

전 양구 주민연대 대표 김영진

# 《양구신문》대표

　지방 신문에 칼럼 몇 편 쓴 것이 계기가 되어 김 대표는 《양구신문》 창간 이사로 참여했다.

　편집위원을 맡아 칼럼과 논설을 쓰다 보니 《양구신문》 대표직도 맡았었다. 언론이 뭔지 그냥 신문의 정치면이나 사회문화경제면을 읽고 방송도 보고 했지만 글을 쓴다는 건 생각도 못하고 살아왔는데, 예순이 넘은 나이에 글을 쓴다는 게 너무 늦은 감이었지만, 어떻게 생각하면 그동안 글을 못 썼을 뿐이지 안 쓴 건 아닌지 모르겠다. 머리가 녹슬지 않고 지난날을 또렷이 기억할 수 있다는 것이 큰 다행이 아니겠는가?

　5~60편의 칼럼과 논설을 썼다. 신문이란 지면을 활용해서 나를 발견했다는 게 다행이고, 신문을 통해서 밝고 맑은 사회, 정의와 인정이 넘치며 힘없고 소외받는 약자가 다 같이 더불어 잘사는 지역공동체를 지향했다는 자부심을 갖는다. 열악하고 척박한 양구에서 십시일반 《양구신문》을 발행한 이사님들과 최 진수 기자에게 감사드린다.

　요즘 우리나라는 전쟁의 공포 속에 살고 있다. 그것도 다른 나라가 아닌 한 핏줄, 한 형제, 같은 민족끼리 누구를 위한 전쟁인가? 누구를 죽이면 그렇게도 속이 후련들 하시겠는가? 이제는 냉정한 이성으로 돌아가야 한다.

# 전쟁은 싫습니다

우리가 남인가요
단군의 자손 반만년 백의민족
너무나 자랑스러웠잖아요!

핏발선 눈으로 핵폭탄으로 박살내겠다
선제타격으로 본거지를 초토화시킨다

북쪽의 핵폭탄이 남쪽으로
남쪽의 핵폭탄이 북쪽으로

삼천리금수강산 잿더미 되면
방사능만 가득한 이 땅위엔
웃음도 눈물도, 한숨마저 타버릴 텐데……

현실이 괴물 같고 끔찍한 공포로 등골마저 오싹한데
방송에도 전쟁, 신문에도 전쟁
그놈의 전쟁! 전쟁!

사람은 동족 죽일 궁리만 하는 말종인가
자기를 지킨다며 서로를 죽이려 하지 않는가
얼어 죽을 자위권이 자기를 죽이는 것도 모르고……

날 새면 일하고 밤이면 부부금슬 살갑고
칭얼대는 새끼들 재롱 속에 그러그러 살고 싶은데……

핵 폭풍이 휩쓸고 간 검은 대지 위엔
정치도 이념도 사랑과 증오마저 사라지고
죽음의 적막만이 유령처럼 떠돌며 주인 행세 하겠지요


※《강원희망신문》에 실린 칼럼 특별기고

2013년 4월 8일

김영진 시인